mtb

Zum Buch:

Grace Dillon war Weltklasse-Eiskunstläuferin, bevor sie sich in dem maritimen Thunder Point niederließ und einen Blumenladen aufmachte. Nach einem Skandal hat sie dem Rampenlicht den Rücken gekehrt und auch mit ihrer Familie gebrochen. Deshalb darf niemand in ihrem neuen Heimatort ihre Identität erfahren. Auch nicht ihr guter Freund Troy, der sich in ihr Herz geschlichen hat. Doch jäh holt ihre Vergangenheit sie ein. Wird Troy zu ihr halten oder steht ihre heile Welt vor dem Aus?

Zur Autorin:

Seit Robyn Carr den ersten Band ihrer von den Kritikern gefeierten Virgin-River-Serie veröffentlichte, stehen ihre Romane regelmäßig auf der Bestsellerliste der *New York Times*. Auch ihre neue herzerwärmende Thunder-Point-Serie, die in einem idyllischen Küstenstädtchen spielt, hat auf Anhieb die Leser begeistert. Robyn Carr hat zwei erwachsene Kinder und lebt mit ihrem Ehemann in Las Vegas.

Lieferbare Titel:

Thunder-Point-Serie
Zeit der Liebe in Thunder Point
Frühlingsgefühle in Thunder Point
Herzenszauber in Thunder Point
Sehnsuchtstage in Thunder Point
Vereint in Thunder Point
Schicksalsstürme in Thunder Point

Virgin-River-Serie
Neubeginn in Virgin River
Wiedersehen in Virgin River

Robyn Carr

Rosenduft in Thunder Point

Roman

Aus dem Amerikanischen von
Barbara Minden

mtb

MIRA® TASCHENBUCH
Band 26072

2. Auflage: November 2017

Deutsche Erstveröffentlichung

Titel der amerikanischen Originalausgabe:
One Wish

erschienen bei: MIRA Books, Toronto

Published by arrangement with
Harlequin Enterprises II B.V./S. á r. l.

Umschlaggestaltung: büropecher, Köln
Umschlagabbildung: Marco Bottigelli/GettyImages,
Gaspar Janos/Shutterstock
Redaktion: Susanne Zeyse
Satz: GGP Media GmbH, Pößneck
Printed in Germany
Dieses Buch wurde auf FSC®-zertifiziertem Papier gedruckt.
ISBN 978-3-95649-707-0

www.mira-taschenbuch.de

1. Kapitel

Einen Tag nach Weihnachten war in Grace Dillons Blumenladen normalerweise nichts los. Sie hatte weder Aufträge abzuarbeiten, noch musste sie Blumen ausliefern. Telefonanrufe waren auch nicht zu erwarten. Um diese Zeit versuchten die meisten Menschen sich von den Feiertagen zu erholen. Außerdem waren viele Familien über die Weihnachtsferien verreist oder mussten sich um ihren Feiertagsbesuch kümmern.

Also fuhr Grace nach North Bend, um sich eine frühe Stunde auf dem Eis zu gönnen, bevor es auf der Eislaufbahn voll wurde. Wegen der Weihnachtsferien fielen die normalen Eiskunstlaufkurse aus, aber später würde es sicher voll werden, weil viele Kinder ihre neuen Schlittschuhe ausprobieren wollten. Grace liebte diese heimlichen, frühmorgendlichen Stunden auf dem Eis. Sie hatte mit Jake Galbraith, dem Besitzer der Eisbahn, eine Abmachung getroffen. Sie konnte ihn anrufen, und wenn es passte, ließ er sie ein oder zwei Stunden eislaufen, während er alles vorbereitete, um die Bahn zu öffnen. Obwohl er nichts von ihr dafür haben wollte, bezahlte sie fünfzig Dollar die Stunde. Das war für sie Ehrensache.

Als sie eintraf, lächelte er sie an und wünschte ihr viel Spaß.

Grace dehnte sich kurz. Nachdem der Fahrer der Eisbearbeitungsmaschine damit fertig war, die Eisfläche zu glätten, betrat sie das Eis. Sie wärmte sich mit ein paar vorwärts und rückwärts übersetzten Ausfallschritten, Crossrolls, Drehungen, Schwungbögen, Achten, Pirouetten und ein paar gesprungenen Axel auf. Irgendwann bemerkte sie, dass Jake an der Bande lehnte und sie beobachtete. Grace lief eine Spirale und machte dann eine perfekte Sitzpirouette. Sie zog noch weitere Bahnen mit kleineren Sprüngen. Für ihren Spreizsprung, bei dem man die Zehen mit den Fingerspitzen berührte, war sie einmal sehr bekannt gewesen. Sie blickte zur Bande hinüber, aber Jake war verschwunden.

Plötzlich ging Musik los und erfüllte die Eishalle mit „Rhapsody in Blue". Grace glitt mit ausgestreckten Armen und Fingern und lockeren Handgelenken in eine Arabeske. Jake war inzwischen zurückgekehrt und beobachtete jede ihrer Bewegungen. Sie versuchte einen doppelten Axel, landete jedoch auf dem Hintern, stand wieder auf und lachte. Danach drehte sie noch ein paar Runden in der Halle, versuchte den Sprung noch einmal und brachte ihn diesmal sauber, allerdings nicht sehr elegant zu Ende. Jetzt ertönte eine andere Gershwin-Nummer. Als kleines Mädchen hatte Grace zu dieser Musik trainiert, sie klang vertraut und angenehm in ihren Ohren. Obwohl ihre frühesten Erinnerungen an den Eiskunstlauf sie immer mit einer leisen Wehmut erfüllten, hatten sie auch etwas Tröstliches, weil es eine Zeit gewesen war, bevor das mit den Wettkämpfen wirklich ernst wurde.

Grace war schon mindestens eine Stunde auf dem Eis, als die Musik zu Alicia Keys' „Girl on Fire" wechselte und sie noch einmal antrieb. Ihre Musik. *Sie* war on Fire! Plötzlich lief sie, als ob sie bei einem Wettkampf wäre – wie mit fünfzehn, als sie etwas kräftiger, aber leichter und beweglicher gewesen war. Und erfolgreich. Ihr fiel auf, dass sich zu Jake nun ein paar weitere Leute gesellt hatten – ein Mann stützte sich auf seinen Besen und schaute ihr zu. Ein paar Mädchen im Teeniealter, die am Schlittschuhverleihstand arbeiteten, hatten aufgehört zu arbeiten, um ihr ebenfalls zuzusehen. Der Fahrer der Zamboni lehnte, die Hände in den Hosentaschen, mit dem Rücken am Fenster der Eishalle.

Ihre zwei Stunden auf dem Eis vergingen für Grace wie im Flug. Sowie sie an den Geräuschen erkannte, dass die ersten Gäste zum Eislaufen kamen, verlangsamte sie ihr Tempo und verließ die Eisfläche.

Anerkennend nickte er ihr zu. „Es ist schon eine Weile her, seit ich dich habe laufen sehen. Das war wunderbar", sagte er.

„Vor den Feiertagen war im Blumenladen so viel los", erklärte Grace. Sie versuchte normalerweise immer, sonntagmorgens es zur Eishalle zu schaffen, aber im Dezember hatte sie einfach keine Zeit gehabt – Kränze, Gestecke, Tischdekorationen, zwei Hochzeiten und mehr Laufkundschaft als sonst.

„Du solltest öfter eislaufen. Ich habe übrigens eine lange Liste von Menschen, die nach einer guten Trainerin suchen."

Sie schüttelte den Kopf. „Ich glaube nicht, dass ich eine gute Trainerin wäre. Ich habe kaum Zeit für irgendwas. Und ich würde nie wieder in den Wettkampfzirkus zurückkommen, nicht einmal mit Schülern. Ich habe diese Welt hinter mir gelassen."

„Ich dachte, der Tag, an dem du vielleicht doch zurückkehren möchtest, würde irgendwann einmal kommen. Vielleicht nicht unbedingt als Eiskunstläuferin in Wettkämpfen, sondern mit dir als Trainerin. Ich glaube, du könntest allein mit deinem Namen ein Vermögen verdienen."

„Meinen Namen habe ich ebenfalls hinter mir gelassen", erinnerte sie ihn lächelnd. „Wir haben eine Abmachung."

„Ich habe keinen Ton gesagt. Die Leute fragen mich, wer du bist, aber ich erzähle ihnen nur, dass du hier trainierst und anonym bleiben möchtest. Manche von ihnen versuchen, deinen Namen zu erraten. Sie würden, wenn sie eine Ahnung hätten, wann genau du immer zum Eislaufen hier bist, vorbeischauen, um dir zuzusehen. Das Eis vermisst dich. Dich beim Eislauf zu beobachten, ist wie Musik sehen."

„Netter Versuch. Ich trainiere aber nicht mehr. Inzwischen verbringe ich genauso viel Zeit auf meinem Hintern wie auf Kufen. Ich laufe echt mies."

„Das stimmt doch nicht. Dein schlechtester Lauf ist immer noch besser als die besten Läufe von anderen. Du hast mir gefehlt, hoffentlich hast du im neuen Jahr mehr Zeit."

„Schau'n wir mal."

Grace zog sich die Schlittschuhe aus und schlüpfte in ihre Ugg-Boots. Sie war immer so glücklich auf dem Eis, dass sie ihre Entscheidung, das alles hinter sich zu lassen, durchaus hin und wieder infrage stellte. Doch sie musste nur daran denken, dass der Alltag einer professionellen Eiskunstläuferin weit schrecklicher und ermüdender war als einfach nur ein paar Stunden Eislaufen. Als Trainerin wäre sie niemals in der Lage, so einen Druck auf die jungen Mädchen auszuüben, wie sie selbst unter Druck gesetzt worden war.

Sie holte hundert Dollar in bar aus der Tasche, um die beiden Stunden auf dem Eis zu bezahlen. Jake hatte ihr erklärt, dass er dieses Geld einem speziellen Fördertopf für junge, künftige Olympioniken, die sich anderenfalls keine Trainingsstunden leisten konnten, zukommen lassen würde. Grace hatte erwidert, dass es ihr egal sei, was er mit dem Geld tue. Solange er nicht preisgab, wer sie war.

Während sie die Eisbahn verließ, dachte sie daran, wie viel friedlicher ihr Leben in Thunder Point war als früher zu Wettkampfzeiten und wie hoch der Preis für ihre Freiheit gewesen war. Heute hatte sie Freunde, obwohl diese nicht wussten, wer sie vorher gewesen war. Niemand fand sie kompliziert oder brachte sie mit einer der erfolgreichsten, aber auch traurigsten Geschichten aus dem professionellen Eiskunstlauf-Zirkel in Verbindung. Niemand fühlte sich von ihr bedroht. Niemand hasste oder fürchtete sie. Niemand lehnte sie ab. Niemand nannte sie eine reiche Zicke oder eine dreckige Lügnerin.

Natürlich belastete Grace manchmal ihr Geheimnis. Jake Galbraith hatte sie sofort erkannt. Sie hatte ihn gefragt, was es kosten würde, die Eisbahn mehrere Stunden für sich zu buchen, und er hatte sofort gewusst, wer sie war. Aber in Thunder Point hatte sie es bisher noch niemandem erzählt.

Als sie in ihren Van stieg, entdeckte sie eine Nachricht auf ihrer Mailbox und hörte sie ab, bevor sie losfuhr. Sie war von Mikhail, ihrem ehemaligen Trainer. Er war überall auf der Welt unterwegs, dennoch waren sie in Kontakt geblieben und schickten sich hin und wieder Mails oder SMS. „Ich wünsche dir schöne Weihnachten", sagte der Russe. „Ich glaube, ich bin einen Tag zu spät. Falls dem so sein sollte, hast du sicher Verständnis dafür."

Grace rief ihn erst zurück, nachdem sie wieder zu Hause in ihrem winzigen Apartment über dem Blumenladen war. „Ich dachte, du hättest mich total vergessen", sprach sie ihm auf die Mailbox. „Ich *hatte* schöne Weihnachten. Ich war gestern Trauzeugin bei meiner Freundin Iris – so habe ich den Weihnachtstag verbracht. Ich war vorher noch nie bei einer Hochzeit. Es war eine kleine und sehr private Feier und ein wunderbares Erlebnis. Und heute Morgen war ich eislaufen. Ich bin dreimal hingefallen." Dann ahmte sie seinen Akzent nach. „Was soll ich dazu sagen? Ich bin ein untrainierter Tollpatsch."

Sie lachte, wünschte ihm das schönste neue Jahr, das er je erleben würde, und verabschiedete sich.

Als Grace erst vierzehn Jahre alt gewesen war, war ihr geliebter Vater und Trainer plötzlich und unerwartet mit sechzig gestorben. Ihre Mutter, die ebenfalls einmal eine professionelle Eiskunstläuferin gewesen und Meisterschaften gelaufen war, reagierte auf den Tod des Vaters, indem sie einen noch besseren Trainer einstellte. Einen sehr kleinen Russen mit einem großartigen Ruf, der Grace den ganzen weiteren Weg begleiten konnte. Es blieb keine Zeit zu trauern, sie hatten zu arbeiten. Mikhail Petrov war ein harter, exzellenter Trainer, und sie waren neun Jahre lang ein Team. Er war sehr unglücklich gewesen über Grace' Entscheidung, dem Wettkampfsport ein für alle Mal den Rücken zu kehren. Ein paar Jahre lang hatte er Grace gedrängt, doch wieder in die Sportwelt zurückzukehren. „Bevor du alles vergisst, was ich dir beigebracht habe!"

Ihre Mutter, Winnie Dillon Banks, die ihrerseits ein Teenie-Eiskunstlaufwunder gewesen war, hatte mehr als erschüttert auf Grace' Entschluss reagiert. Sie hatte getobt. „Wenn du jetzt, nach allem, was ich in dich investiert habe, aufhörst, bist du für mich gestorben!", hatte sie geschrien. Trotzdem hatte Grace nach den Winterspielen von 2010 in Vancouver alles und alle hinter sich gelassen. Sie wollte einfach nur ganz normal sein und nicht andauernd beurteilt werden, sobald sie auch nur Luft holte. Sie wollte sein wie alle. Ein normales Leben führen.

Am Nachmittag saß Grace am Laptop, sah sich Blumenarrangements im Internet an und knabberte Popcorn, als es leise an der Tür klopfte. Sie schob den Vorhang beiseite. Es war Iris, und sie öffnete ihr erschrocken die Tür.

„Bleiben Frischverheiratete nach der Hochzeit nicht noch tagelang im Bett? Und treiben es miteinander bis zum Gehtnichtmehr?“, fragte Grace scherzhaft.

„Vielleicht, wenn keiner der beiden Frischvermählten ein Deputy ist“, antwortete Iris. „Wir haben im Bett gefrühstückt. Seth musste erst um eins ins Büro. Dann habe ich das Haus aufgeräumt, etwas zum Abendessen vorbereitet und …“ Sie machte eine Pause. „Ich habe Troy angerufen, um es ihm zu erzählen.“

„Du hast ihm vorher nichts gesagt?“, fragte Grace.

Iris schüttelte den Kopf.

Troy Headly, Highschool-Geschichtslehrer und Traum aller Mädchen, war sehr in Iris verliebt. Sie waren im letzten Frühjahr ein paar Monate lang zusammen gewesen, bis Iris ihm erklärt hatte, dass ihre Beziehung nicht über Freundschaft hinausgehen konnte. Sie arbeitete als Beratungslehrerin an der Highschool, und bevor sie sich auf einen Lehrer derselben Schule einließ, musste sie sich ihrer Gefühle für ihn wirklich sicher sein. Doch das war nicht der Fall gewesen. Dennoch hatte Troy es immer wieder bei Iris versucht, bis plötzlich Seth auftauchte. Auch danach war immer noch recht offensichtlich gewesen, dass er ziemlich viel für Iris empfand und es ihm nichts ausgemacht hätte, wenn Seth einfach wieder verschwunden wäre.

„Wie hat er es aufgenommen?“, wollte Grace wissen.

„Wie ein Mann“, entgegnete Iris. „Ist es noch zu früh für einen Wein?“

„Bestimmt nicht!“ Grace holte eine Flasche Napa Cellars Sauvignon Blanc aus ihrem kleinen Kühlschrank und entkorkte sie. „War es sehr schlimm?“

„Nee, war okay. Richtig gut. Troy war überrascht, dass wir so schnell geheiratet haben, doch so ging es allen. Wir waren ja selbst überrascht, wenn man es ganz genau nimmt. Er hat mir gratuliert und mir Glück gewünscht – alles was man in so einem Fall sagt. Ich habe ihn gefragt, ob er damit leben könne, und er hat gelacht, aber es klang nicht besonders fröhlich. Natürlich war er enttäuscht, dass seine Exfreundin geheiratet hat. Seine Worte, nicht meine – mir fällt es schwer, mich als seine Exfreundin zu betrachten. So ernst war es nie zwischen uns. Troy gibt sogar zu, dass er gar nicht nach einer Frau zum Heiraten sucht! Jedenfalls noch nicht. Ihm gefällt das Single-Leben ganz gut."

Grace schenkte den Wein aus und stellte die Schüssel mit dem Popcorn auf den Tisch. „Feinschmecker-Service", sagte sie. „Vielleicht ist das sogar das Abendessen. Und? Wie ist es, verheiratet zu sein? Ist es irgendwie anders als sonst?"

„Noch nicht", erwiderte Iris. „Frag mich noch mal, wenn wir unsere Bankkonten zusammenlegen. Wir leben jetzt beide schon seit Langem als unabhängige, selbstständige Singles. Bis jetzt kümmern wir uns immer noch jeder für sich um unsere eigenen Belange, bis Seth sein Haus entweder vermietet oder verkauft hat. In meinem Haus gibt es noch jede Menge Platz in den Schränken, allerdings könnten wir Probleme kriegen, wenn seine männlichen Möbel nach einem Platz zwischen meinen ausgesprochen femininen Stücken suchen."

„Ihr bleibt in deinem Haus?", fragte Grace erleichtert.

„Es ist perfekt für uns. Dann kann ich weiter bei schönem Wetter mit dem Fahrrad in die Schule fahren."

„Ich liebe dein Haus", verkündete Grace. „Was ist denn mit euren Flitterwochen?"

„Mal schauen. Wir gucken uns gerade im Internet ein paar Angebote an. In ein paar Monaten, sobald Seth Urlaub kriegt und ich Ferien habe, werden wir hoffentlich mal an einen warmen und sonnigen Ort ausbüxen. Wie sieht es mit dir aus, Grace? Warum bist du mit niemandem zusammen?"

Grace bekam einen Lachanfall. Es war nicht das erste Mal, dass Iris sie das fragte. „Erstens, mit wem? Zweitens, wann?"

„Triffst du denn bei den Hochzeiten, die du belieferst, nicht mal auf den einen oder anderen Trauzeugen?"

„Nie. Die Trauzeugen tauchen immer erst sehr viel später auf, nachdem ich schon wieder weg bin. Zu den Hochzeitsfeiern bin ich nicht eingeladen. Außerdem, ist so etwas nicht der Todeskuss? Sich mit jemandem auf einer Hochzeitsfeier zusammenzutun? Nein danke."

„Wir müssen dafür sorgen, dass du häufiger rauskommst", sagte Iris.

„Stimmt", erwiderte Grace mit einem zweifelnden Unterton in der Stimme. „Vielleicht könnte ich dir helfen, den Abschlussball zu beaufsichtigen und dabei einen vielversprechenden Achtzehnjährigen kennenlernen? Nee, eher nicht."

„Wir sollten öfter in Clubs gehen oder so."

„In Clubs?", platzte Grace heraus. „In Thunder Point?"

„Okay, wir fahren hoch nach North Bend. Und grasen dort alles ab."

„Ich bin mir sicher, dass Seth das sicher sehr schätzen würde!"

„Ach was, ich würde mit niemandem Telefonnummern austauschen oder jemanden mit nach Hause bringen ..."

„Iris", meinte Grace und hob das Weinglas. „Lass es gut sein. Ich kümmere mich um mein eigenes Leben. Auf meine Art und in meinem Tempo."

„Da wäre immer noch Troy", entgegnete Iris und nippte am Wein.

„Nee, wir sind bloß Kumpel. Unsere Chemie stimmt nicht." *Von seiner Seite aus.* „Wir waren mal ein Bier trinken, danach haben wir noch ein paar Käsesandwiches und eine Tomatensuppe gegessen. Das war schön. Außerdem bin ich nicht an deinen abgelegten Männern interessiert. Ich habe mich schlau gemacht, weißt du. Trostbeziehungen sind keine gute Idee."

„Du kannst aber doch nicht einfach nur die ganze Zeit arbeiten", beharrte Iris.

„Nicht?", fragte Grace. „Ich dachte, dass ich es könnte."

Als Grace jung war, hatten viele sie für verwöhnt gehalten. In Wirklichkeit hatte man sie dazu erzogen, hart, zuverlässig und unermüdlich zu trainieren. Sie hatte sofort ein schlechtes Gewissen, wenn sie sich einmal einen Tag freinahm, weil ihr Programm darunter hätte leiden können. Doch das gehörte zu den Dingen, die die meisten Menschen nicht nachvollziehen konnten.

Grace' vollständiger Name lautete Isabella Grace Dillon Banks. Nachdem sie nach Thunder Point gezogen war, hatte sie auf den Großteil ihres Namens verzichtet und sich in Grace Dillon verwandelt. Denn der Name Izzy Banks war jedem, der Eiskunstlaufwettkämpfe und Weltmeisterschaften verfolgte, schon allein wegen ihrer Karriere als auch ihrer Verwicklung in Dramen und Skandale ein Begriff.

Grace' Mutter, Winnie Dillon Banks, war eine wohlhabende Erbin, deren Großvater sein Vermögen mit Tabak gemacht hatte. Zu ihrer Zeit war auch Winnie Dillon Banks eine bekannte Eiskunstläuferin gewesen, obwohl sie bei Wettkämpfen nie so erfolgreich abgeschnitten hatte wie ihre Tochter. Winnies bestes Wettkampfergebnis als Eiskunstläuferin war der zweite Platz in der Nationalliga gewesen. In ihrer Tochter hatte sie die Chance gesehen zu gewinnen und sich zur ultimativen Eislauf-Mutter entwickelt.

Grace hatte eine privilegierte, allerdings auch isolierte Kindheit gehabt, in der Eislaufen über alles ging. Sie war die Tochter einer Eislaufikone und ihres Trainers. Winnie Dillon hatte, als sie einundzwanzig war, eine Liebesaffäre mit ihrem Trainer Leon Banks angefangen. Als alle Zeichen darauf hindeuteten, dass ihre besten Wettkampfzeiten vorbei waren, hatten einige zynische Gegner und professionelle Beobachter ihr vorgeschlagen, zu heiraten und Mutter zu werden.

Winnie und Leon brachten ihre Tochter aufs Eis, bevor Grace vier Jahre alt war, und trainierten hart mit ihr. In diesen frühen Tagen, als Eislaufen einfach Spaß bedeutete, weil sie nur die Beste sein wollte, war Grace glücklich. Sie bettelte darum, eislaufen zu dürfen, und hasste es, nicht auf dem Eis zu sein. Damals wäre sie, wenn ihr Vater sie gelassen hätte, acht Stunden am Tag auf dem Eis geblieben. Grace wurde verhätschelt und geliebt und verwöhnt. Ihre Freundinnen waren andere kleine Mädchen, die ebenfalls trainierten und Stunden nahmen oder zum Eislaufclub gehörten. Manche von ihnen waren auch Schülerinnen von Leon.

Grace liebte ihre Eltern sehr und begriff erst nach dem Tod ihres Vaters, wie schwierig deren Ehe gewesen war. Ihr Vater war sehr viel älter als Winnie gewesen, und hatte sich mehr auf seine Schülerinnen konzentriert als auf seine Frau. Grace' Mutter war eine herrische Diva, die den widerstrebenden Leon auf alle möglichen Wohltätigkeitsveranstaltungen und Partys geschleppt hatte. Ihre Eltern waren in fast allen Punkten uneins gewesen, vor allem, wenn es um Grace' Training und ihre Ausbildung gegangen war. Grace hatte nie eine traditionelle Schule besucht, weder eine öffentliche noch eine private – sie war von Privatlehrern unterrichtet worden. Leon war nie ganz sicher gewesen, dass das wirklich das Richtige für Grace war.

Als Grace zwölf Jahre alt war, erreichten die Wettkämpfe ein ernstzunehmendes Niveau. Doch Grace gewann jeden Preis, den es in ihrer Altersklasse gab, und galt schnell als unbesiegbar. Inzwischen trainierte sie mehrere Stunden pro Tag auf dem Eis, nahm Gymnastikstunden, Ballett und machte regelmäßig Yoga. Die Familie zog erst von Atlanta nach Chicago, schließlich ließ sie sich in San Francisco nieder. Die Umzüge richteten sich immer nach den besten Trainings- und Ausbildungsmöglichkeiten für Grace, und nach den besten Aussichten als Trainer für Leon.

Doch als Grace vierzehn war, diagnostizierte man Bauchspeicheldrüsenkrebs bei ihrem Vater. Winnie suchte sofort nach einem neuen, härteren, strengeren und berühmteren Trainer für Grace. Es war beinahe so, als ob sie sich Mikhail ausgesucht hatte, ehe er gebraucht wurde.

Leon Banks starb nur wenige Monate nach seiner Diagnose. Winnie und Grace nahmen sich ein paar Tage frei, aber dann ging es wieder zurück aufs Eis. „Dein Erfolg bedeutete deinem Vater alles", betonte Winnie immer wieder. Es stimmte; Leon hatte immer das Beste für seine Tochter gewollt. Doch es war Winnie, für die das Gewinnen über allem stand. Egal wie hoch der Preis war, den man persönlich dafür zahlen musste. Das Eislaufen machte Grace inzwischen weniger Spaß, wurde aber lebenswichtiger, weil Winnie durchdrehte, wenn Grace einmal nicht auf dem ersten Platz landete.

Mit dreiundzwanzig, gleich nach den Winterspielen von Vancouver, kehrte Grace der Welt der Eiskunstlaufwettkämpfe den Rücken. Sie zog nach Portland, um dort bei einem liebenswerten älteren Paar zu wohnen, das früher für ihre Mutter gearbeitet hatte. Ross und Mamie Jenkins kannten Grace seit ihrer Geburt, Ross war der Fahrer der Familie und Mamie

Haushälterin bei ihnen gewesen. Sie hatten sich ein paar Jahre zuvor zur Ruhe gesetzt und hatten einen Blumenladen eröffnet. Sie nahmen Grace bei sich auf.

In Portland war Grace zusammengebrochen. Sie war erschöpft und litt unter Depressionen und Zukunftsangst. Mamie hatte sie wieder aufgepäppelt und ihr Zeit gelassen. Später erschien es Grace, als ob sie mindestens einen Monat am Stück nur geschlafen hätte. Dann sagte Mamie eines Abends zu ihr: „Wenn du noch einen Tag länger herumliegst, kannst du gar nicht mehr laufen. Du musst etwas tun – eine Entscheidung treffen. Such dir einen Job, geh zur Schule, irgendwas."

Grace wollte auf keinen Fall etwas mit Menschen zu tun haben. Sie glaubte auch nicht, dass sie irgendwelche nützlichen Fähigkeiten besaß. Also fing sie an, im Hinterzimmer des Blumenladens auszuhelfen, wo sie lernte, wundervolle Sträuße zu binden und Gestecke zusammenzustellen. Portland war eine unkonventionelle, interessante und einladende Stadt – nicht zu groß, nicht zu klein. Schritt für Schritt kam Grace aus ihrem Hinterzimmer heraus, um mit Kunden zu sprechen, manchmal auch Blumen auszuliefern, und ab und zu sogar auch, um Mamie und Ross beim Blumenschmuck für Hochzeiten zu helfen. Keiner machte ein großes Aufhebens um sie oder stellte ihr viele Fragen.

Jedes Mal, wenn in den Nachrichten oder in einer Sportsendung über eine wichtige Eiskunstlaufmeisterschaft berichtet wurde, klebte Grace am Fernseher und beobachtete jeden Schritt. Unverändert gab es immer eine kleine Randbemerkung über Izzy Banks, „die verwöhnte Göre auf dem Eis, die schärfste Konkurrentin bei allen Eiskunstlaufmeisterschaften, die offensichtlich den Druck nicht mehr länger ausgehalten hat", wie ein Sportreporter sie beschrieb.

Verwöhnte Göre. Mann, das tat weh.

Grace' Mutter meldete sich regelmäßig bei ihr, was bewies, dass auch Winnie diese Wettkämpfe nicht ignorieren konnte. Sie drängte Grace, nach Hause zurückzukehren und wieder mit dem Eiskunstlauf anzufangen. Doch die wenigen Unterhaltungen, die Mutter und Tochter miteinander führten, endeten alle im Streit. Danach sprachen sie monatelang nicht mehr miteinander.

Ein Jahr vor den Winterspielen in Russland 2014, als die dramatische Geschichte ihres Lebens erneut öffentlich untersucht wurde, wurde es Zeit für Grace, auf eigenen Füßen zu stehen. Sie hatte ein wenig Geld von ihrem Vater geerbt und beiseitegelegt, und sie hatte in Thunder Point *Pretty Petals*, den Laden, der Iris' Mutter gehört hatte, gefunden. Sie lebte schon eine ganze Weile in Thunder Point, als die Winterspiele stattfanden. Wenn Grace keine Zeit hatte, sie sich im Fernsehen anzusehen, nahm sie die Spiele auf. Wieder einmal gab es die üblichen Anspielungen über die erstaunlichen Ereignisse im Leben der Izzy Banks. Doch Thunder Point war eher eine Football- als eine Eiskunstlaufstadt, und niemand erkannte Grace.

Grace hatte sich nichts mehr gewünscht als ein Leben, das sie selbst im Griff hatte. Ein Leben, das kein schweißtreibendes Training, keine grausamen Rivalinnen, keine endlosen Reisen durch zu viele unterschiedliche Zeitzonen, keine verrückten Fans und auch keine schreckliche Einsamkeit beinhaltete. Sie wollte wissen, wie es sich anfühlte, echte Freunde zu haben anstatt einer Mannschaft von Trainern, Therapeuten, Sicherheitsleuten und Konkurrenten.

Sie hatte noch nie einen Freund gehabt.

Aber sie hatte schon mehr als eine Goldmedaille gewonnen. Sie hatte jeden bedeutenden Wettkampf der Welt gewonnen.

An den Tagen nach Weihnachten nieselte es. Typisches Oregon-Küstenwetter um diese Zeit. Grace' einzige Mitarbeiterin kam in den Laden, um zu kündigen. Sie hatte stundenweise für sie gearbeitet, aber sie war verheiratet, Mutter eines Kindes im Grundschulalter und konnte ihre Familie und den Blumenladen nicht mehr unter einen Hut bringen. Für Grace stellte diese Kündigung ein Problem dar, obwohl die Frau lediglich für den Verkauf von Blumensträußen zuständig gewesen war. Denn jetzt würde Grace wieder alles allein machen müssen, genau wie am Anfang, nachdem sie den Laden neu eröffnet hatte. Sie hatte sich eine Klingel an der Tür installieren lassen, damit sie die Tür abschließen und zwischendurch mal nach oben in ihr winziges Loft gehen konnte, wo sie die Klingel hören konnte. Außerdem musste sie den Laden immer, wenn sie wichtige Besorgungen zu erledigen hatte, abschließen. Sie brauchte eine Auslieferungsaushilfe.

Das Geschäft lief in der Woche nach irgendwelchen Feiertagen immer schlecht und im Winter, wenn die Tage kurz waren, besonders. Deshalb schloss Grace den Laden schon um vier Uhr nachmittags und fuhr zu Coopers Strandbar, um dort etwas zu trinken. Es überraschte sie nicht, dass Troy wieder aus Morro Bay zurückgekehrt war, wo er seine Familie besucht hatte. Allerdings war er allein hinter der Bar, was kein Wunder war, weil die Leute bei diesem kalten und nassen Wetter keine Lust auf einen Strandausflug hatten.

Troy hatte einen großen Stapel Bücher und Unterlagen neben seinem Laptop und einer Kaffeetasse vor sich auf dem Tresen. Sie setzte sich auf einen Barhocker. „Willkommen zu Hause. War es schön bei deiner Familie?", fragte sie.

„Mehr oder weniger. Meine Schwester hat drei ziemlich undisziplinierte Kinder, und ich musste auf dem Sofa schlafen. Das war nicht nur entspannt. Was darf ich dir bringen?"

„Bier."

„War das eine Bitte oder ein Befehl?"

„Bier, bitte." Sie warf einen Blick auf die Bücher. „Hausaufgaben?"

„Stundenpläne", meinte er und schlug die Bücher zu. Dann verstaute er alles und schob seine Sachen beiseite. „Meine Klassen kommen sich ein bisschen ins Gehege, also werde ich damit noch Spaß haben. Ich werde den Kindern die Möglichkeiten bieten, Extra-Punkte zu sammeln, wenn sie etwas recherchieren, was sie interessiert – zum Beispiel über eine Rockband oder Inlineskating oder vielleicht über eine Sportart wie Kajakfahren. Ich schreibe ihnen ein paar Beispiele auf."

„Das klingt fast unterhaltsam, allerdings nicht unterhaltsam genug. Warst du in den Ferien zum Skifahren oder so?"

„Nee", erwiderte er und zapfte ihr ein Bier. „Wir haben ein wenig Golf gespielt, aber das Wetter war nicht besonders. Ich fahre vielleicht noch einmal hoch auf den Mount Hood, bevor ich wieder zur Arbeit gehen muss. Vielleicht nur für einen Tag. Wenn ich mehr Zeit und Geld hätte, würde ich mir mal Tahoe ansehen. Und du warst also Trauzeugin."

„Stimmt. Ziemlich kurzfristig."

„Ich hörte, es war nicht gerade langfristig im Voraus geplant …"

„Das habe ich auch gehört. Iris hat gemeint, dass sie das spontan entschieden und dann auch einfach so getan hätten. Sie haben das Aufgebot bestellt, einen Standesbeamten, den Seth kannte, angerufen, Seths Familie informiert und es dann durchgezogen. Ich hatte nicht einmal Zeit, besondere Blumen zu bestellen." Sie nippte ein wenig an ihrem Bier. „Wie kommst du damit klar?"

„Gut", erwiderte er.

„Gut. Das ist gut."

Er stützte sich mit beiden Händen auf die Theke. „Ich bin mit meinem kleinen Bruder ausgegangen und habe mich grandios volllaufen lassen. Dann habe ich mir einen Jeep zugelegt, den ich mir eigentlich nicht leisten kann."

„Oh", sagte sie. „Gott, ich hoffe, dass dir dein Herz nicht so oft gebrochen wird, sonst bist du bald pleite."

„Ich wollte mir diesen Jeep ohnehin kaufen. Und ich hatte es mir verdient, mich mal so richtig volllaufen zu lassen."

„Ist das die Ursache für …" Sie streckte die Hand nach der abheilenden Schürfwunde auf seiner Stirn aus.

Er duckte sich vor ihren Händen weg. „Ich bin auf dem Sofa eingeschlafen, runtergefallen und habe mich am Couchtisch gestoßen."

Unwillkürlich musste sie lachen.

„Und mein Herz ist nicht gebrochen", erklärte er. „Nur eine kleine Wunde an den Herzkranzgefäßen. Gib mir ein oder zwei Wochen, und es wird mir vorkommen, als sei nie was passiert."

Blödsinn, dachte sie. Er sah total elend aus. „Du bist sehr belastbar", sagte sie und nippte an ihrem Bier.

„Ich vermute, da waren wir alle schon mal", meinte er.

„Wo?"

„Im Hotel der gebrochenen Herzen."

„Hmm. Ich glaube, ich war da noch nicht. Mein Herz wurde noch nie gebrochen. Jedenfalls nicht von einem Mann."

Troy schien einen Moment lang wie erstarrt. „Es gibt keine höfliche Art, das zu fragen, aber hat dir ein *Mädchen* das Herz gebrochen?"

Sie lachte. Es gab Zeiten, und das hier war so ein Moment, da hätte es ihr so gutgetan, jemandem ihre Geschichte zu erzählen, zu erklären, wie einem das Herz von einem skrupellosen Konkurrenten oder den Medien gebrochen werden konnte. „Ich vermute, es liegt nicht in meiner Natur, an einen Mann gebunden zu sein", erwiderte sie.

„Kein Freund?"

„Versuchst du mir etwas zu entlocken?", fragte sie. „Ich hatte ein paar tolle Freunde, nur halt nichts Ernstes. Keine festen Bindungen oder jemand, mit dem ich zusammen gewohnt habe."

„Warum habe ich noch keinen davon kennengelernt?", hakte er nach.

Sie zuckte die Achseln. „Ich nehme an, dass du nicht da warst, wenn einer von ihnen da war. Ich habe tatsächlich heute spätabends noch eine Verabredung."

„Oh? Wie ist er?", fragte Troy.

„Er ist so eine Art mittelalterlicher Ritter, der aber auch eine zarte, kultivierte Seite hat. Groß und muskulös, sehr sportlich und diszipliniert. Er ist auch klug. Weise."

„Fantastisch", erwiderte Troy. „Wo geht ihr hin?"

„Wir bleiben zu Hause. Vielleicht schauen wir uns einen Film an."

Troy zog die Brauen hoch. „Wenn ich unangekündigt auftauchen würde, würde ich ihn dann antreffen?"

„Sehr wahrscheinlich. Er ist ein bisschen besitzergreifend, aber das ignoriere ich total. Wie gesagt, ich bin niemand, der auf etwas Ernstes aus ist. Lass uns mal über deine Freundinnen sprechen."

„Ich schweige und genieße."

Sie straffte den Rücken. „Hm. Aber von mir erwartest du, dass ich rede!"

„Ich glaube, du hast geprahlt und auch ein wenig die Wahrheit verdreht. Du bist ein bisschen schräg, Grace. Das letzte

Mal, als wir an Halloween zusammen aus waren, warst du eine komplette Hexe, einschließlich des fehlenden Zahns. Und du hast mich verhext."

Sie lächelte, weil sie sich erinnerte. Sie hatte ihm gesagt, dass sie sein Ding schrumpfen lassen würde. „Wie hat es funktioniert?"

„Wie sich herausstellt, bist du keine so tolle Hexe. Also, wenn du behauptest, dein Herz sei noch nie gebrochen worden ..."

„Ach komm, ich hatte meinen Anteil an Enttäuschungen wie jeder andere auch, aber einfach noch keine Beziehung, die schlecht ausging. Wir können uns ein anderes Mal gegenseitig das Herz darüber ausschütten, wie wir mal sitzengelassen wurden. Das machen wir, wenn wir beide in unserer Trauer und im Selbstmitleid versinken. Aber nicht jetzt, okay? Ich habe so das Gefühl, dass du, wenn du mal damit anfängst ..."

„Hat Iris dich gebeten, nach mir zu sehen?"

„Auf keinen Fall. Sie sagte, du seist sehr erwachsen gewesen und hättest ihr alles Glück der Welt gewünscht. Und ich muss sagen, einen Jeep zu kaufen, den du dir nicht leisten kannst, ist definitiv eine reife Leistung." Dann grinste sie ihn an.

„Das ist ein toller Jeep. Vielleicht nehme ich dich mal auf eine Spritztour abseits der Straßen mit. Außerdem habe ich ja keine Familie, es ist also nicht so, als ob ich einem Baby die Milch weggenommen hätte."

Sie stützte den Kopf auf eine Hand. „Dir geht es immer um den Spaß, stimmt's, Troy?"

„Ich arbeite in zwei Jobs, Grace. Ich bin halt gerne aktiv."

„Und was ist deine Lieblingsaktivität?"

„Das ist eine Mischung aus Tauchen, Rafting oder Kajakfahren. Deswegen hat es mich nach Oregon gezogen, in eine

Stadt am Wasser. Und wegen der Rafting-Flüsse. Ich war zwischen Colorado, Idaho und Oregon hin- und hergerissen. Oregon hat das Rennen gemacht."

„Und du bist wegen der vielen Freizeit Lehrer geworden?"

„Und wegen des hohen Gehalts", erklärte er grinsend.

„Iris sagt, du seist der begnadetste Lehrer, den sie kennt", sagte Grace.

„Iris sollte ihre Messlatte ein wenig höher schrauben."

„Okay, du bist also immer noch ein bisschen angepisst?"

„Ich sagte bereits, dass ich noch ein oder zwei Wochen brauche", erinnerte er sie. Dann hob er die Tasse an die Lippen. „Wie verbringst du denn deine Freizeit am liebsten?"

Sie antwortete ihm nicht gleich darauf. „Ich brauche mehr Ausgleich in meinem Leben", erwiderte sie schließlich. „Der Laden kostet mich zu viel von meiner Zeit. Aber es ist ein gutes Trainingsprogramm."

„Blumen binden?", fragte er zweifelnd.

„Na hör mal! Ich stehe den ganzen Tag, hebe schwere Wassereimer voller frischer Schnittblumen, liefere kiloschwere Gebinde für Hochzeiten und andere Veranstaltungen aus, klettere täglich mehrfach in diesen Lieferwagen und wieder hinaus, hebe schwere Pötte und Säulen, und das, noch bevor ich putzen und meine Buchhaltung machen muss. Das ist nichts für Weicheier."

„Und was tust du zum Spaß?"

„Ich tanze gern", sagte sie. „Das tue ich zwar nicht oft, aber es macht mir Spaß."

„Ich wette, du warst mal Cheerleader", sagte er.

„Ich war noch *nie* Cheerleader. Ich hätte vermutlich Cheerleader werden können. Aber es interessierte mich nicht."

„Da wärst du aber das erste Mädchen seit Bestehen der Welt."

„Ich bin mir sicher, dass das nicht stimmt“, entgegnete sie. „Als ich in dem entsprechenden Alter war, ging ich zum Ballett oder jedenfalls so was Ähnliches. Das sind überhaupt nicht dieselben Bewegungen. Dazu braucht man, wie beim Blumenbinden, Kraft. Außerdem habe ich ein Bike.“

Er hob die Augenbrauen. „Eine Harley?“

„Ein Mountainbike. Wegen Eis, Regen, Kälte und glatten Straßen über Winter eingemottet.“ Sie trank den Rest ihres Biers aus und legte ihr Geld auf die Theke. „Ich würde gern bleiben und dir noch Gesellschaft leisten, aber ich bin verabredet.“ Sie ging zur Tür und drehte sich noch einmal nach ihm um. „Ich freue mich, dass es dir gut geht, Troy. Ich würde gern sehen, was der Jeep abseits der Straßen so kann. Vielleicht, wenn es ein wenig wärmer draußen wird. Und trockener.“

„Dann sind wir jetzt verabredet“, sagte er.

Doch Grace wusste, dass es keine richtige Verabredung war. Sie kehrte zu ihrem Laden zurück, ging allerdings nicht gleich hinein. Stattdessen lief sie erst nach oben in ihre kleine Wohnung, stellte übrig gebliebene Lasagne aus Carries Feinkostladen in die Mikrowelle, schlüpfte in ihren weichen Schlafanzug und schaltete den Fernseher ein. Während die Lasagne auf ihrem Teller abkühlte, zappte sie sich durch die Kanäle und wiederholte das so lange, bis ihre Lieblingsshow begann. Mit ihrem Abendessen auf dem Tablett und einem E-Reader in der Hand, öffnete sie ein altes und geliebtes Buch – *Der Wolf und die Taube* –, und dann machte sie es sich mit Wulfgar, ihrem mittelalterlichen Ritter, gemütlich.

Sie liebte ihn. Und sie vertraute ihm.

2. Kapitel

Als Cooper Troy nach seinen Plänen für Silvester fragte, erklärte sich Troy bereit, zu arbeiten. Er war nicht zum Skifahren gefahren und langweilte sich etwas – da konnte er genauso gut ein wenig Geld verdienen. Es war eine klare und kalte Nacht und Partynacht, aber das Coopers war nicht die Bar, in der gefeiert wurde. Cliff hatte ein gerammelt volles Restaurant, das bis nach Mitternacht geöffnet bleiben würde, um den Nachtschwärmern einen Ort zu bieten. Doch bei Coopers am Strand war nach acht niemand mehr.

Kurz nach acht schloss Troy daher alles ab und ging nach nebenan zu Coopers Haus, um ihm den Inhalt der Kasse zu bringen. Cooper und seine Frau Sarah packten gerade zusammen. Sie hatten auf der Terrasse gesessen, wo unter dem dunklen Sternenhimmel ein Feuer im Außenkamin brannte. „Ich hörte, dass Cliff ein bisschen Feuerwerk an der Bucht veranstalten will, sobald der Wind nachlässt", sagte Cooper. „Wenn wir dann noch wach sind, haben wir die besten Plätze der Stadt. Das Problem mit einem Haus wie diesem ist, dass man nie Lust hat, woanders hinzugehen."

„Bei euch sieht es ziemlich gemütlich aus. Das Feuerwerk weckt euch vielleicht auf", sagte Troy.

„Wir hatten Einladungen für Silvester", erklärte Cooper.

„Da bin ich mir sicher", sagte Troy und grinste. „Wirst du alt, Cooper?"

„Oh ja, ich glaube schon. Aber was ist mit dir – hast

heute Abend gearbeitet und schon vor neun alles aufgeräumt …"

„Ich werde noch an einem Laden anhalten, mir ein Sixpack kaufen und bei einem Freund vorbeigehen", meinte Troy, der loswollte.

„Ich erspare dir einen Weg", sagte Cooper. Er stand auf und holte sechs Pullen Heineken aus dem Kühlschrank. „Reicht das?"

Troy lachte. „So viel wollte ich gar nicht ausgeben. Was bin ich dir schuldig?"

„Hör auf." Cooper winkte ab. „Verschwinde einfach und guten Rutsch. Ich hoffe, dein Freund ist weiblich."

„Sie ist weiblich, aber nur eine Freundin. Ich hoffe, sie ist zu Hause, oder ich lande mit dem Sixpack noch allein in meiner Wohnung wie der hinterletzte Versager."

„Dir kam vermutlich gar nicht in den Sinn, sie vorher anzurufen?"

„Daran habe ich gar nicht gedacht", sagte Troy. „Wie gesagt, nichts Besonderes. Nur eine Freundin."

Doch Troy *hatte sehr wohl* darüber nachgedacht. Er war vollkommen darauf vorbereitet, dass Grace eventuell nicht zu Hause sein könnte. Oder vielleicht hatte sie Gäste eingeladen, wobei er sie irgendwie gern gestört hätte. Da Grace diese Freunde nie irgendwo vorzeigte, hatte er sich überlegt, dass er sie überraschen musste, um einmal einen Blick auf sie zu werfen. Er hätte wirklich gern gewusst, ob Grace genauso einsam war wie er. Denn zwei einsame Menschen konnten eine Abmachung treffen, die ihnen half, das alles durchzustehen. Warum nicht?

Er hatte in den letzten Tagen, seit sie während seiner Arbeitszeit bei Coopers vorbeigekommen war, immer wieder an sie gedacht. Grace war schon ein wenig länger in Thunder Point als er, aber bisher war sie ihm kaum aufgefallen. Er war ihr ein paarmal mit Iris begegnet. Grace brachte ihn zum Lachen. Sie war süß. Eigentlich hübsch, aber nicht auf umwerfende Art schön oder sexy. Wenn er ehrlich war, dann machten ihn Frauen wie Grace nervös. Sie wirkte so gesund und strahlend und irgendwie immer wie frisch gewaschen. Sie war sehr zierlich. Eine Frau im Körper eines Mädchens. Doch wenn sie anfing zu sprechen, dann verschwand das Mädchenhafte – Grace war klug, und sie besaß einen frechen, wachen Geist. Außerdem hatte sie Ecken und Kanten, so als ob sie schon eine Menge erlebt hätte.

Insgeheim war ihm klar, dass er nach einer Frau suchte, mit der er sich ein bisschen die Zeit vertreiben konnte. Er war noch nicht oft ohne Beziehung gewesen – das hier war vielleicht eine seiner längsten Durststrecken; er hatte sich zu lange auf eine Frau konzentriert, die er nicht haben konnte. Kurzen Beziehungen war er zwar nicht abgeneigt, aber er bevorzugte etwas Beständigeres. Was das betraf, hatte er ziemlich normale Maßstäbe. Zunächst einmal war ihm das Aussehen wichtig. Das war zwar nicht sein einziges Kriterium, aber jemand, der sich von seiner besten Seite zeigte, achtete auch auf sein Äußeres. Als Nächstes war es ihm wichtig, dass sie unternehmungslustig war. Troy liebte Extremsportarten. Es war nicht erforderlich, dass die Frau, mit der er zusammen war, ebenfalls auf extreme Sportarten stand, aber es war ihm wichtig, dass sie sich gern auf etwas Neues einließ. Dass sie sich gern im Freien aufhielt, und dass ihr sportliche Aktivitäten gefielen. Iris hatte diesen Anforderungen entsprochen. Sie war gern draußen, wanderte gern, fuhr Rad oder ging zum Paddeln. Außerdem hatte sie sich gern die Videos seiner Sportabenteuer angesehen.

Manchmal hatte sie sich dabei die Augen zugehalten, aber sie hatte sich seine anspruchsvollen Wildwasserfahrten angeschaut, wie er auf hohe Felsen kletterte, mit Haien, Walen und Tintenfischen tauchte.

Troy wollte also eine Frau, für die Sport kein Fremdwort war. Natürlich musste sie auch intelligent sein und einen Sinn für Humor haben. Und da er im Augenblick noch Wunden leckte, war es vielleicht eine gute Idee, wenn sie nicht so der Typ Klette war. Das machte aus Grace, die nichts Ernstes wollte, eine heiße Anwärterin. Sie schien sich ab und zu mit jemandem zu treffen, was normalerweise ein Grund für ihn war, sich zurückzuhalten, aber nicht jetzt.

Er klopfte an die Tür ihrer kleinen Wohnung im oberen Stockwerk über dem Blumenladen und erwartete eigentlich nicht wirklich eine Reaktion. Dann sah er, wie sich der Vorhang bewegte. Sie öffnete ihm die Tür in Yogahose, dicken Socken und einem übergroßen, langärmligen T-Shirt. Ihr Haar hatte sie zu einem Pferdeschwanz zusammengebunden. Troy neigte den Kopf und lächelte sie an. „Du hast heute keine Verabredung?"

„Im Augenblick nicht."

Troy versuchte an ihr vorbei in die Wohnung zu sehen. „Ist der mittelalterliche Ritter da?"

Sie stemmte eine Hand in die Hüfte. „Möchtest du hereinkommen, Troy?"

Er hielt das Sixpack hoch. „Falls du nicht zu beschäftigt bist. Ich habe Bier mitgebracht. Sorry, ich hätte vorher anrufen sollen."

Sie hielt ihm die Tür auf. „Ich bin überrascht, dass *du* kein Date hast."

„Hat sich nicht ergeben", meinte er beim Eintreten. Er hielt ihr ein Bier hin, nahm auch eins für sich selbst, bevor er ihren kleinen Kühlschrank aufmachte, um die restlichen Bierflaschen darin zu verstauen. „Oh-oh“, sagte er. Der Kühlschrank war sehr klein und vollgestopft bis obenhin. Nirgendwo Platz für ein Sixpack.

„Warte, ich mache das.“ Sie arrangierte den Inhalt des Kühlschranks so weit um, dass sie die restlichen vier Flaschen irgendwie noch darin unterbrachte. Die Pappverpackung warf sie weg.

„Bist du sicher, dass ich dich nicht bei irgendwas störe?“

„Komm rein, Troy“, sagte sie und schob ihn durch die winzige Küche zum Sofa. „Kannst du dir bitte die Schuhe ausziehen?“

Auf dem Bildschirm war ein Film zu sehen, den sie per Pausetaste angehalten hatte, und auf dem Couchtisch stand ein Teller mit etwas zum Naschen.

„Pizzabrötchen. Ich war gerade dabei, mir einen Mädchenfilm anzusehen, aber der läuft nicht weg. Und wie geht es jetzt weiter hier?“

Troy zog seine Schuhe aus und setzte sich ans andere Ende des Sofas. „Keine Ahnung. Ich habe bis eben in Coopers Strandbar gearbeitet, deswegen habe ich keine Verabredung oder so. Da war es heute Abend ganz schön tot, und jetzt ist es immer noch früh. Also blieben mir drei Möglichkeiten zur Auswahl – Cliff, Waylan oder du.“

„Du hättest mit deinem neuen Jeep hoch nach North Bend oder Bandon fahren können. In eine Bar, in der was los ist. Ein bisschen feiern.“ Sie hob den Teller und bot ihm ein Pizzabrötchen an.

„Danke.“ Er biss hinein und nickte anerkennend. „Nicht schlecht. Mir war nicht danach, mit einem Haufen fremder Menschen zu feiern“, sagte er. „Ich wollte einfach nur ein bisschen Gesellschaft haben, bevor ich nach Hause gehe." Er grinste sie an. „Und ich dachte, dass ich hier vielleicht einem deiner Freunde begegne."

„Oh, das ist also der eigentliche Grund, weshalb du nicht angerufen hast! Ich wollte heute Abend nicht ausgehen. Ich war laufen."

„Laufen? Hast du nicht genug Bewegung?"

„Heute waren es kurze Stunden im Laden. Das Schöne an einem Ein-Mann-Unternehmen wie meinem ist, dass ich den Laden schließen oder lange auflassen kann, ganz wie ich will. Für Kunden bin ich ja immer übers Handy erreichbar und kann ständig und überall Aufträge annehmen. Tatsächlich kann ich sogar, falls jemand etwas braucht, runterlaufen und schnell etwas zusammenstellen. Aber ich wusste, dass heute Abend keine Bestellungen mehr reinkommen würden. Es war herrlich am Strand! Da waren nur wenige Menschen unterwegs – Sarah Cooper mit ihrem Hund, ein paar Teenies, ein älteres Paar, das ich noch nie gesehen habe, vielleicht Urlauber. Und ich. Ich bin gern in Bewegung, aber hier gibt es kein Fitnessstudio, das zu meinen merkwürdigen Arbeitszeiten passt."

„Machst du viel Sport?", fragte er.

„Nicht regelmäßig. Nur mal eine Radtour oder eine Runde joggen. Ich mache kein Krafttraining mehr – davon habe ich im Laden genug! Meine Blumenmädchen-Gymnastik reicht. Ich tue nur was für den Kreislauf und damit ich Bier trinken und Pizzabrötchen essen kann." Sie bot ihm das letzte Brötchen an. Nachdem sie den leeren Teller wieder auf den Couchtisch zurückgestellt hatte, kuschelte sie sich mit hochgezogenen Beinen in ihre Sofaecke. „Erzähl mir von Weihnachten. Erzähl mir von deiner Familie. Steht ihr euch sehr nahe?"

„Ich glaube schon. Solange wir uns nicht zu oft sehen."

„Was heißt das?"

Troy trank einen Schluck von seinem Bier. „Ich liebe meine Familie. Wirklich. Wir kommen nicht so oft zusammen, aber wenn wir mal ein Familientreffen haben, dann freue ich mich immer sehr. Doch nach drei oder vier Tagen könnte ich meine Schwester umbringen und meinen Bruder auf den Mond schießen."

Sie rückte ein wenig nach vorne. „Echt?"

„Meine Schwester kann eine herrische kleine Zicke sein, und mein Bruder ist eine Vollkatastrophe. Jess war mit neunzehn verheiratet und hat dann gleich was für die demografische Entwicklung getan – meine Nichte wurde geboren, als Jess zwanzig war. Dann kamen ein Neffe und eine weitere Nichte. Meine Schwester denkt zwar, dass sie das Ruder fest in der Hand hat, aber, wenn du mich fragst, dann ist das Boot schon längst am Sinken. Die Kinder sind außer Rand und Band. Mein Schwager Rick ist bei der Feuerwehr und macht so viele Überstunden, wie er kann, das Haus ist ein einziges Chaos. Meine Theorie ist, dass Rick gern auf der Feuerwache ist, weil es der einzige Ort ist, an dem er mal in Ruhe ein Spiel im Fernsehen ansehen kann. Und mein Bruder Sam ist manchmal so ein Vollidiot. Er ist einundzwanzig, benimmt sich aber meistens wie sieben. Meine Mutter würde ihm noch das Fleisch klein schneiden, wenn sie dürfte. Er ist verwöhnt, und ihm fehlt jegliches Verantwortungsbewusstsein. Er bringt nicht mal seinen Teller zur Spüle, und er isst wie ein Scheunendrescher. Wenn er im Kühlschrank sieben übrig gebliebene Stückchen Pizza sieht, fragt er dann etwa, ob jemand noch was abhaben will? Natürlich nicht – er isst sie einfach alle auf."

Grace machte große Augen. „Muss es mir leidtun, dass ich gefragt habe?"

Troy holte Luft. „Nee. Ich komme nur gerade von einem dieser großartigen Familientreffen. Ich hätte lieber bei meinen Eltern im Motel bleiben sollen – bei meiner Schwester wird es schnell sehr eng."

„Deine Eltern waren im Motel? Warum?"

„Weil sie schlauer sind als ich! Aber wenn du jeden für sich genommen einen Tag lang um dich hast, sind sie wirklich großartig. Jess' Kinder sind vielleicht laut und unordentlich und hyperaktiv, aber sie sind außerdem auch *glücklich*! Rick ist ein ganz toller Mensch. Ich weiß nicht, wie Jess es geschafft hat, sich diesen Mann an Land zu ziehen. Und als ich schlechte Laune hatte und niemandem sagen wollte, was mich stört, hat mich Sam mit in die Stadt genommen. Die Stadt ist eher klein, es gibt nur drei Kneipen. Natürlich hat Sam nicht wirklich versucht, mich aufzuheitern, es ging ihm eher darum, noch schnell jemanden zu finden, den er flachlegen konnte, andererseits ..." Er schwieg.

„Andererseits...?", fragte sie ihn.

„Als ich einundzwanzig war, war das auch fast das Einzige, das ich im Kopf hatte. Fürchterlich."

Sie lächelte. „Und jetzt?"

„Ist es nicht mehr ganz das Einzige."

„Also liebst du deine Familie, wenn du sie nicht gerade hasst?"

„Ich bin verrückt nach ihr – wir gehen uns halt nur gegenseitig auf die Nerven. Wir sind, glaube ich, typisch. Ich sage mal – die Hälfte der Zeit würde ich meinem Bruder am liebsten eine reinhauen und meine Schwester schütteln, aber wenn tatsächlich einmal jemand die Hand gegen sie erheben würde, würde derjenige es mit mir zu tun bekommen. Ehrlich. Ich weiß nicht, wie meine Leute das mit uns ausgehalten haben. Wie sieht es mit deiner Familie aus?"

Grace antwortete ihm nicht gleich. Stattdessen stand sie auf und brachte den Teller und ihre leeren Flaschen in die Küche, machte zwei neue Flaschen auf und kehrte in ihre Sofaecke zurück. „Da gibt es wenig zu erzählen. Mein Vater ist gestorben, als ich vierzehn war, und ich bin ein Einzelkind. Meine Großeltern leben nicht mehr. Die einen starben, bevor ich geboren wurde, und die anderen, bevor ich achtzehn wurde. Es gibt noch ein paar sehr entfernte Verwandte, aber die kenne ich gar nicht. Ich habe einen Brief von jemandem bekommen, der behauptet, mein Cousin oder Halbcousin oder so etwas zu sein, aber er wollte mich bloß anpumpen." Sie lachte. „Er wusste offensichtlich nicht viel über mich."

„Wie hast du darauf reagiert?"

Sie lächelte. „Ich habe ihm zurückgeschrieben, dass es sehr nett von ihm sei, mich zu kontaktieren, dass ich im Augenblick aber kein Geld zu verleihen hätte."

„Niemand, hm?", fragte er. „Und deine Mutter?"

„Ist auch tot", log sie und wich seinem Blick aus. Sie war einfach noch nicht bereit, ihm alles zu erzählen. Außerdem hatte sie Iris die gleiche Geschichte erzählt. „Ich habe ein paar Freunde, aber vermutlich nicht so viele wie du. Das Paar, dem der Blumenladen in Portland gehört, wo ich gearbeitet habe, sind enge Freunde von mir. Wir haben immer noch Kontakt miteinander. Ich telefoniere jede Woche mit ihnen und besuche sie hin und wieder. Sie haben mich nicht nur in ihrem Laden angelernt, sondern mich auch unter ihre Fittiche genommen. Gute Menschen. Sie sind über sechzig und hatten nie Kinder, deswegen bin ich ihre Familie. Aber wir sind nicht miteinander verwandt. Und es gibt noch ein paar andere Freunde, die auch mit mir in Kontakt stehen – Mikhail, um nur einen davon zu nennen. Aber er ist ständig auf Reisen, deshalb sehen wir uns nie. Das könnte einer der Gründe dafür sein, weshalb ich mich so gut mit Iris angefreundet habe – weil wir kaum Familie haben. Und weil ich ihren Blumenladen gekauft habe. Manchmal betrachte ich Menschen wie Iris ... und ... na ja, dich – und ich fühle mich ein bisschen unnormal, so als ob ich mich einfach mehr anstrengen müsste ..."

„Iris? Und ich?"

„Ihr könnt beide sehr gut auf Menschen zugehen. Iris hat zwar keine Familie, aber einen unglaublich großen Freundeskreis. Jeder mag sie, und in der Schule verlassen sich alle auf sie. Und obwohl deine Familie nicht hier wohnt, wette ich, dass du mindestens einmal die Woche mit ihnen sprichst."

„So ziemlich", gab er zu.

„Du hast mit so vielen Leuten hier zu tun. Mit der Highschool, Coopers Strandbar, sogar dem Waylan's. Überall in der Stadt grüßt man dich, wenn man dich sieht! Und ich? Ich bin nicht nur ein Einzelkind, sondern bin nicht mal zur Schule gegangen. Ich hatte Privatunterricht. Ich fühle mich vielleicht ein bisschen zu wohl allein."

„Die Menschen hier sind doch ziemlich nett zu dir, oder?"

„Das sind sie. Das gefällt mir so gut an dieser Stadt. Aber ich bin eine Einzelgängerin."

„Aber du hattest eine Menge männlicher Freunde", erinnerte er sie.

„Das stimmt. Und sie waren alle großartig. Ich war mit einem Kerl zusammen, der tatsächlich eine eigene Farm in South Carolina hat. Und einem Mann mit einem britischen Adelstitel, einem – Viscount, glaube ich. Außerdem Malone – er besitzt einen Fischkutter und fängt Hummer an der Ostküste –, einen Barbesitzer und einen von der Bergpolizei, ein Navy

SEAL … sehr interessante, sexy Männer. Aber ich besitze einen Blumenladen, und meine Zeit ist kostbar."

Troy legte den Kopf schief und betrachtete sie. „Ich glaube, du ziehst mich auf, Grace."

Grace erhob sich von der Couch, ging zur Schrankwand und öffnete eine Schranktür unter dem Fernseher. Da standen, ordentlich nebeneinander aufgereiht, eine Vielzahl von Büchern – Taschenbücher und ein paar Hardcover. Unter diesen Büchern befand sich eine ähnlich große Sammlung von DVDs. Sie ließ die Tür aufstehen und kehrte zum Sofa zurück. Dann deutete sie mit einer anmutigen Bewegung auf das Bücherregal. „Mein Beschützer-Regal. Vom mittelalterlichen Ritter bis zum Navy SEAL. Und dann hätte ich Wrath beinahe vergessen … ich fürchte, er ist ein Vampir, aber ein sehr netter, sexy Vampir. Sie gehören alle mir."

„Sollten wir uns mal ein wenig über deine Medikamente unterhalten, Gracie?"

Sie lächelte. „Ich weiß, sie tun nur so, als wären sie echte Freunde, Troy. Aber sie betrügen mich nie, und ich musste mich auch noch kein einziges Mal auf Geschlechtskrankheiten untersuchen lassen." Dann lachte sie. „Ich habe nicht viel Platz, um Bücher und so zu verstauen, also lese ich das meiste auf meinem Kindle, aber ich habe da eine Spezial-Kollektion. Ohne die kann ich nicht leben. Was würde ich ohne meinen E-Reader machen?"

Troy spürte ein seltsames Ziehen in seinem Inneren, irgendwo in seiner Brust. Er wusste, das war ein Warnsignal, aber war es nicht viel zu früh für Gefühle? Eigentlich war er doch nur auf der Suche nach Freundschaft, doch es fühlte sich gut an zu wissen, dass Grace mit niemandem zusammen war. Dass sie tatsächlich noch nie mit jemandem zusammen gewesen war, war für eine Frau von ihrer Schönheit und in ihrem Alter ungewöhnlich. Aber es gefiel ihm.

„Wie sieht es bei dir mit echten Beziehungen aus?“, fragte er.

„Ich habe einen sehr anspruchsvollen Tagesablauf. Wenn du ein eigenes Geschäft besitzt, ist jeder freie Tag ein Tag ohne Einnahmen. Ich habe nicht sehr viel Hilfe im Laden. Ich hatte in den letzten paar Jahren immer mal wieder ein paar Aushilfen, aber im Augenblick habe ich niemanden – die letzte hat gerade gekündigt. Sie war sowieso keine so große Hilfe, aber wenigstens hielt sie im Laden die Stellung, wenn ich Blumen ausgeliefert habe. Ich muss mir da etwas überlegen. Wie gesagt, ich brauche dringend ein ausgeglicheneres Leben.“

„Hast du schon mal daran gedacht, Schüler aus der Highschool oder Collegestudenten einzustellen? Oder vielleicht zwei, die sich einen Job teilen könnten, zwei Aushilfen, die zusammen eine Ganztagskraft bilden könnten? Es gibt auf der Highschool so viele, die nicht aufs College wollen oder die gern studieren würden, sich aber die Studiengebühren nicht leisten können.“

„Gute Idee, aber wenn ich inseriere, um eine Aushilfe zu finden, meldet sich fast niemand.“

„Du musst den Job an der richtigen Stelle ausschreiben. Es gibt in der Highschool ein Arbeits-Studien-Programm. Wenn du eine Schüleraushilfe in etwas ausbilden kannst, kriegen sie die Leistung für den Abschluss gutgeschrieben und bekommen einen Vormittag oder Nachmittag frei, um zu arbeiten. Hat Iris dir das noch nie vorgeschlagen?“

Grace sah ihn interessiert an. „Nein! Soll ich sie bitten, mir dabei zu helfen?“

„Ja“, erwiderte er. „Nicht heute Abend. Heute Abend trinken wir Bier und essen etwas. Was hast du da? Ich könnte noch etwas holen gehen …"

„Hast du großen Hunger? Ich mache richtig gute Nachos. Und ich habe noch ein paar schwarze Oliven, Sour Cream und Tacofleisch sind auch noch übrig …"

„Au *ja*", sagte er.

„Hast du noch nicht zu Abend gegessen?"

„Nur ein paar von Coopers Minipizzen …"

„Und du behauptest, dein kleiner Bruder fresse wie ein Scheunendrescher?" Sie ging in die Küche.

„Bist du sicher, dass du nicht willst, dass ich noch mal losgehe, um uns etwas zu essen zu holen? Ich mag dich nicht darum bitten, etwas zu essen zu machen", sagte er.

„Geh nicht", erwiderte sie. „Es macht mir nichts aus, und ich habe Appetit drauf."

Sie beugte sich nach vorne, um in ihrem kleinen Kühlschrank herumzusuchen. Troy spürte, wie ihm heiß wurde. Ihre Yogahose saß wirklich gut. Er musste wegsehen und tief Luft holen. Manchmal, so dachte er bei sich, bemerkt man das, was man direkt vor der Nase hat, einfach nicht. Er hatte die ganze Zeit darüber nachgedacht, ob Iris die Richtige für ihn war. Obwohl sie ihm klargemacht hatte, dass sie für ihn tabu war, hatte er sich nie die Mühe gemacht, andere Frauen kennenzulernen. Und hier war Grace, direkt vor seiner Nase. Sie machte ihn heiß.

Er wusste, dass sie kompliziert war. Sie behauptete, ihr Leben sei langweilig, und dass es da nicht viel zu erzählen gebe, Einzelgängerin … Er wusste genau, dass das alles nur Fassade war. Doch es machte ihm nicht das Geringste aus.

„Dann lass mich dir wenigstens helfen", bat er und gesellte sich zu ihr.

Sie stellten einen fabelhaften Teller Nachos zusammen und hatten allerdings schnell keine Salsa mehr – ihr kleiner Kühlschrank und die Regale in der winzigen Küche waren nicht geeignet für größere Vorratshaltung. Die nächste Stunde verbrachten sie damit, über die Stadt zu reden, und die Flüsse, auf denen Troy im Sommer gern unterwegs war, und die Kinder, die Troy unterrichtete. Doch jedes Mal, wenn er Grace eine Frage über ihr Leben stellte, gab sie ihm nur eine kurze Antwort und lenkte die Unterhaltung wieder auf ihn.

„Du weißt, dass es Schlafzimmer gibt, die größer sind als dein Loft", sagte er zu ihr. „Du wohnst wie eine Collegestudentin."

„Ich weiß. Ich halte mein Leben so einfach und die Kosten so gering wie möglich, bis der Laden besser läuft, und er läuft immer besser. In Thunder Point finden zwar nicht so viele Hochzeiten statt, aber ich beliefere eine Menge Hochzeiten außerhalb. Das ist mörderisch viel Arbeit, aber wird auch gut bezahlt. Wo wohnst du?"

„In einem kleinen, alten Apartment am Stadtrand. Ich habe es mit alten Möbeln aus meiner Familie eingerichtet. Du sparst für deinen Blumenladen, und ich spare für meine Reisen."

Ihm fiel auf, dass sie da große Augen machte, und er fragte sich, weshalb. Neid? Sehnsucht? Überraschung? Etwas anderes? Er erzählte ihr von seinen sommerlichen Tauchtrips, von winterlichen Skireisen und gelegentlichen Jagdausflügen mit alten Kumpeln aus dem Marine Corps.

„Marines?", fragte sie ihn.

„Ich war ein Jahr im Community College und dann beim Militär und ein Jahr im Irak. Dann war ich wieder hier. Auf die Art habe ich meinen Collegeabschluss finanziert, mit dem Bildungsprogramm für Soldaten. Ich war im Rang nur ein niederer Ledernacken, habe aber tolle Freundschaften geschlossen. Nicht weit von hier, in den Bergen, kann man gut jagen. Ich nehme dich mal mit, wenn du magst."

„Oh, ich habe noch nie ein Gewehr angefasst", sagte sie. „Die Jagd ist nichts für mich."

„Dann nehme ich dich wegen der Landschaft mit."

Gerade als sie über Waffen sprachen, drang etwas wie Gewehrschüsse durch die Nacht. Sie drehten sich beide gleichzeitig, wie einer geheimen Choreografie folgend, um und zogen die Rollläden des Fensters hinter dem Sofa hoch. Am dunklen Himmel über der Bucht explodierten bunte Feuerwerkskörper wie helle Feuerbälle, die in tausend Funken vom Himmel herabregneten.

„Feuerwerk", sagte sie atemlos.

„Der Wind war in den letzten Jahren immer zu stark", sagte Troy. „Ich glaube, Cliff hat jemanden angestellt, der sich um das Feuerwerk kümmert. Nicht schlecht für eine abgelegene kleine Stadt wie diese hier."

„Thunder Point ist voller Überraschungen!"

Troy drehte sich zu Grace und fasste ihr ans Kinn. Dann lehnte er die Stirn gegen ihre Stirn. „Find ich auch."

„Hör zu, Troy", sagte sie, ohne nervös dabei zu klingen. „Ich ... Es gibt da ein paar Dinge ..."

Er unterbrach sie mit einem zärtlichen Kuss und nahm sie in den Arm. Es war ein sanfter und kurzer Kuss. Sein Instinkt sagte ihm, dass er es hier mit einer bedeutenden, unbekannten emotionalen Situation zu tun hatte, und er langsam und vorsichtig vorgehen sollte. Er küsste sie noch einmal ganz behutsam auf den Mund.

„Was für Dinge?", fragte er.

Sie holte tief Luft. „Ich habe dir nicht die ganze Geschichte meiner Familie erzählt und wie ich aufgewachsen bin …"

„Ich weiß", erwiderte er.

„Wieso? Du weißt etwas über mich …? Gibt es etwas …"

„Psst", sagte er. „Ich bin Highschool-Lehrer. Ich wittere Ausreden und Ausflüchte mehrere Meilen gegen den Wind. Das ist eine für meinen Beruf absolut erforderliche Fähigkeit. Du hast mir also noch mehr zu erzählen? Das ist in Ordnung, Gracie. Keine Panik. Du erzählst mir einfach alles, wenn du mir vertraust und dich bei mir gut aufgehoben fühlst."

„Okay?", sagte sie.

Er lachte leise in sich hinein. „Okay. Wir sind nur Freunde. Und wir lernen uns gerade besser kennen. Nimm es locker."

Dann beugte er sich noch einmal zu ihr und küsste noch einmal ihre Lippen, während die Geräusche des Feuerwerks die Hintergrundmusik bildeten. Er war zärtlich und süß, wollte sie auf keinen Fall erschrecken.

„Ich habe keinerlei Erfahrung", flüsterte sie, als er seine Lippen von ihrem Mund löste.

„Na ja, außer dem Navy SEAL, dem Ritter und dem Vampir?", fragte er mit einem lachenden Unterton in der Stimme.

Sie lächelte. „Ja, außer ihnen habe ich nicht viele Erfahrungen. Als ich fünfzehn war, war ich mal mit einem Typen namens Johnny zusammen. Die Beziehung hat ungefähr zehn Stunden gedauert, glaube ich. Er war fantastisch, aber dann stellte sich heraus, dass er schwul ist."

Er gab ihr einen Kuss. „Ich bin nicht schwul."

„Ja, das hatte ich befürchtet."

„Es gibt nichts zu befürchten", sagte er. „Es ist alles gut."

„Sollten wir nicht draußen am Dock sein, um uns das Feuerwerk anzusehen?", fragte sie.

„Hm-hm“, erwiderte er und schüttelte den Kopf. „Wir sollen genau hier sein.“ Dann schlang er die Arme etwas fester um sie und bedeckte ihren Mund erneut mit Küssen, die jetzt heißer waren, leidenschaftlicher und vielversprechend.

So gegen ein Uhr morgens ging Troy, aber Grace blieb auf der Couch sitzen. Sie schnappte sich ein Kissen und eine Decke und beschloss, die Nacht gleich dort zu verbringen, wo es passiert war. Dort, wo sie sich geküsst und miteinander gekuschelt und geflüstert hatten. Sie strich sich mit der Zunge über die Lippen, befühlte sie mit ihren Fingerspitzen, dachte an Troy und spürte seinem Geschmack nach. Das letzte Mal war sie in Portland von einem Neffen von Ross und Mamie geküsst worden. Das war inzwischen über zwei Jahre her. Er hieß Gary, den Nachnamen hatte sie längst vergessen. Er hatte sich wie ein Ertrinkender an ihren Lippen festgesogen und versucht, ihr mit der Zunge die Mandeln zu entfernen. Er war dreimal damit durchgekommen, bevor sie ihn schließlich bat, damit aufzuhören.

Sie war sehr schlecht vorbereitet auf eine Beziehung und hatte keinerlei Erfahrungen. Falls sie mal, was selten geschah, in jemanden verknallt gewesen war, war ihr die Flirterei ziemlich auffällig und plump vorgekommen. Sie hatte ein Auge auf Troy geworfen, aber weil sie Iris’ Freundin war und Troy ein Jahr lang um Iris gekreist war, hatte sie sich nie etwas anmerken lassen. In ihrer Jugend hatte sie meistens allein trainiert, die einzige Ausnahme waren die jüngeren Schüler und Schülerinnen ihres Vaters gewesen – fast ausschließlich Mädchen. Natürlich hatte es in Eiskunstlaufkreisen und anderen Sportarten auch Männer gegeben, die an nationalen und internationalen Wettkämpfen und Meisterschaften teilnahmen.

Doch einige Eiskunstläuferinnen, mit denen sie konkurrierte, waren viel weiblicher gewesen als sie – groß mit Brüsten, weltgewandt, sexy und zum Flirten aufgelegt. Und die hassten Grace. Dafür gab es aus deren Sicht auch jede Menge Gründe. Grace war in einem Haushalt mit Geld aufgewachsen, während die anderen größtenteils Eltern hatten, die gleichzeitig in verschiedenen Jobs arbeiteten, um das Training ihrer Kinder bezahlen zu können. Grace konkurrierte häufig mit älteren Eiskunstläuferinnen, weil man mit ihrem Talent und ihrer Stärke rechnen musste. Und obwohl Geld nichts mit der Fähigkeit, einen Doppel-Axel springen zu können, zu tun hatte, neigten die anderen Mädchen dazu, sich zu verhalten, als könne man Medaillen kaufen.

Ihre größte Rivalin war ein gleichaltriges Mädchen. Sie hieß Fiona Temple. Fiona hatte Grace einmal bei einer Meisterschaft geschlagen, nur ein einziges Mal, aber das genügte, um Fiona davon zu überzeugen, dass ihrem Starruhm nur noch Izzy Banks im Wege stand. Fiona hasste Grace und verbreitete, wann immer sie konnte, Unwahrheiten über sie. Fionas Eltern ließen diese Geschichten bei der Presse durchsickern. Grace war damals zwölf Jahre alt und hatte die Zeit nie vergessen. Damals hatte Fiona den anderen Eiskunstläuferinnen erzählt, Grace sei eine reiche Zicke, und dass deshalb für sie alles viel leichter sei.

Grace hatte geweint und Winnie davon erzählt. „Sorge dafür, dass sie dich nie weinen sehen!“, hatte Winnie ihr geraten. „Niemals! Trage den Kopf hoch und besiege sie stattdessen beim nächsten Wettkampf! Besiege sie!“

Das hatte Grace ohnehin vorgehabt, aber es fiel ihr sehr schwer, sich nicht verletzt zu fühlen. Doch sie hörte auf ihre Mutter, bemühte sich um Haltung und ignorierte die anderen, die daraufhin natürlich anfingen, sie als arrogante Göre zu bezeichnen, der alles hinterhergeworfen wurde.

Und dann machte Grace etwas, das eine Menge Staub aufwirbelte. Winnie hatte sie vorher gewarnt und sie gebeten, den Mund zu halten. Doch Grace hatte es nicht für sich behalten können. Sie beschuldigte einen berühmten Eiskunstlauftrainer der sexuellen Belästigung einer minderjährigen Eiskunstläuferin. Grace lernte schnell, dass man wie eine Aussätzige behandelt wurde, wenn man gewisse Dinge laut aussprach, auch wenn sie noch so wahr waren. Außerdem hätte ein klügerer und erfahrener Mensch einen stichfesten Beweis gehabt, bevor er seinen Mund geöffnet hätte. Als Grace ihren eigenen Trainer um Rat bat, war Mikhail sehr deutlich geworden. „Er ist ein Stück Dreck, aber es bringt dich nicht weiter, das laut auszusprechen."

Der weltberühmte Eiskunstlauftrainer war nicht angezeigt worden. Er hatte allerdings seinerseits Izzy und Winnie angezeigt. Schließlich hatten sie sich auf einen Vergleich geeinigt, und Winnie musste zahlen. Ein Jahr, nachdem Grace sich aus dem Eiskunstlaufwettkampf zurückgezogen hatte, war der Trainer dann tatsächlich verhaftet und schließlich wegen sexueller Belästigung minderjähriger Schüler verurteilt worden.

Grace hatte recht gehabt. Sie war rehabilitiert. Das tat ihr sehr gut.

So ganz ohne Freunde war Grace nicht aufgewachsen. Doch ihre wenigen Freundschaften waren eher oberflächlich und ein bisschen schwierig gewesen. Während alle anderen Mädchen sich ein Hotelzimmer teilten, um Geld zu sparen, buchte Winnie immer geräumige Zimmer für sich, Grace und Mikhail. Dadurch hielt sie Grace einmal mehr von ihren Altersgenossinnen fern. Die einzigen Eiskunstläufer, die Grace nicht fürchtete, waren die Läufer aus dem männlichen Team. Und die meisten dieser Männer wollten *wirklich* nur ihre Freundschaft.

Ihre Eltern konnten ihr auch nicht als Vorbild für eine gesunde, starke Liebesbeziehung dienen. Ihre Mutter hatte ihren Vater geheiratet, weil sie seinen Schutz gebraucht hatte. Ihr Vater hatte ihre Mutter geheiratet wie vorher schon einmal eine andere Eiskunstläuferin, die ihm zwanzig Jahre, bevor Grace auf die Welt kam, ebenfalls ein Kind geboren hatte. So sehr Grace ihren Vater immer vergöttert hatte, verstand sie aber eines – ihm gefiel ein ganz spezieller *Typ* Frau. Jung, verletzlich, bedürftig, die bereitwillig alles tat, was er verlangte, weil sie davon überzeugt war, dass er ihr zum Sieg verhelfen würde.

Für Grace war die Ehe ihrer Eltern das perfekte Beispiel dafür, was sie *auf keinen Fall* in einer Beziehung wollte. Ihre anderen Ratgeber in Sachen Romantik standen im Bücherregal – Liebesgeschichten und ein paar klassische Frauenromane. Sie und Iris hatten oft genug darüber debattiert. Einige dieser Bücher waren pure Fantasie, einige vollkommen unlogisch und basierten auf Zufällen. Doch einige ihrer Lieblingsliebesgeschichten drehten sich um starke Frauen und Männer. Grace hatte die fiktiven Probleme, Fehltritte und -entscheidungen dieser Männer und Frauen genauestens studiert und daraus gelernt. Jedenfalls hoffte sie das.

Auf Troy war Grace nicht vorbereitet gewesen. Sie hatte sich zwar seit langer Zeit jemanden wie ihn gewünscht, aber nicht ernsthaft geglaubt, dass sie so einem Mann je im Leben begegnen würde.

Troy hatte sie auf eine wundervolle und aufregend zärtliche Art geküsst. Und leidenschaftlich – heiß, atemlos und wunderbar. Grace dachte darüber nach, was er zu ihr gesagt hatte: „Du bist mit niemandem zusammen. Ich bin mit niemandem zusammen. Scheint so, als ob wir den Augenblick genauso gut miteinander genießen können. Stimmt's?"

Eigentlich hätte sie sich gern in ihn verliebt, aber das, dachte sie, lag vermutlich an ihrer mangelnden Erfahrung. Er war also einsam und hatte endlich akzeptiert, dass Iris weitergezogen war. Doch das war Grace egal. Sie mochte seinen Mund, seine Arme, die Hände. Dann würde sie eben mit ganzer Kraft versuchen, sich nicht zu sehr in ihn zu verlieben.

Grace schmiegte sich in ihre Decke auf dem Sofa und dachte, dass das eigentlich auch gar keine Rolle spielte. Sie hätte sich nie vorgestellt, dass sie so etwas erleben würde, schon gar nicht mit dem Mann, nach dem sie sich schon lange sehnte. Sie hatten sich stundenlang geküsst. Er hatte sie weder bedrängt noch wie eine behandelt, mit der er sich bloß die Zeit vertrieb. Es war *herrlich* gewesen! Sie beschloss, einfach die Augen zu schließen und von ihm zu träumen. Davon zu träumen, dass sie auch den nächsten Schritt gemeinsam gingen. Sie war achtundzwanzig und wollte endlich wissen, wie es sich anfühlte.

Als sie eingeschlafen war, träumte sie stattdessen von Mikhail, dem kleinen sechsundsechzigjährigen Russen, der am Stock ging, mit dem er seinen halb auf Russisch und halb auf Englisch gebrüllten Befehlen Nachdruck verlieh. Es ist so unfair, dachte sie und wachte langsam durch ein klopfendes Geräusch auf, das nichts mit Mikhails Stock zu tun hatte.

Plötzlich bekam sie Angst, und ihr Herz fing an zu rasen. Wer klopfte denn mitten in der Nacht an ihre Tür? Doch dann sah sie, dass es schon anfing hell zu werden und hörte im selben Augenblick Troys Stimme. „Gracie? Gracie? Ich bin's!", rief er leise.

Sie öffnete ihm die Tür. Er hielt eine Tüte in der Hand. „Was um alles in der Welt machst du bei Morgengrauen hier?"

Er schaute auf die Uhr. „Grace, es ist neun."

„Neun? Es sieht aus, als ob die Sonne nicht mal aufgegangen ist!"

„Ein bedeckter Tag. Ich habe Frühstück mitgebracht, und dann nehme ich dich mit. Wir sehen uns den Sturm an."

„Warum?", fragte sie stirnrunzelnd.

„Weil die Wellen riesig sind und ich glaube, dass du mich brauchst, damit ich dir zeigen kann, wie man Spaß hat."

„Hör mal, ich weiß selbst, wie man Spaß hat."

„Die ganze Zeit arbeiten, und dann noch mal zur Entspannung ein bisschen trainieren. Nee. Du brauchst definitiv einen Coach. Wir fangen klein an – nur ein bisschen Sightseeing. Bei dem riesigen Schwell sind die Wellen großartig."

„Aber es ist kalt."

Er stellte seine Tüte auf ihrem kleinen Tisch ab. „Und es ist sogar irgendwie feucht draußen. Du solltest dir etwas Warmes anziehen, aber zuerst frühstücken." Er zog ein paar Fastfood-Burritos und Kartoffelpuffer aus der Tüte. Viele. Auf dem Tütenboden standen zwei große Kaffeebecher.

„Hast du Hunger, Troy?"

„Ich sterbe vor Hunger." Er setzte sich hin und pulte die Verpackung von einem der Frühstücksburritos. „Komm, Grace. Mach mit. Du wirst begeistert sein. Versprochen."

„Ich wollte, weil heute der Laden zu ist, eigentlich ein bisschen Papierkram aufarbeiten. Buchhaltung und so Zeug."

Er schüttelte den Kopf. „Siehst du, was ich meine? Das ist genau der Grund, weshalb ich hergekommen bin. Ich kenne dich zwar noch nicht so gut, aber ich weiß bereits, dass du zu viel arbeitest. Ich habe zwei Jobs und schaffe es trotzdem, mir immer mal ein paar Tage freizunehmen." Er biss ein großes Stück von seinem Burrito ab. „Es ist Neujahrstag. Ein *Feiertag*!"

Grace saß ihm gegenüber und griff nach einem Burrito. Er hatte recht. Er hatte nicht nur recht, sondern sie hatte ihm gestern Abend selbst gesagt, dass sie mehr Ausgleich zur Arbeit wollte. „Hast du eine Aversion davor, etwas zu planen?"

„Nein", sagte er. „Ich bin normalerweise höflicher – rufe vorher an, treffe Verabredungen, die ganzen Sachen, die Mädchen so mögen. Ich arbeite daran. Doch jetzt sollten wir uns einfach amüsieren, finde ich. Vor allem heute."

„Es gibt eine Menge Footballspiele im Fernsehen."

„Die zeichne ich auf", erwiderte er. „Ich sehe sie mir später vielleicht nicht alle an, aber ich sitze gewiss nicht den ganzen Tag drinnen herum, wenn ich andere Sachen machen kann. Du wirst noch froh sein, dass ich dich an die frische Luft geschleppt habe", versprach er ihr.

„Das werden wir ja sehen", sagte sie, war aber schon beinahe überzeugt.

3. Kapitel

„Die noch unbeantwortete Frage lautet, warum du dich selbst zu meinem Spaßcoach ernannt hast?“, meinte Grace, sowie sie in Troys Jeep saßen und losfuhren.

„Das ist überhaupt nicht kompliziert“, sagte er. „Ich brauche eine, die so unternehmungslustig ist wie ich. Ich arbeite viel. Ich setze mich sehr für meine Schüler ein. Ich arbeite mindestens an zehn Tagen im Monat in meinem Zweitjob. In den Schulferien und an den Wochenenden schaffe ich es dennoch, mir etwas Zeit freizuhalten. Cooper ist großartig. Er lässt mich mehrere Tage am Stück freinehmen, damit ich Zeit für meine Aktivitäten habe. Wenn ich nicht arbeite, dann will ich etwas machen, was Spaß macht. Meistens Ski fahren, tauchen oder Ausflüge auf dem Fluss. Weil man hier so toll Ski fahren und tauchen kann, fahre ich nur einmal im Jahr richtig weit weg. Es gibt noch eine Menge Orte, die ich dringend sehen muss – Costa Rica, Barcelona, Paris, Montreal, China, um nur ein paar davon zu nennen. Mein Lieblingssport ist Kajakfahren oder Rafting. In dieser Gegend gibt es Flüsse, die mich noch den ganzen Frühling und Sommer beschäftigen werden. Wer weiß? Vielleicht magst du es ja auch irgendwann einmal probieren. Vielleicht auch nicht. Aber wir leben hier an einem großartigen Ort, Grace – hier gibt es unheimlich viele Dinge, die man machen kann.“

„Ich brauche eine, die so unternehmungslustig ist wie ich“, wiederholte sie, als ob das das Einzige war, das sie mitbekommen hatte. *Ich war schon überall auf der Welt,* dachte sie. *Ich könnte beinahe als Reiseführerin arbeiten.* Außer, dass sie die Länder, in denen sie schon gewesen war, nie wirklich bereist und sich nichts angesehen hatte. Sie war auf der ganzen Welt bei Wettkämpfen gewesen. Um zu gewinnen. Normalerweise mit einem Stab von Leuten. Und jetzt brauchte Troy eine, mit der er etwas unternehmen konnte?

Ihr Herz schlug ein wenig schneller.

„Das ist aber noch nicht alles", erklärte Troy. „Ich scheue mich nicht davor, solche Sachen allein zu machen. Ich lerne ständig neue Leute kennen, großartige Menschen, die die gleichen Interessen haben wie ich. Aber, Grace, ich glaube, mit dir macht das alles Spaß. Lass uns mal sehen, ob es nicht irgendwas gibt, das dir noch mehr Spaß macht, als die ganze Zeit zu arbeiten."

„Da legst du den Finger auf die Wunde", pflichtete sie ihm bei. „Das Problem ist, dass ich ein eigenes kleines Unternehmen habe. Und jeder Tag, den ich mir freinehme ..."

„Ich weiß, jeder freie Tag ist für dich ein Tag ohne Einnahmen."

„Du hast gut aufgepasst", sagte sie.

„Es ist bewundernswert, ein eigenes kleines Unternehmen zu haben. Aber ich glaube, dein Laden ist eine Fußfessel mit Kette und Stahlkugel. Es geht doch darum, Arbeitszeiten zu finden, mit denen du leben kannst, Grace. Die Leute brauchen nicht jeden Tag vierundzwanzig Stunden lang Blumen. Und ich wette, du wärst eine glücklichere Ladenbesitzerin, wenn du ein bisschen öfter rauskommen würdest."

Natürlich hatte er keine Vorstellung davon, wie oft sie sich dieses Rauskommen genehmigte, weil sie nicht viel darüber sprach – ihr Yoga, ihr Training, das heimliche Eislaufen. „Also, deshalb glaubst du, du könntest mich einfach so entführen?"

„Echt jetzt, Grace. Entführen?“

„Geiselnahme.“

„Sieh dir diese Küste an“, sagte er, als sie weiter nach Norden fuhren. „Verdammt! Ich glaube, das ist kein guter Tag zum Angeln. Hast du die Küste schon einmal von so weit oben aus gesehen?“

„Natürlich“, log sie. Tatsächlich war sie einmal von Portland aus an der Küste entlang nach Süden gefahren, hatte dabei aber kaum auf die Landschaft geachtet, sondern ein Angebot für den Blumenladen abgegeben. Danach war sie sofort wieder zu Mamie und Ross zurückgefahren, wo sie eine Woche lang mit einer Panikattacke zu tun hatte, weil sie plötzlich Angst davor bekommen hatte, ganz auf sich allein gestellt zu sein. Sie war damals dermaßen nervös gewesen, dass sie sogar ihre Mutter angerufen hatte! Am Ende hatte Grace den Anfall irgendwie überstanden. Und als Iris ihr Angebot akzeptiert hatte, war sie direkt nach Thunder Point gefahren, ohne wirklich auf die Schönheit der Küste zu achten.

Grace und Troy fuhren an den Randgebieten von North Bend und dann an Coos Bay vorbei. Es war Feiertag, deswegen hatten nur sehr wenige Geschäfte geöffnet. Ein paar Bars und ein chinesisches Restaurant schienen ein paar Gäste zu haben, und an der Tür eines Souvenirladens am Highway hing ein beleuchtetes Geöffnet-Schild. An den Tankstellen wurde gearbeitet, und eine Feuerwache hatte die großen Tore ebenfalls weit geöffnet. Doch es war kaum Verkehr. Vermutlich waren alle zu Hause geblieben, um sich die Footballspiele anzusehen und sich von Silvester zu erholen.

„Hast du schon mal einen Tag wie heute erlebt?“, fragte Troy sie auf dem Weg zum Meer. Er bog zu einem kleinen Aussichtspunkt ab, der direkt am Wasser lag. Am Himmel hingen dunkle Wolken, und es blies ein heftiger, feuchter Wind. Auf dem Meer erkannte man stellenweise Regen, und es hatten sich riesige Wellen aufgebaut. Die Luft war kalt, und der Spaßcoach grinste breit. „Das wird *großartig*“, sagte er.

„Was in Gottes Namen hast du mit mir vor?“, fragte sie.

Er lachte, als ob er das alles extrem lustig fand. Dann setzte er sich eine Strickmütze auf und sprang aus dem Jeep. Sie folgte ihm. Er nahm sie bei der Hand und zog sie einen Pfad entlang, von dem sie wusste, dass er ans Ende des Aussichtspunktes führte, weil sie schon den ohrenbetäubenden Lärm der sich brechenden Wellen hören konnte. Als sie den Gipfel erreichten, trat sie in einer plötzlichen Anwandlung von Angst einen Schritt zurück. Die Wellen wirkten wie ein großes Gebirge, bevor sie gegen die Felsen donnerten.

„Lieber Gott“, sagte sie, und nur Gott konnte sie bei diesem Lärm verstehen.

„Komm“, sagte Troy. „An manchen Stellen sind sie dreißig Meter hoch. Das sind die höchsten Wellen der Welt. Wir können noch näher herangehen. Es passiert nichts.“

Sie schüttelte den Kopf. „Ich kann alles ganz gut sehen!“

„Was?“

Sie formte mit den Händen einen Trichter an ihrem Mund und brüllte ihm ins Ohr: „Ich sehe genug!“

Er lachte. Dann näherte er sich ihrem Ohr mit dem Mund. „Es ist sicher. Schau, da ist eine Steinmauer. Keine Gefahr, da auszurutschen. Ich kann von hier aus sehen, dass sie trocken ist. Ich möchte ein paar Fotos mit dem Handy machen.“

Es war ein sehr niedriges Mäuerchen, ungefähr kniehoch. Grace schüttelte den Kopf. Vehement.

„Hast du Angst, Grace?“, fragte er brüllend.

Sie nickte.

„Ich gehe mal gucken“, brüllte er. Dann ließ er ihre Hand los und ging auf dem Pfad noch weiter bis an die Kante. Wellen türmten sich so hoch auf wie die Stelle, an der sie stand, und krachten dann unter ihr zusammen. Der schmale gewundene Weg führte weiter abwärts, aber sie blieb zurück, weil ihr die hohen Klippen angesichts der dreißig Meter hohen Wellen viel zu unsicher waren. Troy ging natürlich weiter.

Die Wellen waren prächtig, das musste Grace zugeben. Die Wucht, mit der sie gegen die Klippen donnerten, war *überwältigend*.

Troy lehnte mit dem Rücken zum Meer an der niedrigen Steinmauer und winkte ihr zu. Sie winkte zurück. Dann sprang er über die Mauer und ging noch ein wenig weiter bis zur Klippenkante. Grace spürte, wie sich ihr der Magen vor Angst zusammenzog. Um Himmels willen! Da stand doch ein Schild! Nicht weitergehen! Aber Troy war jenseits der Mauer, drehte sich zu ihr um und rief etwas, das sie wegen des Lärms nicht verstehen konnte. Deshalb schüttelte sie bloß den Kopf. Er streckte die Arme wie ein großes Victory-Zeichen in die Luft.

Und dann baute sich hinter ihm die Monsterwelle des Tages auf. Grace machte tellergroße Augen, öffnete überrascht den Mund und musste dann zusehen, wie die riesige Welle auf Troy niederging. Sie schrie erschrocken auf, weil sie Angst hatte, dass die Welle ihn ins Meer spülen könnte, doch als die Welle weg war, stand er da und sah aus wie ein begossener Pudel. An seiner Schulter hing ein Placken altes Öl.

Grace atmete erleichtert auf. Troy stand einfach nur da. Pitschnass. Dann wischte er sich das Schmieröl von der Schulter und kletterte über die Mauer zurück.

Nach ein paar erleichterten Atemzügen und als sie ganz sicher war, dass ihrem Spaßcoach nichts passiert war, schlang

Grace die Arme um sich selbst und sank hysterisch lachend auf die Knie. Sie konnte kaum sehen, wie er auf sie zukam, weil sie vor lauter Lachen Tränen in den Augen hatte. Seine Jacke und die Hose waren komplett durchnässt und wegen des Wassers sehr schwer, deshalb konnte er nur langsam gehen. Grace hätte ihm gern erklärt, dass sie ab jetzt die Führung übernehmen würde, aber sie war nicht in der Lage zu sprechen. Langsam erhob sie sich, und als er endlich bei ihr war, stand sie aufrecht vor ihm. Sie nahm seine Hand und zog ihn den Weg entlang zu seinem Jeep.

„Oh, mein Gott“, brachte sie heraus. „Oh, Troy!“

„Es sind nur drei Grad“, sagte er zitternd. „Krieg dich ein! Hör auf zu lachen!“

„Tut mir leid“, erwiderte sie, konnte aber nicht aufhören zu lachen. „Ich hatte keine Ahnung, dass du ein so lustiger Spaßcoach sein kannst! Steig ein – ich fahre.“

„Das ist m-m-mein neuer Jeep!“

„Du zitterst. Ich fahre, drehe die Heizung auf, und du schälst dich aus den nassen Klamotten. Ich nehme nicht an, dass du eine Decke im Auto hast?“

„N-n-nein. Das war eine M-m-m-Monsterwelle!“

„Da stand ein Schild!“, sagte Grace. „Wolltest du auch schon mal in einem Fass die Niagara-Fälle runterfahren?“

„Witzig! Du bist ja so w-w-witzig.“

„Oh Gott, ich wünschte, ich hätte ein Foto gemacht. Hier“, sagte sie und öffnete ihm die Beifahrertür. „St-st-steig ein!“ Erneut wurde sie von einem Lachkrampf geschüttelt.

Bis sie auf der Fahrerseite eingestiegen war, hatte er bereits den Motor angelassen. „Zieh die Jacke aus und wirf sie hinten rein. Und diese Mütze auch“, sagte sie, zog sie ihm vom Kopf und warf sie über die Schulter auf den Rücksitz. Er brauchte eine Minute, um sich die Jacke auszuziehen, und als er das erledigt hatte, fing sie an, sein T-Shirt anzufassen. „Gar nicht so schlecht, ehrlich, aber trotzdem nass. Das waren schätzungsweise hundertfünfzig Liter Wasser.“ Dann berührte sie seine Hose, streichelte ihm über Schenkel und Knie. „Oh-oh. Die ist klatschnass. Zieh sie aus. Die Heizung wird ziemlich schnell warm werden.“ Sie legte den Sicherheitsgurt an, fuhr einen U-Turn und in Richtung Straße.

„Das war wirklich das Lustigste, das ich je in meinem Leben gesehen habe“, sagte sie.

„Halt den Mund, Grace.“

Das sorgte nur für weitere Lachanfälle. „Entspann dich. Ich bringe das für dich in Ordnung. Hoffentlich.“

„Wie?“

„Wirst du sehen. Sei nicht so griesgrämig – ich kriege dich schon trocken.“

Troy richtete sämtliche Heizungsdüsen auf sich und drehte den Ventilator auf. „Zum Glück bin ich nicht über die Klippe gespült worden“, murmelte er und rieb sich die Hände.

„Ich gebe zu, das wäre nicht so lustig gewesen“, sagte sie.

„Du lachst ganz schön gewaltig für so eine kleine Person.“

„Ich weiß.“

Ein paar Minuten später hielt sie vor dem Souvenir-Shop an. „Was machst du?“, fragte er.

„Wirst du gleich sehen.“ Sie schnappte sich ihre Tasche und sprang aus dem Auto. Den Motor ließ sie seinetwegen laufen. Sie joggte in den Laden und kam keine fünf Minuten später mit einer Rolle Papiertüchern in der einen und einer Einkaufstüte in der anderen Hand zum Auto gelaufen. „Die hat mir die Kassiererin geschenkt“, erklärte sie und händigte ihm die Papiertücher aus. „Und das ist für dich!“ Sie zog breit grinsend ein

Sweatshirt aus der Tüte. Auf dem Sweatshirt stand *Mein Herz schlägt für Coos Bay*. „Ich habe dir das größte Sweatshirt gekauft, das es gab. Und eine kurze Hose." Sie zog eine kurze Hose für Frauen, eine mit Gummizügen an den Beinen, aus der Tasche. „Die gehört eigentlich zu einem Schlafanzug, aber sie ist in XL. Sie hatten leider keine Hosen für Männer, nur Oberteile. Das ist alles, was sie hatten, aber es ist trocken."

„Du machst Scherze, stimmt's?"

„Es ist okay. Du hast schmale Hüften. Wenn die hier nichts zum Anziehen gehabt hätten, hätte ich dich zu der Feuerwache gefahren, aber das hier ist besser. Und du musst die Sachen auch nie wieder tragen, nur so lange, bis du zu Hause bist." Sie reckte den Hals und sah sich um. Sie waren allein auf dem Parkplatz. „Zieh dein T-Shirt aus und trockne dich gut ab …"

„Im Auto?"

„Du bist ein Mann! Männer ziehen sich, wenn es sein muss, mitten auf der Straße aus! Männer pinkeln von Booten!"

Er riss sich das Shirt vom Leib und benutzte die Papiertaschentücher, um sich Haare, Hals und die feuchte Brust abzutrocknen. Dann zog er das Sweatshirt über. „Gut. Das ist gut."

„Hose. Komm schon."

„So nass ist meine Hose gar nicht."

„Du bist komplett durchnässt. Ich schaue auch nicht hin", sagte sie und wandte sich ab.

„Ist schon in Ordnung, aber danke, dass du daran gedacht hast."

„Deine Hose ist nass, und es ist kalt. Du hast schon den ganzen Sitz durchnässt – zieh das Ding aus und setz dich auf einen Packen Papiertücher. Selbst wenn wir es schaffen, hier alles warm zu kriegen, kannst du nicht in der kalten, nassen Hose sitzen bleiben."

„Es ist Neujahrstag, und alles hat zu. Woher wusstest du von diesem Laden?“

„Wir sind vorhin auf dem Weg nach Norden daran vorbeigekommen. Eben gerade habe ich überlegt, welches Geschäft wohl am Feiertag auf sein könnte – mir fiel aber nur dieser Souvenirladen ein.“ Sie lächelte. „Ich hätte dir beinahe noch ein paar Kühlschrankmagnete mitgebracht.“ Sie berührte ihn an der Schulter. „Zieh doch die schöne trockene Hose an, Troy. Ich mache auch die Augen zu. Außerdem ist da vermutlich sowieso nicht viel zu sehen, so kalt und nass wie du bist.“

Er zog die Brauen hoch. „Ist dir vielleicht mal der Gedanke gekommen, dass ich mich genau aus dem Grund nicht vor dir ausziehen will?“

„Also gut“, sagte sie. „Ich gehe wieder in den Laden zurück. Es ist niemand sonst auf dem Parkplatz. Zieh dich um.“

Und damit verschwand sie aus dem Auto und ging wieder in den Laden. Sie plauderte eine Weile mit der Kassiererin über Troy und wie prüde Männer doch manchmal waren. Dann schaute sie auf ihre Uhr und fand, dass inzwischen genug Zeit vergangen war. Auf den Anblick, der sie draußen erwartete, war sie allerdings nicht vorbereitet.

Eine Polizeistreife parkte neben dem Jeep, und Troy stand auf nassen Socken und in den Frauenshorts neben einem Polizisten. Sie konnte sehen, dass er zitterte vor Kälte, während er mit dem Polizisten sprach.

Oh nein! dachte Grace. Er muss gerade dabei gewesen sein, sich umzuziehen, als die Polizei auf den Parkplatz einbog.

Natürlich hatte er die Schuhe ausgezogen, um die Hose loszuwerden. Sie konnte sich vorstellen, was der Officer gedacht hatte! Sie ging auf die beiden Männer zu, um Troy zu helfen und seine Erklärung zu bezeugen.

Doch stattdessen musste sie noch einmal laut loslachen und war absolut machtlos dagegen.

Troy bestand darauf, selbst zu fahren. Er klapperte zwar nicht mehr mit den Zähnen und zitterte auch nicht mehr, doch er war immer noch ein wenig außer sich. Und blickte immer wieder Grace an, die aus dem Fenster sah und krampfhaft versuchte, nicht wieder loszulachen. Bei dem Versuch schnaubte sie hin und wieder ein bisschen.

Schließlich wandte sie sich ihm zu, hielt sich aber die Hand vor den Mund. „Also, wie ist die Polizei ins Spiel gekommen?"

„Der Officer hat sich an mich herangeschlichen, als ich gerade meine Hose wechseln wollte. Ich war eindeutig im Nachteil. Meine nassen Jeans lagen auf dem Sitz, und diese hübschen, kleinen Shorts, die du mir netterweise gekauft hast, hingen mir noch auf Knöchelhöhe. Ich war gerade dabei, mich abzutrocknen, als ich hochschaute und er mich durch das Autofenster anstarrte. Er sagte mir, ich solle aus dem Auto steigen. Kaum hatte ich ihm die Situation erklärt, bist du aus dem Laden gekommen und hättest dir beinahe vor Lachen in die Hose gemacht. Ich schreibe der Stadtverwaltung einen Brief. Ich halte es für unangemessen für einen Polizisten, vor Lachen zu furzen."

Grace wandte rasch den Blick ab und schaute aus dem Fenster. Sie schnaubte noch einmal. Dann bekam sie einen Schluckauf.

„Ich bin froh, dass du dich so prächtig amüsierst", grummelte er.

„Lässt du mich bei meinem Blumenladen raus?", fragte sie ihn.

„Oh-no, auf keinen Fall, Gracie. Ich habe vielleicht meinen ersten Versuch, dir zu zeigen, wie man Spaß haben kann, vergeigt, aber ich gebe nicht auf. An einem Feiertag machst du keine Buchhaltung! Ich räume nur schnell auf, und dann versuchen wir es noch einmal."

„Wirklich, Troy. Du warst ein toller Spaßcoach! Ich glaube nicht, dass ich schon einmal in meinem Leben so viel gelacht habe." Sie lachte ein bisschen und biss sich schnell auf die Lippen. „Aber vielleicht bist du sauer auf mich, weil ich gelacht habe. Und das klingt nicht nach Spaß."

„Ich bin nicht sauer", erwiderte er schnippisch. „Ich bin *nass*!" Er holte Luft und sagte: „Es wird lustiger, wenn ich trocken bin und keine Mädchenhose trage."

„Ich finde dich gerade jetzt sehr lustig", sagte sie und grinste ihn an.

Er parkte hinter seinem Wohnblock und ging mit ihr hinauf in den zweiten Stock. Die nasse Kleidung legte er vor die Wohnungstür und schloss auf. Sobald sie in der Wohnung waren, sah sie sich um. „Wow. Schön."

Er lächelte. Von außen war das Haus ein schäbiger alter Wohnkomplex, aber innen hatte Troy ein bisschen Arbeit investiert. Zum einen hatte er die Wohnung frisch gestrichen. Dann hatte er sich einen schönen, langflorigen und flauschigen Teppich gekauft, um ihn auf die alte und abgetretene Auslegeware im Wohnzimmer zu legen. Er hatte ein paar hübsche Regale an der Wand und einen Fünfundsiebzig-Zoll-Flachbildschirm. Außerdem hatte er das eine und andere repariert und ein paar Dinge ausgebessert. Zum Beispiel den Duschvorhang durch eine Glastür ersetzt. Außerdem hatte er die Badezimmerschränkchen abgeschliffen und neu gestrichen und die Wohnung geschrubbt, als gehöre sie ihm. Das alte Ledersofa seiner Eltern hatte genau ins Wohnzimmer gepasst. Ein Holztisch mit Metallplatte und hohe Stühle waren das einzig Neue, das er besaß. Seine Schlafzimmermöbel waren auch erst ein paar Jahre alt. An den Wänden hingen ein paar gerahmte LeRoy-Neiman-Drucke, die er gesammelt hatte. Die Rahmen waren wertvoller als die Drucke, aber ihm gefiel Neimans Sportkunst.

„Fühl dich wie zu Hause. Nimm dir, was du willst – Essen, Getränke, was auch immer. Hier ist die Fernbedienung. Ich muss duschen. Ich beeile mich."

Troy ließ Grace in seinem kleinen Wohnzimmer stehen. Nachdem er sich unter dem heißen Wasserstrahl endlich den Geruch von Salz und Algen abgespült hatte, lächelte er in sich hinein. Grace war ein Freigeist. Ein bisschen wild und unkontrolliert, aber mit einer inneren Freude und einer munteren Verspieltheit, die ihn ziemlich anmachte. Er hätte vielleicht ein wenig beleidigt spielen sollen, weil sie sich dermaßen begeistert über ihn lustig gemacht hatte, aber um ehrlich zu sein, hätte er es gar nicht anders haben wollen. Das war nicht das Lachen eines verklemmten, kleinen Mädchens. Grace hatte von Kopf bis Fuß vor Lachen gebebt. Sie hatte Leidenschaft.

Troy ging in Gedanken noch mal die Checkliste durch und rückte den Punkt *Sie muss ein fröhlicher Mensch sein* nach ganz oben an die erste Stelle seiner Anforderungen. Wenn das hieß, dass sie über seine Schwächen lachte, konnte er damit leben. Grace kam ihm weder weinerlich noch selbstmitleidig vor oder wie eine Klette oder zu sehr auf der Suche. Wenn er von einer Frau erwartete, dass sie Spaß verstand, dann musste er auch so sein. Schließlich hatte ihn niemand gezwungen, über diese Mauer zu springen. Er hatte ein bisschen angeben wollen. Troy gab gern an.

Grace' Reaktion bewies vielleicht, dass sie die perfekte Kandidatin war. Als er ins Wohnzimmer zu Grace zurückkehrte, hatte sie es sich in einer Ecke seines Sofas gemütlich gemacht und hielt mit beiden Händen eine Tasse mit irgendwas Heißem. Ihre Stiefel standen neben dem Sofa, und sie trug leuchtend pinkfarbene Socken. Im Fernseher lief eines der vielen Footballspiele, die immer an Neujahr kamen. Er baute sich vor ihr auf, stemmte die Hände in die Hüften und lächelte sie an.

„Fühlst du dich besser?", fragte sie ihn ein wenig verlegen.

„Ich bin versucht, dich festzuhalten und dir etwas zu geben, das dir wirklich einen Grund zum Lachen gibt. Bist du kitzelig, Gracie?"

Sie schreckte ein wenig zurück. „Denk nicht mal daran", warnte sie ihn und hielt ihm die Tasse entgegen. „Ich bin bewaffnet."

„Was ist das?"

„Heiße Schokolade. Du hattest ein paar Beutelchen davon im Schrank neben dem Kühlschrank."

Er runzelte die Stirn. „Die könnten schon sehr alt sein."

„Ich glaube nicht, dass Schokopulver vergammelt. Möchtest du probieren?"

„Danke", sagte er und griff nach der Tasse. Sie gab sie ihm, und er stellte die Tasse hinter sich auf dem Tisch ab. Dann hielt er sie auf dem Sofa fest. Während sie kreischte und ihn anflehte und lachte, versperrte er ihr mit seinem Körper den Fluchtweg und kitzelte sie durch.

„Es tut mir leid. Es tut mir leid. Es tut mir leid", quietschte sie.

„Was tut dir leid, Grace?", fragte er, während er sie auf dem Sofa festhielt.

„Es tut mir leid, dass ich über dich gelacht habe und dein empfindliches männliches Ego verletzt habe", sagte sie und lächelte.

„Ohh", grollte er und kitzelte sie noch weiter.

„Aah! Es tut mir leid, es tut mir leid, es tut mir leid! Hör auf, hör auf!"

„Was tut dir leid?"

„Okay, ich habe die Fassung verloren und dich ausgelacht, als du verletzlich warst, und das tut mir leid. Nicht kitzeln!"

„Ein Polizist hat mir gedroht, mich wegen unsittlichen Verhaltens in der Öffentlichkeit einzusperren!", sagte Troy. „Er hielt mich für einen Parkplatz-Räuber!"

Auf Grace' Gesicht erschien ein strahlendes Lächeln. „Das war das Beste", sagte sie. „Tut mir leid, aber das war der beste Teil von allem. Obwohl diese Welle ... ich werde so etwas in meinem ganzen Leben nicht noch mal sehen! Du bist ein ganz besonders guter Spaßcoach."

„Es lag nicht in meiner Absicht, dass du dich auf meine Kosten amüsierst", sagte er. Doch er lächelte dabei. „Ich wollte dir eigentlich zeigen, wie man sich eine schöne Zeit macht."

„Und das ist dir gelungen", erwiderte sie und sah ihm, ebenfalls lächelnd, in die Augen. „Denk mal, wie erfolgreich du gewesen wärst, wenn du *lesen* könntest. Ich meine, da stand ein Schild! Darf ich dir eine heiße, aber etwas schale Schokolade machen?"

„Nein danke! Ich glaube, meine Mutter hat sie mir in einem ihrer vielen langweiligen Carepakete geschickt. Was sollen wir heute noch unternehmen? Möchtest du ausgehen? Hast du eine Idee?"

Sie schüttelte den Kopf.

„Dann lass uns drinnen bleiben", schlug er vor. „Lass uns

ein bisschen was zu Essen machen. Ich habe noch ein paar Sachen im Gefrierfach. Ich habe Steaks und Brötchen. Oder wir können uns Chickenwings machen oder Pizza. Ich habe auch Bier da, aber keinen Wein."

„Ich habe noch Wein im Blumenkühlschrank", erwiderte sie. „Aber ich esse im Moment so viel ungesunde Sachen, das macht mich etwas träge."

„Ich schneide eine Zwiebel und Gürkchen für die Brötchen. Ich habe noch ein bisschen Kartoffelsalat, aber ich weiß nicht ..."

„Riskant?", fragte sie.

„Inzwischen sehr wahrscheinlich. So viel Spaß musst du dann auch nicht verstehen."

„Oh, das ist dein Spiel? Du möchtest jemanden, der jeden Spaß versteht und mitmacht?"

Er gab ihr einen schnellen Kuss. „Ich möchte mich mit jemandem amüsieren, der sich gut selbst amüsieren kann. Ich habe das Gefühl, eine dunkle Ahnung, dass du in dieser Hinsicht keine Hilfe brauchst."

„Okay. Noch ein Tag mit Kohlehydraten und Fett. Aber wenn wir das nächste Mal gemeinsam essen, essen wir Grünzeug."

„Ich liebe Grünzeug", log er.

Er gab ihr seinen Autoschlüssel, damit sie mit seinem Jeep losfahren konnte, um ihren Wein aus dem Blumenladen zu holen. Sie war schnell wieder da und brachte außer dem Wein auch ein Scrabblespiel mit. Außerdem hatte sie auch noch eine DVD aus ihrer Lieblings-nicht-Frauenfilm-Sammlung mitgebracht, *R.E.D.*

„Ich liebe *R.E.D.*!", sagte er, nachdem er einen Blick auf die DVD geworfen hatte.

„Nur für den Fall, dass du etwas anderes möchtest als Sport“, sagte sie. „Aber ich kann auch Football gucken, so lange du willst.“

Sie spielten eine spannende Partie Scrabble, die Troy nur um ein Haar gewann. Dann machten sie es sich auf dem Sofa gemütlich, um sich *R.E.D.* anzusehen, kuschelten und küssten sich immer wieder. Später am Nachmittag standen sie gemeinsam in der Küche, um sich ein paar Steaksandwiches zu machen, die sie von großen Tellern vor dem Fernseher aßen. Troy fragte sie über Footballmannschaften und Statistiken aus. „Du bist ein großer Footballfan“, stellte er schließlich fest.

„Ich bin ein kleiner Footballfan“, korrigierte sie ihn. „Oder vielleicht ein mittelgroßer. Ich genieße das Spiel, aber anders als einige andere Menschen lebe ich nicht dafür. Und ich habe ein gutes Gedächtnis für Footballstatistiken.“

„Und dein Lieblingssport?“, fragte er.

„Das ist eine schwere Frage. Ich glaube, ich sehe mir alle Wettkampfsportarten gern an.“

„Ich glaube, ich lade dich zu meiner Super-Bowl-Party ein“, sagte er, während sie das Geschirr spülten.

„Du gibst eine Super-Bowl-Party?“

„Hm-hm“, erwiderte er, führte sie wieder zur Couch und zog sie mit sich herunter, um sie noch einmal in die Arme zu nehmen. Es gefiel ihm, dass sie nicht vor ihm zurückschreckte.

Er schlang ihr die Arme um die Taille, und sie legte ihm ihre Arme ganz fest um den Hals.

Es war die dunkelste Zeit des Winters. Die Sonne ging schon unter, und das einzige Licht kam aus der Küche und aus dem Fernseher.

„Wer kommt zu deiner Party?“, fragte sie ihn, während sie ihm die Lippen an den Hals drückte.

„Ich denke an eine sehr kleine Party. Könnte eine Privatparty werden.“ Er liebkoste ihren Rücken, strich ihr mit der Hand über den Po und über die Schenkel. „Vielleicht nur wir beide.“

„Ich schlafe nicht mit dir“, erklärte sie ihm.

Er löste sich von ihr. „Niemals?“

„Ich bin noch nicht so weit“, erklärte sie ihm weiter. „Ich möchte dich erst besser kennenlernen.“

„Das ist sehr vernünftig“, sagte er und küsste sie erneut. „Aber Gracie, du schmeckst wirklich so gut …“

„Das ist süß. Ich bin dennoch noch nicht so weit.“

„Meinst du, du bist noch lange nicht so weit? Denn, Süße, du machst mich wirklich sehr an. Und ich habe heute für dich auf den Klippen von Coos Bay mein Leben riskiert. Nur, um dich glücklich zu machen.“

Leise lachte sie. „Du bist so ein großzügiger Mensch. Ich lasse es dich wissen, wenn ich so weit bin.“

„Nur so aus Neugier, Grace, wartest du auf ein Zeichen?“

Sie nickte. „Tue ich. Außerdem möchte ich sicher sein, dass du die Sache mit Iris komplett überwunden hast. Sonst würde sich das zu merkwürdig anfühlen für mich.“

Troy löste sich sofort ein wenig von ihr. Er wurde ernst. „Iris ist verheiratet, Grace.“

„Das weiß ich. Ich war dabei.“

„Hör zu, ich sage dir wie es ist. Ich bin verrückt nach Iris. Sie ist ein großartiger Mensch und eine tolle Beratungslehrerin. Ich betrachte sie als gute Freundin. Es stimmt, ich dachte lange Zeit, dass wir, wenn sie es zulassen würde, mehr als Freunde sein könnten, aber wir waren nicht auf derselben Wellenlänge. In Ordnung? Wir waren noch *nie* auf derselben Wellenlänge. Obwohl sie es mir immer und immer wieder erklärt hat, habe ich immer gehofft, sie würde es sich doch noch anders überlegen. Was sie nicht getan hat."

„Das weiß ich alles, aber du darfst nicht vergessen, dass Iris meine beste Freundin ist. Ich möchte nicht, dass es merkwürdig zwischen uns wird."

„Ich hoffe, wir können alle noch ganz, ganz lange befreundet sein", sagte er. „Wenn ich dich küsse, denke ich nicht an Iris. Ich denke dann an niemanden außer an dich."

Sie runzelte leicht die Stirn. „Ich bin mir ziemlich sicher, dass du mir meine Frage nicht beantwortet hast", sagte sie.

„Iris hat die Liebe ihres Lebens geheiratet, ihre einzige und wahre Liebe. Selbst wenn ich immer noch etwas für Iris übrighätte, würde ich es niemals zugeben. Erst recht nicht dir gegenüber. Aber ich habe nichts mehr für sie übrig. Jedenfalls nicht in dieser Hinsicht. Sie ist ihren Weg weitergegangen, und ich auch. Glaubst du mir das?"

Grace lächelte schwach. Ihr Gesichtsausdruck verriet, dass sie ihm überhaupt nicht glaubte, aber sie konnte nicht mit ihm darüber diskutieren, ohne ihn einen Lügner zu nennen. „Okay, ich glaube dir", sagte sie schließlich. „Aber es gibt da auch noch ein paar Dinge von meiner Seite … Ich möchte, dass du mich ein bisschen besser kennst."

„Ich bin bereit, wann immer du damit einverstanden bist. Aber bis jetzt bist du die Geheimnisvolle. Du hast mir ein paar sehr vage Antworten gegeben, als wir über dein Leben, deine Familie, deine Freunde gesprochen haben …"

„Ich weiß, Troy. Da ich als Einzelkind und ziemlich isoliert aufgewachsen bin, neige ich dazu, alles für mich zu behalten. Wenn du einfach ein bisschen Geduld hast …"

Er beugte sich zu ihr und küsste sie noch einmal. Sie schmolz dahin.

„Wie findest du mich bis jetzt?“, fragte er sie nach diesem Kuss.

Sie lächelte, ohne sich aus seiner Umarmung zu lösen. „Du wächst mir allmählich ans Herz.“

„Du kannst mir vertrauen. Wenn du bereit bist, mir mehr zu erzählen, kannst du mir vertrauen. Und du darfst mich alles fragen.“

„Okay. Eine wichtige Frage, bevor ich weiterrede: Bist du dir sicher, dass du mich nicht nur ins Bett kriegen willst?“

4. Kapitel

Am zweiten Januar machte Grace eine Inventur in ihrem Lager. Sie brachte ihren Kalender auf Stand, machte die Blumenbehälter sauber und schrieb sich eine To-do-Liste. Ende Dezember waren zwei Paare bei ihr gewesen, die Kostenvoranschläge für ihre Hochzeiten im Frühling haben wollten. Das nächste große Ereignis war der Valentinstag, und sie wollte zügig damit anfangen, den Laden entsprechend zu dekorieren. Außerdem war bald Frühling. Dann war ihr Blumenlager voller und schöner denn je. Aber das Wichtigste auf ihrer Liste war eine Aushilfe für den Laden zu finden, weil sie unbedingt mehr Zeit mit ihrem Spaßcoach verbringen wollte.

Mit Troy zusammen zu sein machte süchtig. Sie knutschten wie die Teenager, aber Grace wusste auch, dass sie sich darauf vorbereiten musste, den nächsten großen Schritt mit ihm zu gehen. Oh, das erschien ihr so einladend! Auch wenn sie sehr froh gewesen war, dass Troy versprochen hatte, sie nicht zu drängen.

Grace hörte die Glocke an der Ladentür bimmeln und schaute aus der Werkstatt. Es war Al Michael, der den Laden betrat, und sie freute sich, in ein vertrautes Gesicht zu blicken. Al hatte das unwiderstehliche Lächeln eines Mannes, der dauerhaft glücklich zu sein schien. Er war ein großer Mann in den Fünfzigern, sah jünger aus und war gut in Form. Er trug ein blaues Arbeitshemd, auf dessen Brusttasche sein Name aufgestickt war.

„Hallo“, begrüßte sie ihn und kam aus der Werkstatt in den Laden. „Wie war Weihnachten?“

„Großartig“, erwiderte er.

„Gab es etwas Besonderes?“, fragte sie.

„Nun, meine Lady, Ray Anne, ist wirklich über sich hinausgewachsen, um den Jungs ein schönes Weihnachten zu schenken. Wir waren an Heiligabend bei ihr zu Hause, und sie hat den Großteil des Essens selbst gekocht, aber ich habe ihr auch ein wenig dabei geholfen. Dann haben wir die Mutter der Jungs für ein paar Stunden aus dem Pflegeheim nach Hause geholt, und es war toll. Ihre MS ist im Augenblick gut unter Kontrolle. Die Jungs waren ganz stolz, sie zu Hause zu haben, auch wenn es nur kurz war. Ich glaube, das waren für uns die schönsten Feiertage seit Langem, vor allem für die Jungs.“

Grace lehnte an ihrem Verkaufstisch und neigte den Kopf. „Ich habe keine Ahnung, wie Sie zu den Jungs gekommen sind“, sagte sie.

„Ganz einfach“, erwiderte Al. „Justin, der älteste, arbeitete bei mir an der Tankstelle. Er ist neunzehn und sehr still und zurückhaltend. Irgendwann habe ich herausgefunden, dass er sich ganz allein um seine Mutter und die beiden jüngeren Brüder kümmerte. Er hat sich ein Bein ausgerissen, um alles zusammenzuhalten, während seine Mom immer kränker und hinfälliger wurde. Also haben wir uns zusammengetan – die Jungs und ich. Ich bin jetzt offiziell ihr Pflegevater. Ihre Mom musste ins Pflegeheim, und ich bin zu den Jungs ins Haus gezogen. Die beiden Jüngeren gehen noch zur Schule. Es sind gute Kinder, aber sie brauchen jemanden, der sie beaufsichtigt. Nicht immer, aber dafür regelmäßig. Wissen Sie, was ich meine? Und weil die Dinge ja nie ganz einfach und geschmeidig laufen, habe ich genau zur selben Zeit meine Herzensdame Ray Anne gefunden."

Er schüttelte den Kopf und lachte in sich hinein. „Ray Anne ist eine tolle Frau, und ich glaube, sie liebt die Jungs, als wären es ihre eigenen, aber sie ist …" Er räusperte sich. „Ich weiß nicht, ob Ray Anne überhaupt weiß, wie alt sie wirklich ist, aber sie ist nicht mehr so jung, wie sie aussieht. Vielleicht ist sie schon zu sehr eingefahren, um mit einem Mann wir mir und drei Jungs im Teenageralter zusammenleben zu wollen. Sie ist sehr speziell und penibel. So wie wir es jetzt arrangiert haben, läuft es gut. Ich wohne bei den Jungs und sie in ihrem eigenen Haus. Sie besucht uns und lädt uns manchmal auch zu sich ein. Dann wieder gibt es Zeiten, wo die Jungs mir freigeben, und ich besuche Ray Anne allein, um sie ein wenig zu umgarnen. Das grenzt schon an ein perfektes Leben."

„Wow. Und das geschah alles auf einmal?"

„So ungefähr", erwiderte Al. „Ich hätte nicht gedacht, dass ich jemals so sesshaft werden würde."

„In zwei Häusern", sagte Grace und lachte.

„Ach, das wird nicht für immer so bleiben. Justin hat seine Prüfung geschafft, und wir suchen nun Collegekurse für ihn. Er hat eine Heidenangst davor, aber der Junge ist klüger, als er glaubt. Danny ist schon in der Highschool. Bevor ich mich's versehe, werden die Jungs mich nicht mehr brauchen."

„Oh, ich wette, Sie werden noch lange ihr Dad sein. Vielleicht sogar irgendwann Großvater."

„Jetzt aber still", sagte Al grinsend. „Wir sind bei uns zu Hause gerade dabei, ein Großeltern-Verhütungsprogramm zu erarbeiten. Die Jungs brauchen nicht noch mehr Komplikationen. Und jetzt, Grace, möchte ich meiner Lady ein paar schöne Blumen mitbringen. Sie hat über Weihachten so viel für uns gemacht, damit ich und meine Mannschaft ein schönes Weihnachtsfest haben. Die Frau ist ein wahr gewordener Traum. Haben Sie etwas, das perfekt zu so einer Frau passt?"

„Ich habe gerade die Blumenbehälter sauber gemacht", sagte sie. „Möchten Sie lieber einen Bouquet oder ein Gesteck?"

„Keine Ahnung", erwiderte er achselzuckend. „Was ist da der Unterschied?"

„Das letzte Mal habe ich Ihnen Blumen in einer Vase verkauft – das war ein Blumenstrauß, ein sogenanntes Bouquet. Ein Gesteck ist etwas, das man sich in die Mitte eines Tisches oder auf die Kommode stellt. Ich habe Lavendel und weiße Rosen, Hortensien, Lilien – die schönen grünen und weißen da drüben. Nächste Woche bekomme ich eine neue Lieferung Callas."

Er überlegte einen Augenblick, und Grace ertappte sich bei dem Gedanken, was das doch für ein toller Mann war – ein Mann mit zärtlichen Gefühlen, der stark genug war, sich um diese Bande von Jungen zu kümmern, und sensibel genug, an Blumen für seine Herzensdame zu denken. „Stellen Sie mir einfach etwas Schönes zusammen, Grace. Fünfzig Dollar oder so?"

„Wow, Sie lieben Ihre Lady aber wirklich."

„Jedes Mal, wenn ich an sie denke, möchte ich ihr das Haus bis ans Dach mit Blumen füllen. Ray mag schöne Dinge, und ich habe lange gewartet, bis ich jemanden wie sie gefunden habe."

„Wie ist es, drei Jungs im Teenageralter zu fragen, ob Sie zu einem Date gehen dürfen?"

Er lachte. „Jede Menge Albernheiten, schmatzende Kussgeräusche und solche Sachen. Vor allem von den jüngeren beiden – ich kann es kaum erwarten, bis sie ihre ersten Freundinnen haben. Dann werde ich unbarmherzig und unausstehlich sein. Das haben sie verdient. Also, wie lange werden Sie für den Strauß brauchen?"

„Dreißig Minuten, wenn es hoch kommt. Möchten Sie warten?"

„Ich glaube, ich esse in der Zwischenzeit etwas im Diner und komme dann zurück. Kann ich Ihnen etwas mitbringen?"

„Das ist lieb von Ihnen", sagte Grace, schüttelte aber den Kopf. Vor ein paar Wochen hätte sie vielleicht gesagt: *Ja, Ihren jüngeren Bruder!* Aber jetzt gab es Troy. „Mir geht es gut. Ich mache mich gleich an die Arbeit. Und vergessen Sie nicht, frühzeitig Ihre Bestellung für die Rosen zum Valentinstag abzugeben!"

Zwanzig Minuten später war der Strauß fertig – weiß, Lavendel, dunkles Grün und kleiner blauer Rittersporn. Grace hatte extra viel Liebe in diesen Strauß gesteckt, während sie an Al und Ray Anne gedacht hatte, die sich erst spät im Leben gefunden hatten. Sie selbst hielt sich mit ihren achtundzwanzig Jahren schon lange für überfällig.

Als Al die Blumen abholte, unterhielten sie sich kurz darüber, wie dringend Grace Hilfe im Laden brauchte. Al meinte, dass Justin vermutlich in der Lage sei, ein paar Auslieferungen für Grace zu übernehmen, wenn er das Benzin nicht zahlen müsse. Er versprach, den Jungen zu fragen.

Als Grace wieder allein war, klingelte ihr privates Handy, und sie ging ran.

„Hallo, Blumenmädchen. Was machst du gerade?", fragte Troy.

„Ah, du weißt auch, wie man ein Handy benutzt! Ich binde Blumensträuße. Wunderschöne Sträuße. Und wie sieht es bei dir aus? Möchtest du dir ein paar Wellen ansehen?"

„Du bist zum Küssen, weißt du das? Ich arbeite heute und morgen bei Cooper, aber Sonntag ist mein freier Tag. Und Montag beginnt die Schule wieder. Dein Blumenladen ist sonntags zu. Also, was machen wir?"

„Das heißt, du möchtest ein Abenteuer erleben? Stimmt's?"

„Lass uns auf der 101 nach Süden fahren, uns die Redwoods ansehen, dann in die Humboldt County Berge, und vielleicht freunden wir uns mit ein paar illegalen Marihuanaanbauern an. Wir könnten in den Redwoods picknicken. Wir können auch im Auto essen – es wird zwar noch kalt sein, aber sonnig. Außer im Wald, da ist es dunkel und kalt."

„Woher weißt du, dass es kalt und sonnig wird?"

„Mein Telefon verrät mir, dass es bei einer Hochdrucklage und sieben Grad sonnig wird."

„Was hast du gemacht, bevor es Smartphones gab?"

„Mir den Wetterbericht angehört. Also, was sagst du dazu, Blumenmädchen? Sind wir verabredet?"

Sie war schon an allen möglichen Orten auf der Welt gewesen, von China bis Charlotte in North Carolina, aber noch nie in den Redwoods. „Ich glaube, das könnte Spaß machen. Wir sollten uns aber noch ein paar Extra-Sachen zum Anziehen mitnehmen, falls du noch mal eine Show abziehen musst."

„Ja, das ist eine sehr gute Idee! Also, das ist dann am Sonntag. Ich bin heute Abend bei Coopers. Es ist Freitagabend. Ein klarer und kalter Freitagabend. Es werden also Leute da sein. Falls du nicht zu beschäftigt mit ein paar Rittern oder Vampiren oder so einem Versager von den Navy SEALs bist, kannst du jederzeit rüber zum Strand kommen."

„Könnte ich, aber ich muss erst darüber nachdenken. Seit ich meinen Spaßcoach habe, fühlen sich einige meiner Freunde etwas vernachlässigt."

„Ich bin bis neun oder zehn in der Strandbar, je nachdem wie viele Leute da sind. Ich könnte dich dann danach nach Hause bringen, heil und am Stück. Denn ich bin ein Gentleman."

„Ich bin mir sicher, dass du das machen würdest. Lass mich erst mal sehen, was ich noch alles zu tun habe."

„Okay, mach das, Gracie."

Niemand hatte sie je Gracie oder Blumenmädchen genannt. Es gefiel ihr.

Um kurz vor acht ging sie zu Coopers und kletterte mit rosigen Wangen auf einen Barhocker. Ihre Finger fühlten sich an wie Eiszapfen. Es war ein perfekter Abend am Strand, wo drei Lagerfeuer brannten, um die die meist jugendlichen Gäste herumstanden.

„Hallo", sagte Troy lächelnd. Er drückte ihre Hand. „Wow, kalt!"

„Ich bin zu Fuß hierhergegangen", erklärte sie. „Aber ich brauche vielleicht jemanden, der mich nachher nach Hause fährt."

Er lächelte breit. „Kein Problem", sagte er augenzwinkernd.

Troy und Grace stellten fest, dass sie eine Menge miteinander unternehmen konnten. Für Grace war das alles neu, sie war noch nie so mit jemandem zusammen gewesen. Sie fuhren an der Küste entlang zu den Redwoods, an einem anderen Tag hoch nach Ecola Beach. Sie fuhren nach Eugene und dann, an einem klaren Tag, in die schneebedeckten Berge von Oregon. Sie gingen an zwei Abenden miteinander essen und hinterher ins Kino. Sie begleitete ihn zu einigen Footballspielen der Highschool und schloss schon früh am Samstagmittag ihren

Laden ab, damit sie gemeinsam zur Uni fahren und das Eishockeyspiel sehen konnten. Und sie sahen sich gemeinsam den Super Bowl an – nur sie beide. Ihre Verabredungen endeten immer mit einer wundervollen Knutscherei. Und damit, dass Troy vorschlug, über Nacht zu bleiben. Grace hatte diese Idee *vorerst* zurückgestellt. Aber sie knutschten jeden Abend. Sie kriegte wirklich nicht genug von ihm.

Sie ertappte sich selbst dabei, dass sie immer wieder *Liebe braucht keine Ferien* ansah, einer ihrer Lieblingsfrauenfilme. Es war ein süßer, warmherziger und kuscheliger Film, und Grace fand, dass Troy, bis auf die Grübchen, Jude Law sehr ähnlich sah. Sie war dabei, sich ernsthaft zu verlieben.

Obwohl Grace und Troy so oft mit Iris unterwegs gewesen waren, machte es ihnen nicht viel aus, dass sie nicht mehr dabei war – sie war schließlich frisch verheiratet. Als ihnen Iris und Seth bei einem Highschool-Basketballspiel begegneten, schienen die beiden nicht im Geringsten überrascht zu sein, Troy und Grace zusammen zu sehen.

Dann tauchte Iris eines Tages nach der Schule in Grace' Blumenladen auf. Das tat sie regelmäßig, seit Grace den Laden gekauft hatte. Iris stellte sich ihre Sträuße gern selbst zusammen, und Grace verkaufte sie ihr zu einem günstigeren Preis. Doch seit Iris verheiratet war, waren ihre Besuche selten geworden.

Grace hatte die Werkstatt bereits geputzt und wollte gerade gehen.

„Ich habe dich schon lange nicht mehr gesehen", sagte Iris. „Hast du es eilig, den Laden zu schließen?"

„Ich habe es nicht sehr eilig, aber jetzt kommt keiner mehr. Die Leute, die nach fünf noch Blumen haben wollen, rufen vorher an – sie wissen, dass ich den Laden möglichst lange offen halte, bis sie die Blumen abholen. Wie ist es denn so, verheiratet zu sein? Ich sehe dich überhaupt nicht mehr!"

„Weil ich jetzt abends immer nach Hause fahre und koche! Wenn ich das nicht mache, versucht Seths Mom jeden Abend, uns zu füttern, und das geht nicht. Außerdem erledige ich Besorgungen, mache die Wäsche und kümmere mich um die Hausaufgaben, bevor Seth nach Hause kommt."

„*Du* kochst? Oh Gott, und er hat noch nicht beantragt, die Ehe annullieren zu lassen?"

„Sehr witzig. Ich werde immer besser, aber manchmal kocht auch er. Hast du irgendwelche Blumen übrig? Ich könnte etwas Buntes im Haus vertragen – dieses Wetter kann einen ziemlich niederdrücken."

„Oh, ich weiß genau, wie ich dich aufmuntern kann", sagte Grace und ging zum Kühlschrank. Sie holte eine Flasche eines guten Sauvignon blanc und zwei edle Weingläser aus dem Schrank, die sie genau für solche Gelegenheiten dort aufbewahrte. „Ta-da! Du kannst dir ein paar Blumen aussuchen, während ich den Korkenzieher aus meiner Schreibtischschublade hole."

„Du bist ein guter Mensch, Grace", erwiderte Iris dankbar und ging zum Blumenschrank. Als Iris mit einer Auswahl an Blumen zurückkehrte, hatte Grace den Wein schon ausgeschenkt. Iris wusste genau, wo sie Klemmen und Bast fand, und suchte eine schöne Vase aus für ihren Strauß. „Ich gebe sie dir natürlich zurück", sagte sie.

Grace reichte ihr ein Glas Wein und hob ihr eigenes. „Auf deinen neuen Status, Mrs. Sileski."

„Danke dir, Grace", erwiderte Iris. „Und sollten wir auch auf deine neue Beziehung anstoßen? Du scheinst eine Menge Zeit mit Troy zu verbringen."

„Du hast ihn einsam und allein zurückgelassen“, sagte Grace und lachte.

„Oh, bitte, erzähle mir nicht, dass er sich darüber beklagt, ich sei vom Markt! Ich dachte, das hätten wir alles längst besprochen!“

„Er beklagt sich nicht, Iris“, sagte Grace und trank einen Schluck Wein. „Aber wir sind nur Freunde.“

„Bist du dir da sicher?“

„Oh ja. Ich habe ihn sogar gefragt. Er sagte, er brauche eine, die unternehmungslustig ist. Und das brauche ich, seit du beschlossen hast zu heiraten, auch!“

„Troy ist zweifellos lustig.“

„Der Spaßcoach“, sagte Grace lachend. Dann schilderte sie Iris die Riesenwelle, bis sie beide einen Lachanfall bekamen. Grace erzählte Iris auch noch von einigen weiteren Spaß-Verabredungen mit Troy, aber sie erwähnte keinerlei private Einzelheiten, wie zum Beispiel ihre wundervollen Knutschereien.

Nach einem Glas Wein war der prächtige Blumenstrauß fertig und sie beide erledigt. Iris sagte, es sei Zeit, nach Hause zu gehen.

„Ich wette, Troy sucht nicht nur Spaß“, sagte sie zu Grace.

„Oh, ich glaube aber doch“, erwiderte Grace. „Und ich auch.“

Wenig später schloss Grace gedankenverloren die Ladentür hinter Iris ab. *Warum schaffe ich es nicht, mich Iris anzuvertrauen, ihr die ganze Geschichte zu erzählen? Sie weiß vielleicht, wie ich mein Herz am besten schützen kann, weil ich tatsächlich anfange, mich in Troy zu verlieben. Aber Troy sucht nicht nach Liebe. Schon gar nicht nach meiner.*

Grace kehrte in ihre Werkstatt zurück, verkorkte die Flasche und hörte ein leichtes Klopfen an der Hintertür. Sie hob den Kopf und lächelte.

„Ah, ich sehe, du bist schwer am Arbeiten“, sagte Troy und deutete auf die Weinflasche.

„Ich stelle sie gerade in den Kühlschrank zurück. Iris ist vorbeigekommen, um sich einen Strauß zusammenzustellen“, sagte sie. „Du hast sie gerade verpasst“, ergänzte sie und achtete dabei auf seinen Gesichtsausdruck.

„Ich habe sie vorhin gesehen“, sagte Troy und nahm ihr die Gläser ab. „Gib her, die nehme ich.“

„Du hast Iris gesehen?“, fragte sie.

„Ich sehe sie jeden Tag in der Schule, Grace. Möchtest du etwas Chinesisches essen?“

„Ich brauche eine Dusche“, erwiderte sie.

Troy streckte die Arme nach ihr aus. Die Weingläser in einer Hand, hob er ihr Kinn mit der anderen und platzierte einen süßen Kuss auf ihrem Mund. „Möchtest du duschen, während ich losgehe und etwas zu Essen besorge? Oder falls du beim Duschen Hilfe brauchst …“

„Das schaffe ich schon allein“, erwiderte Grace. „Du hast also Appetit auf chinesisches Essen?“

„Ja, habe ich. Und ich möchte dich etwas fragen. Möchtest du, dass ich etwas besorge oder möchtest du, dass ich warte, bis du geduscht bist?“

„Was möchtest du mich fragen?“

„Warte. Ich will dich erst ein bisschen sanft stimmen. Hast du Bier oben?“

„Zwei Flaschen“, sagte sie. „Du kannst das Abendessen besorgen, während ich mir die Blumen abwasche. Wie lange brauchst du?“

„Vierzig Minuten, wenn es hoch kommt“, erwiderte Troy. „Geht es für dich in Ordnung, wenn du den Laden allein abschließt?“

„Das mache ich jeden Tag, Troy. Jetzt geh schon."

So sah es also aus, wenn eine Beziehung beständiger wurde, dachte sie. Nur, dass noch ein paar nicht unwesentliche Kleinigkeiten fehlten. Zum Beispiel, dass sie keine gemeinsame Zukunft hatten und er nicht in sie verliebt war. Davon abgesehen, war es eine gute Vorübung für eine Beziehung. Troy war schließlich ein toller Mann.

Seine Frage war einfach, aber schwierig zu beantworten. Die Highschool veranstaltete am Valentinstag einen Tanzabend, und Troy wollte, dass Grace ihn dorthin begleitete. Er würde dort die Aufsicht übernehmen. „Oh Gott, am Valentinstag habe ich im Laden so viel zu tun wie sonst nie!", rief sie.

„Wie lange hast du denn an dem Tag auf?"

„Nur bis sechs, aber dann bin ich in der Regel vollkommen fertig! Das ist möglicherweise der schlimmste Tag des Jahres für mich."

„Ich kann dir nach der Arbeit helfen, den Laden aufzuräumen und ihn abzuschließen. Wie sieht es mit den Auslieferungen aus?"

„Ich habe inzwischen eine Teilzeit-Aushilfe. Justin Russell, der Junge von Al, wird ein paar Blumen für mich ausliefern, bevor er zur Arbeit an der Tankstelle fährt. Er wird mir am Valentinstag auf jeden Fall helfen – ich habe ihm bereits gesagt, dass es da verrückt zugeht, aber ein gutes Trinkgeld geben könnte. Oh Troy, was, wenn ich an dem Abend nicht besonders unterhaltsam bin? Und das an einem Tanzabend! Ich tanze wahnsinnig gern, aber es wäre möglich, dass ich an dem Abend zu müde dazu bin, weil ich auf dem Zahnfleisch gehe."

„Am Tag danach ist Sonntag. Du kannst den ganzen Tag

lang schlafen", bettelte er. „Komm schon. Ich möchte das schönste Mädchen von Thunder Point mitnehmen, damit sie mich vor den vielen, wilden Teenager-Mädchen beschützt."

„Wirklich?"

„Du bist das schönste Mädchen in ..."

„Nein", unterbrach sie ihn. „Um dich zu beschützen?"

„Okay, ich komme auch allein mit ihnen klar", sagte er lachend. „Komm trotzdem mit, Gracie. Wir tanzen. Häng ein Schild an die Ladentür. Wir schließen pünktlich um sechs am Valentinstag, also bestellen Sie vor, um Ihre Blumen frühzeitig zu bekommen, oder lassen Sie sich die Blumen liefern. Das Blumenmädchen hat eine Verabredung."

Grace konnte ihm nicht widerstehen. Und während sich alles mit ihm sehr gut und entspannt anfühlte, sogar der Teil mit dem Küssen, fühlte sich die Verabredung auf einmal an wie etwas Ernstes. Sie fragte, ob es vielleicht ein Problem sein könnte, das richtige Kleid zu finden.

„Nicht für dich", erwiderte er. „Sämtliche Highschool-Mädchen konkurrieren natürlich miteinander und versuchen ihre Dates zu beeindrucken. Aber du hast mich ja schon. Wenn du wolltest, könntest du sogar einen Sack tragen." Damit sagte er genau das Richtige, aber sie warnte sich insgeheim davor, nicht zu viel von diesem Abend zu erwarten. Wenigstens solange er nicht etwas sagte, das eher in die Richtung *wir sind mehr als Freunde* ging.

Der Valentinstag entsprach genau Grace' Erwartungen. Vor allem was den Trubel anging. Grace fing an dem Tag schon sehr früh an zu arbeiten und band, bevor die ersten Kunden den Laden betraten, so viele Blumensträuße wie möglich. Die vorbestellten Rosen waren schon einen Tag vorher fertig gewesen. Bis zum Ende des Tages hatte sie, zusammen mit vielen anderen Blumensträußen, jede einzelne Rose verkauft, die sie im Laden gehabt hatte. Justin fing ebenfalls früh an, die Blumenbestellungen auszuliefern, und setzte die Lieferungen auch nach fünf Uhr noch fort. Ohne Justin wäre Grace verloren gewesen. Sie versuchte in dem Durcheinander so gut es ging den Überblick zu behalten. Doch am Ende musste sie dennoch vieles einfach lassen, wie es war – am Sonntag konnte sie den Laden immer noch putzen.

Das gab ihr noch etwas mehr Zeit, um sich umzuziehen. Doch so sehr sie sich auch beeilt hatte, hatte sie an diesem Tag mehr Probleme mit ihrer Frisur und dem Make-up als sonst. Grace trug ihr Trauzeuginnenkleid, ein schmales, kleines schwarzes Kleid und das einzige elegante Kleid in ihrem Schrank. Normalerweise steckte sie sich das Haar hoch, damit sich keine Blumenstängel und Halme darin verhedderten, aber für diese Verabredung wollte sie es offen tragen. Es war lang geworden und reichte ihr inzwischen bis über die Schultern. Sie benutzte sogar den Lockenstab!

„Wow. Du siehst toll aus!“, sagte Troy, als er sie abholte.

Grace hatte erwartet, mit einem Haufen Lehrer um eine Bowle-Schüssel herumzustehen, während die Highschool-Schüler tanzten, aber es war viel mehr los. Sie war sofort bezaubert. Die Sporthalle war wundervoll mit bemalten Wänden und Papiergirlanden, Schneebildern, Ballons, Glitzerbällen und weißen und bunten Lampen in einen Tanzsaal verwandelt worden. Man hatte die Zuschauerränge nach hinten geschoben und kleine runde Tische, die mit weißen Tischtüchern bezogen und mit Kerzen und kleinen Sträußchen dekoriert worden waren, auf dem Hallenboden aufgestellt. Am anderen Ende der Tanzfläche stand ein Discjockey hinter seinem Pult. Um in die Halle zu gelangen, schritten die Pärchen durch einen herzförmigen Torbogen, an dem kleine Herzchen und Wölkchen und Schneeflocken hingen, und wurden fotografiert. Die Aufsichtspersonen blieben noch ein wenig zurück und unterhielten sich untereinander; nur wenige hatten Freunde oder Ehepartner mitgebracht. Als die Musik spielte, tanzten fast alle, und freiwillige Helfer servierten Erfrischungen.

Es war zauberhaft. Grace war noch nie bei einer Highschool-Tanzveranstaltung gewesen, weil sie nie auf einer Highschool gewesen war!

Iris war natürlich auch da. „Keine Verabredung heute Abend?“, fragte Grace.

„Meine Verabredung patrouilliert gerade auf dem Parkplatz und guckt, ob irgendjemand Ärger macht. Ich bin mir sicher, er wird auch bald hier aufkreuzen.“

„Ist die Polizei nötig?“, fragte Grace.

„Seth ist ein bisschen überbehütend. Ihm gefällt es, das Gefühl zu haben, dass die Kids in Sicherheit sind. Und da ich sowieso hier sein muss …“ Dann wurde Iris durch die Frage einer anderen Aufsichtsperson abgelenkt.

Ein junger Mann kam auf Grace und Troy zu. „Ist das Ihre Freundin, Mr. Headly?“

„Ja, das ist Grace Dillon. Ms. Dillon für dich.“

Er verneigte sich kurz. „Würden Sie gern tanzen, Ms. Dillon?“, fragte er höflich.

„Äh, ich … äh …“

„Das überlasse ich ganz dir, Grace“, sagte Troy. „Jerome wird dich nicht belästigen, weil er weiß, dass er es dann mit mir zu tun bekommt.“

„Ist es in Ordnung?“, flüsterte sie ihm ins Ohr.

„Keine langsamen Tänze. Die gehören mir", flüsterte Troy zurück.

Grace tanzte mit dem Jungen. Es war der Beginn einer Reihe von Tänzen mit verschiedenen jüngeren Partnern, die lustig und charmant und frech waren. Sie hielten sich ganz offensichtlich für Teufelskerle, weil sie mit Mr. Headlys Freundin tanzten. Wann immer die Musik langsamer wurde, stand Troy sofort neben ihr, schritt ein und drückte sie so fest an sich, wie es in seiner Funktion bei einer solchen Highschool-Veranstaltung möglich war. Es schien zwar, als ob alle langsamen Tänze von Michael Bublé gesungen wurden, aber Grace war trotzdem beeindruckt von der Bandbreite des Musikprogramms. Es ging mit Oldies los und reichte bis zu aktuellen Nummern. Es gab sogar eine Gruppenformation zu Aretha Franklins „Chain of Fools." Grace brauchte ungefähr zwei Sekunden, um die Choreografie zu begreifen, und Troy machte ebenfalls mit.

„Tanze ich zu viel mit den Schülern?", fragte sie.

„Ich sehe dir gern zu", sagte er. „Es gibt nur ein kleines Problem – ich kann es kaum erwarten, mit dir allein zu sein."

„Tanzt du zu viel?", fragte sie.

„So vernünftig und wenig wie möglich. Kichernde Highschool-Schülerinnen sind einfach nicht mein Ding. Außerdem erwartet man von mir, dass ich die Dinge hier im Auge behalte und dafür sorge, dass die Kids keinen Ärger machen."

„Was für eine Art von Ärger?"

„Ach, du weißt schon, zum Parkplatz schleichen, um allein zu sein oder Alkohol zu trinken oder einen Joint zu rauchen oder beispielsweise wegen eines Mädchens in eine Schlägerei zu geraten. Du weißt ja."

Das war der Punkt. So etwas *wusste* sie eben *nicht*. „Wirklich?"

„Es ist wohl schon eine Weile her, seit du eine Highschool-Feier gerockt hast?“

„Kann man so sagen“, erwiderte sie. „Ich hatte mir diesen Abend langweiliger vorgestellt. Ich kann mich nicht erinnern, wann ich das letzte Mal so viel Spaß hatte.“

„Denk daran, dich nicht in jemanden zu verlieben, denn du wirst mit mir nach Hause gehen“, sagte er und grinste sie an.

Ihr fiel auf, dass Troy mit Iris tanzte. Keinen langsamen Tanz, aber auch keine schnelle Nummer. Er wirbelte sie herum, und sie lachten. Grace hatte keine Bedenken, dass Iris in ihr Territorium eindringen könnte. Überhaupt nicht. Aber wünschte sich Troy immer noch, dass ihre Beziehung funktioniert hätte? Grace zwang sich wegzusehen. Als sie wieder hinsah, sprach Iris mit ihrem Mann.

Troy war nirgends in Sicht.

Weil er direkt hinter ihr stand und auf einem Tanz mit ihr bestand. Es war eine alte Nummer mit einem guten Beat – „Knock on Wood“ –, und Troy improvisierte, bewegte sie auf zwei Schläge nach links, dann zwei nach rechts und eine kleine Drehung. Sie war beeindruckt von seinem Tanzstil. Sehr sexy! Als Nächstes kam ein Bebop-Beat, und sie bemerkte, dass sich die Kids zu einer weiteren Gruppenformation aufstellten, aber Troy zog Grace aus der Menge, gab ihren Händen einen Schubs und machte einen Jitterbug-Schritt. „Hm?“, fragte er und zog die Brauen hoch.

Sie lachte. „Solange du mich nicht zwischen deinen Beinen durchziehst oder mich auf die Hüften stemmst oder über die Schultern wirfst.“

„Och“, sagte er, und dann tanzten sie zusammen einen richtig guten Jitterbug, so gut, dass die Kids aufhörten zu tanzen, um ihnen zuzusehen.

Der Mann weiß, was er tut, dachte Grace.

Als das Lied zu Ende war, klatschten ein paar Leute in der Menge. Grace hörte wie eines der Mädchen sagte: „Oh Gott, warum kann er mich nicht einfach *heiraten*!"

5. Kapitel

Vier Stunden vergingen wie im Flug, und um fast Mitternacht saßen sie in Troys Wagen und waren auf dem Weg zu Grace. Sie war total begeistert von der Vielfalt des Musikprogramms, angefangen von Oldies über Rock bis Hip-Hop und sogar Country. Und jetzt, wo sie daran dachte, fiel ihr auf, dass Troy alle Tanzschritte draufgehabt hatte, selbst die der Gruppenformation. „Würdest du mir das Tanzen erklären, Fred Astaire?", bat sie ihn.

Er lachte. „Kurze Geschichte. Ich war einmal mit einer Tanzlehrerin zusammen. Nicht wie Arthur Murray – sie hat kleine Kinder unterrichtet. Ihre Schwester heiratete, und sie wollte jemanden haben, der sie zur Hochzeit begleitet und tanzen kann. Also brachte sie mir einen Haufen Tanzschritte bei, inklusive Tango. Um ehrlich zu sein, war es ganz lustig. Sie hat dann am Tag nach der Hochzeit mit mir Schluss gemacht."

„Ach, hat sie dir das Herz gebrochen?"

„Ein bisschen", sagte er. „Ich hätte nicht gedacht, dass ich noch mal so viel Spaß am Tanzen haben würde wie heute Abend."

„Du hast deine Schüler ganz schön beeindruckt. Ich hörte sogar ein Mädchen sagen, dass sie dich auf der Stelle heiraten würde."

Er lachte.

„Wird das denn irgendwann mal … du weißt schon … schwierig?"

„Was?“

„Das mit den Mädchen“, erwiderte sie. „Sie sind verknallt in dich! Und manche von ihnen sind wunderschön! Und manche sehen älter aus als ich! Macht dir das denn nie Sorgen?“

„In welcher Hinsicht sollte mir das Sorgen machen?“, fragte er mit zusammengezogenen Augenbrauen.

„Was, wenn eine von ihnen die Zeichen falsch interpretiert? Wenn sie glaubt, du hättest ein romantisches Interesse an ihr oder so?“

Er lachte leise in sich hinein. „Das machen sie die ganze Zeit, aber nicht, weil ich irgendwas tun würde – sondern weil ihre fantasiebegabten, jungen, heiratsfähigen Geister sich mit ihrem unverantwortlichen Hormonrausch vermischen. Grace, Lehrer müssen wirklich sehr darauf achten, da nichts zu vermischen, sonst geraten sie in Teufels Küche.“

„Was soll das heißen?“

Er zuckte mit den Schultern. „Es gibt sehr deutliche Richtlinien. Wir fassen die Schüler nicht an. Wir berühren sie höchstens einmal am Arm oder an der Schulter, um zu sagen: ‚Warte mal einen Moment.‘ Wir sprechen niemals allein mit Schülern unter vier Augen hinter geschlossenen Türen. Wir fahren sie nicht nach Hause, schon gar nicht in so einer netten kleinen Stadt wie dieser. Wir machen keine Gesten, die fälschlicherweise als verführerisch empfunden werden könnten, und wir reagieren auch nicht auf solche Gesten – die Liste ist lang. Und die gilt nicht nur für junge, männliche Lehrer, sondern für alle Lehrer – junge Frauen, alte Frauen, verkrustete alte Pauker, Typen wie mich. Beratungslehrer wie Iris. Wenn sie ihre Bürotür schließt, ist die Tür zum Hauptkorridor für Vorbeigehende geschlossen, aber innerhalb ihres Trakts sind alle Büros noch einmal miteinander verbunden und teilen sich einen Gemeinschaftsflur, damit Gespräche zwar privat geführt werden können, aber man hören würde, falls jemand schreit oder ruft. Beratungslehrer, Schulleiter und Schulkrankenschwestern brauchen bis zu einem gewissen Grad eine vertrauliche Umgebung, um ihrer Arbeit nachgehen zu können. Schüler müssen sich sicher fühlen. Aber mich sieht man auf jeden Fall immer nur in einer Menge. Während meiner privaten Unterhaltungen mit meinen Schülern steht die Tür des Klassenraums immer offen. Und wir sitzen uns an einem Tisch gegenüber."

„Aber ist es mal passiert, Troy? Dass ein Mädchen in ihrer Verknalltheit zu weit gegangen ist?"

„Du verstehst, dass ich Frauen mag, aber Frauen in meinem Alter. Ich fühle mich nicht zu Kindern hingezogen. Highschool-Schüler sind minderjährig. Und unser Schulsystem verbietet die Verbrüderung mit Schülern, auch wenn sie volljährig und schon achtzehn sind. Da gibt es absolut keinen Spielraum."

„Natürlich", sagte sie. „Aber …"

„Bis zu einem gewissen Grad haben die Kids ganz normale Gefühle. Kleine Mädchen sitzen auf dem Schoß ihrer Väter und versprechen, ihn zu heiraten. Tatsache ist, dass sie vielleicht einmal einen Mann wie ihren Vater heiraten werden. Sich in Lehrer zu verknallen, ist nicht ungewöhnlich, aber sie sind noch Kinder, und es ist die Aufgabe eines erwachsenen Lehrers zu verhindern, dass die Gefühle eskalieren. Man wird im Laufe der Zeit gut darin, die Zeichen zu erkennen, und dann sorgt man für einen angemessenen Abstand und zieht Grenzen, bevor …" Er hielt an. Dann bog er in die Gasse hinter ihrem Haus ein und parkte. Schließlich drehte er sich zu ihr. „Gracie, warum fragst du mich das alles?"

„Ich dachte einfach, dass das wahrscheinlich manchmal eine Herausforderung ist."

Er strich ihr über das Gesicht. „Süße, hat es dich gestört? Hat man sich dir gegenüber schon einmal übergriffig verhalten? Ein älterer Mann oder ein Lehrer? Jemand, der sich in einer dir übergeordneten Position befand?"

„Mich?", fragte sie aufrichtig schockiert. „Nein! Nein, natürlich nicht."

„Dann kennst du jemanden, dem so etwas passiert ist", stellte er ganz nüchtern fest.

Das stimmte! Vor Jahren. Und es hatte alles so tragisch geendet, dass diese Erfahrung das traumatischste Erlebnis ihres Lebens darstellte. Doch das war nicht die Richtung, in die Grace die Unterhaltung lenken wollte. Nicht heute Abend. Also lächelte sie sanft.

„Du bist entweder ein großartiger Lehrer oder beängstigend intuitiv", sagte sie. „Ich dachte einmal, dass eine, die ich kannte, ein solches Opfer sei. Es war ein junges Mädchen, aber obwohl ich Verdacht schöpfte, hatte ich nie einen Beweis. Sie war keine gute Freundin von mir, nur ein Mädchen, das ich kannte. Im Ernst, ich wollte die Diskussion jetzt gar nicht darauf bringen – das ist alles so lange her. Es hat mich einfach nur interessiert, wie du mit solchen Situationen mit Schülern umgehst. Ich hätte Iris genau dieselben Fragen gestellt, wenn die Sprache darauf gekommen wäre. Es war die Tanzveranstaltung, die mich auf das Thema gebracht hat. Einige dieser Mädchen sind wahnsinnig schön. Und du bringst sie irgendwie zum Kichern."

„Der wirklich beängstigende Part daran ist, dass ich gar nicht viel machen muss, um sie zum Kichern zu bringen. In Thunder Point herrscht ein echter Mangel an jungen Lehrern.

Der andere, der ihre ständige Aufmerksamkeit erregt, ist Coach Lawson. Aber er hat nur mit Jungs zu tun." Troy beugte sich zu Grace hinunter und gab ihr einen Kuss auf den Mund. „Du bist bestimmt erschöpft."

Sie lächelte ihn an. „Möchtest du mit raufkommen?"

„Wenn du denkst, du schaffst es, noch ein bisschen wach zu bleiben …"

„Komm mit", sagte sie. Sie summte den ganzen Weg, die Treppenstufen hinauf, leise vor sich hin, drehte sich, sobald sie die Wohnung betraten, nach ihm um und machte zum ersten Mal von sich aus den Anfang. Sie schlang ihm die Arme um den Nacken und küsste ihn, als ob sie es wirklich wissen wollte.

„Wow", sagte er.

„Möchtest du ein Glas Wein? Ich glaube, wir sollten mal ein wenig reden."

Er hielt einen Augenblick inne. „Soll ich runter zum Kühlschrank gehen und einen Wein holen?", fragte er sie schließlich.

„Nein, heute Abend habe ich diesen besonderen Shiraz. Ich hoffe, du magst ihn." Sie holte eine Flasche vom Regal und reichte sie ihm, damit er sie sich ansehen konnte.

Doch Troy runzelte die Stirn, als ob er sich Gedanken darüber machte, was jetzt kam. „Lass mich die Flasche für dich aufmachen, dann können wir schon mal mit dem Reden anfangen."

Sie drehte sich um, um nach dem Korkenzieher zu greifen, und holte dann zwei Gläser, die sie schon vorher bereitgestellt hatte.

„Wo reden wir?", fragte er, während er Mantel und Krawatte ablegte.

„Wie wäre es mit gleich hier?“, meinte sie und trug die beiden Gläser in das kleine Wohnzimmer. Sie stellte die Gläser auf den Beistelltisch, schnickte die Schuhe von den Füßen und machte es sich gemütlich. „Warum siehst du so besorgt aus?“

„Weil das hier irgendwie geplant aussieht und ich keine Ahnung habe, was jetzt kommt. Ich hoffe, es sind keine schlechten Nachrichten.“

„Das hoffe ich auch. Öffne bitte den Wein und lasse ihn ein bisschen atmen.“ Während er das tat, holte sie tief Luft. „Troy, ich war vor heute Abend noch nie in meinem Leben bei einer Tanzveranstaltung der Highschool.“

Er hörte eine Sekunde lang auf, den Korkenzieher in den Korken zu drehen. Dann sah er sie an und zog den Korken raus. „Eine Menge Schüler gehen nicht zu diesen Tanzveranstaltungen, Gracie.“

„Ich wette, du warst immer dabei“, sagte sie.

„Stimmt“, gab er zu. „Aber inzwischen kennst du mich – ich bin ein umgänglicher Mensch. Ich komme mit allen Menschen aus. Ich bin der Spaßcoach. Ich hatte fast immer eine Freundin oder wenigstens eine Verabredung. Aber ich habe mir schon ausgesucht, mit wem ich unterwegs war, und bin nicht gleich mit jeder ins Bett gegangen. So war das nicht.“

„Troy, ich war nie auf so einer Highschool-Tanzveranstaltung, weil ich nie auf einer Highschool war.“

Er schien einen Augenblick lang verwirrt zu sein. „Internat? Auf einer privaten Schule?“

Sie schüttelte den Kopf. „Privatunterricht. Von Privatlehrern.“

„Und hier und da mal ein Seminar oder so?“

„Manchmal“, sagte sie. „Kleine Gruppen von privat unterrichteten Kindern, hin und wieder. Meistens unabhängiger

Unterricht mit Anleitung und einer Menge Tests, um meine Fortschritte zu dokumentieren."

„Wow. Du musst mir eines Tages mal deinen Unterrichtsplan zeigen. Das scheint funktioniert zu haben. Du bist sehr gebildet für eine, die nie zur Schule gegangen ist."

„Ich habe nicht gesagt, dass meine Privatlehrer faul waren", sagte sie. „Ich habe Dinge gelernt, auf die eine Menge Highschool-Schüler niemals Zugriff hat. Doch es gibt einen Grund, weshalb ich dir das erzähle, Troy. Ich hatte auch noch nie einen Freund."

Er lachte leise. „Das ist schwer zu glauben. Du bist wundervoll."

„Oh, ich hatte ein paar schlechte Dates, aber das war es auch schon. Ich hatte einfach kein durchschnittliches Leben wie andere junge Frauen. Schau, ich habe dir erzählt, dass meine Eltern tot sind, das ist wahr. Jedenfalls fast. Mein Vater starb, als ich erst vierzehn war. Meine Mutter und ich haben uns vor fünf Jahren total entzweit. Wir hatten einen Streit darüber, wie ich mein Leben leben will. Sie kommt aus einer wohlhabenden Familie – sie ist sehr verwöhnt und fordernd. Sie ist eine Diva. Das ist die einzige Art, wie man sie beschreiben kann. Die Vorstellung, dass ich verdreckt in einem Blumenladen arbeite, große Blumenpötte herumschleppe, Blumen an Altenheime ausliefere, als *Hilfe* bei Hochzeiten und Beerdigungen ..." Grace zuckte die Achseln. „Sie war entsetzt. Wir hatten Streit. Sie wollte, dass ich wieder zu ihr ziehe, in ihre Fußstapfen trete, Wohltätigkeitsveranstaltungen plane, mit ihr reise, zulasse, dass sie ... Na ja, vermutlich hatte sie mir schon irgendwo einen Mann ausgesucht. Aber bei unserem Streit sind wir gar nicht so weit gekommen. Ich hatte kein Interesse. Ich wollte mein eigenes Leben leben, und ich wollte ein einfaches Leben. Wir haben seit Jahren nicht mehr miteinander gesprochen. Es ist sehr traurig. Ich glaube aber, es ist das Beste so."

Fassungslos sah er sie an, streckte seine Arme aus und drückte sie an sich. „Grace ... das tut mir leid."

„Danke. Vielleicht wird sich eines Tages alles von selbst klären. Ich wüsste nur wirklich gern ..." Sie reckte mutig das Kinn. „Troy, ich bin nicht wie Iris. Ich bin nicht wie andere Frauen. Ich habe weniger Erfahrung als einige deiner Schüler und war noch nie mit jemandem zusammen, den ich wirklich mochte."

„Du machst das sehr gut", erwiderte er lächelnd. Dann schenkte er ihr und sich ein Glas Wein ein.

Sie trank einen Schluck. Dann holte sie Luft. „Na ja, obwohl du das vermutlich schon selbst herausgefunden hast – ich weiß nicht viel über Männer. Nur, was die Jungs aus meinen Liebesromanen mir gesagt haben. Mehr nicht."

Er zog die Brauen hoch. „Und wann sollte ich das denn selbst herausgefunden haben?"

„Als dir klar wurde, dass ich keine Ahnung habe, was ich tun soll! Du wirst darauf kommen, wenn wir uns entscheiden zu tun, was ich vorher noch nie getan habe. Du wirst mein Erster sein, es sei denn, du suchst jetzt sofort das Weite." Sie grinste. „Aber fühl dich nicht unter Druck gesetzt ..."

Er grinste zurück. „Ich mache mir da keine Sorgen, Gracie. Du?"

Sie nickte. „Vielleicht ein bisschen", sagte sie.

„Möchtest du, dass ich dir sage, wie es sein wird?"

Sie nickte noch einmal.

„Das erste Mal machen wir ganz langsam und gehen auf Nummer sicher. Wir werden uns küssen, bis wir dampfen. Wir werden uns berühren und uns so nahe kommen, dass wir gegenseitig unseren Herzschlag spüren können." Er beugte sich zu ihr und küsste sie sanft auf die Wange und ihren Hals, und sie legte den Kopf in den Nacken und schloss die Augen. „Wir werden uns hinlegen und ein paar Kleidungsstücke ausziehen ... Wir werden uns gegenseitig erkunden. Ich werde dich überall an deinen besonderen Stellen berühren, und du wirst mich, wenn du bereit dazu bist, ebenfalls berühren. Wir werden alles ganz langsam und behutsam machen, aber das Wichtigste ist, dass du an jedem Punkt Nein sagen darfst. Sogar, wenn wir schon nackt sind und schwer atmen. Wenn du Stopp sagst, hören wir sofort auf."

Ihre Augen waren immer noch geschlossen. „Ich nehme die Pille nicht ...", flüsterte sie.

„Ich habe was dabei", sagte er.

„Wann wird es geschehen?", fragte sie.

„Hast du es eilig, Grace?"

Sie zuckte mit den Schultern. „Na ja, wenn ich mal eine Entscheidung treffe ..."

„Wir werden erst einmal unser Glas Wein genießen. Wenn du bereit bist, sagst du mir Bescheid."

Troy war darauf nicht vorbereitet gewesen – eine Achtundzwanzigjährige, die so schön und lustig war wie Grace, eine Jungfrau. Er hatte erwartet, dass sie, wie die meisten Frauen ihres Alters, sexuelle Erfahrungen hatte. Manche hatten schon viele Partner gehabt, andere nur wenige, aber er hatte bisher noch nie jemanden *ganz ohne* kennengelernt. Nicht einmal seine allererste Freundin war noch Jungfrau gewesen. Sie hatte vor ihm bereits einen ernst zu nehmenden Freund gehabt. Er selbst hatte erst in seinem ersten Jahr auf dem College das erste

Mal Sex gehabt. Mit achtzehn, er war der letzte von seinen Freunden, es sei denn, die anderen hatten gelogen.

Sie hatten vermutlich gelogen. Natürlich hatten sie gelogen. Jedenfalls größtenteils.

Troy nahm die Sache, mit Grace zu schlafen, sehr ernst. Er wollte, dass es schön für sie wurde und konnte es kaum erwarten, sich dieser Herausforderung zu stellen. Er hoffte nur, dass kein irgendwie geartetes, jungfräuliches Bewusstsein sie wegen des Sex nun in Richtung wahre Liebe und Ehe lenkte. Troy war da zwar auf lange Sicht nicht völlig abgeneigt, aber er wollte nicht, dass das alles auf einmal in einer Nacht geschah. Er war verrückt nach Grace und konnte es kaum erwarten, sie ganz zu spüren. Warnsignale, die ihn vor einer Beziehung mit ihr gewarnt hätten, konnte er keine sehen – er brauchte nur einfach noch ein bisschen mehr Zeit, um ihre Beziehung noch ernster werden zu lassen. *So fangen erwachsene Beziehungen an.* Man hatte ein paar Verabredungen, entdeckte gemeinsame Interessen, untersuchte das Verhältnis, das einen miteinander verband, man ging zusammen ins Bett und fragte sich: *Ist die Beziehung stark genug, um länger zu halten?*

Sie küssten sich und flüsterten miteinander, bis sie mit dem Wein fertig waren. Danach nahm ihr Troy das Glas aus der Hand und stellte es auf dem Beistelltisch ab. Er stand auf, zog sie hoch und mit sich ins Schlafzimmer, das nur wenige Schritte entfernt war. Nachdem sie neben dem Bett standen, schloss er sie zärtlich in die Arme, küsste sie noch intensiver und entlockte ihr ein paar tiefe Seufzer. Auf einmal wand sie sich in seinen Armen um und präsentierte ihm ihren Rücken. Als sie ihr Haar beiseiteschob, sah er den Reißverschluss des Kleids.

Er zog ihn langsam hinunter und küsste bei der Gelegenheit ihren Nacken. Behutsam streifte er ihr das Kleid von den Schultern, sie ließ es fallen und trug schließlich nur noch ihre schwarze Seidenunterwäsche und eine Strumpfhose. Sie stieg aus ihrem Kleid und beugte sich vornüber, um es aufzuheben. Troy griff danach und legte es über den einzigen Stuhl im Raum, bevor er sich Gürtel und Hemd auszog. Als er sich ihr wieder zuwandte, hatte sie sich ihrer Strumpfhose schon entledigt und sie weggekickt. Grace war ein entschlossenes kleines Ding; es würde ihm nicht leichtfallen, alles ganz langsam anzugehen.

Während sie auf dem Bett saß, holte er ein paar Kondome aus seiner Hosentasche.

„Musst du sie jetzt schon rausholen?“, fragte sie.

„Ist besser so“, meinte er und streifte sich die Hose ab. Sie landete bei den anderen Kleidungsstücken über dem Stuhl. Troy setzte sich neben Grace, umarmte sie, legte sich mit ihr auf die Matratze. Sie bewegten sich ein wenig hin und her, bis ihre Körper sich lückenlos aneinanderschmiegten. „Schau“, sagte er, jede Kurve ihres Körpers spürend. „Perfekt.“

Und er war bereit.

„Ich fühle deinen Herzschlag“, sagte er leise, während er ihr mit der Hand über Rücken und Po streichelte. „Das Blumengeschäft scheint ein gutes Sportstudio zu sein“, sagte er leise und lachte zärtlich.

Sie berührte seinen Oberkörper und liebkoste jeden Millimeter von ihm. Dann küsste sie seine Brust, seinen Hals, seinen Mund, wobei sie sich noch enger an ihn drängte. Er trug immer noch seine Boxershorts, die aber kein Geheimnis verbergen konnten. Ohne sich dessen bewusst zu sein, drängte er sich sanft zwischen ihre Beine – er reagierte wie auf Autopilot.

„Lass uns das mal loswerden", meinte er und schob ihr den Träger des Oberteils über die Schulter nach unten.

Sie richtete sich auf und streifte sich das Seidenhemd ab. Danach trug sie nur noch einen winzigen Stringtanga. Und der, so dachte Troy, würde ihm nicht eine Sekunde im Weg sein. Doch um ihr eine Chance zu geben, sich an ihn zu gewöhnen und Gleichstand auf dem Spielfeld herzustellen, befreite er sich von seiner Boxershorts. Jetzt waren sie nackt. In aller grundlegenden Herrlichkeit. Er zog ihre Hand zu sich. Ohne Zögern berührte sie ihn mit beiden Händen und seufzte leise, als sie ihn schließlich umfasste. „Sei vorsichtig", sagte er.

Es gab so viele Dinge, die er mit ihr anstellen wollte, aber nicht sofort beim ersten Mal. Er hätte sie gern am ganzen Körper mit der Zunge verwöhnt, sie zum Orgasmus gebracht, bevor sie wusste, wie ihr geschah. Er hätte sie gern auf seinen Schoß gehoben und ihr dabei zugesehen, wie sie sich auf ihm bewegte. Er hätte sie gern in der Dusche genommen. Diesmal noch nicht, ermahnte er sich. Sie wollten es langsam und sicher angehen, und er hielt immer, was er versprach. Troy ließ eine Hand in ihren Slip gleiten. „Lass mich rein", flüsterte er und spreizte zärtlich ihre Oberschenkel. Dann tauchte er einen Finger in ihre seidige Mitte. Und schließlich zwei Finger. *Wow*, sie würde nicht mehr lange brauchen, um ganz für ihn bereit zu sein. Er streichelte sie ein paar Sekunden lang, und sie drängte sich stöhnend gegen seine Hand.

„Alles in Ordnung?", flüsterte er.

„Ja", antwortete sie ebenfalls flüsternd.

„Das hier muss weg", sagte er und streifte ihr den Slip herunter. Sie kickte das Stückchen Stoff weg, während er sich zum Nachttisch drehte, die Kondomverpackung aufriss und es sich schnell überrollte. Sie reckte sich ihm entgegen und stieß dabei herrliche kleine Laute aus. Troy drehte sie auf den Rücken, schob ihre Beine sanft auseinander und legte sich behutsam auf sie. Noch einmal küsste er sie, bevor er schließlich mit rauer Stimme flüsterte: „Bist du bereit?“, fragte er.

„Ja“, flüsterte sie, wobei sie die Augen geschlossen hatte.

„Schau mich an, Gracie.“ Sie hob die Lider. „Ich möchte, dass du locker lässt … alles entspannst. Es wird nicht wehtun.“

„Bist du sicher?“

„Ich bin mir sicher.“ Er drückte sich gegen sie. „Schön langsam und in aller Ruhe“, sagte er. „Es ist in Ordnung. Es ist gut.“ Und dann glitt er ganz vorsichtig in sie. Küsste sie leidenschaftlich, bis er schließlich ganz in ihr war. Sie stöhnte. „Okay?“, fragte er.

„Mmm“, murmelte sie. „Okay.“

Aber ihm fiel es verdammt schwer, sich zu zügeln! Das hier war das Tollste, was er seit Langem getan hatte. Und sie umfing ihn wie ein zartes Samtetui. Ein bebendes, weiches, glattes Samtetui. Er war kurz vorm Kommen. Langsam bewegte er sich in ihr, suchte nach ihrer empfindsamsten Stelle und drang noch etwas tiefer in sie. Konzentriert lauschte er den Tönen, die sie von sich gab, und versuchte, sich von ihnen leiten zu lassen. Er wollte die richtige Reibung, die perfekte Stimulation für sie. Er selbst war bereits so weit, dass er, wenn er auch nur für den Bruchteil einer Sekunde aufgehört hätte, die Zähne zusammenzubeißen, verloren gewesen wäre.

„Oh“, stöhnte sie. „Oh! Oh! *Oh!*“

„Oh, ja“, erwiderte er heiser.

„Bitte“, stöhnte sie und krallte sich in seine Schultern. „Mehr. Bitte!“

Er bewegte sich ein wenig kraftvoller. Dann küsste sie ihn intensiv und leidenschaftlich, während er sich noch einmal tief in sie schob. „Du bist wundervoll, Baby", flüsterte er. „Du bist perfekt."

„Ich glaube, du bist perfekt", erwiderte sie atemlos.

„Nur mit dir", sagte er. „Mit dir fühle ich mich vollkommen." Dann ein weiterer Kuss. Ein weiterer Stoß.

Sie kam. Er spürte, wie sich in ihrem Inneren die Muskeln um ihn herum zusammenzogen, ihn umklammerten, und er fragte sich, ob es an seinen erfahrenen Bewegungen oder seinen Worten gelegen hatte. Danach hörte er auf zu denken. Sie schloss die Augen, warf den Kopf in den Nacken. Sekunden später bäumte sie sich ihm noch einmal entgegen, biss sich auf die Unterlippe, und er hätte, obwohl er es nicht sehen konnte, gewettet, dass sich ihre Zehen krümmten. Also ließ er der Natur ihren Lauf, stieß noch ein paarmal in sie hinein und erlebte den besten Orgasmus seines Lebens. Genau in diesem Moment. An diesem Ort. Mit Grace. Seine Augen wurden feucht; seine Gedanken verschwammen, und er fragte sich, ob er vielleicht für eine Sekunde die Besinnung verloren hatte. Er pulsierte, bis nichts mehr in ihm übrig war. Sogar sein Hirn war komplett leer. Sie hatte es mit ihm erlebt, war den ganzen Weg mit ihm gegangen. Noch sehr lange hielt sie ihn umklammert.

Schließlich drückte er ihr sanft die Lippen auf den Mund und küsste sie zärtlich und voller Hingabe. Grace rührte sich nicht. Er gab ihr noch einen Kuss. Sie hielt ihn immer noch in diesem wundervollen, köstlichen, unvorstellbaren Klammergriff. „Gracie", flüsterte er. „Atme."

Da stieß sie ihren Atem in einem langsamen, geräuschvollen Zischen aus. „Verdammt", sagte sie.

Er lächelte. „So schön?"

„Mmm", erwiderte sie und lächelte.

Leise lachte er. „Ich habe mich gerade gefragt, was ich dir zum Valentinstag schenken soll …"

„Oh. Mein Gott! Mach das noch einmal."

Er grinste. „Vielleicht nach einer kleinen Pause", sagte er, wobei er das Wort „vielleicht" nur pro forma gebrauchte. „Bereust du es nicht?"

„Du machst wohl Scherze, oder?"

„Ich habe es vielleicht nicht kapiert", gab er zu. „Außer, dass ich das mit dem langsam und geduldig nicht wirklich ernsthaft genug probiert habe. Um ehrlich zu sein, Gracie, hast du mich gerade an einem wirklich sehr heiklen Punkt erwischt."

„Habe ich das?"

„Hast du. Wir sind, wie zwei alte Profis, gleichzeitig gekommen."

„Falls ich es dir vorher nicht erzählt hätte, was hättest du dann gemacht?"

„Ich glaube, ich hätte einfach drauflos … Wahrscheinlich hätte ich dich zuerst überall geleckt, um sicher zu sein, dass du alles hast, was du verdienst. Dann hätte ich einfach weitergemacht."

„Okay, dann machen wir das das nächste Mal!"

Er musste über sie lachen. Sie war so unglaublich süß. „Sex gefällt dir, stimmt's, Süße?"

„Ich mag Sex", gab sie lächelnd zu. „Oh Gott, ist es vulgär, so etwas zu sagen?"

„Nein, Gracie." Er strich ihr das dichte braune Haar aus der Stirn. „Es ist wunderbar, so etwas zu sagen."

Sie liebten sich immer und immer wieder. Troy war hin und weg, und zwar nicht auf die übliche Art und Weise. Er hatte eine wunderschöne junge Frau, die ihn für den absoluten Zauberer hielt und die alles tun würde, was er von ihr verlangte, um ihn weit mehr zu befriedigen, als er es bisher je erlebt hatte und … er wusste nichts über sie. Dazu kam, dass das Wissen, der erste Mann gewesen zu sein, der je in sie eingedrungen war, etwas in seinem Kopf verändert hatte. Er wusste nicht genau, was der Auslöser dafür war, aber er empfand plötzlich eine Art Besitzgier, die er bislang noch nicht gekannt hatte. Er mochte nicht einmal darüber nachdenken, sie eines Tages gehen zu lassen. Doch wer war diese junge Schönheit, die bisher noch nie anständig geliebt worden war? Wer war diese Frau, die ihm Fragen stellte wie, ob es schwer war, ein männlicher Lehrer in einer Umgebung von verknallten Teenagermädchen zu sein? Wer war diese junge Frau, die nie in einem normalen Klassenraum gesessen hatte, und dennoch klüger und weltgewandter wirkte als andere Frauen ihres Alters? Und entzweiten sich Mütter und Töchter tatsächlich wegen der Entscheidung, einen eigenen Blumenladen zu eröffnen?

Troy lag bäuchlings auf Grace' Bett und dachte gerade darüber nach, wie er Antworten auf diese Fragen bekommen konnte, als er ihre kleine, von der schweren Arbeit leicht schwielige Hand spürte, die ihm über die Pobacken strich.

„Du hast den tollsten Hintern, den ich je an einem Mann gesehen habe."

„Wenn du mich umdrehst, siehst du, was ich noch alles Tolles an mir habe", sagte er.

„Ich fürchte, das stimmt", sagte sie lachend. „Ich glaube, du hattest genug. Und ich habe jetzt definitiv genug!"

„Fühlst du dich ein bisschen schwach?"

Sie nickte und errötete.

Er lachte. „Wie kannst du nach unserem nächtlichen Gymnastikprogramm erröten?", fragte er.

„Es ist Tag", sagte sie.

„Noch besser", erwiderte er und rollte sich auf den Rücken, um ihr seine sehr beeindruckende Morgenerektion zu präsentieren.

„Oh Mann", sagte sie. „Halte das Ding bloß fern von mir!"

Troy ignorierte ihre Bitte und zog sie in seine Arme. „Lass uns mal darüber reden, wie wir Spaß haben können, wenn wir uns ein wenig … zerbrechlich fühlen." Und er fing an, sich seinen Weg an ihrem Körper entlangzuküssen, den Bauch, die Stelle zwischen ihren Schenkeln. Nur wenige Minuten später musste er sie erneut erinnern: „Gracie. Atmen."

„Oh, Gott!", sagte sie schwach.

Sein Vergnügen hätte nicht größer sein können.

„Bin ich jetzt dran?", fragte sie ihn.

„Diesmal nicht, Süße", sagte er und erhob sich, um aus dem Bett aufzustehen. „So gern ich den ganzen Tag bei dir im Bett liegenbleiben würde, habe ich dennoch einiges zu erledigen. Ich muss mich auf den Unterricht morgen vorbereiten, und ich arbeite den ganzen Nachmittag und Abend bei Cooper. Du solltest noch ein Schläfchen machen. Dich ausruhen. Wenn du möchtest, dass ich später noch mal nach dir sehe, brauchst du nur ein Wort zu sagen."

„Ein Wort", sagte sie lächelnd.

„Möchtest du, dass ich mit dir im Diner frühstücke, bevor ich mit meiner Arbeit anfange?", fragte er.

„Würdest du das machen?"

„Würde ich definitiv. Du machst einen Mann hungrig. Ich muss erst nach Hause und mich … du weißt schon … frisch machen."

Sie lachte leise. „Ich vermute, es würde nicht gut aussehen, wenn wir in den Sachen von gestern Abend zum Frühstück gingen. Ganz zu schweigen von …“

„Sag es nicht“, legte er ihr nahe, weil er wusste, worauf sie hinauswollte. Der Geruch von Sex haftete überall an ihnen. Sogar ohne das würde jeder, der sie heute Morgen sah, genau erkennen, was Sache war. Sie hatte einen sehr anziehenden kleinen Knutschfleck auf ihren rosigen Wangen, ihre Lippen waren nach der Nacht vom vielen Küssen rosig und prall, und ihr verschlafener Blick sprach Bände. Sie war eine sehr glückliche, befriedigte Frau. „Ich bin in einer halben Stunde zurück.“

6. Kapitel

Anderthalb Stunden später, nach dem Frühstück, war Troy wieder in seiner Wohnung, wo er keinerlei Vorbereitungen für die Schule traf. Stattdessen ging er ins Internet. Er hatte ein paar Stunden Zeit, bevor er draußen in der Strandbar sein musste. Er erwartete nicht, dass er etwas finden würde, es sei denn, in der Vergangenheit wäre ein Fall von sexueller Belästigung vorgekommen, der angezeigt worden wäre. Wenn Grace zu dem Zeitpunkt noch minderjährig gewesen war, würde ihr Name aber nirgendwo auftauchen. Er tippte ihren Namen in die Suchmaske ein, und es kam die kursive gestellte Frage: *Meinen Sie Isabella „Izzy" Grace Dillon Banks?*

Nur zum Spaß klickte er auf den Namen und erwartete, dass das Foto einer sechzigjährigen Opernsängerin auftauchen würde.

„Das ist nicht dein Ernst?", rief er auf einmal ins leere Zimmer hinein.

Eiskunstlauf-Goldmedaillengewinnerin verlässt die Vancouver Arena und blickt nicht zurück.

Das war *ihr* Bild. *Izzy Banks? Goldmedaillengewinnerin? Mit dreiundzwanzig Karriere beendet?* Das passte doch nicht. Vergaß man, so etwas zu erwähnen? Izzy hatte offensichtlich eine öffentliche Erklärung abgegeben, aber alle Interviewanfragen abgelehnt. Er las ihre Erklärung.

„Die Eiskunstlaufgemeinschaft und meine Konkurrenten waren sehr gut zu mir, und ich bin meiner Familie ungemein dankbar, meiner Mutter, der unerschrockenen Winie Dillon Banks, meinem Coach Mikhail Petrov, dem U.S. Eiskunstlaufverband und allen Freunden und Konkurrenten, die ich in den letzten zwanzig Jahren kennengelernt habe, aber jetzt ist für mich der Zeitpunkt gekommen, aufzuhören. Es gibt so viele wunderbare, gut vorbereitete Sportler, die nun ihre Chance bekommen, und ich bin ganz sicher, dass man mich nicht lange vermissen wird. Ich freue mich jetzt auf ein ruhigeres Leben."

Troy war fassungslos. Er konnte kaum atmen. Wie war das möglich?

Es gab noch einige Artikel und jede Menge Mutmaßungen. Man verglich Izzy mit anderen Eiskunstlaufsportlerinnen, die, erschöpft und übertrainiert, vielleicht depressiv, nach einem großen Sieg zusammengebrochen waren und sich zurückgezogen hatten. Sie war sicher nicht die einzige.

Es gab noch ein paar Widersprüchlichkeiten, die ihm auffielen – vielleicht wegen der Unterhaltung, die sie am Abend zuvor geführt hatten. Der weltberühmte Eiskunstlauftrainer Hal Nordstrom, dessen Schüler eine Menge Medaillen gewonnen hatten, hatte sie über den U.S. Eiskunstlaufverband verklagt. Es ging um eine angebliche Verleumdung und üble Nachrede. Der genaue Wortlaut schien allgemein bekannt zu sein, stand aber nicht in diesem Artikel. Offensichtlich hatte die damalige Izzy Banks, nach dem Selbstmord einer fünfzehnjährigen Eiskunstlaufschülerin Nordstroms, behauptet, dass er seine Schüler sexuell belästigte und die Sportlerin in den Selbstmord getrieben habe. Es hatte keine Anzeige gegen den Trainer gegeben, es waren keine weiteren, bekräftigenden Beschwerden aufgetaucht. Kein anderer Schüler war vorgetreten, und es gab keine Beweise gegen den Mann. Die Klage war abgewiesen worden; Izzy hatte lediglich während des Trainings im Beisein anderer Eiskunstläufer, deren Eltern und Trainer – es wurde nicht gesagt, vor wie vielen Menschen – einen Verdacht geäußert. Es gab Kommentare von Nordstroms anderen Schülern, die nichts mit dessen sexuellem Fehlverhalten zu tun hatten. Sie gaben an, dass er seine Schülerin Shannon Fields aus dem Meisterprogramm genommen und sie durch eine andere Läuferin ersetzt hatte. Deshalb, glaubten einige, sei sie nach so vielen Jahren harter Arbeit enttäuscht und eifersüchtig gewesen. Niemand schien zu wissen, weshalb sie sich das Leben genommen hatte.

Doch Troy wusste es. Er kannte Grace. Wenn sie sagte, dass eine jüngere Schülerin belästigt worden war, dann glaubte sie etwas zu wissen. Es musste nicht heißen, dass sie sich irrte, es hieß nur, dass sie keine Beweise hatte. Nordstrom hatte Izzy und deren Mutter vor Gericht gebracht. Es hatte einen nicht veröffentlichten Vergleich gegeben.

Troy las noch weitere Artikel. Grace war nicht nur von einem, sondern von drei Stalkern verfolgt worden. Sie war zwar nicht die einzige international bekannte Sportlerin mit dieser Bürde, aber sie gehörte zu den wenigen, die tatsächlich entführt worden waren. Die Entführung hatte nur wenige Stunden gedauert, aber Troy konnte sich vorstellen, wie schrecklich das für Grace gewesen sein musste. Der Stalker war festgenommen, eingesperrt, verurteilt und in die Psychiatrie überwiesen worden. Er hieß Bruno Feldmann, war schizophren und wahnhaft, aber die Krankheit machte ihn nicht weniger furchterregend oder gefährlich.

Troy tippte noch einmal Grace' Namen in die Suchmaske ein. Da waren über fünftausend Klicks. Soweit er wusste, hatte in Thunder Point niemand eine Ahnung, wer sie wirklich war.

Sein kleines Blumenmädchen hatte Dinge erreicht, von denen die meisten Menschen nicht einmal zu träumen wagten, aber offensichtlich hatte sie einen hohen Preis dafür zahlen müssen. Er spürte das überwältigende, dringende Bedürfnis, zu ihr zu laufen, sie in die Arme zu nehmen und ihr zu sagen, dass sie nun in Sicherheit war. Stattdessen nahm er seinen Laptop mit zur Schicht in Coopers Strandbar, wo er, wenn nicht so viel los war, weiterlesen wollte.

Er traf gegen Mittag dort ein. Es waren zehn Gäste da, die alle drinnen saßen. Cooper und sein junger Schwager Landon standen hinter der Theke. Sie begrüßten sich, und dann überließen die beiden Troy das Feld. Er hängte seinen Mantel auf und stellte seinen Rucksack unter dem Tresen ab.

„Wenn der Wettermann recht behält, sollte heute nicht allzu viel los sein. Nur die üblichen Sonntagsfahrer", sagte Cooper.

An sonnigen Sonntagen war üblicherweise sehr viel los. „Was sagt der Wettermann denn voraus?"

„Rate mal? Wind und Regen. Das kleine Töchterchen versucht einen Zahn zu kriegen, also schauen wir mal nach ein paar Autos für Landon", sagte Cooper.

„Geländewagen", korrigierte ihn Landon.

„*Vielleicht* Geländewagen", stellte Cooper klar.

„Ich dachte, du hättest einen Geländewagen", sagte Troy.

„Der hat uns in letzter Zeit ziemlich oft im Stich gelassen und wurde aus dem Verkehr gezogen", sagte Cooper. „Landon braucht etwas Zuverlässiges auf Rädern, damit ich nicht immer nach Eugene fahren und ihn abholen muss, wenn er das Wochenende zu Hause verbringen will."

„Und was hat das alles mit dem zahnenden Baby zu tun?"

Die beiden Männer machten winselnde Geräusche. „Du hast keine Ahnung, wie schlimm es ist, einen Zahn zu kriegen“, meinte Cooper. „Offensichtlich muss sie vierundzwanzig Stunden am Tag daran arbeiten, und das sorgt bei ihr für üble Laune.“

„Sie ist im Augenblick so über gar nichts glücklich“, erklärte Landon. „Wir bringen uns nur aus der Schusslinie.“

Troy lachte. „Die arme Sarah.“

„Ich hatte die Schicht in der letzten Nacht“, sagte Cooper. „Wenn es stürmt und leer ist, schließ den Laden früher ab. Um sechs oder so?“

„Ich bleibe, so lange du willst“, sagte Troy, aber er wusste, dass nach dem frühen Sonnenuntergang im Februar, bei schlechtem Wetter, kaum etwas los war. Während der Footballsaison kamen Leute in die Strandbar, um sich die Spiele anzusehen. Aber die Saison war jetzt vorbei.

„Das entscheidest du“, sagte Cooper. „Lass uns losfahren, Landon. Schönen Tag noch, Troy. Und danke.“

Am Nachmittag saß nur noch ein Pärchen in der Bar. Sie tranken Bloody Marys und aßen am Tisch beim Kamin ihre Sandwiches. Troy schaute in die Küche und in die Geschirrspülmaschine, aber Cooper hatte, wie üblich, alles makellos aufgeräumt hinterlassen. Im Winter war das eine Sache, die man allein bewältigen konnte, aber im Sommer brauchte man dazu eine ganze Mannschaft – dann waren jede Menge Menschen am Strand, mieteten Paddelbretter und Kajaks, aßen und tranken, genossen den Tag an der Bucht und machten nachts Lagerfeuer am Strand. Dann herrschte in der Strandbar ein ständiges Kommen und Gehen, manchmal sogar bis nach zehn.

Troy holte sich einen Hocker und klappte seinen Laptop auf. Über Grace gab es so viele Informationen, dass man damit hätte ein Buch füllen können. Sie hatte sogar ihre eigene Wikipediaseite, genau wie ihre wohlhabende Mutter, Winnie Dillon Banks, die in der Zeit vor Grace eine berühmte Eiskunstläuferin gewesen war. Es gab einen zwanzig Jahre älteren Halbbruder aus der ersten Ehe ihres Vaters. Ein Artikel erklärte die vielen Möglichkeiten, wie normale Familien sich das teure Training leisten konnten. Aber an Sponsoren kam man nicht so einfach heran, bevor man als Sportler einem Sieg bei großen Meisterschaften nicht wenigstens nahe gekommen war. Und zu Troys Überraschung war die Anzahl der gesponserten US-Athleten auch weltweit ziemlich klein. Die meisten von ihnen, tatsächlich die bekanntesten unter ihnen, hatten Eltern, die um vier Uhr morgens aufstanden, um ihre Kinder weite Strecken zu den Eishallen zu fahren, wo man die besten Trainer fand. Einige zogen auch um, damit die jungen Champions es leichter hatten.

Als am späten Nachmittag der Regen über das Außendeck peitschte und das letzte Paar gegangen war, konnte Troy sich wieder seiner Recherche widmen. Grace war ein paarmal mit ihren Eltern umgezogen. Ihr Vater war gefragt und verdiente sehr gut als Trainer, aber er trainierte keine Konkurrentinnen von Grace. Sein Einkommen und sein Ruf waren zusätzlich zu Winnies wohlhabender Familienherkunft ein Riesenvorteil für Grace. Sie hatte es nicht in die Auswahl für die Winterspiele 2006 geschafft, und die Familie hatte anscheinend überlegt, in ein anderes Land umzuziehen, es dann aber doch nicht gemacht.

Lieber Himmel, wer war dieses Mädchen?

Er schaute sich Winnie Dillon Banks mal etwas genauer an. Es gab Dutzende Fotos von ihr, und Troy fand, dass sie reich und kaltherzig aussah. Viele der Fotos zeigten sie mit eisiger Miene, Pelz und Diamanten tragend, als Zuschauerin bei den Wettkämpfen, an denen ihre Tochter teilnahm.

Da ahnte Troy, dass sie sich nicht nur über den Blumenladen entzweit hatten. Er vermutete richtig, dass Winnie nicht mit Grace' frühzeitigem Rückzug aus dem Eiskunstlaufzirkus einverstanden gewesen war – in einem Alter, in dem Grace noch jung genug zum Trainieren und Gewinnen gewesen war.

Er schaute sich alles übers Eiskunstlauftraining an. Es war normal, dass man mit vier Jahren bereits auf Schlittschuhen stand. Sechs Stunden täglich auf dem Eis, Ausdauer- und Krafttraining, Ballett und Gymnastik, Schule oder, wie in Grace' Fall, Privatlehrer. Dazu kamen noch die Reisen zu allen Wettkämpfen, an denen man teilnahm – zuerst die nationalen, dann die Weltmeisterschaften. Troy sah sich internationale Eiskunstlaufwettkämpfe an. Grace war so ziemlich in allen Ländern der Welt gewesen.

Er sah sich ein paar Youtube-Videos von ihren Auftritten an, ein langes Program ein kurzes, eins, als sie erst sechzehn und in Seoul gewesen war. So etwas Tolles hatte er noch nie gesehen. Und ihm fiel auf, dass Grace immer noch genauso aussah wie damals. Seltsam, dass bis jetzt niemand in Thunder Point ihre Ähnlichkeit mit der Eiskunstläuferin Izzy Banks bemerkt hatte. Ihr Talent und ihre Schönheit auf dem Eis waren atemberaubend.

Als Nächstes stand sexuelle Belästigung durch Trainer auf Troys Rechercheliste. Er spürte, wie sein Herz raste. Das Thema war überall zu finden. Ein Fall von schrecklichen, falschen Beschuldigungen. Einer weiblichen Trainerin hatte man das Leben zur Hölle gemacht. Man hatte sie einer Tat beschuldigt, die nie vor Gericht gebracht worden war, weil sie ein Alibi hatte, einen Film, der bewies, dass sie zum Zeitpunkt der Tat, den das Opfer angegeben hatte, an einem ganz anderen, weit entfernten Ort gewesen war. Dennoch wurde sie auch Jahre später immer noch aus einigen Sporthallen ausgeschlossen, sogar noch, nachdem das betroffene Kind seine Anschuldigungen widerrufen hatte. Wenn man das so las, fand Troy, dann musste man verrückt sein, sein Kind in die Hände eines Fremden zu geben, selbst wenn er oder sie ein namhafter Trainer war.

Um das Ganze einem vollständigen Realitätstest zu unterziehen, suchte er nun nach Fällen, in denen Lehrer betroffen waren. Das war ebenso schockierend. Manche dieser Fälle hatten bundesweite Aufmerksamkeit erfahren und waren zum Teil verfilmt worden.

Ich dachte einfach, es ist manchmal bestimmt eine echte Herausforderung …

Troy klappte seinen Laptop zu und schaltete in der Bar das Licht an, obwohl es ihn erstaunt hätte, wenn da draußen im Sturm jemand gewesen wäre. Er hatte eine ganze Menge zu verarbeiten. Es war fast fünf und die Sonne gerade erst am Untergehen, doch wegen der Wolken schien es noch früher dunkel zu werden als sonst. Er nahm sich ein Bier.

Troy kannte Grace nun seit einem Jahr, vielleicht ein wenig länger. Er hatte sie nur oberflächlich gekannt – er war in ihren Laden gegangen und hatte zweimal Blumen für Iris gekauft und einmal ein Gesteck für seine Mutter ausgesucht, um es ihr zum Muttertag schicken zu lassen. Er war Grace mit Iris bei Coopers begegnet. Er hatte sie nie als Freundin, sondern eher als Iris' Freundin betrachtet. Er hatte sie gemocht, aber nie an sie gedacht – nicht vor Weihnachten. Er hatte durch sie hindurchgesehen, nicht gewusst, dass so viel in ihr steckte. Sie war erstaunlich und kompliziert, teilweise heldenhaft, teilweise tragisch. Mehr Frau, als er sich je hätte vorstellen können. Kleines, jungfräuliches Blumenmädchen, ein bisschen schüchtern, ein bisschen neugierig und vorsichtig, und, oh Gott, so willig, zutraulich und sinnlich. So liebevoll und unschuldig. Sie hatte ihn gebeten, ihr Sex und Leidenschaft zu zeigen, und dann hatte sie sich seinen Händen überlassen. Was für eine Nacht!

„Sie ist eine Sportlerin, du Spinner", sprach er in die leere Bar hinein.

„Wer ist eine Sportlerin?", fragte Sarah Cooper, die gerade durch die Tür kam. Sie schüttelte sich den Regen von der Regenjacke.

„Jesus, du hast mich zu Tode erschreckt!", sagte er. „Wo ist das Baby?"

„Schläft endlich. Ham hütet das Kind."

„Sarah, Ham ist ein Hund."

„Der beste Babysitter, den es gibt. Glaub mir. Er hat sich, seit sie auf der Welt ist, kaum von ihrer Seite bewegt. Mach dir keine Sorgen – sie liegt im Babybett, und die Schlafzimmertür ist zu, aber ich vertraue Ham eher als den meisten Menschen. Und ich bin auch nur für eine Sekunde hierhergekommen. Mach die Bar zu, du verschwendest hier deine Zeit. Bei der Sintflut da draußen kommt hier keiner mehr. Brauchst du noch was, bevor du gehst? Abgesehen davon, dass du erst dein Bier austrinken willst?"

„Ich muss noch mal schnell anrufen, vielleicht nehme ich ein paar kleine Pizzen aus dem Kühlschrank – ich habe heute Abend ein Date, hoffe ich. Danke, ich glaube, du hast recht. Seit zwei ist hier niemand mehr reingekommen."

Sie grinste ihn an und schaute auf seinen Laptop. „Hast du deine Hausaufgaben fertig?"

„Habe ich bestimmt", sagte er. „Und es war auch ganz schön viel."

„Danke, dass du hier aushilfst, Troy. Werde nicht nass." Sie zog sich die Kapuze ihrer Regenjacke über den Kopf und ging zur Hintertür hinaus.

Troy griff nach seinem Handy. „Gracie", sagte er. „Dank des Wetters kann ich hier früher abschließen. Möchtest du, dass ich etwas zum Abendessen mitbringe?"

„Ich habe gekocht! Ich habe gekocht, weil ich hoffte, dass du zum Abendessen vorbeikommen würdest!"

„Deine Küche ist so groß wie mein Kleiderschrank. Was hast du denn gekocht?"

„Chili-Eintopf. Dazu gibt's ein Stück Cheddar und Cracker. Wenn ich hier oben einen Kamin hätte, wäre es perfekt."

Es ist schon perfekt, dachte er. „Hört sich gut an. Ich bin gleich da."

Er würde ihr nicht erzählen, was er wusste, sondern abwarten, bis sie es ihm von sich aus erzählte. Wenn sie sich wohlfühlte, wenn sie ihm vertraute und wollte, dass er von diesem Teil ihres Lebens erfuhr. Wenn sie sich ihm endlich anvertraute, würde er ihr vielleicht sagen, dass er es schon eine Zeit lang wusste. *Vielleicht.*

Eine Woche später war Troy gerade dabei, seine Unterlagen zusammenzupacken, um sie mit nach Hause zu nehmen, und entdeckte aus den Augenwinkeln etwas Buntes. Als er sich umdrehte, sah er Iris, die im Türrahmen seines Klassenzimmers lehnte. Sie grinste durchtrieben. „Ich habe dich und Grace gestern Abend beim Basketballspiel gesehen", sagte sie.

„Wir haben dich doch gegrüßt", erwiderte Troy, der leicht die Stirn runzelte, weil er nicht verstand, auf was sie anspielte.

„Ich hatte zu viel am Kartenstand zu tun, um mich mit euch zu unterhalten, aber auch wieder nicht so viel, um nichts zu bemerken."

„Was zu bemerken?", fragte er.

„Du bist jetzt offiziell total über mich weg."

Er lächelte und verstaute die Unterlagen in seinem Rucksack. „Ich bin über dich weg", sagte er. „Ich hoffe, du bist nicht beleidigt. Schließlich bist du verheiratet."

Sie ging auf ihn zu. „Ich habe gesehen, wie du Grace angesehen hast. Es ist toll, dass ihr Sachen zusammen unternehmt, aber ich glaube, da ist noch mehr. Troy, es macht mich richtig glücklich. Grace ist großartig, und ich mag sie sehr. Und du bist einer meiner besten Freunde." Dann lachte sie. „Das war jetzt der allerletzte Beweis! Du bist nicht mal zusammengezuckt, als ich dich besten Freund nannte!"

„Hinter Grace steckt viel mehr, als man ihr ansieht", sagte er und zog den Reißverschluss seines Rucksacks zu.

„Ich glaube, du hast dich verliebt, Troy."

„Langsam, Iris. Das ist eine ziemlich heftige Diagnose. Und ich glaube nicht, dass du dir ein Bild machen kannst." Er hob den Rucksack hoch. „Meine Sicht ist nicht mehr vernebelt. Das ist alles."

Sie lachte ihn aus. „Ich sehe schon die gebrochenen Herzen Dutzender sechzehnjähriger Mädchen."

„Das solltest du nicht mal im Spaß sagen", bat er plötzlich ganz ernst. „Das könnte eine Menge Ärger geben, die ein Lehrer nicht gebrauchen kann."

„Oh, Troy. Du hast doch in dieser Hinsicht keine Probleme, oder? Ich hoffe, dich macht niemand nervös."

Er wollte ihr nicht erklären, dass Grace' Situation und ihre Fragen zusammen mit dem, was er glaubte, bei seiner Recherche über dieses Thema herausgefunden zu haben, ihm diese Thematik erst so richtig ins Bewusstsein gerückt hatten. „Überhaupt nicht, es ist nur so, dass man sich in der Hinsicht schnell auf dünnes Eis begibt. Manchmal habe ich Angst, auch nur den kleinsten unschuldigen Witz darüber zu machen. Weißt du, was ich meine?“

„Hör zu, dein Verhalten war immer über jeden Zweifel erhaben, aber falls du dir je Gedanken über die kleinste Geste oder den kleinsten Kommentar machen solltest, komm sofort zu mir. Man darf nicht abwarten, um zu sehen, wohin die Sache führt. Mit solchen Dingen ist nicht zu spaßen.“

„Gut. Das ist gut zu wissen, denn ...“ Er rieb sich den Nacken. „Ich habe am Wochenende einen Artikel über eine Trainerin gelesen, deren Leben durch die Anschuldigungen eines Jugendlichen beinahe total zerstört worden wäre, obwohl sie sich nachweislich zum fraglichen Zeitpunkt nicht einmal in derselben Stadt aufgehalten hatte. Das hat mir richtig Angst gemacht und dafür gesorgt, dass ich viel zu viel darüber nachdenke.“

„Das verstehe ich. Mich machen ähnliche Situationen bei der Beratung auch ganz nervös. Ich brauche nur von einem schrecklichen Beratungslehrer zu hören, jemandem, der schlimmen Schaden angerichtet hat, und ich schlafe ein paar Nächte schlecht. Aber wenn du keine Probleme hast, versuch dich zu entspannen und du selbst zu sein. Die Schüler lieben dich. Und es gelingt dir, dauerhaft Grenzen zu ziehen. Außerdem bist du jetzt auch noch verliebt.“

„Eins nach dem anderen, Iris“, sagte er, aber er lächelte dabei. „Ich treffe mich erst seit ein paar Monaten mit Gracie.“ Ihm wurde plötzlich bewusst, dass Iris und er monatelang ein Paar gewesen waren, aber er niemals die drei wichtigen Worte geäußert hatte. „Wann wusstest du eigentlich, dass du Seth liebst?“, fragte er plötzlich neugierig.

„Ungefähr als ich vier war, aber er war während der gesamten Highschool-Zeit eifrig damit beschäftigt, das ganze Spielfeld abzugrasen. Ich fand’s nicht so toll, dass er mich nie als etwas anderes gesehen hat als seinen Kumpel und seine Beraterin.“

„Jetzt bist du mit ihm verheiratet. Ich nehme an, inzwischen habt ihr das Problem gelöst.“

„Ja“, sagte sie versonnen. „Glücklicherweise.“ Dann fing sie sich wieder. „Na ja, wenn du halb so glücklich wirst wie ich, dann weißt du gar nicht, was du mit dir anfangen sollst vor lauter Glück. Möchtest du ein Bier trinken gehen?“

„Ich kann nicht“, sagte er. „Ich kümmere mich um den Blumenladen, während Grace sich mit einem Brautpaar trifft, um über den Blumenschmuck für die Hochzeit zu sprechen. Grace hat zwar Justin, der ihr beim Ausliefern hilft, aber er hat nicht immer Zeit. Grace ist de facto allein und schließt den Laden manchmal, um selbst Blumen auszuliefern, es sei denn, ich kann ihr helfen.“

„Hat sie mir erzählt. Wir haben über eine Schüler-Aushilfe für sie gesprochen, aber es ist ein bisschen spät im Jahr, um mit dem Arbeit-und-Schule-Programm anzufangen. Ich habe zwar einen Zettel mit der Suche nach einer Aushilfe für nach der Schule ans Schwarze Brett geheftet, aber …

„Ich hoffe, sie findet jemanden. Hey, morgen arbeite ich draußen in Coopers Strandbar – komm doch auch. Bring deinen Prinz Charming mit. Ich bezahle ihm sogar ein Bier“, meinte er.

„Machen wir“, sagte sie.

Troy parkte hinter dem Lieferwagen von *Pretty Petals* und betrat den Laden durch die Hintertür. Grace legte gerade letzte Hand an ein Blumengesteck auf ihrem schmutzigen Arbeitstisch, aber das war ihm egal. Er schlang ihr die Arme um die Taille, zog sie an sich und küsste sie ungestüm.

„Troy, hör auf. Ich bin schmutzig."

„Ich weiß. Schmutzig ist gut. Wir können später noch ein bisschen schmutziger werden, wenn dir danach ist." Er nahm ihre Hand und schaute sich die grünen und braunen Finger und die Ränder unter den Nägeln an. „Wie sehen die denn aus? Unglaublich! Man sollte annehmen, mit Blumen zu arbeiten sei wesentlich schöner. Schickst du mich, nachdem ich hier ausgeholfen habe, nach Hause?"

„Habe ich dich schon jemals nach Hause geschickt?"

„Was möchtest du zum Abendessen?

„Ich habe eins von Carries Fertigessen gekauft – Teriyaki Hühnchen, Reis, Spargel und Käsekuchen. Bist du damit einverstanden?"

Er küsste ihren Hals. „Als Vorspeise. Danach vernasche ich dich."

Sie lachte und stieß ihn von sich. „Ich muss nach oben und mich ein bisschen abschrubben", sagte sie und nahm die grüne Schürze ab. Sie hängte sie an einen Haken an der Tür. „Wenn das Brautpaar kommt, bevor ich zurück bin, setze sie einfach in mein Büro, ja? Ich bin gleich wieder da."

„Klar", sagte er. Als sie nach oben gegangen war, sah er sich in dem Durcheinander um. Miss Gracie hatte offenbar einen hektischen Tag im Blumenladen gehabt. Der große Arbeitstisch und der Boden waren mit Klemmen, Blumenstielen, Blumenschaum, Klebeband, allen Sorten von Steinen und ein paar Klebepistolen bedeckt. Er stellte ihr Gesteck in den Kühlschrank, legte die Klebepistolen weg und kehrte die Reste vom Tisch auf den Boden. Nachdem er das getan hatte, wurde ihm bewusst, dass die Steine und etwas, das aussah wie flache Murmeln, jetzt auf dem Boden herumflogen. Wenn er nicht schnell alles auffegte, könnte jemand darauf ausrutschen und sich die Hüfte brechen.

Er fing sofort an, den Weg zu Grace' Büro freizufegen, weil er vermeiden wollte, dass ihre Kunden hinfielen und sich etwas taten. Er arbeitete schnell, weil es ihm gefiel, wenn sie ihn für einen perfekten Mann hielt.

Troy brauchte nicht lange, bis er einen schönen Haufen Müll zwischen der Hintertür und dem Kühlschrank zusammengefegt hatte. Gerade rechtzeitig. Die Glocke an der Ladentür bimmelte, und ein Paar kam herein. Sie waren im Gespräch.

„Das ist einfach Quatsch, Janet. Wir brauchen das alles nicht", sagte eine männliche Stimme.

„Vielleicht brauche ich es", erwiderte die Frau weinerlich. „Ich habe nicht zu viel verlangt und arbeite für jeden Cent."

„Möchtest du ein Haus?", fragte er fies.

„Ja, aber keinen neuen Geländewagen!", entgegnete sie.

„Möchtest du ein Baby?", konterte er.

„Wenn wir es uns leisten können, aber ich möchte nicht einfach die Hochzeit verschieben! Ich weiß, dass es dir egal ist, mir aber nicht! Und meiner Mutter auch nicht!"

„Dann sollte deine Mutter das alles bezahlen!"

„Du weißt, dass meine Mutter *nichts* hat!"

„Und so wird es uns auch gehen! Nichts!"

„Ich dachte, du wolltest eine Hochzeit?", sagte sie beinahe schluchzend.

„Das dachte ich auch, bis ich die Liste der Dinge sah, die wir dafür kaufen müssen! Ich wollte eine Band, ein Bierfass und eine gute Party! Jetzt kaufe ich eine gottverdammte Krönung!"

Die Hintertür ging auf, und Grace kam herein. Sie wirkte frisch und ausgeruht in einer knackigen weißen Bluse, leichtem Glanz auf den Lippen und gebürsteten Haaren. Sie sah so appetitlich aus, er hätte sie am liebsten lebendig aufgegessen, sie komplett mit Haut und Haaren verschlungen. „Sie streiten", flüsterte er.

„Das passiert andauernd. Hochzeiten sind berüchtigt dafür." Sie sah sich um. „Oh, Troy, du hast sauber gemacht." Sie begutachtete den Tisch und den Boden etwas genauer.

„Ein bisschen ..."

„Willst du, dass ich aufwische?", fragte er.

„Nein, vielen Dank. Passe einfach ein bisschen für mich auf den Laden auf. Wenn jemand kommt und etwas braucht, unterbrich mich bitte. Ich bin zwei Minuten abkömmlich, während meine Kunden sich Fotos ansehen. Dann kann ich schnell etwas verkaufen und bin in null Komma nichts wieder bei ihnen."

„Ich arbeite in einer Bar, Gracie. Ich kann auch etwas verkaufen. Wenn Preisschilder dran sind."

„Alles ist ausgepreist. Die Anrufe können einfach auf die Mailbox." Sie küsste ihn schnell auf den Mund. „Danke."

„Es fällt mir so schwer, auf dich zu warten", murmelte er leise, während sie sich von ihm entfernte und auf das streitende Paar zuging.

„Mr. Jackson? Ms. Paulson? Hallo, ich bin Grace. Möchten Sie mir ins Büro folgen, um mit mir über ihre Hochzeitsblumen zu sprechen?"

„Wir *streiten* gerade über die Hochzeit", sagte Ms. Paulson.

„Na ja, ich bin hier, um den Hochzeitsstress zu lindern und Ihnen zu helfen, Ihnen praktische Blumenarrangements zu zeigen, die man sich leisten kann. Machen Sie sich keine Sorgen – sehen Sie sich in Ruhe die Fotos der Bouquets und Gestecke an, das kostet überhaupt nichts und ist vollkommen unverbindlich. Ich möchte Ihnen nur helfen. Kommen Sie mit. Möchten Sie einen Kaffee? Tee? Wasser?“

„Wie sieht es mit Bier aus?“, fragte der Bräutigam gereizt.

„Ich musste aufhören, Bier zu bunkern“, sagte Grace lachend. „Weil zu viele gestresste, betrunkene Bräutigame aus meinem Laden kamen! Kommen Sie rein, ich hole Ihnen Wasser.“ Sie führte sie zu den Stühlen vor ihrem Schreibtisch, und als sie durch den Werkraum zum Kühlschrank ging, verdrehte sie die Augen in Troys Richtung und lächelte.

Troy ging nach vorn in den Laden und hielt die Stellung, während Grace ihre Besprechung mit dem Hochzeitspaar abhielt. Normalerweise traf sie sich erst um sechs oder später mit Brautpaaren. Dann kamen die Paare üblicherweise von der Arbeit, und für sie war es nach Ladenschluss. Dieses spezielle Paar hatte so spät keine Zeit gehabt und schon um vier kommen wollen, weshalb Troy zu seinem Babysitting-Job gekommen war. Er positionierte sich hinter dem kleinen Verkaufstresen. Neben dem Computer lagen zwei Telefone – ihr privates und ihr Geschäftshandy. Grace nahm die beiden Telefone überallhin mit. Wenn der Laden geschlossen und sie mit ihm zusammen war, ging sie allerdings nur selten an ihr Geschäftstelefon. Und das private Telefon klingelte nicht so oft. Sie hatte, seit sie ein Paar waren, erst zweimal Anrufe bekommen. Beide Male war es Iris gewesen.

Troy hörte, wie sie dem Paar riet: „... mit diesem Album anzufangen.“

„Da stehen keine Preise", sagte der Mann.

„Jake!", sagte die Frau.

„Sie haben völlig recht", sagte Grace. „Das ist eine korrekte Beobachtung. Jedes Bouquet und Gesteck kann entweder günstiger oder teurer erstellt werden. Das hängt von ihrem persönlichen Geschmack ab. Zum Beispiel dieses wundervolle Rosengesteck, mit Farn und Callas? Ich hatte eine Braut, die eine sehr viel kleinere Version davon wollte, nur weißfilziges Geißkraut und Lilien, plus ein bisschen Schleierkraut. Ich freue mich, wenn ich alles per Halm, Stiel und Vase kalkulieren kann."

„Ich weiß nicht, warum wir das so extravagant machen müssen", murmelte Jake.

„Das muss gar nicht sein", sagte Grace. „Kleine Hochzeiten können sehr elegant, erstklassig und unvergesslich sein. Auf Ihrem gemeinsamen Lebensweg wird es viele Momente geben, die sie gern auf Bildern festhalten wollen. Wenn Sie Ihren dreißigsten Hochzeitstag erreichen, werden Sie begeistert sein, wie viele Kisten und Alben oder Foto-CDs sie haben – von jedem Campingausflug, jedem Footballspiel, Schulabschluss, jeder Familienfeier. Eine der ersten Erinnerungen wird jedoch der Tag ihrer Hochzeit sein. Es muss keine besondere Art der Hochzeit sein, nur die, die Sie beide wollen. Und die auf eine Art gefeiert wird, dass Sie sich gern daran erinnern."

„Und da haben wir das Problem", sagte Jake. „Janet möchte eine große, schicke Hochzeit, und ich nicht."

„Ich brauche keine große, schicke Hochzeit", stritt sie ab. „Ich möchte einfach nur, dass es wunderschön wird!"

„Komplett machbar. Wenn Sie miteinander darüber sprechen, finden Sie bestimmt einen vernünftigen Kompromiss. Ich tue, was immer in meiner Macht steht, um Ihnen dabei behilflich zu sein. Ich hatte Paare, die so viele Blumengestecke und -sträuße bestellt haben, dass ich schon dachte, einen Rosenball auszustatten. Vor Kurzem gab es eine Hochzeit, wo die Braut und ihre Brautjungfern jeweils eine einzelne Calla in der Hand hielten. Die gute Nachricht ist ... bei einer Hochzeit im Frühling stehen Ihnen im wahrsten Sinne des Wortes alle Blumen zur Verfügung. Und die Preise sind dann auch günstiger als in anderen Jahreszeiten."

„Das hier ist wunderschön", sagte Janet und betrachtete ein Foto. „Ist das nicht wunderschön, Jake?"

„Ich wette, das kostet ein Vermögen", schnaubte er.

„Hmm, wenn ich mich recht erinnere, dann kostete diese Hochzeit so um die tausendzweihundert Dollar."

„Sie machen wohl Witze!", meinte Jake.

„Blumen waren diesem Paar sehr wichtig, aber sie besaßen kein Vermögen. Also, es gibt zwei Möglichkeiten, die Kosten bis auf weniger als die Hälfte zu reduzieren, und trotzdem eine schöne Blumendeko zu haben. Schleifen anstatt Blumen für die Deko der Sitzreihen, kleinere Blumenarrangements auf dem Altar oder größere, buschigere Blüten und Tischgestecke und weniger großzügige Sträußchen für die Gäste."

„Das ist dann aber immer noch eine Menge Geld", grummelte er.

„Wann ist der glückliche Tag?", fragte Grace.

„Am zwanzigsten Juni."

„Perfekt. Ein großartiger Monat für Blumen und Blumenpreise. Und Sie haben auch ein Budget?"

Im gleichen Moment als Janet sechshundert Dollar sagte, sagte Jake fünfzig.

Troy machte ein bisschen Lärm, um seinen Lachanfall zu übertönen.

„Darf ich Sie bitten, Ihre Lieblingshochzeitsfotos aus diesem Buch auszusuchen? Es hilft, wenn Sie wenigstens drei Lieblingsdekos wählen und herausfinden, weshalb Ihnen gerade diese Blumendeko so gut gefällt. Liegt es an den besonderen Blumen? Den Formen? Der Zusammenstellung der Blumen? Den Farben? Sobald Sie das getan haben, können wir der Ursache, weshalb sie Ihnen gefallen haben, auf den Grund gehen und dann etwas finden, das besser in Ihr Budget passt. Sie werden in Ihrem Leben noch viele Blumen kaufen, Jake. Aber diese Blumen werden für immer auf Ihren Hochzeitsfotos leben. Ich bin mir sicher, dass Sie und Janet genau die richtigen Blumen finden werden. Ich lasse Sie jetzt in Ruhe durch die Alben blättern. Rufen Sie mich einfach, wenn Sie Fragen haben. Ich bin nur ein paar Schritte von Ihnen entfernt, vorne im Laden."

Troy grinste, als sie aus dem Hinterzimmer und zu ihm an den Verkaufstisch kam. Er legte einen Arm um ihre Taille und flüsterte ihr ins Ohr. „Das wird nicht funktionieren", sagte er.

„Lass dich überraschen", sagte sie. „Ich glaube, ich kriege das auch allein geregelt, falls du gehen möchtest."

„Nee, ich lasse dich nicht damit allein. Ich glaube, ich hole meinen Rucksack und fange an, die Arbeiten durchzusehen, die ich noch korrigieren muss. Dann muss ich nachher nicht mehr so viel machen."

„Lass mich erst mal den Werktisch für dich abwischen."

Zwanzig Minuten lang war das einzige Geräusch, das im Laden zu hören war, das leise Murmeln des Brautpaars, das gemeinsam durch die Alben blätterte. Die lauten und genervten Kommentare hatten aufgehört, als Troy ins Büro hereingeschaut hatte. Das Paar wirkte zwar nicht besonders glücklich, aber nach kurzer Zeit hatten sie immerhin ein paar Fotos ausgesucht, und Grace setzte sich noch einmal zu ihnen an den Tisch.

„Sehr gute Auswahl“, lobte sie.

„Ich bin mir sicher, diese Blumen kommen nicht infrage“, sagte Janet. „Die sind bestimmt zu schön und für uns unbezahlbar.“

„Nun, lassen Sie uns doch erst einmal sehen“, sagte Grace. Sie saß an ihrem Computer und machte sich, nachdem sie einen Blick auf die ausgewählten Fotos geworfen hatte, an die Arbeit. Sie fing an, Zahlen einzugeben. „Um wie viele Eltern und Gäste, die eine Aufgabe bei der Hochzeit übernehmen, geht es denn?“

„Vier Eltern, sechs Großeltern, zwei Platzanweiser, vier Brautjungfern und Trauzeugen. Das ist alles so stressig“, sagte Janet. „Wir können uns nicht viel leisten. Der Empfang wird uns umbringen, wenn uns nicht noch einfällt, wie wir unsere Mütter davon abhalten, immer noch weitere Gäste auf die Gästeliste zu setzen!“

„Das passiert bei absolut jeder Hochzeit“, sagte Grace. Dann drehte sie den Bildschirm zu dem Paar. „Hier ist das Paket, das Ihnen am besten gefiel – inklusive den Sträußen für die Brautjungfern bis zu den Altar- und Tischgestecken für einen Empfang von hundertvierzig Personen. Auch die Sträußchen für die Mütter und die Ansteckblumen für die Männer sind bereits im Preis enthalten. Der ist allerdings happig – zweitausendvierhundertundfünfzig Dollar.“

„Jesus“, sagte Jake und strich sich mit der Hand über den Kopf.

„Jetzt lassen Sie uns das alles einmal etwas genauer betrachten. Erzählen Sie mir, was Ihnen an diesen Blumenarrangements am besten gefällt.“

Janet deutete auf den Bildschirm. „Mir gefällt die Lavendelfarbe, und diese Fülle der Lavendelrosen, oh Mann, wunderbar! Und dann dieses helle Grün mit dem Weiß. Dieses Altargesteck wirkt so üppig und riesig …"

„Sehen Sie sich das mal an", forderte Grace sie auf.

Troy war zu neugierig, um einfach nur dazusitzen und zuzuhören. Er wollte sehen, was Grace, die mit dem Rücken zu ihm saß, da machte. Sie pflückte tatsächlich Blumen vom unteren Bildschirmrand und stellte sie zu einem Strauß zusammen. „Für die Gestecke auf dem Altar, eine andere Blume, aber dieselbe Farbe. Hortensien im gewünschten Farbton. Wir nehmen die teuren Orchideen raus, drei oder vier Lilien mit zwei bis fünf Blüten pro Stängel, Schleierkraut anstatt Farn und hellgrünes, weißfilziges Geißkraut. Dann noch ein paar Nelken für die Fülle und vielleicht ein paar Akzente durch weiße Stephanotis. Anstatt einer viereckigen Glasvase kann ich einen Papiertopf nehmen, den man unter der Blumendeko nicht sieht. Oder ich könnte Ihnen die Vasen gegen eine Gebühr leihen, und Sie geben sie mir anschließend wieder zurück, dann wird es günstiger. Voilà! Jetzt kostet das Ganze nur noch die Hälfte. Sehen wir uns jetzt mal den Brautstrauß an – auch hier nehmen wir die großen Orchideen weg, aber sehen Sie, was wir mit Kahnorchideen, ein paar lavendelfarbenen Rosen und Margeriten machen können? Weniger teure Blumen, aber immer noch sehr schön und sehr passend für eine Sommerhochzeit. Falls Sie keine Margeriten mögen, könnte ich auch Nelken oder sogar weiße Teerosen nehmen. Und der Strauß ist ein wenig kleiner. Der Strauß, der Ihnen so gut gefiel, kostet dreihundert. Dieser hier nur hundert. Ich kann auch noch für wenig Geld ein paar Rosen zufügen, falls Sie den Strauß lieber größer haben möchten."

Troy war überrascht, was das Programm, das sie benutze, leistete. Er hatte keine Ahnung, dass dieses Geschäft so kompliziert oder so hightech sein konnte.

„Lassen Sie mich Ihnen etwas zeigen, das ich schon einmal als Tischgesteck benutzt habe. Wirklich sehr schön." Sie klickte auf ein Foto. „Eine klare Glaszylindervase, Blumen, weiße Steine, grüne Gräser als Basis – ich kann das für vierzig Dollar pro Tisch anbieten. Oder ich kann Ihnen erklären, wo Sie diese Glaszylindervasen und Steine ziemlich günstig einkaufen können. Dann spannen Sie ihre Freunde mit ein und könnten Tischgestecke für weniger als zwanzig Dollar haben."

„Sie sind wunderschön", sagte Janet.

„Wie machen Sie das?", fragte Jake.

„Ich kaufe sie in großen Mengen ein. Die Preise sollten im Juni gut sein. Ich dünne die Blumen aus und weiß, was alles andere kostet. Besser geht es nicht, und das garantiere ich Ihnen. Ich schlage vor, Ihre Brautjungfern oder Mütter oder alle zusammen dazu zu bringen, große weiße oder lavendelfarbene Tüllschleifen für die Sitzbänke zu basteln. Verzichten Sie auf Blumen, obwohl die so schön sind. Sie könnten den Tüll in einem Stoffgeschäft wie zum Beispiel bei Jo-Anns kaufen, mindestens ein paar Hundert Dollar sparen und dennoch die Deko einer erstklassigen und modernen Hochzeit haben. Wenn man Ihnen dort nicht zeigt, wie man diese Tüllschleifen herstellt, mache ich das gern. Nun zu den Kerzenhaltern. Die sind, zusammen mit den Kerzen, kostspielig – man muss sie ausleihen. Vielleicht können Sie ohne so etwas auskommen, wenn sie die Kosten reduzieren wollen. Auf was man bei Hochzeiten wirklich achtet, sind die Blumen am Altar, die Sträuße und die Tischgestecke. Wenn Sie möchten, kann ich Ihnen einen Kostenvoranschlag für dieses Gesamtpacket machen und Ihnen per Mail schicken. Aber ich schätze mal, dass wir damit so bei sechs- bis achthundert Dollar liegen. Plus die Belieferung, die ich selbst übernehme. Ich möchte, dass meine Blumen perfekt präsentiert werden. Und natürlich haben Sie bei mir Garantie auf alles."

„Können wir uns das nächste Foto ansehen?", fragte Janet und schlug eine andere Seite im Album auf.

Troy entfernte sich leise und lachte in sich hinein. Eine Stunde später verließ das Pärchen den Laden mit einem Vertrag in den Händen und erwartete einen offiziellen Kostenvoranschlag per E-Mail. Und sie *küssten* sich.

Grace drehte das Schild an der Ladentür um und schloss ab. Jetzt hatte sie Feierabend. Ihr Verkaufsgespräch mit dem Brautpaar hatte fast zwei Stunden gedauert.

„Ich weiß nicht, wie du das gemacht hast", sagte Troy, der seine Hausarbeiten aufeinanderstapelte.

„Das hat man mir beigebracht", erklärte sie. „Das Paar, für das ich gearbeitet habe in Portland – das hatte die Fähigkeit, den Menschen perfekt um den Bart zu gehen."

„Als ich Jake und Janet zuerst gesehen habe, dachte ich, sie sind kurz vor der Trennung. Doch als sie gerade gegangen sind, sah es doch alles ganz gut aus."

„Das ist typisch. Sie glauben, sie hätten ein Budget. Doch in Wirklichkeit haben sie nach dem Hochzeitskleid, dem Empfang und den Hochzeitsfotos schon kein Geld mehr, möchten aber trotzdem Blumen."

„Für fünfzig Mäuse", sagte Troy und lachte.

„Du hast ein außerordentlich gutes Gehör."

„Ja, das ist so ein Lehrer-Ding."

„Sie streiten sich bis zur Hochzeit vielleicht noch ein paarmal wegen der Ausgaben, denn sie werden auf jeden Fall mehr ausgeben, als sie geplant haben, weil es immer teuerer wird. Aber ich benutze alle Blumen, die ich bestelle, damit die Gestecke und Sträuße atemberaubend aussehen. Und das kann ich wirklich sehr gut."

„Woher hast du dieses Programm, mit dem man Blumen zusammenstellen kann?"

„Mamie und Ross, das Paar, für das ich gearbeitet habe, haben immer von so etwas geträumt. Wir konnten schon immer Mustersträuße und Gestecke zusammenstellen, sie fotografieren und auf dem PC hochladen, aber das hier ist gerade das Allerneueste. Ich habe mit einer Frau, die ich in Portland kennengelernt habe, zusammengearbeitet, die ist ein richtiger Computerfreak. Ich gebe zu, dass sie den Großteil der Programmierung geschrieben hat, aber ich habe die Seite entworfen und die Blumen und Gestecke hochgeladen. Ist das nicht toll? Das funktioniert wie eine Online-Grußkarte. Mamie und Ross haben es auch an einen Floristen verkauft, der nicht mit ihnen konkurrierte. Ich glaube, sie haben einen guten Preis dafür bekommen."

„Hast du denn auch einen guten Preis dafür bekommen?", fragte er.

„Mehr als das, ich habe eine Zukunft bekommen."

7. Kapitel

Ray Anne Dysarts Leben war produktiver und zufriedenstellender als je zuvor. Jedenfalls soweit sie sich erinnern konnte. Sie besaß ein kleines, gut gehendes Immobilienunternehmen und kümmerte sich hauptsächlich um die Verwaltung von Grundeigentum. Außerdem hatte sie alles dafür getan, rechtzeitig ein eigenes Haus zu haben als Altersvorsorge. Obwohl sie natürlich bislang noch keinerlei Wunsch verspürte, sich aus dem Geschäft zurückzuziehen. Sie wollte arbeiten, bis ihr nichts anderes mehr übrig blieb, als sich zur Ruhe zu setzen. Dann waren da noch ihre besten Freundinnen, Lou McCain Metcalf und Carrie James. Und sie hatte Al.

Der liebe Al. Er war nun wahrlich nicht ihre erste ernstzunehmende Dauerbeziehung. Sie dachte nicht gern darüber nach, wie viele frühere Männer und Geliebte sie gehabt hatte, denn sie war tatsächlich schon dreimal verheiratet gewesen. Alles Schnee von gestern. So ein ganz besonderer Mann wie Al war nicht dabei gewesen. Er war so total anders als der Typ Mann, auf den sie üblicherweise stand. Es ging schon damit los, dass er Automechaniker war – mit Öl unter den Fingernägeln und großen, schwieligen, aber zärtlichen Händen. Er war ein sehr körperlicher Mensch, rau, zu allem aufgelegt und der bestgelaunte Mann, den sie kannte. Plus, er hatte diese drei Pflegesöhne. Ja, es hatte eine Zeit gegeben, da hatte sich Ray Anne Kinder gewünscht, aber darüber war sie lange hinweg. Die Jungs, Justin, Danny und Kevin, waren neunzehn, fünfzehn und dreizehn. Gute Jungs, und Al sorgte dafür, dass sie spurten, aber Ray Anne fühlte sich nicht ausreichend gewappnet, den Jungs eine Mutter zu sein, weder zur Pflege noch auf andere Art. Sie war mehr der mädchenhafte Typ. Dennoch konnte sie nicht umhin zuzugeben, dass sie die Jungs mochte, und dass es sie anmachte, wie gut Al mit seinen Jungs umging.

Seit sie Al und die Jungs kannte, war sie aufgeblüht. Natürlich war es meistens nur Al, mit dem sie zusammen war. Sie sah ihn täglich, weil sie bei Luckys, der Tankstelle, wo er arbeitete, vorbeifuhr. Oder Al kam vor oder nach seiner Schicht bei ihr zu Hause vorbei, vorausgesetzt, seine Jungs waren versorgt. Manchmal trafen sie sich im Diner und aßen schnell etwas zusammen, oder sie trafen sich im Cliffhanger, um einen Wein zu trinken. Cliff war das einzige Restaurant in der Stadt, wo man an mit Tischtüchern gedeckten Tischen saß. Manchmal schafften sie es auch, einen ganzen freien Abend oder Tag miteinander zu verbringen, und manchmal leistete sie Al und den Jungs beim Abendessen Gesellschaft. Wenn sie es sorgfältig planten, schafften sie es sogar hin und wieder, ein paar Stunden im Bett miteinander zu verbringen. Ein- oder zweimal die Woche.

So wie jetzt.

Es war Sonntagnachmittag und noch früh. Al hatte einen freien Tag. Die Jungs waren hingebungsvolle Söhne und besuchten wie immer ihre Mutter im Pflegeheim. Ray Anne nutzte die Gelegenheit, dass die Jungs anderweitig beschäftigt waren, sofort aus.

Sie streckte sich auf ihrem Bett aus und lächelte. In ihrem Bad lief die Dusche. Al hatte den Morgen in ihrer Garage verbracht, bei ihrem Auto das Öl gewechselt, die Bremsen geprüft und so etwas. Er wollte sich sauber machen, bevor er zu ihr ins Bett kam. Ray Anne trug eines ihrer durchsichtigen, verführerischen Spitzennachthemdchen und wartete auf ihn, als ihr Handy bimmelte. Sie runzelte die Stirn. Hoffentlich ist das jetzt nichts Wichtiges, dachte sie. Sie hatte sich auf die Zeit allein mit ihm gefreut.

Es war ihr Cousin Dick. Ray Anne hatte nur wenig Familie, aber sie und Dick waren miteinander aufgewachsen, hatten sich immer nahegestanden und waren in Kontakt geblieben. Sie ging ans Telefon. „Dickie, kann ich dich nachher zurückrufen …?"

„Es ist wichtig, Ray", sagte er. „Ruf mich gleich wieder an, okay? Sobald du kannst?"

„Was ist denn so wichtig?"

„Es geht um Ginger", sagte er. „Es geht ihr nicht gut. Ich weiß nicht, was ich noch machen soll. Sue und ich haben keine Ideen mehr. Ginger war in einer Therapie, hat mit einem Seelsorger gesprochen. Ihre Freunde haben versucht, sie aufzurichten. Wir dachten, wenn sie vielleicht ein Weilchen bei dir bleiben könnte …"

„Du Lieber, ich weiß doch auch nicht, was ich machen soll."

„Könntest du nicht mal darüber nachdenken? Auch, wenn es nur für ein paar Wochen wäre? Denn wir machen uns Sorgen, und sie kann sich einfach nicht selbst helfen. Wir dachten, vielleicht würde ein Tapetenwechsel …"

„Hast du eine Ahnung, wie düster es hier im Winter ist? Ich würde nicht erwarten, dass sich ihr Zustand hier wesentlich verbessert. Und außerdem bin ich in einer … Also, in einer Beziehung, und es ist schon schwer genug, dafür Zeit zu finden."

„Ray, es ist fast Frühling, und du hast immer eine Beziehung, oder nicht? Dieses Mal brauche ich deine Hilfe. Könntest du bitte einfach darüber nachdenken? Sehen, ob dir etwas einfällt, was uns helfen könnte? Denn wir möchten Ginger nicht auch noch verlieren. Es ist schon genug passiert."

Ray Anne holte tief Luft. „Klar. Natürlich. Lass mich darüber nachdenken. Lass mich mit einigen engen Freunden darüber sprechen. Vielleicht fällt ihnen etwas ein. Sie kennen sich gut mit Kids und Familiendingen aus. Ich liebe Ginger, das weißt du." Die Dusche wurde abgestellt. „Ich weiß nur einfach so überhaupt nicht, wie man in solchen Situationen hilft. Und lieber Gott, ich würde mich für immer hassen, wenn ich es schlimmer machen würde. Du weißt, ich bin nicht gerade der mütterliche Typ."

„Du warst immer ihre Paten-Fee", sagte er. „Dein Anblick allein machte sie schon glücklich."

„Also, mein Anblick ist dieser Tage wirklich nur schwer in Ordnung zu bringen. Ich bin nicht mehr jung."

„Ich auch nicht", sagte er. „Und sie ist auch nicht mehr so jung."

„Ich rufe dich später noch mal an, okay?"

„Danke. Tue alles, was du tun kannst. Danke."

Sie beendete das Gespräch und setzte sich auf die Bettkante. Nachdenklich. Dickie war immer für sie da gewesen. Er war Lkw-Fahrer und hatte seine eigene Firma. Jedes Mal, wenn Ray Anne ein Problem gehabt hatte – ein Mann, eine Rechnung, die sie nicht bezahlen konnte, umziehen musste, einen brauchte, dem sie das Herz ausschütten konnte, eine starke Schulter zum Anlehnen –, hatte er ihr ohne Fragen zu stellen und ohne mit der Wimper zu zucken geholfen. Er war immer für sie da gewesen. Seine Frau Sue war ihr nicht ganz so warmherzig zugetan, aber sie akzeptierte Ray Anne und fand es völlig in Ordnung, wenn Ray und Dickie sich trafen oder wenn Dickie Ray Anne mal wieder aus der Patsche half.

Und sie hatten nie viel von ihr verlangt.

Al kam aus dem Bad. Er hatte sich ein Badetuch um die Hüfte geschlungen und rieb sich das Haar mit einem kleineren Handtuch trocken. Seine Arme und Schultern waren muskulös, sein Bauch flach. Das brachte sie normalerweise auf allerlei aufregende Gedanken. Doch jetzt war sie abgelenkt.

„Habe ich dich sprechen hören?", fragte er.

Sie hielt das Handy immer noch in der Hand und hob es hoch, um es ihm zu zeigen. „Mein Cousin, Dickie. Ich hatte dir doch erzählt, dass das Baby seiner Tochter gestorben ist – plötzlicher Kindstod."

„Ja", sagte er ein wenig matt. Dann setzte er sich neben sie. „Wie könnte ich so etwas vergessen." Tatsächlich hatten Al und dessen damalige Frau, als junges Ehepaar, auf die Art ebenfalls ihr einziges Kind verloren. Al hatte viele Jahre versucht, vor seinem Kummer davonzulaufen. „Das arme Ding."

„Es geht ihr nicht gut. Es wird nicht besser. Sie ist in ihrem Kummer versunken, und sie haben schon alles Mögliche versucht: Beruhigungsmittel, Therapie. Jetzt will Dickie, dass ich sie eine Zeit lang bei mir aufnehme, und sei es nur für ein paar Wochen."

„Warum?", fragte Al.

„Weil sie einmal meine kleine Prinzessin war und es ihr immer gefiel, mit mir zusammen zu sein. Aber sie ist keine kleine Prinzessin mehr – sie ist eine dreißigjährige Frau, deren Baby gestorben ist, und ich glaube, ich kann ihr mit Gesichtsmasken und Pediküre nicht helfen, ihren Kummer zu überwinden." Ray Anne sah Al an. „Ich hätte nicht den Hauch einer Idee, was ich machen soll. Vielleicht würde ich alles nur verschlimmern."

Al setzte sich aufs Bett, lehnte sich gegen das Kopfteil des Bettes und streckte seine langen Beine aus. Dann zog er sie in seine Arme. „Ray Anne, es reicht schon, wenn du einfach du bist. Das allein zaubert schon ein Lächeln auf viele Gesichter. Du bist freundlich und süß und lustig – vielleicht würde das ihre Stimmung ein wenig aufhellen. Du könntest sie einfach über alles sprechen lassen."

„Uah", sagte Ray Anne, bevor sie es verhindern konnte.

„Ich weiß, ich weiß. Aber sie wissen, dass du keine professionelle Therapeutin bist. Ich meine deinen Cousin und dessen Frau. Sie erwarten nicht von dir, dass du sie heilst, stimmt's? Sie wollen einfach einen sicheren Ort, wo ihre Tochter eine Weile sein kann, stimmt's?"

„Ich glaube, du hast recht", erwiderte Ray Anne. „Das arme Ding. Ihre Ehe ging in die Brüche, kaum, dass sie schwanger geworden war. Also war sie allein. Hat das Baby allein bekommen. Sie zog wieder zu ihren Eltern, damit sie drei Monate in Mutterschaft gehen konnte, und sie zog nie wieder aus, weil … Wie kann man jemandem helfen, so etwas zu überwinden?"

„Das kann man nicht, Liebes", sagte Al und zog sie noch näher zu sich heran, um sie in der Beuge seines starken Armes zu halten. „Du kannst niemandem helfen, so etwas zu überwinden. Das Einzige, das du tun kannst, ist ein bisschen Liebe und Raum geben und beten. Betest du, Baby?"

Sie lachte kurz und sarkastisch auf. „Mein ganzes verdammtes Leben lang waren meine Gebete nicht sehr heilig. ‚Bitte Gott, mach, dass der gut aussehende Typ da hinten an der Bar mir einen Drink spendiert.'"

Er lachte. „Ich glaube, du solltest sie zu dir einladen."

„Glaubst du? Als ob nicht alles schon kompliziert genug wäre …"

„Ich glaube, wenn du es nicht machst, wirst du das später immer bereuen. Manchmal müssen wir einfach etwas machen, das dafür sorgt, dass wir später nicht zu vieles zu bereuen haben." Er küsste ihre Stirn. „Vielleicht muss ich mir wieder ein Zimmer im Coast Motel suchen." Dann lachte er.

„Sie arbeitet nicht", sagte Ray Anne. „Was mache ich mit ihr?"

„Du solltest mit deinen Mädels sprechen – Lou und Carrie. Sie haben auch schon einmal ziemlich harte Zeiten durchgemacht. Du übrigens auch, was das betrifft."

Das stimmte. Ein Ehemann, der sie misshandelt hatte, ein paar erbitterte Scheidungskriege, von denen der letzte sie finanziell komplett ruiniert hatte. Das nur mal so für den Anfang. Sie hatte eine Menge gelernt und ein- oder zweimal auch so richtig was mitgemacht.

Sie hatte sogar einmal ein Kind verloren, aber das wusste so gut wie niemand. Und ihr Baby war nicht auf dieselbe Art gestorben wie Gingers Kind. Sie war als Teenager schwanger geworden und hatte das Baby verloren. Bis vor Kurzem hatte sie noch nie darüber gesprochen.

„Ich bin nicht klug oder weise genug", fürchtete sie.

„Du bist die klügste Frau, die ich kenne. Und du steckst so voller Liebe, dass ich dich allein kaum aushalten kann."

Sie drehte den Kopf, um ihn anzusehen. „Ich war vorher noch nie im Leben mit so einem Mann wie dir zusammen. Wirklich. Noch nie. Du bist das Beste, das mir je im Leben passiert ist."

„Ich empfinde es genauso", sagte er.

„Wir haben schrecklich viel um die Ohren", sagte sie.

„Glück", erwiderte er. „So nennen wir das, wenn wir viel um die Ohren haben. Glück."

„Ich hoffe, es bringt uns nicht um", sagte Ray Anne.

Al hatte vor, am Freitagabend mit den beiden jüngeren Jungs zum Basketballspiel der Highschool zu gehen. Lous Mann Joe war Polizist. Er übernahm an vier Tagen die Woche die Spätschicht. Carrie öffnete ihren Delishop am Samstagmorgen etwas später. Freitagabend war also ein perfekter Zeitpunkt, um sich mit ihren Freundinnen zu treffen. Deshalb versuchte Ray Anne herauszubekommen, ob die Frauen Lust auf einen kleinen Mädchenabend bei ihr zu Hause hatten – mit Wein und Ausheulen und so.

„Komm stattdessen lieber zu mir, und ich mache uns ein paar Snacks. Ihr bringt Wein mit, und ich lade Gina dazu ein", schlug Carrie vor, die ihre Tochter gern mit einbezog, die außerdem Lous Schwiegernichte war. „Falls Mac arbeitet oder so, muss sie nicht allein zu Hause herumsitzen. Falls ihr nichts dagegen habt."

Natürlich war Gina jederzeit ein willkommener Gast in ihrer Runde. Für eine Frau unter vierzig war sie in weltlichen Dingen sehr gescheit. Als Ray Anne bei Carrie eintraf, waren die anderen schon da, und Rawley war gerade dabei zu gehen.

„Bleibst du nicht zum Mädchenabend?", fragte sie ihn.

„Ich bin kein Mädchen", erwiderte er und zog sich die Kappe ins Gesicht. „Dachte, das hätten wir bereits geklärt."

„Rawley hütet heute Abend Kinder", erklärte Carrie aus dem Hintergrund. „Cooper und Sarah möchten ohne ihr Baby ausgehen."

„Tatsächlich?", fragte Ray Anne. „Wie gut kannst du mit Kindern umgehen?"

„Perfekt", erklärte er. „Wenn sie ins Bett gehen und auch dort bleiben."

Die Frauen hatten sich daran gewöhnt, das Rawley sich während ihrer Mädchenabende im Hintergrund in der Küche zu schaffen machte, ihnen schweigsam ein paar Häppchen servierte und nichts sagte, es sei denn, man stellte ihm eine explizite Frage. Ansonsten versteckte er sich, während sie in der Küche zusammensaßen, hinter dem Fernseher, falls es irgendwelche Spiele gab. „Wir werden dich vermissen, Rawley", sagte Ray Anne zu ihm. „Wenn du bei unseren Mädchenabenden dabei bist, ist es immer so ein bisschen, als hätten wir einen Butler – im richtigen Moment da, um uns zu bedienen, ansonsten unsichtbar."

„Heute müsst ihr euch das Essen und die Getränke selbst holen und auch selbst das Geschirr abwaschen", sagte er. „Überanstrengt euch nicht." Und dann war er verschwunden.

Die Frauen saßen um den Küchentisch herum, auf den Carrie eine Auswahl ihrer besten Horsd'oeuvres gestellt hatte. Als Ray Anne zum Tisch ging, hielt Gina voller Vorfreude ein leeres Weinglas hoch. Schnell entkorkte sie eine Flasche Rotwein und einen gekühlten Weißwein.

„Kommt Rawley danach zurück?", wollte Ray Anne von Carrie wissen. Carrie hob kaum merklich die Achseln und nahm sich ein Krabbenbällchen vom Teller in der Mitte. „Bleibt er über Nacht?"

„Manchmal", erwiderte Carrie. „Wenn er nicht mehr den ganzen Weg zu sich nach Hause nach Elmore fahren will."

Ray Anne stellte beide Flaschen auf den Tisch und setzte sich hin. Sie nahm sich eines von Carries wundervollen Krabbenbällchen und verdrehte die Augen himmelwärts. „Es fällt mir sehr schwer, mir dich und Rawley zusammen vorzustellen. Ich meine auf romantische Art."

„Dann lass es doch", riet ihr Carrie.

„Aber im Ernst, seid ihr jetzt ein Paar? Ich meine, ich weiß, dass er schon seit Monaten zu dir kommt, wie dein Freund und Partner, aber ..."

„Nicht jeder fühlt sich so wohl damit, über seine persönlichen Angelegenheiten zu sprechen wie du“, sagte Carrie.

„Er hat sein eigenes Zimmer hier“, mischte sich Gina ein. Und als alle, inklusive ihrer Mutter, sie anstarrten, ergänzte sie: „Stimmt doch! Seine Sachen sind in meinem alten Zimmer. Was nichts zu bedeuten hat, außer, dass sie es wohl so haben wollen! Aber ich klopfe inzwischen lieber an, bevor ich hier einfach hereinschneie.“

„Im Ernst?“, fragte Lou. „Er hat sein eigenes Zimmer? Jesus, hast du dir das jetzt zur Gewohnheit werden lassen, oder was?“

„Sieht so aus“, sagte Carrie. „Rawley auch. Ich habe mich so an ihn gewöhnt. Ich wüsste gar nicht, was ich ohne ihn machen würde. Er kocht gern, spült ab, räumt auf, kauft ein und macht Besorgungen.“

„Sehr aufregend“, sagte Lou.

„Mehr Aufregung kann ich nicht ertragen.“

Die Frauen waren unglaublich unterschiedlich. Ein kurzer Blick auf die Gruppe, und man fragte sich, was sie wohl gemeinsam haben mochten. Carrie war eher üppig und großmütterlich; sie hatte ihr kurzes, stahlgraues Haar noch nie gefärbt. Das Essen für ihr Restaurant wurde von ihr sorgfältig und mit viel Liebe zubereitet. Lou war zierlich, durchtrainiert, fit, und sie hielt ihr auf Schulterlänge geschnittenes, kastanienbraunes Haar frei von grauen Strähnen, weshalb sie jünger aussah als zweiundsechzig. Gina war hübsch, blond, Mitte dreißig. Sie hatte eine achtzehnjährige Tochter und drei Stiefkinder und arbeitete seit vielen Jahren im Diner. Trotzdem sah sie immer noch aus wie ein Mädchen.

Und dann Ray Anne. Sie hegte ihr blondes Haar, trug hautenge, kurze und sexy Kleidung, und ihre Absätze waren immer so hoch wie möglich. Sie war halt klein. Doch damit hatte es eigentlich nichts zu tun. Ihr gefielen hohe Absätze. Sie hatte sich auch immer schon gern geschminkt. Sie mochte ihre langen Fingernägel und extravagante und, um es mit einem Wort zu sagen, *schärfere* Klamotten. Lou bezeichnete sie gern als Dolly-Parton-Ableger, und Ray Anne empfand das durchaus als Kompliment.

Und das waren nicht die einzigen Unterschiede zwischen den Frauen. Lou arbeitete als Lehrerin. Sie hatte ihren Neffen Mac aufgezogen und ihm dann, nachdem ihn seine Frau verlassen hatte, beim Aufziehen seiner drei Kinder geholfen. Carrie war immer eine alleinerziehende Mutter und Besitzerin eines eigenen kleinen Ladens gewesen – Deli-Feinkost und Catering. Gina hatte Mac erst vor einem Jahr oder so geheiratet und war jetzt Mutter einer großen Truppe. Nur Ray Anne war alleinstehend und kinderlos. Doch irgendwie verstanden sie sich trotzdem untereinander.

„Erinnert ihr euch an meinen Cousin Dickie?“, fragte sie und nippte an ihrem Weinglas. „Erinnert ihr euch an seine Tochter, Ginger, deren Baby vor einiger Zeit gestorben ist?“

„Schrecklich“, sagte Lou und schüttelte den Kopf. „Ist das inzwischen fast ein Jahr her?“

„Fast neun Monate. Im letzten Sommer“, erklärte Ray Anne.

„Es gibt nichts Schlimmeres“, sagte Carrie.

„Das arme Ding“, pflichtete Gina bei.

„Sie kommt, um eine Zeit lang bei mir zu bleiben“, sagte Ray Anne. „Und ich habe schrecklichen Bammel.“

„Du?“, fragte Lou. „Bammel? Ich wusste nicht, dass es etwas gibt, wovor du Bammel hast.“

„Vor dem hier schon. Ihr Vater hat mich angerufen – er hat gesagt, sie vergrabe sich immer noch in ihrem Schmerz. Ich wusste, dass es ihr nicht besser geht. Sie ist so niedergeschlagen und kann nicht arbeiten. Sie kommt kaum aus dem Bett, hat sehr abgenommen und kann sich kaum fünf Minuten mit jemandem unterhalten, bevor sie flüchten muss, um irgendwo allein zu sein. Sie leidet schrecklich."

„Wie traurig", sagte Carrie. „Willst du versuchen, sie etwas aufzumuntern?"

„Lieber Gott, was weiß ich schon über diese Art von Schmerz?", sagte Ray Anne. „Wenn ihr Vater mich nicht gefragt oder besser gesagt, angebettelt hätte, hätte ich mich niemals freiwillig dafür zur Verfügung gestellt. Ich habe keine Ahnung, was ich machen soll!"

„War sie in Therapie?", fragte Lou.

„Ja, das haben sie ausprobiert. Sie hat sogar eine Zeit lang Antidepressiva geschluckt. Und ich weiß, dass es in ihrer Kirchengemeinde oder so eine Art Selbsthilfe-Trauergruppe gab. Das hat ebenfalls nicht funktioniert."

„Wir könnten hier mal nach einer Therapeutin oder einer Trauergruppe Ausschau halten. Schadet nicht, es noch einmal zu versuchen", schlug Lou vor.

„Ich dachte, sie sei deine Nichte", sagte Gina.

„Sie ist wie eine Nichte für mich. Dickie ist wie ein Bruder. Er und Sue hatten zwei kleine Jungs, und dann kam auch noch die kleine Ginger, und ich war im Himmel! Ein süßes kleines Ding, das riesig Spaß daran hatte, bei mir zu übernachten – wir drehten unsere Haare auf Lockenwickler, lackierten uns die Nägel, cremten uns die Gesichter, rasierten uns die Beine ... das allerdings erst, als sie schon ein bisschen älter war. Wir haben uns gemeinsam Musicals und Disney-Shows angesehen, haben uns aufgebrezelt und sind shoppen gegangen. Ich bin nach Portland gefahren, um ihr beim Aussuchen ihres Abendkleides für den Abschlussball der Highschool auszusuchen, und ich habe ihr bei den Hochzeitsvorbereitungen geholfen – ich war die offizielle Assistentin der Braut. Das ging Sue definitiv zu weit, das kann ich euch sagen, aber mein kleiner Gingerschatz war so glücklich!"

„Sie ist verheiratet?"

„Nein", antwortete Ray Anne. „Nein, ihre Ehe hielt nur ein paar Jahre und ging genau zu dem Zeitpunkt in die Brüche, als ihr bewusst wurde, dass sie schwanger war. Ihr Mann, dieser Scheißkerl, hat nicht mal versucht, ihr mit dem Baby zu helfen. Also machte Ginger das alles allein. Am Ende der Schwangerschaft zog sie wieder zu Mom und Dad nach Hause. Sie hatten im oberen Stockwerk alles umgebaut, damit Ginger und das Baby eigene Räume für sich hatten und Ginger Geld sparen konnte. Sie arbeitete, bis die Wehen einsetzten. Vier Monate später starb ihr kleiner Junge im Schlaf."

„Was will dein Cousin? Was sollst du für sie machen?", fragte Gina.

„Nichts", erwiderte Ray Anne und zuckte hilflos die Achseln. „Er sagte, dass ihr die Veränderung vielleicht guttue, aber er hat nichts Besonderes von mir verlangt. Ich glaube, sie sind völlig erschöpft. Es war auch ein Verlust für Dickie und Sue. Sie haben noch andere Enkel, aber dieser Kleine wohnte bei ihnen – es war das Baby ihrer Jüngsten. Und ich vermute, dass sie gar nicht richtig trauern können, weil alle so mit Ginger beschäftigt sind." Sie stützte den Kopf auf die Hand. „Ich bin nutzlos. Ich sitze vermutlich nur herum und heule mit dem armen Ding."

„Eine Stunde lang vielleicht", sagte Carrie. „Dann bist du damit fertig."

„Hört zu, ich habe keinen natürlichen Mutterinstinkt. Ich weiß erst recht nicht, was ich tun kann, um meiner armen, kleinen Ginger, die gerade Schreckliches durchmacht, zu helfen. Das ist die schlimmste Idee, die Dickie je gehabt hat, und er hatte schon einige richtige Scheißideen."

„Nein, das ist genau richtig", sagte Lou.

„Sie hat recht", pflichtete ihr Carrie bei. „Es wird dir nicht leichtfallen, aber andererseits, wenn Kinder leiden, ist das furchtbar. Für uns noch schlimmer als für sie, glaube ich. Aber von allen Menschen, die ich kenne … ja, bist du diejenige, die das schafft."

„Woher willst du das wissen?", fragte Ray Anne.

„Ich weiß ein bisschen was über deine schlimmen Zeiten", erwiderte Carrie. „Ich habe dich, seit du nach Thunder Point gekommen bist, ein paar schlimme Zeiten durchstehen sehen. Geldprobleme, gebrochenes Herz, Kämpfe … Es gab Zeiten, die waren ganz schön schrecklich. Du wurdest von diesem fiesen Scheißkerl von Ehemann gestalkt und musstest weglaufen und dich vor ihm verstecken. Eine deiner besten Freundinnen starb – wie hieß sie noch?"

„Marisa Dunaway", sagte Ray Anne, deren Augen sofort tränenfeucht zu schimmern begannen. „Sie war zwanzig Jahre lang eine gute Freundin, und dann hat das große K sie von uns genommen. Aber erst, nachdem es sie so richtig fertig- und so krank und schwach gemacht hat, dass sie darum bettelte, sterben zu dürfen. Schrecklich. Schrecklich."

„Und deine Eltern starben, als du fast noch ein junges Mädchen warst", meinte Lou, als ob man Ray daran erinnern müsste. Sie war zweiundzwanzig gewesen, und ihre Eltern, beide Ende fünfzig, waren kurz hintereinander ebenfalls an Krebs gestorben. Das war jetzt vierzig Jahre her. Seitdem war die Krebsbehandlung ein gutes Stück vorangekommen, aber dennoch hatte ihr diese Krankheit vor zehn Jahren die beste

Freundin geraubt. „Das war eine dunkle Zeit für dich. Wir waren damals noch nicht befreundet“, ergänzte Carrie. „Ich war nicht für dich da. Ich kannte dich zu der Zeit nicht einmal. Du hast eine Menge durchgemacht, seit ich dich kenne. Aber du bist nie in Selbstmitleid versunken. Du hast sehr getrauert, dir aber nie selbst leidgetan.“

„Ginger hat aber ein Anrecht darauf, sich selbst zu bemitleiden“, sagte Ray Anne.

„Es geht nicht darum, ob sie ein Anrecht darauf hat“, mischte sich Lou ein. „Du hattest ebenfalls ein Anrecht darauf. Aber du hast es überstanden. Du bist eine Kämpfernatur. Und du bist ein verdammt gutes Vorbild. Es ist sehr klug von deinem Cousin, seine Tochter zu dir zu schicken.“

Ray Anne betrachtete Lou überrascht. „Ich hätte nicht gedacht, dass du mich genügend leiden kannst, um mir so etwas zu sagen“, sagte sie.

„Deinen Schuhgeschmack werde ich nie begreifen“, erwiderte Lou. „Und du hast mir alle meine Freunde abspenstig gemacht, bevor ich sie vor dir geheim halten konnte. Aber ich habe deine Stärke immer bewundert. Du bist eine Frau, die auf eigenen Beinen steht. Allein, bis auf ein paar Freundinnen und deinen momentanen Freund. Aber wir rechnen nicht mit Männern. Alleinstehende Frauen müssen klug, stark und zäh sein. Wir kriegen nicht so leicht blaue Flecken. Und wir können keine Zeit und Energie darauf verschwenden, uns selbst leidzutun. Wir würden manchmal vielleicht gern zusammenbrechen, aber wir tun es nicht. Weil niemand da ist, der uns wieder aufhelfen könnte!“

„Aber du auch“, sagte Ray Anne. „Als Macs Frau ihn verließ …“

„Ach!“, bellte Louise. „Allein mit drei kleinen Kindern –

das kleinste neun Monate alt! Praktisch kein Geld im Haus, zwei schlecht bezahlte Jobs, und ich war seine einzige Verwandte. Ich war Ganztagslehrerin. Ich weiß nicht, wie wir das durchgestanden haben. Und es war ein Durcheinander! Ein schreckliches Durcheinander. Wo wir gerade über Selbstmitleid sprechen! Manchmal ist es einfacher stark zu sein, wenn man jemanden führen muss."

„Was soll ich machen?", fragte Ray Anne.

„Sei du selbst", riet ihr Gina lächelnd. „Sei einfach so wunderbar, warmherzig und stark wie immer. Lass sie reden, gib ihr einen kleinen Schubs, so wie meine Mutter mir einen Schubs gegeben hat, als ich eine siebzehnjährige Mutter war, die niemanden außer ihr hatte. Besorge ihr eine professionelle Therapie, nimm sie mit zu deinen Freundinnen und zeige, wie man weitermacht, nicht aufgibt. Zeige ihr, dass *wir* nicht aufgeben. Dass wir arbeiten. Klar, weinen wir, manchmal schreien wir sogar, aber wir machen eins nach dem anderen und versuchen, jeden Tag ein wenig besser zu machen als den Tag, der hinter uns liegt. Du bist wirklich einer der besten Menschen für diese Aufgabe. Das weiß ich."

„Ich hatte keine Ahnung, dass ihr alle so über mich denkt."

„Pfft. Das Einzige, weshalb ich dich wirklich bemitleide, ist, dass du nicht in der Lage bist, dich ordentlich anzuziehen. Du solltest Strickkleider und Schuhe mit Keilabsätzen tragen wie der Rest von uns über sechzigjährigen Tussis", sagte Lou.

„Hör nicht auf sie", empfahl Carrie. „Das Beste an dir ist deine Einzigartigkeit. Solange du nicht willst, dass ich mich anziehe wie eine Kellnerin in einer Bar, will ich dich auch nicht als grauhaarige Großmutter sehen."

Darauf wusste Ray Anne nichts zu erwidern, weil sich ihr gerade vor Rührung die Kehle zusammenzog. Sie hätte alles darum gegeben, Großmutter zu sein. „Glaubt ihr wirklich, ich bin in der Lage, ihr zu helfen?"

„Wenn du Probleme hast ... dich alles zu sehr frustriert, treffen wir uns und verhackstücken das. Wir haben alle schon einmal die bittere Seite des Lebens zu spüren bekommen. Das kommt beim Atmen. Aufgeben war nie eine Option", sagte Carrie.

„Ich muss euch ein Geständnis machen", sagte Ray Anne. „Es ist nicht so, als ob ich mich nicht manchmal selbst bemitleidet hätte. Ich habe mir die Augen aus dem Kopf geweint. Manchmal habe ich so viel geweint, bis ich nicht mehr gerade stehen konnte. Es ist halt nur so, dass ich noch nie in Gegenwart anderer geweint habe."

„Ich weiß", antworteten ihre Freundinnen gleichzeitig unisono.

Carrie hatte Probleme einzuschlafen. Sie hörte, wie die Haustür geöffnet und geschlossen wurde. Dann hörte sie das leise Dröhnen des Fernsehers, und sie rollte sich zur Seite, um einen Blick auf die Uhr zu werfen. Fast ein Uhr morgens. Sie stand auf, suchte nach ihrem Morgenmantel und öffnete die Schlafzimmertür.

„Habe ich dich geweckt?", fragte Rawley.

Sie schüttelte den Kopf. „Ich habe mich hin und her gewälzt und nicht geschlafen." Sie reckte den Hals, bewegte den Kopf von einer Seite zur anderen und versuchte die Schulter mit dem Kinn zu berühren. „Es ist sehr spät für dich."

„Dieser Cooper. Er hält sich für einen Jugendlichen. Sie sind nach North Bend zu einer Party gefahren, um dort mit ein paar von Sarahs alten Coast-Guard-Kollegen zu feiern. Sarah musste Cooper nach Hause fahren."

„Dafür kriegt er noch die Quittung."

„Das hoffe ich. Warum schläfst du nicht?"

„Ich denke zu viel nach", sagte sie.

„Komm her, Mädchen", sagte Rawley. Als sie neben ihm auf dem Sofa saß, drehte er sich zu ihr, um ihr die Schultern zu massieren. „Geht es den Kindern gut?", fragte er, während er sie massierte.

„Es geht ihnen allen gut. Nur Ray Annes Nichte hat Probleme." Sie erzählte ihm von Ginger und deren Bedürfnis nach einem Tapetenwechsel. „Erinnert mich daran, dass ich mich immer über mein schweres Leben beklage, obwohl ich noch nie jemanden verloren habe, den ich liebe."

„Du hast einen Mann verloren", erinnerte er sie.

„Wie gesagt. Ich habe noch nie etwas verloren, was ich liebe."

Er machte ein Geräusch, das beinahe wie ein Lachen klang. „Und nun hast du einen alten Veteranen in deinem Haus aufgenommen."

„Du passt so gut hierher. Du bist ja kaum noch in deinem Haus in Elmore", sagte sie.

„Stimmt. Ich bin tatsächlich kaum noch dort. Ich behalte es zu deiner Sicherheit."

Sie schaute ihn über die Schulter hinweg an. „Was soll das heißen?"

„Wenn es hier zu eng ist und du mehr Freiraum brauchst – dann gibt es einen Ort, wo ich hinkann. Aber ich habe kaum noch ein Hemd in dem Haus. Ich hätte nie gedacht, dass ich einmal im Haus einer Frau wohnen würde. Hätte niemand gedacht, dass es mal eine Frau geben würde, die es mit mir aushalten könnte."

„Du bist der unkomplizierteste Mann, den ich kenne."

„Das hat mir noch keine gesagt!"

„Rawley, ich bin sehr glücklich darüber." Sie tätschelte ihm die Hand, mit der er ihre verkrampften Schultern massierte. „Du bist ein guter Mann."

„Ich tu mein Bestes, um nicht zur Last zu fallen."

„Ich bin die Last!", sagte sie. „Kaputte Knie, steifer Rücken und Nacken, eine Familie, die immer größer zu werden scheint, Freundinnen, die sich auf mich verlassen, ein anstrengendes Geschäft!"

Er beugte sich nach vorne und küsste sie unterhalb des Ohrs auf die Wange. Seine Lippen fühlten sich trocken an und sein Gesicht ein wenig stoppelig, aber Carrie lehnte sich einen Augenblick lang bei ihm an.

„Wir kommen gut miteinander klar", sagte er. „Und du kannst mir einfach sagen, wenn du etwas brauchst. Ich helfe, wenn ich kann, und stehe nicht im Weg, wenn ich nicht kann. Da uns allen nicht mehr so viel Zeit bleibt, können wir sie genauso gut genießen."

„Ich hoffe, es bleibt noch eine Menge Zeit!", erwiderte Carrie. „Kann sein, dass ich schon eine ganze Menge Gebrechen habe, aber ich bin noch nicht bereit aufzugeben. Jetzt erst recht nicht, wo das Leben gerade so süß geworden ist."

„Vielleicht hätte ich lieber sagen sollen, dass möglicherweise nicht mehr so viel Zeit bleibt. Ich weiß was. Wir suchen mal nach der Lotion, und ich gebe dir eine ordentliche Abreibung. Massiere dir ein paar Gebrechen weg."

„Das klingt wunderbar."

Carrie ging in ihr Schlafzimmer; die Lotion stand auf ihrem Nachttisch. Der Fernseher war aus, und Rawley tappte auf Socken hinterher. Carrie legte sich auf ihre Seite des Bettes, und eine Minute später legte sich Rawley daneben und verrieb die

Lotion zwischen seinen ledrigen Handflächen. Sie schob sich ihr Schlafanzugoberteil nach oben, bis beinahe ganz über die Schultern, und entblößte ihren Rücken und den Großteil ihrer Vorderseite.

„Meine Hände sind vermutlich ein bisschen kalt", sagte er.

„Ich glaube, du solltest in Erwägung ziehen, dieses Haus in Elmore zu vermieten. Es könnte dir ein Zusatzeinkommen verschaffen."

„Brauchst du Geld, Mädchen?"

Sie seufzte. „Nein, Rawley. Zum ersten Mal in meinem Leben habe ich, glaube ich, alles, was ich brauche."

„Dann verkaufen wir das Haus vielleicht und nehmen das Geld als Altersvorsorge." Er legte ihr eine Hand auf die Schulter und zog sie an sich. „Wie viele Häuser brauchen wir?"

„Eins reicht, soweit ich das beurteilen kann", sagte sie. „Glaubst du, es fällt wirklich jemandem auf?"

„In dieser Stadt fällt immer alles auf", sagte er. „Glaubst du, das macht mir was aus?"

Sie lachten, und dann rollte sie wieder in die Ausgangsposition zurück, damit er ihr den Rücken einreiben konnte. Er hatte starke, zärtliche Hände. Die Art von Händen, die Carrie nie auf ihrem Rücken erwartet hätte. „Das ist so schön", murmelte sie.

8. Kapitel

Troy stellte seinen Jeep hinter dem Blumenladen ab und rief Grace an. „Ich bin bei Coopers fertig. Ist es zu spät, oder darf ich noch vorbeikommen?“

„Ich bin mit einem meiner anderen Liebhaber zusammen“, scherzte sie.

Er grinste. „Kannst du ihn bitten, eine Zeit lang etwas in den Hintergrund zu treten?“

„Ist das eine telefonische Verabredung zum Sex?“

„Nein, ist es nicht. Ich wollte dir eigentlich etwas sagen, aber wenn du es unbedingt so verstehen willst, werde ich dich wahrscheinlich auch nicht abweisen.“

Sie lachte. „Wann bist du hier?“

„Ich parke schon in der kleinen Gasse hinter dem Haus. Und es ist wirklich noch nicht so spät.“

„Komm hoch!“

Er stand bereits am oberen Ende der Treppe, als sie die Tür aufmachte.

„Du hast heute nicht lange gearbeitet“, sagte sie und zog ihn in die Wohnung. Sie legte ihm den Arm um den Nacken und küsste ihn. „Weißt du was? Ich mag es echt gern, einen Freund zu haben. Das ist sehr praktisch. Ich hatte gerade Lust auf einen Kuss.“

Troy zog sie näher an sich heran. „Das stimmt wirklich, oder?“ Er liebkoste Grace’ Hals und drückte sie an sich. Ihre Rundungen saßen genau an der richtigen Stelle. Sie passten perfekt zusammen, obwohl sie so viel kleiner war als er. Troy schob ihr die Hände unter den Po und hob sie hoch, damit sie noch ein bisschen besser zusammenpassten. Dann küsste er sie noch einmal.

„Ich dachte, du wolltest mir etwas sagen", flüsterte sie gegen seine Lippen.

„Stimmt", sagte er, abgelenkt zwischen zwei Küssen. „Hat aber keine Eile." Ihr Körper war schon wieder viel zu verlockend, und er vergaß darüber alles andere.

„Wenn du so weitermachst, vergisst du noch, was du mir erzählen wolltest", warnte sie ihn.

„Keine Sorge. Das fällt mir dann schon wieder ein. Geht es dir gut?"

„Mit dir? Mit dir geht es mir immer gut."

Er küsste sie immer weiter, berührte sie und schwankte ein wenig. „Ah, Gracie", stöhnte er. „Lass uns später reden, ja?"

„In Ordnung."

„Bett? Sofa? Tisch? Boden?" Er schluckte. „Wand?" Sie lachte.

„Ich könnte dir jetzt sofort an Ort und Stelle die Kleider vom Leib reißen", sagte er.

„Oh, und du kannst nähen?" Sie schob seine Hand von ihrem Busen und führte ihn zum Bett. „Es ist praktischer, wenn wir uns ausziehen. Kleider vom Leib reißen, kann lustig sein, aber auch problematisch werden."

„Was, wenn ich Lust auf ein bisschen was Wildes hätte?", fragte er und sah ihr lächelnd in die schönen Augen.

„Du kannst wild werden, wenn wir nackt sind", sagte sie und ließ Jeans und Jeanshemd fallen.

„Kann ich", sagte er und befreite sich in rasender Geschwindigkeit von seinen Sachen. Grace stand in einem dünnen, durchsichtigen und winzigen Höschen da. Es sah fast aus, als ob sie gar nichts anhätte. Troy folgte ihr aufs Bett und griff mit seiner großen Hand nach dem dünnen Stoff. „Uups“, sagte er, als das Höschen zerriss.

„Du gehst ganz schön brutal mit meiner Unterwäsche um.“

„Ich bin überrascht, dass du überhaupt noch welche hast“, sagte er.

„Ich mag meine Höschen.“

„Nicht so sehr wie ich! Gott, Gracie. Ich glaube, du hast auf mich gewartet“, sagte er und küsste ihren Mund, während er sich ungestüm mit dem Knie zwischen ihre Beine zwängte. „Du hast keine Ahnung, was du mit mir machst.“

„Hauptsache, es gelingt mir immer wieder“, flüsterte sie. „Und wieder …“

Trotz der Liebesgeschichten, die Grace gelesen und dabei von der wahren Liebe geträumt hatte, war sie nicht darauf vorbereitet gewesen, wie es sich in Wirklichkeit anfühlte. Als sie nackt, atemlos und schläfrig in Troys Armen lag und den seligen Augenblick danach genoss, seufzte sie seinen Namen.

„Ich bin ganz nah bei dir, Baby“, sagte Troy und drückte sie an sich.

„Ich glaube, du verwöhnst mich.“

„Das ist auch meine Absicht. Fühlst du dich gut?“

„Ich bin für andere Männer verloren.“

„Gut. Ich mag nicht einmal daran denken, dass du jemals mit einem anderen Mann zusammen sein könntest.“

Danach herrschte ein paar Sekunden lang Schweigen. „Du hast *jemals* gesagt“, sagte sie.

Er zog sie hoch, bis sie auf ihm lag. Ihr Haar umfing ihre Gesichter wie ein zerzauster Vorhang. „Habe ich. Du rufst

Gefühle in mir hervor, die ich so noch nicht kannte. Ich möchte nicht darüber nachdenken, dass du jemals mit einem anderen zusammen sein könntest. Ich möchte nicht mit einer anderen zusammen sein." Er strich ihr das Haar zurück. „Ich sollte langsam machen, stimmt's? Du bist noch nicht bereit für so ein Gespräch, oder? Deine anderen Freunde haben noch nie versucht, dich dermaßen festzunageln."

Sie schüttelte den Kopf. Fantasie-Liebhaber taten so etwas selten – dessen waren sie sich alle beide nur zu sehr bewusst. Hier lag sie in den Armen ihres ersten echten Liebhabers. Ein Mann, der sie liebte und zu dem sie gehörte. Sie wollte nicht, dass sich etwas daran änderte.

„Wir wissen beide, was in dieser perfekten Beziehung fehlt", sagte er.

„Fehlt?", fragte sie.

„Was du mir von dir erzählt hast, wie du aufgewachsen bist, würde nicht mal Stoff für ein einziges Kapitel deiner Liebesgeschichten hergeben, Grace. Nicht einmal, wenn dein Papier-Liebhaber Fragen hätte."

„Aber du hast mir noch gar keine Fragen gestellt", sagte sie.

Er schüttelte den Kopf. „Ich habe dir versprochen, dass du mir vertrauen kannst. Und dass du mir mehr von dir erzählen sollst, wenn du mir vertraust."

„Du glaubst, ich verberge etwas vor dir." Das war keine Frage.

Er nickte. „Das ist in Ordnung. Ich verberge auch noch ein paar Dinge vor dir. Einfache Dinge, über die ich nicht oft rede. Irak. Ich hasse es, über den Irak zu sprechen, außer manchmal bei meinen Jungs – wir lachen über schreckliche Sachen, die nicht wirklich lustig sind. Ein paar Schrammen aus der Jugend hier und da. Probleme in der Highschool, aber nichts, was schlimmer gewesen wäre, als die Probleme, denen die Kids heute ausgesetzt sind. Wir haben noch Jahre. Wir haben jede Menge Zeit, um alles vom anderen zu erfahren. Ich hoffe, wir warten nicht zu lange damit."

„Aber was, wenn ich etwas erzähle, das alles ändert?", fragte sie ihn.

„Siehst du, das ist das andere, was fehlt – du kennst mich, Gracie. Hältst du mich für so einen Typ Mann? Glaubst du, ich würde dich verurteilen? Dich nach etwas beurteilen, was in der Vergangenheit liegt? Du bist eine großartige, wunderschöne, liebenswerte und wunderbare Frau. Ich warne dich, versuche nicht, meine Meinung zu ändern."

Sie biss sich auf die Unterlippe. *Tue es*, sagte sie zu sich selbst. *Tue es jetzt.*

Aber sie konnte nicht. Nicht nackt!

„Wolltest du darüber mit mir sprechen? Bist du heute Abend deshalb vorbeigekommen?"

Troy sah sie einen Augenblick lang überrascht an. Dann fing er an zu lachen. Er rollte sie auf den Rücken, bis sie unter ihm lag. „Nein, nein, Gracie. Sobald du mich mit deinen Lippen berührst, ist mein Hirn leer! Verstehst du nicht – ich kann mich nicht von dir fernhalten! Wenn ich mit dir allein bin, dann kann ich an nichts anderes mehr denken, als mit dir zu schlafen. Dann will ich es gleich noch einmal machen, und danach will ich essen."

„Schlafen alle Leute so oft miteinander?"

„Ich habe keine Ahnung. Sollten sie aber. Ich glaube, wir werden immer besser, meinst du nicht?"

Sie nickte und lächelte.

„Ich wollte vorbeikommen, um dir zu erzählen – wenn alles klappt, kommt ein Freund von mir in ein paar Wochen zu Besuch. Und ich muss dich um einen Gefallen bitten – darf ich hier bei dir bleiben, wenn er da ist? Ich habe kein Extra-Zimmer oder Bett. Wenn es nur Denny wäre, würde ich auf der Couch schlafen, aber er kommt mit seiner schwangeren Frau. Ich glaube, die beiden könnten einen anständigen Schlafplatz und ein wenig Privatsphäre gebrauchen."

„Du bist doch ohnehin überwiegend hier", sagte Grace.

„Würdest du bitte trotzdem in deinen Terminkalender schauen? Falls du eine Hochzeit oder so was beliefern müsstest, würden wir uns einen anderen Termin aussuchen. Er ist Farmer, und deshalb kommt er entweder, bevor das mit der Aussaat ernst wird, oder er muss bis nach der Ernte warten."

„Ein Farmer?", fragte sie. „Du hast noch nie erwähnt, dass du einen Freund hast, der Farmer ist."

„Er ist ein Kumpel von den Marines und stolperte unten in Kalifornien über eine Bio-Farm. Er hat da eigentlich nur ausgeholfen, während er sich nach einer besseren Arbeit umgesehen hat, und dann stellte sich heraus, dass ihm die Arbeit auf der Farm gefiel. Seine Frau ist, wie ich, Lehrerin. Das heißt, sie kann entweder am Wochenende oder gar nicht."

„Ein Farmer und eine Lehrerin?", fragte sie. „Wow, das ist so … *normal*!" Mit normaler Kindheit, ohne Medaillen oder Stalker, jeden Tag zur Schule gehen, zum Abschlussball, Strafzettel wegen zu schnellen Fahrens kriegen oder sich streiten oder in jemanden verlieben wie normale Kids …

„Warte, bis Denny dir von seiner Farm erzählt – sie liegt ziemlich weit draußen. Also – kannst du mal nachsehen, ob du an dem Wochenende eine Hochzeit beliefern musst? Ich weiß auch, dass du den Laden wenigstens für kurze Zeit aufmachen musst, aber ich hoffe, dass wir mit meinen Freunden trotzdem ein tolles Wochenende haben werden."

„Wenn ich keine großen Veranstaltungen beliefern muss, kann ich auch mal posten, dass ich den Laden am Samstag früh schließe."

„Das wäre großartig, Gracie. Wenn es dir nicht zu viel ausmachen würde und wenn es dich nicht zu viel kostet. Wir haben bestimmt viel Spaß mit den beiden. Und mit der schwangeren Becca wird es sicher auch nicht zu abenteuerlich."

„Also willst du diesmal nicht dein Leben riskieren?", fragte sie.

Troy schmiegte sich an sie. „Gracie, Liebling, kuschel dich mal ein bisschen an mich an ... ja, genau so. Wenn du jetzt deine perfekten, zierlichen Hüften bewegst, aaah. Du bist tatsächlich eine kleine Hexe, oder?"

„Erzähl mir mehr über Dennys Farm", bat sie ihn.

„Nein, jetzt reden wir nicht mehr von ihm. Das wäre in diesem Augenblick nur eine Spaßbremse." Troy hob ihre Beine leicht an und kippte Grace zärtlich ein wenig nach hinten. „Gott, du bist zauberhaft. Ich bin froh, dass ich dir gezeigt habe, wie man das macht."

Sie musste unwillkürlich lachen. „Glaubst du nicht, dass ich inzwischen aufgeholt habe? Hältst du das tatsächlich für deinen Verdienst?"

„Dann fühle ich mich männlich", erwiderte er, bevor ihm der Atem stockte. „Gott", sagte er, als er spürte, wie sie ihn zärtlich streichelte. „Gracie, Gracie, du bist wirklich eine Hexe ... Du wirst mich noch umbringen. Das schaffst du. Bitte mach mit mir, was du willst."

Sie führte ihn an ihre empfindsamste Stelle und spürte Sekunden später, wie er tief in sie eindrang und sie ganz ausfüllte. Grace schnappte nach Luft, grub die Fersen in die Matratze und bäumte sich ihm entgegen. Dann schlang sie ihm die Beine um seine Hüften und passte sich leidenschaftlich seinem Rhythmus an, Stoß um Stoß. Es war großartig, so als ob sie seit Jahren nichts anderes gemacht hätten. Als sie spürte, dass er kurz davor war zu kommen, hielt sie ihn noch etwas auf. Troy liebte es, wenn sie das machte. Und als er sich schließlich doch nicht mehr länger zurückhalten konnte und kam, flüsterte sie so leise, dass er es nicht unbedingt gehört haben musste: „Ich liebe dich."

Er erwiderte nicht *„Ich liebe dich auch"*.

Später ging Troy wie in Trance ins Badezimmer von Grace' kleinem Loft. Er dachte an ihr wunderschönes Lächeln, ihr perfektes Lachen, ihren Körper, der ihn so natürlich in Empfang nahm, als ob sie, obwohl sie erst seit Kurzem ein Paar waren, schon jahrelange Erfahrung darin hatten, sich zu lieben. Ihr Liebesakt befriedigte Troy immer voll und ganz und hinterließ ihn dankbar und geschwächt. Und Grace hatte geflüstert, dass sie ihn liebte. Sein Herz war so übervoll, dass er versucht war, das Problem sofort an Ort und Stelle anzusprechen. Er wollte ihr sagen, was er über sie wusste. Er wollte sie dazu zwingen, reinen Tisch mit ihm zu machen, damit sie endlich mit ihrem gemeinsamen Leben anfangen konnten. Doch er hielt es noch immer für besser, wenn sie ihm von sich aus die Wahrheit sagte, weil sie ihm vertraute.

Troy krabbelte zu ihr ins Bett zurück und legte seinen Arm um sie. Dann schob er ihr das Haar nach hinten und küsste ihren Hals.

„Hmm, ich dachte, du hast Hunger."

„Liebes, wir müssen dir die Pille besorgen. Bald."

Sie rollte sich auf den Rücken und betrachtete ihn. „Hm?"

„Ich glaube, es wird Zeit, dass wir aufhören, nur mit einem

Kondom herumzuspielen. Die sind auch nicht hundertprozentig sicher."

„Also, worauf willst du hinaus?", fragte sie.

„Wir sollten uns besser schützen. Gibt es einen Grund, weshalb du die Pille nicht nimmst?"

„Es ist mir vorher noch nie in den Sinn gekommen. Vor dir."

„Ja, natürlich. Du solltest zu einem Arzt gehen. Oder zu Peyton – Peyton könnte sich um dich kümmern, falls du eine Frau bevorzugst. Wir wollen es doch nicht zu Komplikationen wie einer Schwangerschaft kommen lassen."

Sie holte Luft. „Du meinst, ich könnte schwanger sein?"

„Eigentlich fast unmöglich – wir waren sehr vorsichtig. Doch es ist es nicht wert, etwas zu riskieren. Es wäre ein Horror, wenn du schwanger würdest – das ist nicht geplant. Das könnte unserem Spaß einen ernsten Dämpfer verpassen."

„Unserem Spaß?", fragte sie leise. „Du kannst schwanger und Spaß in einem Satz sagen?"

„Na ja, ich bin jetzt noch nicht auf ein Baby eingerichtet, du etwa?", fragte er. Dann umschlang er ihre Taille. „Jedenfalls hätten wir noch ein paar Monate Spaß, bevor uns dein Bauch in die Quere kommen würde." Dann lachte er über seinen eigenen Witz.

„Hast du das jetzt wirklich gesagt? Wirklich? Dass uns das beim Spaßhaben in die Quere kommen würde?"

„Entschuldigung. Ich hätte keine Witze darüber machen sollen. Hör zu, kannst du es trotzdem machen? Zum Arzt gehen und herausfinden, ob du die Pille nehmen kannst?"

„Klar", sagte sie.

Dann rollte sie sich von ihm weg und kniff Augen und Mund zu, damit sie nicht anfing zu schreien.

Als Troy am nächsten Morgen früh aufstand, rührte Grace sich nicht. Sie tat, als ob sie schlief, während er sich anzog, sie auf die Wange küsste und wegging, um in seine Wohnung zu fahren und sich für den Arbeitstag umzuziehen. Als es still in ihrem Loft war, rollte sie sich auf den Rücken und blinzelte. Sie war sich nicht sicher, weshalb ihr so gefühlig zumute war. Schließlich hatte er recht. Es war nicht die Zeit, schwanger zu werden. Aber Grace war eine hoffnungslose Romantikerin – sie wollte Liebe, Ehe, Kinder, ein Happy End. Hochzeiten machten letztlich einen Großteil ihrer Arbeit aus.

Aber hätte der Mann, dem man Liebesworte ins Ohr geflüstert hatte, nicht vielleicht auch etwas Zärtliches sagen sollen, wenn er die Möglichkeit einer unfreiwilligen Schwangerschaft ansprach? Etwas wie *Bitte mach dir keine Sorgen – ich würde dich niemals mit so einem Problem allein lassen.* Oder vielleicht *Du weißt, wie viel du mir bedeutest.* Oder wie wäre es, wenn er sich echt ins Zeug gelegt hätte? *Es wäre in Ordnung, Grace, denn ich liebe dich.*

Dann fragte sie sich selbst, ob sie das wirklich alles von ihm erwartete, obwohl sie noch nicht total ehrlich zu ihm gewesen war? Das Geheimnis, wer sie war, war ja gar nicht so besonders unangenehm. Es war nur seltsam und kompliziert. Sie hatte keine Ahnung, wie Troy darauf reagieren würde. Würde er es falsch verstehen? Würde Grace Dillon verschwinden, wenn sie wieder Izzy Banks wäre?

Grace öffnete den Laden ein wenig früher als sonst, räumte noch auf und schrieb sich eine Liste. Ganz oben auf dieser Liste stand der Arztbesuch. Sie füllte die Blumenkübel mit frischem Wasser. Sobald die Praxis aufmachte, würde sie rüber zu Peyton gehen, um es hinter sich zu bringen. Als sie die Glocke der Eingangstür ihres Ladens hörte, warf sie einen kurzen Blick in den Verkaufsraum und bekam fast einen Herzanfall.

Peyton! In ihrem Laden! Grace hatte plötzlich die irrationale Angst, dass Troy bei Peyton angerufen hatte, um sie zu bitten, sich um Grace zu kümmern.

„Alles in Ordnung?“, fragte Peyton. „Habe ich dich überrascht oder so?“

„Ich wollte gerade … ich meine, ich wollte gerade rüber in die Praxis, um zu sehen, ob du Zeit hast. Was für ein Zufall.“

„Ich stehe zur Verfügung“, sagte Peyton lächelnd. „Scott vertritt mich gerade. Was ist los? Geht es dir gut?“

„Ja“, erwiderte Grace. „Aber warum bist du hier?“

„Na ja, Scott und ich haben vor, Ende April auf der Farm meiner Familie zu heiraten. Dann blüht dort alles, vor allem die vielen Obstbäume. Ist noch genug Zeit, um mit dir über ein paar Hochzeitsblumen zu sprechen?“

„Ich muss mal in meinen Kalender gucken – im April habe ich schon ein paar Hochzeiten. Aber bis dahin ist noch jede Menge Zeit, um die Blumen zu bestellen und Gestecke und Sträuße zusammenzustellen“, erwiderte Grace erfreut. Wenn es um Blumen ging, war sie in ihrer Komfortzone. Während sie sich mit Peyton über die Blumenauswahl unterhielt, versuchte Grace sich innerlich zu stärken für das, was sie Peyton fragen musste. Nach einer Stunde Unterhaltung über Blumen war sie so weit.

„Was hast du da?“, fragte sie und deutete auf eine flache Schachtel, die Peyton unter den Arm geklemmt hatte.

„Ein paar Bilder. Ich weiß – normalerweise zeigen Blumenhändler den zukünftigen Bräuten Blumenfotos und nicht umgekehrt. Aber eine Hochzeit auf einer Farm ist anders als andere Hochzeiten. Dann stehen die Birnbäume in voller Blüte.

Nach einem warmen Winter blühen sie früh, aber wenn der Frühling spät kommt, dann fangen sie gerade um die Zeit der Hochzeit an zu blühen. Der Garten meiner Mutter wird, genau wie die Gärten meiner Tanten und Cousinen, in voller Blüte stehen. Wenn ein baskisches Mädchen heiratet, bringt die ganze Verwandtschaft Blumen und Essen mit.“ Sie lachte ein bisschen. „Auch, wenn das *Mädchen* schon fünfunddreißig ist!“

„Das klingt nicht, als ob du mich bräuchtest“, sagte Grace.

„Doch. Ich brauche dich. Ich zeige dir, warum.“

„Komm mit nach hinten“, lud Grace sie in ihren Werkraum ein. Ihr Arbeitstisch war immer noch sauber, weil es noch so früh war, sodass sie dort die Fotos ausbreiten konnten. Grace musste später nur noch ein paar Bestellungen für die Auslieferung am nächsten Tag fertig machen.

Sie setzten sich an die Ecke des langen Tisches, und Peyton blätterte langsam durch die losen Fotos, die sie bei der Hochzeit ihres Bruders, der Hochzeit ihrer ältesten Schwester und der Hochzeit ihrer jüngsten Schwester gemacht hatte. „Meine Schwester hat schnell geheiratet – deshalb keine Birnenblüten für sie. Wir mussten Blumen beim Blumengroßhandel bestellen. Ich dachte, meine Mutter würde deshalb einen Anfall bekommen – ihre Kleine hat nicht auf der Farm geheiratet. Und um diesem Affront noch eins draufzusetzen, heiratete sie einen Koch, der darauf bestand, dass sein Restaurant das Catering übernahm. Dass ich nun im späten Frühling auf der Farm heirate, hilft meiner Mutter, endlich darüber hinwegzukommen.“

„Die Fotos sind großartig. Man sollte sie veröffentlichen“, sagte Grace. Die Rankgitter waren blütengeschmückt, und alle Frauen trugen Blumen im Haar. Auf den Tischen, die für den Empfang draußen geschmückt worden waren, standen überall

Blumengestecke. Die Frauen hielten wunderschöne Sträußchen in den Händen, und der Buffettisch, auf dem genug Essen für eine ganze Armee stand, war mit Rosen, Gardenien, Kirsch- und Birnenblüten dekoriert worden. Außerdem noch mit Hortensien, Schleierkraut und dunklem Farn. Die Blumen waren ein Vermögen wert, und es steckte viel Arbeit in der Blumendekoration. Mehr Arbeit, als Grace je allein schaffen könnte. „Du hast recht. So etwas habe ich noch nie gesehen. Wer hat den Blumenschmuck angefertigt?"

„Meine Familie", antwortete Peyton. „Ich würde gern ein paar Dinge anders machen."

„Ich kann mir nicht vorstellen, weshalb", sagte Grace und blätterte die Fotos noch einmal durch.

„Das ist ja auch alles sehr schön, außer dass meine Mutter zu viel arbeitet und jede Hochzeit in unserer Familie gleich aussieht. Alle steuern immer so viel bei. Ich weiß, sie machen es gern, aber es wird so allmählich zu einer Art Wettbewerb – in der Küche, im Garten und überall, wohin man blickt. Wir werden ein paar Dinge ändern. Zuerst einmal werden wir in der sehr alten Kirche in Mount Angel in einem ökumenischen Gottesdienst getraut und nicht draußen mit den Gärten im Hintergrund. Die katholischen baskischen Verwandten werden ein wenig verärgert darüber sein, aber sie werden die Trauung deshalb nicht gleich boykottieren. Es sind ohnehin zu viele von ihnen. So viele, dass wir schon daran gedacht haben, ein paar Schauspieler anzuheuern, die Scotts Familie spielen sollen – seine Familie ist im Vergleich zu meiner so klein. Doch unsere Freunde aus Thunder Point gleichen diesen Unterschied wieder aus. Ich möchte ein paar Blumen beisteuern, Sträuße, Altargestecke, Ansteckblumen und -sträußchen. Meine Mutter und die Tanten können das Zelt dekorieren ..."

„Zelt?“

„Mein Vater möchte gern, dass die Männer unter den Sternen tanzen. Ich möchte ein Zelt aufstellen, einen Tanzboden und eine Bühne für die Band. Ich werde eine baskische Band aus San Francisco beauftragen. Ich bin mir sicher, dass sie lange genug zurücktreten, um meinen Vater, meine Brüder, Onkel und alle anderen eine Runde tanzen zu lassen, aber ich hätte gern, dass meine Eltern mit mir feiern. Falls es regnet, und Regen ist im Frühling im Norden von Oregon nicht ungewöhnlich, wären wir im Zelt gut aufgehoben. Und ich möchte, dass Scotts Mütter eine schöne Zeit haben. Wenn möglich.“

„Mütter?“, fragte Grace.

„Seine Mutter und die Mutter seiner verstorbenen Frau. Die Großmütter. Er beklagt sich ständig über sie, aber ich weiß eigentlich gar nicht, worüber – ich habe eine Mutter, Großmutter, eine Million Tanten und Cousinen aus Spanien und Frankreich. Die Basken sind die einzige ethnische Gruppe, die gleichzeitig aus Spanien und Frankreich kommt. Die Traditionen und Rituale der Heimat sind streng und bunt und ganz häufig auch recht hitzig, weil sie beim Streiten außer Kontrolle geraten. Seine Mütter können ihnen diesbezüglich nicht das Wasser reichen!“

„Also haben wir hier Birnen- und Kirschblüten?“, fragte Grace beinahe schwach.

„Tausende“, erwiderte Peyton. „Ich bin auf der Farm aufgewachsen. Ich bin zu Milliarden Blumen und Obstblüten und Bienen verpflichtet! Die Schafe sind aber nicht eingeladen!“

„Oh Gott, das klingt großartig! Aber ich hasse Bienen“, ergänzte Grace.

„Ich bin mir sicher, Scott packt Adrenalinspritzen ein, falls du allergisch reagierst. Denn der Grund, weshalb ich dich nach

Blumen frage, ist natürlich, dass ich dich gern einladen möchte, wenn du kannst. Ich hoffe, du bringst ein paar Blumen mit. Mir ist bewusst, dass das eine lange Reise für eine Auslieferung ist."

„Einladen? Mich?"

„Natürlich! Ich liebe die Blumen, die meine Mutter und meine Tanten mitbringen, aber diesmal möchte ich noch ein paar andere Blumen dabeihaben. Taglilien, Callas, Teerosen, vielleicht auch ein paar exotische Blumen, ein oder zwei Orchideen. Wenn man meinen Bruder, der geschieden ist, nicht mitzählt, bin ich offiziell die letzte Lacoumette, die heiratet. Ich habe bereits über die Blumen und das Essen mit meiner Mutter gesprochen ..."

„Das Essen?", fragte Grace.

„Sie wird wochenlang kochen und einfrieren, aber ich stärke ihr den Rücken. Ich würde nicht ohne ihre berühmten Gerichte heiraten, aber mein Schwager, der Koch, besitzt ein Fünf-Sterne-Restaurant! Ich möchte, dass er sich beteiligt. Er hat viel Talent und fühlt sich geehrt, wenn man ihn fragt. Wenn man einem Basken ein echtes Kompliment machen möchte, lobt man sein Essen, seinen Tanzstil, seine Musik oder wie er die Kinder erzogen hat. Meine Mutter hat es recht gefasst aufgenommen, dass Lucas einen Teil des Essens liefern soll. Wenigstens gehört er zur Familie." Peyton lachte und schüttelte den Kopf. „Sie werden sicher keine Rezepte miteinander austauschen. Eigentlich ist es zum Totlachen."

„Peyton, das hört sich nach einer Riesenveranstaltung an. Vielleicht größer als alles, was ich allein bewältigen kann. Ich möchte die Tradition nicht kaputt machen."

„Wir *müssen* sie brechen", erklärte Peyton. „Ich bin zwar Baskin, aber mein Bräutigam nicht. Es ist auch seine Hochzeit!

Obwohl … er ist furchtbar gern dort. Ich sollte nicht so oft mit ihm dahin fahren, sonst wird er noch schneckenfett. Niemand liebt Essen mehr als Scott."

Das brachte Grace zum Lachen. „Troy würde sich nicht so leicht von ihm unterkriegen lassen."

Peytons dunkle Augen funkelten. Sie schwieg einen kurzen Augenblick lang. „Wie läuft es denn so? Bei dir und Troy?"

„Gut", sagte Grace. „Erzähl mir mehr über deine Familie. Und wie du und Scott euch kennengelernt habt. Über die Farm, eure Kultur und eine traditionelle baskische Hochzeit."

Peyton erklärte ihr, dass sie die Älteste von acht Geschwistern war, und dass sie nie von einer eigenen großen Familie geträumt hatte. Sie hatte lange Zeit geglaubt, dass sie allein bleiben würde. Doch jetzt, wo sie Scott und seine beiden Kinder kennengelernt hatte, begeisterte sie der Gedanke, vielleicht doch ein oder zwei eigene Kinder zu bekommen. Peyton beschrieb ihre Eltern, ihre Geschwister, Nichten und Neffen, sprach über Scott, und dass sie nie erwartet hätte, jemanden wie ihn zu finden. Sie beschrieb die Basken so gut sie konnte, und wie sie selbst nach ihrem Collegeabschluss eine Zeit lang in einer baskischen Klinik in Südfrankreich gearbeitet hatte, um die alte Heimat ein wenig kennenzulernen. Grace konnte es kaum erwarten, selbst ein wenig online über diese Kultur zu recherchieren.

Zwei Stunden später waren sie von Blüten und Stängeln bei der Anzahl der Gäste und den Farben der Blumen gelandet.

„Es ist Frühling. Meine Brautjungfern werden also alle Frühlingsfarben tragen – Lavendel, Pink, Hellblau und Gelb. Ich möchte eine bunte Hochzeit! Ich möchte, dass die Sträußchen zu ihren Kleidern und meinem Kleid passen und das Ganze repräsentieren. Ich möchte Frühlingsfarben für die Altargestecke, die wir dann zum Empfang auf der Farm mitnehmen. Das Abendessen des Bräutigams ist allein Scotts Sache, und er hat ein Hotel in Portland ausgesucht, das das Catering im Bankettsaal übernimmt. Ich habe Blumen angeboten, was seine Mutter sofort aufgeschnappt hat. An diesem Essen werden mindestens dreißig Personen teilnehmen."

„Insgesamt kommen um die zweihundert Gäste in Autos, Wohnmobilen, Geländewagen, Zelten und Wohnwagen. Meine Mutter hält das Zelt für den Empfang für ein wenig hochgestochen. Mein Vater beklagt sich, dass es den Himmel verdeckt, aber er hat schon seine Cousins im Baskenland angerufen, um sie zu bitten, uns ihren besten Wein zu schicken. Die Tische müssen wir sowieso immer mieten, also beklagt sich wenigstens darüber niemand. Aber ich möchte Kellner und Barkeeper für diese Veranstaltung, und wenn auch nur, damit sie uns beim Aufräumen helfen. Meine Familie soll feiern und das alles genießen. Nicht immer nur arbeiten."

„Das klingt wunderbar", meinte Grace verträumt. „Ich kann mir gar nicht vorstellen, so viele Verwandte zum Feiern zu haben."

„Oh, es wird auch viel Streit geben", sagte Peyton. „Sogar Kämpfchen. Große Familien – große Kontrollprobleme. Die Charaktere prallen aufeinander, aber sie sind alle stark und sehr offen. Bei uns wird immer viel gelacht, aber auch viel geschrien."

„Ich würde das wirklich sehr gern übernehmen", sagte Grace. „Aber ich bin ehrlich, ich habe vorher noch nie eine so weit entfernte, große Hochzeit ausgestattet. Die Leute, für die ich gearbeitet habe, bevor ich nach Thunder Point kam, um meinen eigenen Laden zu übernehmen, haben ihr Geschäft in Portland. Die könnten das vielleicht übernehmen ..."

„Dann lass dir von ihnen helfen, wenn du magst“, sagte Peyton. „Ich möchte nur zwei Dinge von dir – Blumen und dich als Gast auf unserer Hochzeit. Ich hoffe, dass eine Menge Leute aus Thunder Point dabei sein werden.“

Grace musste sich das alles gründlich durch den Kopf gehen lassen. Es gab verschiedene Möglichkeiten, wie dieser Auftrag geschafft werden konnte. Sie konnte die Blumen bestellen und sogar schon vorher Sträuße und Gestecke zusammenstellen und dann mit allem nach Norden fahren. Ihr kleiner Lieferwagen besaß eine Ladefläche, die gekühlt werden konnte. Oder sie konnte die Blumen mitnehmen und sie, sobald sie in Portland war, zu Sträußen und Gestecken zusammenbinden. Oder sie konnte Ross und Mamie mit der Bestellung der Blumen beauftragen und einen Tag früher nach Norden fahren, die beiden besuchen und die Blumengestecke in ihrem Laden fertigstellen. Ross und Mamie wären da sicher sofort dabei. Grace ging mit Peyton alle Möglichkeiten durch, aber Peyton wollte ihr die Entscheidung überlassen.

„So, was kann ich jetzt für dich tun?“, fragte Peyton schließlich.

„Oh. Das.“ Grace räusperte sich. „Ähm, eine Untersuchung. Ich habe mich schon lange nicht mehr untersuchen lassen, also schon zu lange nicht mehr. Mach nicht so ein Gesicht – es ist erst ein paar Jahre her!“

Peyton bekam große Augen. „Ein paar *Jahre*?“

Grace beugte sich ein wenig zu ihr. „Ich hatte im Laufe der Jahre viele Untersuchungen mit guten Ergebnissen, aber nur wenige *dieser* Untersuchungen. Aber jetzt sieht es so aus, als bräuchte ich die Pille.“

„Ah“, sagte Peyton. „Kapiert.“

„Deine erste dreißigjährige Jungfrau?", fragte Grace grinsend, obwohl sie noch nicht ganz dreißig war.

„Nein", erwiderte Peyton lachend. „Ich freue mich, dir helfen zu können." Sie blickte auf ihre Uhr. „Kannst du heute Nachmittag so gegen zwei in die Praxis kommen? Da ist dann wenig los. Scott wird im Krankenhaus sein, und ich kann mit Devon arrangieren, dass du gleich drankommst, dann kostet es dich nicht so viel Zeit. Ich möchte auf jeden Fall ein Blutbild machen, um sicherzugehen, dass alles in Ordnung ist."

Grace hatte nicht übertrieben – als Sportlerin war sie dauernd untersucht worden. Im Hochleistungssport musste man immer in Topform sein, sie konnte sich keine Anämie oder Vitaminmangel oder, Gott bewahre, ein drohendes Herz- oder Nierenproblem erlauben. Aber das hier war etwas anderes.

„Das kann ich einrichten. Um zwei Uhr."

9. Kapitel

Obwohl sie nicht darüber sprachen, erkannte Grace, dass sie und Troy einen Stillstand in ihrer Beziehung hatten. Grace wollte so gern ein paar Worte der Liebe hören, bevor sie ihm ihre ganze Lebensgeschichte erzählte, und er wollte erst ihre ganze Lebensgeschichte hören, bevor er ihr seine Liebe erklärte.

Und sie hielt ihre Verabredung mit Peyton ein.

Als Grace Peyton nach der Pille gefragt hatte, hatte sie ihr erklärt, dass sie bisher nur Kondome zur Verhütung benutzt hatten. „Ich mache mir keine Sorgen deswegen", hatte sie gesagt. „Aber Troy wird ein bisschen nervös, wenn wir uns nur darauf verlassen. Die Pille ist sicherer."

„Völlig verständlich. Kommt deine Periode regelmäßig?", fragte Peyton.

„Nein, unglücklicherweise nein. Ich bin mir aber ziemlich sicher, dass ich in diesen Tagen irgendwann fällig bin. Scheint mir eine Weile her zu sein."

„Dann untersuchen wir dich erst einmal und machen dann ein Blutbild. Anschließend gebe ich dir ein Rezept für die Pille. Du kannst am ersten Tag deiner Periode damit anfangen. Bleibt danach aber bitte noch zwei Wochen lang beim Kondom. Ich gebe dir außerdem einen Schwangerschaftstest mit, nur für den Fall, dass die Regel ausbleibt – dann kannst du selbst nachsehen und dich vergewissern, dass du nicht schwanger bist."

Troy hatte sie nicht nach dem Termin gefragt, aber Grace nahm sich vor, ihm alles über ihre Vergangenheit zu erzählen, bevor seine Freunde ihn am Wochenende besuchten. Falls das Gespräch schwierig werden sollte, musste er bei sich auf seiner eigenen Couch schlafen, wenn seine Freunde kamen.

Sie legte die morgendliche Post auf ihren Schreibtisch und machte sich an die Arbeit. Zuerst stellte sie ein paar Blumengestecke zur späteren Auslieferung für Justin zusammen. Dann ging sie nach oben, um sich ein Sandwich zum Mittagessen zu machen. Später räumte sie den Laden auf und erstellte eine Liste der Blumenaufträge für die Woche, bevor sie die Post durchging. Sie blätterte durch die üblichen Werbesendungen und Rechnungen und entdeckte einen Brief. Ihr Name und die Adresse waren auf den Umschlag gedruckt, und es sah aus wie das Angebot einer billigen Versicherung oder etwas in der Art. Doch im Umschlag befand sich nur ein einfaches zusammengefaltetes Stück Papier. Sie faltete es auseinander und las, was quer auf die Seite getippt worden war.

„Ich träume jede Nacht von dir. B."

Grace starrte mit offenem Mund auf den Text. Ihre Hände fingen an zu zittern. Sie sah nach hinten, dann nach rechts und links. Ihr Atem ging stoßweise. Sie schloss sofort die Hintertür ab. Sie wollte gleich nach oben gehen, um ihr Loft ebenfalls abzuschließen, aber sie hatte Angst, den Laden zu verlassen. Dann griff sie nach ihrem Handy und sprach laut, um sich selbst zu beruhigen. „Hör auf. Hör auf. Du bist hier allein. Er ist nicht da." Aber sicherheitshalber sah sie in allen Ecken und Winkeln nach, im Kühlschrank, dem Büro, sogar unter dem Schreibtisch. Sie schaute auch in der kleinen Gasse hinter dem Laden nach, entdeckte aber nichts Ungewöhnliches. Sie wusste nicht, wen sie anrufen sollte. Ihre Mutter?

Bestimmt nicht, die würde nur sagen: *Hab ich es dir doch gesagt.* Auch nicht Mamie und Ross in Portland – was könnten sie schon tun? Schließlich wählte sie die Kurzwahlnummer von Mikhails Handy. Sie hatte keine Ahnung, wo er sich gerade aufhielt; er konnte überall auf der Welt unterwegs sein, und normalerweise erreichte sie immer nur seine Mailbox. Deshalb legte sie sich ein paar Worte zurecht, die sie ihm als Nachricht hinterlassen wollte, wenn sie seine russische Stimme hörte.

„Mikhail, er hat mich gefunden! Ich habe gerade einen Brief bekommen. Mit dem üblichen Inhalt, dass er jede Nacht von mir träumt. Es ist Bruno! Oh Gott."

„Dieser Scheißkerl!", brüllte Mikhail ins Telefon.

„Der Brief ist nicht an Izzy Banks adressiert, sondern an Grace Dillon. Hier im Laden. Wo ich *wohne.*"

„Aber der Typ ist doch noch in der Psychiatrie", sagte Mikhail. „Ich rufe da sofort an. Dann rufe ich dich zurück. Bleib, wo du bist."

Als ob sie nicht mehr ans Telefon gehen könnte, wenn sie den Raum verließ.

„Danke. Ich hätte Probleme, da selbst anzurufen."

Den ersten Brief hatte sie mit zwölf bekommen, als sie noch ein kleines Mädchen war, aber ihre Eltern hatten ihn ihr gar nicht gezeigt. Mit zwölf war sie bereits eine vielversprechende Eisläuferin gewesen, und ihre Eltern untersuchten alles, was in ihre Nähe kam. Ein Jahr später entdeckte sie einen dieser Briefe auf dem Schreibtisch ihres Vaters. Zunächst war sie sogar ein bisschen begeistert – jemand liebte sie? Träumte von ihr? „Mach dich nicht lächerlich! Das ist nur wieder so ein Irrer! Wir haben ihn bei der Polizei gemeldet", hatte ihre Mutter gesagt.

Grace hatte sich nichts weiter dabei gedacht. Dann, nicht lange nach dem Tod ihres Vaters, hatte sie nach einer frühmorgendlichen Trainingsstunde bei Mikhail, ihrem neuen Coach, die Schlittschuhe ausgezogen und war zum Ausgang gegangen, wo ein Chauffeur bereits auf sie wartete. Ein Mann, den sie vorher noch nie gesehen hatte, war plötzlich aus dem dunklen Korridor getreten, hatte sie gepackt, ihr die Hand auf den Mund gelegt und sie mit sich über den dunklen Flur geschleift. Grace hatte gestrampelt und sich gewehrt, während er davon brabbelte, dass er sich um sie kümmern würde, weil er sie von den Leuten, die sie nur ausnutzten, retten würde.

Er hielt sie in einer Besenkammer gefangen, die ein kaputtes Schloss an der Tür hatte. Sie kauerte in einer Ecke, saß auf dem kalten Boden, während er hin- und herging und über fremde Länder sprach, die Kinder als Spione missbrauchten, und dass diese wunderschönen Kinder frei sein sollten und weiteren sinnlosen Unfug. Er war nicht bewaffnet, soweit Grace das erkennen konnte, aber groß. Sein Haar war schütter und dünn und hing an den Seiten und im Nacken lang herunter. Später fand Grace heraus, dass er zu dem Zeitpunkt vierundzwanzig Jahre alt war. Sie hatte versucht aufzustehen und die Tür des kleinen Raumes aufzustoßen, aber er hatte sie niedergeschlagen und bedroht. Er hatte ihr erklärt, dass er ihr wehtun müsse, um sie zu beschützen, falls sie sich nicht an seine Anweisungen halte.

Es hatte etwas über zwei Stunden gedauert, bis die Polizei die unverschlossene Tür schließlich aufstieß, den Mann zu Boden rang und sie befreite. Erst viel später erfuhr Grace, dass der Mann unter Wahnvorstellungen litt und in die Psychiatrie eingeliefert werden musste.

Nach diesem Vorfall folgten noch ein paar weitere Stalker, die man schnell und effizient per einstweiliger Verfügung von ihr fernhielt. Die beiden letzten litten nicht unter Wahnvorstellungen, entpuppten sich aber als Anhänger der jungen Sportlerinnenszene und ließen sich recht einfach und ohne Probleme von ihr fernhalten. Sie wusste allerdings nicht, ob sie nach ihr noch andere Mädchen belästigt hatten.

Sobald Grace genau verstanden hatte, was da vor sich ging, verstand sie auch, dass da draußen Menschen lauerten, die hübsche junge Sportler und Sportlerinnen verfolgten. Es ging normalerweise damit los, dass sie ihnen kleine Geschenke machten und ihr Talent bewunderten. Dann tauchten sie bei jedem Training und bei allen Wettbewerben auf. Sie versuchten ständig, sich noch mehr anzunähern und mit den Trainern oder Sportlern zu sprechen.

Grace war durch solche Anrufe und die tränenerstickten Kommentare der jungen Eiskunstläuferin Shannon Fields sensibilisiert gewesen und hatte deswegen übereilte und vernichtende Beschuldigungen gegen Trainer Hal Nordstrom geäußert und ihm unterstellt, dass er sich unangemessen verhalten hatte. Die arme kleine Shannon hatte zu Grace gesagt: „Du verstehst das nicht! Ich habe *alles* gemacht, was er von mir verlangt hat. *Alles*, egal wie schrecklich!“ Grace hatte fest geglaubt, dass Shannon über etwas anderes, über das Training *weit Hinausgehendes* gesprochen hatte, aber sie hatte keinerlei Beweise für ihre Annahme gehabt. Der Coach hatte einen schmierigen, lüsternen Blick und tatschte bei Weitem zu viel an Hinterteilen herum, das hatte ihr gereicht.

Doch was wusste Grace schon darüber? Sie hatte Mikhail Petrov als Trainer, einen kühlen, disziplinierten, oft sehr ruhigen Russen, der sie weder im Zorn noch vor Freude anfasste.

Da er seine Komplimente stets in einem harschen Russisch äußerte, hatte Grace jahrelang keine Ahnung gehabt, dass er eigentlich ein ziemlich sentimentaler Typ war. Im Rückblick erkannte Grace, dass Mikhail in ihrer kleinen Familie fast ihren Vater ersetzt hatte; sowohl Winnie als auch Grace hatten sich vollkommen auf ihn verlassen. Er war ihnen total ergeben und immer für sie da.

Mikhail hatte keine gute Meinung über Hal Nordstrom. Wann immer er sich auf diesen speziellen Trainer bezog, äußerte er diesen einen Satz: „Er ist ein Stück Dreck."

Winnie hatte Grace damals gebeten, den Mund zu halten. Doch als Grace sich nicht daran hielt und Nordstrom sie wegen übler Nachrede anzeigte, war Winnie mit einer unbekannten Summe eingesprungen. Als Nordstrom ein paar Jahre später tatsächlich wegen Belästigung junger Eiskunstläuferinnen verurteilt wurde, fühlte sich Grace bestätigt. Doch hatte Winnie sich entschuldigt? Im Gegenteil. „Du hättest mir eine beträchtliche Summe Geld sparen können", hatte sie gesagt, „wenn du einfach nur den Mund gehalten hättest. Und man hätte ihn vielleicht ohnehin für schuldig befunden."

Es dauerte eine weitere lange Stunde, bis Mikhail sie zurückrief. „Er ist draußen, *moya radost*", sagte er, was auf Russisch so viel bedeutete wie *Mein Glück*. „Aber er ist bei seiner Familie in Florida. Sie schwören bei allem, was ihnen heilig ist, dass er harmlos ist und seine Medizin regelmäßig einnimmt. Ich werde das, um mich selbst zu beruhigen, überprüfen lassen."

„Oh, Mikhail, was, wenn sie lügen? Wenn sie ihn nur in Schutz nehmen?"

„Ich habe die Polizei verständigt. Ich hoffe, ich höre bald was. Schauen wir mal. Bist du an einem sicheren Ort?"

„Ich glaube schon", erwiderte Grace schwach und schaute sich noch einmal um. „Warum sollte er denn jetzt noch etwas von mir wollen? Ich bin nicht mehr auf dem Eis und auch nicht mehr in den Nachrichten! Das ist doch gar nicht mehr interessant für ihn!"

„Ach, ich kann nicht in das Hirn eines Irren hineinsehen! Im Zweifelsfall musst du selbst Schutzmaßnahmen ergreifen. Die Polizei rufen. Oder ...", er zögerte kurz, „Winnie anrufen. Sie wird dich nicht im Stich lassen."

Ein nervöses Lachen, das fast wie ein Schluchzen klang, entrang sich ihrer Kehle. Das war das Letzte, das sie in diesem Augenblick wollte – noch einmal von ihrer Mutter kontrolliert werden. Grace unterhielt sich mit Mikhail, während sie zur Ladentür ging, das Geschlossen-Schild ins Fenster hängte und den Laden abschloss. Sie sprachen noch einige Minuten lang miteinander. Grace erfuhr, dass er bei einer Eiskunstlaufveranstaltung in Chicago war und danach nach Südkalifornien fliegen würde, das inzwischen zu seinem Zuhause geworden war.

Mikhail war inzwischen über sechzig. Er war selbst einmal ein guter Eiskunstläufer gewesen, hatte die eigene aktive Karriere als Eiskunstläufer aber mit Mitte zwanzig aufgegeben, weil er wusste, dass er nicht gut genug war, um richtig groß rauszukommen. Seitdem arbeitete er als Trainer, und er hatte das Potenzial, Champions auszubilden. Mikhail war nur einmal und nur kurz verheiratet gewesen, weil *das kein Leben für einen Familienmenschen ist*. Grace war sich nicht sicher, wie viel oder wenig das ihre Entscheidung, sich aus dem Eiskunstlaufzirkus zu verabschieden, beeinflusst hatte. *Was kümmert es mich?*, würde Mikhail sagen, *Ich mache Sieger. Sonst nichts.*

Grace wollte mehr. Oder weniger, je nachdem, wie man es betrachtete.

„Ich würde dich gern bald mal wiedersehen", sagte sie zu ihm, bevor sie auflegte.

„Du musst zu mir kommen", sagte er. „Wir würden etwas Gutes miteinander essen und über die alten Zeiten lachen. Vielleicht würdest du noch einmal für mich laufen!"

„Vielleicht", sagte sie. „Nur um der guten alten Zeiten willen."

„Ich war gut im Regeln aufstellen für dich, wann du eislaufen und was du machen solltest. Ich selbst bin nicht so folgsam."

„Das weiß ich", sagte sie und lachte bei der Erinnerung, obwohl ihr eher zum Heulen war.

Nachdem Grace aufgelegt hatte, drehte sie die Lichter im Laden herunter. *Wenn geschlossen ist, ist geschlossen.* Aber sie hatte nicht den Mut, nach oben in ihr Loft zu gehen, weil sie die irrationale Angst hatte, dass er dort oben auf sie wartete. Er war im Grunde eine tragische, armselige Figur, die total neben der Realität unterwegs war. Der Mann lebte in der Obhut seiner älteren, unverheirateten Schwester, die versprochen hatte, ihn ständig im Auge zu behalten. Dass er möglicherweise jemandem wehtun könnte, war so schrecklich für sie, dass sie wirklich gut auf ihn aufpasste.

Grace hörte jeden Tag von Troy. Wenn er nach der Schule nicht bei ihr anrief, meldete sie sich bei ihm. Sie beschloss, bis sechs oder so zu warten und ihm dann eine SMS zu schicken und ihn zu fragen, was er nach der Arbeit machte.

In der Zwischenzeit dachte sie an Mikhail und weinte. Tatsächlich vermisste sie es, für ihn eiszulaufen. Sie vermisste sogar die Wettkämpfe und den Nervenkitzel, den sie mit sich brachten. Aber sie bereute es trotzdem nicht, alles hinter sich gelassen zu haben – sie hatte alles erreicht, was man erreichen konnte.

Es war lustig, dass Fiona Temple, das Mädchen, das ihre schlimmste Rivalin gewesen war und sie mehr gehasst hatte als alle anderen aus dem Eiskunstlaufzirkel, es nie geschafft hatte, in ihre Fußstapfen zu treten. Fiona, die auf ihre ganz eigene Art ein gemeines Mädchen war, hatte mehr Dreck und Unwahrheiten über Grace verbreitet als irgendwer sonst. Sie hatte überall herumerzählt, dass die reiche Zicke Izzy bei Morgengrauen mit einem Chauffeur zur Eisporthalle gebracht wurde – während andere Eltern hart arbeiten mussten, um das Training bezahlen zu können, und selbst um vier Uhr aufstanden, um ihre Kinder zum Eislaufen zu bringen. Fiona, die am meisten gefeiert hatte, als Grace ihren Abschied nahm, hatte seitdem nichts Bedeutendes erreicht. Sie hatte immer geglaubt, dass einzig und allein Grace ihr auf dem Weg zur Goldmedaille im Weg gestanden hatte, doch nachdem Grace weg war, hatten China und Russland die Medaillen unter sich verteilt. Der Druck, im Wettbewerb zu bleiben, war von allen Seiten sehr stark gewesen. Durch Winnie, durch ihr Team, durch ihr Land. „Du machst, was du machen willst, aber sage *nichts*, bis der Tag gekommen ist!", hatte Mikhail sie gewarnt. „Wenn du es vorher sagst, bist du verloren."

Jeder andere Coach hätte sie fallen lassen. In ihren Kreisen bedeutete Siegen alles. Weltberühmte Trainer vergeudeten ihre Zeit nicht mit Kandidaten, die sich verabschieden wollten. Doch Mikhail war bei ihr geblieben, hatte ihr alles gegeben, was er hatte. Sie hatte sich den Arsch für ihn aufgerissen. Mikhail war weder warmherzig noch fürsorglich, aber er liebte sie wie eine Tochter, beschützte sie, forderte sie und hatte sie bis heute nie im Stich gelassen.

Also war sie damals wild entschlossen zur Weltmeisterschaft, ihrem letzten großen Wettkampf, gefahren, um einen letzten großen Sieg einzufahren für alle, die von ihr abhingen. Und sie hatte es geschafft. Sie hatte *alles* gewonnen. Sie hatte haushoch gewonnen.Winnie hatte ihre Goldmedaille bekommen.

Fiona hatte nicht mal die Vorausscheidung geschafft.

Die Hintertür des Ladens ratterte. Jemand versuchte hereinzukommen. Grace hätte sich beinahe zu Tode erschreckt. Sie musste ein paarmal tief Luft holen und sich die Augen reiben, bevor sie zur Tür schlich, um nachzusehen, wer es war.

„Gracie, was ist los?", fragte Troy. „Du weinst."

„Frag mich nicht, warum, gehe bitte einfach nur nach oben und sieh zu, dass da niemand ist, der uns überfallen und umbringen will", sagte sie.

„Was?", fragte er bestürzt.

„Wenn alles in Ordnung ist, reden wir oben. Ich bin mir nicht sicher, ob ich die Tür abgeschlossen habe. Manchmal vergesse ich das. Ich hatte mich so entspannt ..."

„Grace, was um Himmels willen ...?

„Bitte", flehte sie ihn an. „Du wirst alles verstehen, sobald ich in der Lage bin, darüber zu sprechen. Ich wollte dir sowieso einiges erklären. Bevor deine Freunde zu Besuch kommen, wollte ich dir alles erzählen, damit nichts mehr zwischen uns steht ... aber kannst du bitte einfach erst einmal überprüfen, ob die Luft rein ist, ja? Und bitte sei vorsichtig!"

Troy ging kopfschüttelnd nach oben. Er sah sich gründlich in ihrem Loft um, entdeckte aber nichts Außergewöhnliches. In weniger als zwei Minuten kehrte er wieder nach unten zurück. „Es ist alles in Ordnung."

„Hast du überall nachgesehen?"

Er nickte. „Sogar im Küchenmüll und im Kühlschrank. Komm."

Sie hielt den Umschlag in ihrer Hand. Als sie sich schließlich an ihrem winzigen Küchentisch gegenübersaßen, fing Grace an, ihm alles zu erklären. „Mein echter Name ist …"

„Ich weiß", sagte er.

„Du *weißt*?"

„Tut mir leid. Ich wollte es dir nicht sagen, aber ich kann auch nicht so tun, als ob ich überrascht bin. Du stehst überall in diesem verdammten Internet, Grace. Ich weiß nicht, wie du dich fühlst, aber ich weiß, wer du bist. Und dass du alles gewonnen hast, was man gewinnen kann, und dich dann verabschiedet hast."

„Weißt du von den Gerüchten? Dass ich einen Coach beschuldigt habe, sich seinen minderjährigen Schützlingen gegenüber sexuell unangemessen verhalten zu haben? Dass ich *verklagt* wurde? Dass ich gestalkt wurde? Dass alle mich hassten?"

Er zuckte mit den Schultern. „Ich kenne die meisten Fakten. Ich habe aber keine Ahnung, wie irgendwer dich hassen kann. Und vor allem weiß ich nicht, weshalb das ein Geheimnis sein soll."

Also erzählte sie ihm alles von Anfang an. Wie sie, als Tochter einer Eiskunstläuferin und eines Trainers, in die Welt des Eiskunstlaufs hineingeboren wurde. Erzählte ihm, wie sie von den eifersüchtigen anderen Mädchen gemobbt worden war, dass man ihr Streiche gespielt hatte, die zum Ziel hatten, dass sie sich verletzte und nicht mehr eislaufen konnte. Von ihrem erschöpfenden Training und den Reisen und den fehlenden Freunden.

„Die Trainer befahlen uns, dass wir nett zueinander sein sollten, aber sobald sie nicht mehr hinsahen … Die anderen standen sich alle so nahe", sagte Grace. „Sie teilten sich Hotelzimmer, um Kosten zu sparen, und ich blieb allein. Meine Mutter hat immer große Häuser gemietet, wo es Bedienstete gab und alle dachten, dass ich es deshalb so leicht hätte. Warum hätte es mir nicht gut gehen sollen? Es wurde in jedem Interview und in jedem Zeitungsartikel erwähnt – als ob wir nichts anderes tun mussten, als einen Scheck zu schreiben, und der Sieg war mein. Dabei wollte ich vor allem sein wie alle anderen."

„Es gibt nichts Schlimmeres als eifersüchtige Teenie-Mädchen", sagte Troy und strich ihr über die Wange.

„Wenn ich weinte oder schmollte, nannten sie mich immer armes reiches Mädchen."

„Und dennoch gab es Millionen Mädchen im ganzen Land, die dich beneideten und dir bewundernd beim Eislaufen zusahen."

„Aber denen bin ich nie begegnet. Der glücklichste Tag in meinem Leben war nicht der, an dem ich die Goldmedaille gewonnen habe, sondern als ich sie meiner Mutter übergab und dann einfach wegging."

„Wo bist du hingegangen?"

„Zu Mamie und Ross, einem kinderlosen Ehepaar. Sie hatten über dreißig Jahre lang für meine Mutter gearbeitet. Er als Fahrer und sie als Haushälterin. Sie sind immer sehr gut zu mir gewesen und haben, nachdem sie nicht mehr für meine Mutter arbeiteten, einen Blumenladen in Portland eröffnet. Sie brachten mir alles über die Floristik bei."

„Und du hast keine anderen Verwandten?"

„Erinnerst du dich, dass ich dir von meinem Cousin erzählte, der mir schrieb, weil er sich Geld von mir leihen wollte?" Er nickte. „Das war kein Cousin, und es war auch kein Darlehen. Das war mein Halbbruder Barry, der zwanzig

Jahre älter ist als ich. Mein Vater und seine erste Frau hatten sich, schon Jahre bevor er meine Mutter kennenlernte, scheiden lassen. Er unterstützte seine Exfrau und Barry finanziell, bis Barry einundzwanzig war. Inzwischen ist Barry achtundvierzig und hat sein ganzes Leben um Geld gebettelt. Ich erinnere mich aber nicht, dass er auch nur dreimal zu Besuch gekommen wäre. Mein Vater hat ihm manchmal Geld gegeben – meine Eltern stritten sich deswegen. Als mein Vater starb, hinterließ er Barry nichts. Ich weiß nicht, wo Barry jetzt ist. Ich habe das letzte Mal von ihm gehört, als ich ihm erklärte, dass ich kein Geld habe. Da war er in Texas."

Troy fand das sofort verdächtig. „Vielleicht ist Barry deswegen immer noch stinksauer", sagte er und tippte gegen den Umschlag in ihrer Hand.

Sie gab ihm den Umschlag. „Ich hatte nie eine Beziehung irgendeiner Art zu ihm – er war schon erwachsen, als ich geboren wurde. Nein, das hier ist wie der Brief, den ich mal vor Jahren gesehen habe. Der einzige, den ich gesehen habe, bevor ich entführt wurde."

„Könnte Barry wissen, was da drin stand?", fragte Troy, machte den Brief auf und schaut auf den getippten Satz. *Ich träume jede Nacht von dir, B.* „Der ist mit B. unterschrieben."

Sie schüttelte den Kopf. „Das ist Bruno. Bruno Feldman. Der Mann, der mich mal in einer Besenkammer gefangen hielt, bis die Polizei kam. Er war in der geschlossenen Psychiatrie. Man sagt, dass er draußen ist und bei seiner Familie in Florida wohnt. Barry weiß nicht, dass die Briefe so aussehen. Niemand weiß das – nur ich, meine Mutter, Mikhail ..."

„Mikhail?"

„Mein Coach. Einer meiner Coaches. Wir sind noch ein bisschen in Kontakt. Natürlich war er damals auch dabei. Das entwickelte sich alles ziemlich verrückt, weil die ersten Briefe kamen, als mein Vater krank war. Dann, nachdem mein Vater gestorben war, hat dieser Bruno Feldman mich entführt. Es passierte so viel auf einmal."

„*Einer* deiner Coaches?"

Sie nickte. „Es war ein Team aus verschiedenen Coaches, Lehrern und Trainern. Ausdauertraining, Ballett, die Arbeit auf dem Eis. Für mich gab es auch noch Yoga, Sporttherapie und meine Privatlehrer und die Hausaufgaben."

„Wie viele Stunden am Tag hat das alles gedauert?", fragte er.

„Keine Ahnung. Alle Stunden des Tages, glaube ich. Das Programm fing früh an und hörte spät auf. Da sind Kostümproben, Choreografie und Musik noch nicht mitgezählt ... und hatte ich schon meine Hausaufgaben erwähnt? Und die zahlreichen Nächte, wenn ich mit Eisbeuteln am Po oder an den Knöcheln ins Bett ging?"

Er lächelte sie an. „Du hast dir diese Medaillen redlich verdient, Gracie. Dafür musstest du eine Menge opfern. Aber bist du jetzt glücklich?"

„Ich war es", sagte sie. Ihre Augen strahlten wieder. „Bis das hier kam." Sie seufzte. „Was für eine Art von Vergnügen zieht so eine Person denn bloß daraus, mir so eine Todesangst einzujagen?"

Troy schüttelte den Kopf. „Das ist nicht normal, weißt du. Es ist krank und total verdreht. Und nach allem, was du mir erzählst, ist das nicht allein seine Schuld."

„Ich weiß nicht, was ich machen soll", sagte sie. „Ich habe das Gefühl, weglaufen und mich verstecken zu müssen."

„Weil du Angst hast und genervt bist. Aber es wird alles gut. Du musst die Dinge ein bisschen durchdenken, dir selbst ein paar Fragen stellen …" Er stand auf und öffnete den kleinen Kühlschrank. Er fand nicht, was er suchte, also sah er in dem kleinen Weinregal oben im Schrank nach und holte eine Flasche Merlot heraus. Dann öffnete er die Flasche und schenkte ihr ein kleines Glas davon ein. „Trink einen Schluck und atme tief durch. Ich werde nicht zulassen, dass dir etwas passiert."

„Ich erwarte wirklich nicht von dir …"

„Du erwartest nicht von mir, dass ich das Mädchen, das ich liebe, beschütze?", fragte er.

Sie starrte ihn an. „Du liebst mich?"

„Natürlich, Gracie. Hast du das noch nicht gemerkt?"

„Du hast nie etwas über Liebe gesagt …"

„Ich habe gewartet, bis du mir so weit vertraust, dass du ehrlich zu mir bist. Schau, ich verstehe, warum du dieses alte Leben hinter dir lassen wolltest, so schwer wie …"

„Nein, Troy, das tust du nicht! Ich möchte nie wieder dieser Mensch sein! Diese Person, die keine Freunde hatte, und über die so viele Leute redeten, und die man hasste! Hast du eine Ahnung, wie schmerzhaft es ist, ständig Gegenstand der Eifersucht anderer Menschen zu sein? Als ob ich mir etwas angeeignet hätte, das ihnen gehörte? Als ob ich mir von dem Geld meiner Mutter alles hätte kaufen können! Das ist doch gar nicht so! Mit Geld kann man keine Sicherheit, keine Familie oder Liebe kaufen!"

„Außerdem haben dich die Leute auch sehr bewundert", sagte er. „Aber egal, welchen Namen du dich zu benutzen entschließt, für mich wirst du immer Gracie sein. Jeder liebt dich. Du bist kein überarbeiteter, missbrauchter, übermäßig präsenter Teenager mehr. Und das Erste, was du loslassen musst, ist die ganze Geheimnistuerei. Deine Freunde können nicht auf dich achten, wenn sie nichts von dir wissen. Wenn du die

Katze aus dem Sack lässt, werden sich die Leute fragen, warum du so eine tolle Leistung geheim gehalten hast."

„Weil sie nicht verstehen, wie schwer es ist, so ein Leben zu führen!"

„Du steckst nicht mehr in diesem Leben, Süße." Er lachte ein wenig und schnappte sich das letzte Bier aus dem Kühlschrank. „Ich muss zugeben, dass ich es nicht richtig verstehe, warum du das geheim hältst, Gracie. Ich verstehe, dass vieles davon sehr schwer war, schlimmer als das, aber es ist außerdem eine großartige Leistung. Niemand wird dich dafür hassen."

Sie nippte an ihrem Wein. „Das wissen wir nicht mit Sicherheit."

„Doch, ich weiß es. Zunächst einmal werden wir dir ein paar Dinge zur Selbstverteidigung besorgen. Ich glaube, wir finden sie leicht online und können sie uns über Nacht schicken lassen. Vielleicht ein Pfefferspray. Wie wäre es mit einem Betäubungsgewehr? Einem Taser, einer Elektroschockpistole?"

„Ich muss zugeben, dass es ein paar Leute gibt, denen ich gern mal eins verpassen würde ..."

„So gefällst du mir schon besser! Nur böse Jungs, okay, Süße? Dann gehen wir rüber zu Seth und erzählen ihm, was los ist. Ich weiß nicht genau, ob man das Bedrohung nennt, aber es ist unheimlich, und er ist Polizist. Außerdem ist das eine gute Gelegenheit, all das auch einmal bei deiner besten Freundin abzuladen. Du weißt, dass du bei Iris darauf vertrauen kannst, dass sie dich so akzeptiert, wie du bist. Kein Scherz."

„Das stimmt wahrscheinlich", sagte sie.

10. Kapitel

Iris zu Hause zu sehen, war der Inbegriff behaglicher Häuslichkeit. Das Idyll war so schön, es trieb Grace beinahe die Tränen in die Augen. Es war Punkt sieben, Iris und Seth waren gerade beim Abendessen. Seth hatte seine Uniform gegen Jeans und Pulli ausgetauscht. Da Troy ihn angerufen und gefragt hatte, ob er und Grace vorbeikommen konnten, um mit ihnen zu reden, hatte Iris noch zwei Teller dazugestellt.

„Oh, das hättest du nicht machen müssen", sagte Grace.

„Doch, natürlich! Und es tut mir leid – es ist nichts Besonderes. Ich wollte eigentlich eine Tiefkühlpizza in den Ofen schieben, aber dann habt ihr angerufen und ich habe noch eine zweite Tiefkühlpizza aus dem Tiefkühler geholt. Es ist mir ein bisschen peinlich, aber ich habe eine Menge Tiefkühlpizzen im Kühlschrank! Ich peppe sie immer ein bisschen auf – Extra-Salami, Käse, Pilze."

„Das ist doch fast wie richtig gekocht, stimmt's?", sagte Seth. „Kommt rein. Lasst uns anstoßen auf das, was ihr im Sinn habt."

„Ich glaube, das ist nichts zum Anstoßen, aber definitiv ein Grund zu trinken. Grace muss euch etwas erzählen. Dann können wir ein bisschen Hilfe gebrauchen", sagte Troy.

„Natürlich", erwiderte Seth. „Kommt, wir gehen in die Küche."

„Ich hoffe, es ist alles in Ordnung", sagte Iris und zog einen Stuhl für Grace heran.

„Nicht so richtig“, sagte Grace. „Ich versuche euch die Kurzversion zu erzählen. Ich war, was meine Vergangenheit betrifft, nicht ganz ehrlich zu euch. Mein Leben. Ich bin nicht ganz die, für die ihr mich haltet. Es tut mir leid – es ist nicht so, dass ich euch nicht vertraut hätte.“

Diesmal fiel es ihr etwas leichter zu sprechen, weil sie den schweren Teil schon hinter sich hatte, nämlich Troy alles zu erzählen. Sie erzählte ihnen ihre ganze Geschichte in fünfzehn Minuten, ohne Einzelheiten ihres täglichen Lebens als Profisportlerin aufzuzählen. Iris war so überrascht, sie kommentierte die Erzählung mit *Im Ernst? Du machst Scherze!* Und *Verdammt!*

„Meine Güte, du bist berühmt“, sagte sie schließlich. „Ich dachte schon immer, dass du mir bekannt vorkommst, aber ich wusste nicht, warum.“

„Berühmt war ich nur manchmal, an bestimmten Orten, aber jetzt bin ich keine Profisportlerin mehr. Deswegen habe ich euch auch nichts davon gesagt. Und deswegen macht mich das hier jetzt total verrückt. Der Kerl war besessen von mir.“

Sie schob Iris den Umschlag zu, während sie ihr erklärte, was mit Bruno passiert war.

Iris gab den Brief an Seth weiter. Er las ihn stirnrunzelnd. „Ist das der einzige Kontakt?“, fragte er.

„Es ist nichts mehr vorgefallen, seit er in die Psychiatrie eingewiesen wurde. Und nur meine Eltern und die Polizei wussten, was in diesen Briefen stand – diese eine getippte Zeile und das Initial *B.* als Unterschrift. Könnte er immer noch von mir besessen sein?“

„Es ist alles möglich“, sagte Seth.

„Kannst du herausfinden, ob er sich immer noch bei seiner Familie in Florida aufhält?“, fragte Troy.

„Ich telefoniere mal ein bisschen herum. Und ich setze mich mit dem dortigen Polizeirevier in Verbindung. Wisst ihr den Namen der psychiatrischen Einrichtung?“

Grace nannte ihm den Namen. „Als mein früherer Coach das überprüfte, erzählte man ihm, dass der Patient nicht mehr bei ihnen sei, sondern bei seiner Familie wohne.“

„Grace“, sagte Iris. „Der Umschlag hat keinen Poststempel.“

„Wie?“

Sie gab Seth den Umschlag. „Er hat keinen Poststempel“, wiederholte sie. „Der muss dir direkt in den Briefkasten gesteckt worden sein.“

„Oh Gott“, sagte Grace schwach. „Er ist *hier*?“

„Ganz ruhig“, sagte Seth und untersuchte den Umschlag, bevor er den Brief wieder hineinsteckte. „Ich schaue mir das alles genau an. Iris, hol mal die Pizzen, ja?“ Er sah Grace an. „Falls ein merkwürdiger Fremder in Thunder Point herumlungert, fällt er hier auf wie eine Warze auf meiner Nase. Und selbst wenn ich niemandem erzählen würde, dass ich jemanden suche, würde irgendwer mir trotzdem von ihm erzählen. Vor allem auf der Hauptstraße, die an allen Geschäften vorbei durch die Stadt führt. Gina entgeht nie etwas. Mir noch weniger. Waylan wurde vor zehn Jahren mal ausgeraubt. Er redet immer noch davon und checkt seitdem jedes Gesicht auf der Straße. Wenn ein Fremder hierherkommt und dir einfach einen Umschlag in den Briefkasten wirft, dann müsste leicht rauszukriegen sein, wer er ist und wo er ist.“

Iris stellte sich und Grace ein Glas Wein hin und fragte Troy, was er trinken wollte. Wenig später standen ein paar Biere vor Troy und Seth. Iris schob die Pizzen in den Ofen und setzte sich wieder zu ihnen.

„Aber …“, fuhr Seth fort, „ich werde meiner Mannschaft und den Geschäftsleuten in der Nachbarschaft auf jeden Fall Bescheid sagen, dass jemand einen verdächtigen Brief in deinen Briefkasten geworfen hat, und dass ich wissen will, wer das war. Einfach, um mich zu vergewissern, dass du nicht in Gefahr bist. In der Zwischenzeit hänge bitte ein Schild ins Fenster deines Ladens. Die Leute sollen klingeln. Schließe deine Vorder- und Hintertür immer gut ab. Ich finde alles über deinen früheren Stalker heraus, höre aber vermutlich nichts vor morgen früh. Tatsächlich würde es mich aber sehr überraschen, wenn ich herausfinden würde, dass ein psychisch kranker Mensch nach vierzehn Jahren immer noch von dir besessen und quer durch den halben Kontinent hierhergekommen ist, um sich unsichtbar zu machen und dich mit einer Kopie seiner alten Briefe aufzurütteln. Ich glaube, hier geht es um etwas anderes.“

„Aber niemand weiß von diesen Briefen“, sagte sie.

„Das ist selten der Fall, vor allem nach so langer Zeit. Ich habe zwar keine Ahnung, was das Motiv sein könnte, aber ich bezweifle, dass das immer noch ein strenggehütetes Geheimnis ist.“

„Aber wer würde denn so etwas tun? Wer könnte denn möglicherweise ein Interesse daran haben?“, fragte sie.

Seth schüttelte den Kopf. „Keine Ahnung. Noch nicht. Aber ich denke mal über einen Grund nach. Und du solltest auch darüber nachdenken. Vielleicht ein Feind? Jemand, der glaubt, dass du Geld hast? Bist du jemals von Reportern verfolgt worden? Ein eifersüchtiges Familienmitglied?“

„Deine Mutter?“, fragte Troy. „Sie ist nicht glücklich mit deiner Entscheidung, dich aus dem Eiskunstlauf zurückzuziehen, und du hast erzählt, dass sie sehr herrisch ist.“

„Das kann ich mir nicht vorstellen", sagte Grace. „Sie hat sich zwar unmöglich und sehr fordernd verhalten, aber ich muss ihr zugute halten, dass sie niemals hinterhältig war."

„Vielleicht solltest du sie mal anrufen", schlug Seth vor. „Versuche dir ein Bild von ihr zu machen."

„Das würde ich nur sehr ungern tun. Wir sind nicht mehr in Kontakt, seit ich den Eislaufzirkus verlassen habe."

„Na ja, denk trotzdem mal darüber nach", sagte Seth. „Und schließe immer alle Türen ab."

„Ich werde Grace nicht allein lassen", sagte Troy. „Ich sorge dafür, dass sie sicher in ihren Laden kommt, bevor ich morgen zur Schule gehe. Und wir besorgen uns ein paar Sachen zur Selbstverteidigung. Ihr wisst schon – Pfefferspray und Elektroschockpistole."

Seth stöhnte. „Gott, ich hasse es, wenn Leute so etwas machen. Am Ende wird nur jemand verletzt. Waylan hat sich auch einen Taser besorgt – die Sorte, die Pfeile abschießt. Und dann hat er aus Versehen die Katze damit beschossen."

„Ich habe Waffen", sagte Troy.

Seth stöhnte noch lauter. „Ich nehme an, Grace ist nicht an der Waffe ausgebildet."

„Ich schon", erwiderte Troy. „Aber meine Waffen sind nur für die Jagd. Und du hast recht, Grace ist so zierlich, dass ich fürchte, ein Gewehr oder eine Pistole wären dann in Händen von jemandem, der sie lieber nicht haben sollte."

„Hey", unterbrach Grace. „Darf ich auch ein Wörtchen mitreden? Denn mir gefällt die Vorstellung, eine Art Waffe zu besitzen! Je größer und angsteinflößender, desto besser!"

„Sind deine Waffen sicher verwahrt?", wollte Seth von Troy wissen.

„Sie stehen in meiner Wohnung, und ich habe ein Sicherheitsschloss an der Tür. Ich habe außerdem einen Türriegel dran, weil ich eine ziemlich teure Ausrüstung besitze. Die Waffen sind nicht geladen. Wie gesagt, ich gehe ab und zu ein bisschen jagen."

„Sorge dafür, dass sie ungeladen bleiben", bat Seth.

„Ich kann für Grace' Sicherheit sorgen, bis du morgen wieder im Dienst bist", sagte Troy.

„Ja, ich habe dich schon in Aktion erlebt", sagte Seth und lachte leise in sich hinein. „Dein Einsatz in der Highschool vor ein paar Monaten war echt spektakulär. Du hast zwar ganz schön angegeben, aber es war hilfreich."

„Hilfreich", wiederholte Troy sarkastisch. Sie sprachen von dem Tag, an dem Iris von einem sehr großen, sehr wütenden und aggressiven Schüler bedroht worden war. Zufällig war Troy zur rechten Zeit da gewesen und Seth erst als *Zweiter* an den Einsatzort gekommen.

Die Männer sprachen über den Vorfall, während Iris die Pizzen aus dem Ofen holte und sie ein paar Minuten zum Abkühlen auf die Arbeitsplatte stellte.

„Iris, ich kann nichts essen. Tut mir leid", entschuldigte sich Grace.

„Ich weiß, es ist keine Hühnersuppe, aber du solltest trotzdem etwas essen. Einen Bissen oder zwei. Hab keine Angst – Troy und Seth kümmern sich jetzt darum."

„Er hat, bis wir hierhergekommen sind, kein Wort davon gesagt, dass er bei mir bleibt."

„Grace, weißt du nicht, was er für dich empfindet? Er ist verrückt nach dir! Und ich kann es immer noch nicht fassen, dass du eine berühmte Eiskunstläuferin bist und Angst hattest, es mir zu sagen!", sagte Iris.

„Ich hatte keine Angst, aber ich wollte, dass du mich meinetwegen magst – als Blumenfrau."

„Wie konntest du daran zweifeln? Du bist das beste Blumenmädchen, das die Stadt je gesehen hat."

„Oh, lieber Himmel. Was mache ich denn bloß?", stieß Grace stöhnend hervor. „Ich habe Hochzeiten im April! Ich kann meinen Laden doch nicht einfach schließen! Ich kann nicht weglaufen! Du weißt, wie Bräute sind – es geht schon mal damit los, dass sie ein ziemlich dünnes Nervenkostüm haben. Jede Kleinigkeit, die schiefgeht, bringt sie an den Rand des Wahnsinns. Ihre Blumen müssen pünktlich da sein und perfekt aussehen."

„Du musst den Laden nicht schließen. Ich kann dir nicht erklären, warum, aber ich wette, dieser Brief ist nur ein hässlicher Scherz. Seth wird es herausfinden. Er ist nicht nur gut in solchen Dingen, er ist sogar dazu verpflichtet. Er ist ein guter Polizist."

Grace und Troy fuhren kurz bei seiner Wohnung vorbei, damit er ein paar Kleidungsstücke, seinen Laptop und seinen Rucksack einpacken konnte. Er wollte am nächsten Morgen vor der Arbeit nicht mehr nach Hause fahren müssen. Grace war, obwohl Troy neben ihr lag, die ganze Nacht unruhig. Sie wälzte sich im Bett herum und schlief wenig. Dann träumte sie etwas Schreckliches. Doch es ging in diesem Traum nicht um Bruno. Sie war auf dem Eis, aber ihr Kostüm bedeckte ihren Körper nicht, und außerdem konnte sie die Beine nicht bewegen. Sie war nicht in der Lage, die Zuschauer zu sehen, hörte sie aber trotzdem lachen. Nur ein Gesicht war zu sehen – ihre größte Rivalin Fiona. Sie lachte Grace aus und deutete grölend mit dem Finger auf sie.

Im Traum strengte sich Grace noch mehr an, versuchte, sich zu entspannen und auf den Auftritt zu konzentrieren. Ihre

Beine bewegten sich zwar, aber irgendwas an dem, was sie tat, war schrecklich kompliziert. Dann wurde ihr bewusst, dass sie versuchte, mit den Schlittschuhen bergauf zu laufen; die Eisfläche führte steil nach oben. Ihr Herz klopfte heftig, und sie hatte Bauchschmerzen. Trotzdem bemühte sie sich um Haltung. Sie schaute hinunter zu den Füßen, und die Schlittschuhe waren auf einmal weg. Stattdessen trug sie Ugg-Boots. Der Erfolgsdruck, der wegen des Auftritts auf ihr lastete, lähmte sie. Die Angst zu versagen schnürte ihr die Kehle zu, und sie wusste, dass sie es nicht schaffen und alles in einem Desaster enden würde. Schlimmer noch, sie wirkte wie eine Idiotin. Sie versuchte, mit diesen Boots Schlittschuh zu laufen und gleichzeitig die Brüste zu bedecken, weil ihr das Kostüm heruntergerutscht war. Und was war das überhaupt für ein Kostüm? Ein pinkes Tüllteil, das einfach nur lächerlich aussah! Ihr Herz raste, und sie wachte schluchzend und nach Luft schnappend auf.

„Hey, hey“, flüsterte Troy. „Es ist alles in Ordnung. Du bist in Sicherheit.“

Sie kuschelte sich an ihn und versuchte, ihren Pulsschlag zu beruhigen. Sie wollte ihm erklären, dass sie keine Angst gehabt hatte, aber dass sie an einem stressigen Ort gewesen war, wo die Last und die Angst vor ihrem Auftritt zu viel für sie gewesen waren.

Troy hielt sie in den Armen, und allmählich kam sie wieder zu sich – es war nur ein dummer Traum gewesen, aber so etwas war ihr noch nie passiert. Doch die Gefühle kannte sie gut – die Angst, alles zu vermasseln und auf dem Eis zu stürzen. Ihre Mutter hatte jahrelang darauf herumgehackt und jede Schwäche genau benannt. Nie war sie zufrieden gewesen mit Grace’ Leistungen. Und Grace, die das Eislaufen so sehr gemocht hatte, hatte jeden Tag ihres Lebens Angst gehabt.

Plötzlich spürte sie Troys Lippen an ihrem Hals und drehte sich in seinen Armen. Gierig suchte sie nach seinem Mund und küsste ihn, als wollte sie nie wieder damit aufhören. Aus seiner Kehle drang ein tiefes, dunkles Stöhnen, und seine Hände schienen auf einmal überall gleichzeitig zu sein. Hektisch griff er nach einem Kondom, während sie schon die Beine um ihn schlang; sie war ganz feucht vor Verlangen. Dann zog sie ihn auf sich, die Hände auf seinem Po, und er drang sofort in sie ein. Gekonnt bewegte er sich in ihr, und sie passte sich mühelos an seinen Rhythmus an. Ihre Seufzer verwandelten sich in leises Stöhnen, als sie sich ihm mit jeder Bewegung entgegenbäumte.

Das ist der einzige Ort auf der Welt, an dem ich jetzt sein möchte, dachte sie in einer Mischung aus Dankbarkeit und Verzweiflung. Ihr Orgasmus war so gewaltig, dass Troy einen Augenblick lang aufhörte zu atmen. Noch ein letztes Mal stieß er tief in sie und kam so heftig, dass auch sie erneut einen Höhepunkt erlebte.

Danach lagen sie keuchend nebeneinander und hielten sich umschlungen. Sie schwiegen lange, bis Troy sagte: „Jetzt kannst du bestimmt schlafen."

„Ich möchte nicht schlafen", sagte sie und streichelte ihm zärtlich über den Rücken. „Ich möchte nur das."

„Jetzt …?", meinte er und lachte leise in sich hinein. Dann strich er ihr das Haar aus dem Gesicht und küsste sie erneut. „Manchmal schaffst du es, dass ich mich frage, ob ich mich überhaupt noch unter Kontrolle habe."

„Sieht so aus, als hättest du eine ganze Menge Kontrolle."

„Nein, Liebes. Ich habe definitiv meinen Verstand verloren. Gracie, wenn wir mit der Sache mit dem Brief weitermachen, musst du mutig sein und dir wieder etwas von diesem kratzbürstigen Mädchen aneignen. Wie diese kleine Hexe, die ich am Halloweenabend getroffen habe – mit dieser Einstellung. Du wirst einigen Menschen vertrauen müssen, damit sie dir helfen können.“

Grace schwieg einen Moment lang. Er hatte keine Ahnung, wie stark sie immer hatte sein müssen, seit sie ein kleines Mädchen war. Doch dann musste sie daran denken, dass sie Gold gewonnen hatte, weil sie sauer gewesen war und sich nur auf sich konzentriert hatte. Sie hatte beschlossen, alles zu geben, was sie konnte. „Du hast mich noch nie so richtig in Aktion erlebt“, erwiderte sie.

Am nächsten Morgen gingen sie vor wie geplant. Nach dem Duschen und einem leichten Frühstück sorgte Troy dafür, dass sie hinter verschlossenen Türen und in Sicherheit im Laden stand. Am späten Vormittag klingelte Seth an der Tür. Grace ließ ihn herein.

„Na?“, fragte sie.

„Ich habe gute Nachrichten, ich hoffe, du siehst das genauso. Dein Stalker Bruno ist sicher in einer Wohngruppe in Hillsboro County, Florida, untergebracht. Er nimmt seine Medikamente, besucht regelmäßig seine Schwester und war, seit er in dieser Wohngruppe wohnt, nicht einmal vierundzwanzig Stunden ohne Kontakt zu seinen Betreuern. Seine Schwester sagt, dass er dank seiner Medikamente seit über zwölf Jahren keine Wahnvorstellungen mehr mit dir hatte.“

„Und das sind gute Nachrichten?“, fragte Grace. „Wer versucht mich denn dann, in den Wahnsinn zu treiben?“

„Ruhig, Grace. Das ist ein fieser Streich. Aber keine Bedrohung.“

„Was wirst du nun unternehmen?“, fragte sie.

Ihr entging nicht, dass Seth die Stirn runzelte. „Ich werde wachsam sein. Ich werde Gina, Carrie, Waylan und Dr. Grant

Bescheid sagen, dass dir jemand einen anonymen Brief, der dir Angst macht, in den Briefkasten geworfen hat, und dass wir nicht wissen, wer es war oder warum das passiert ist. Ich werde sie auch bitten, nach fremden oder verdächtigen Personen Ausschau zu halten. Mehr kann ich nicht machen."

„Kannst du nicht noch etwas mehr unternehmen? Zum Beispiel nach Fingerabdrücken suchen oder so?"

„Nein, Grace", sagte er. „Ich weiß, du fühlst dich verletzlich und ich werde meine Augen nach diesem Joker aufhalten, aber es liegt kein Verbrechen vor. Es wurde weder in deinen Laden noch in deine Wohnung eingebrochen, noch hat man dich bedroht. Es gibt für mich keinen Grund zu der Annahme, dass du in Gefahr bist. Ich glaube, du solltest vorsichtig und auf der Hut sein – und mich definitiv wissen lassen, falls es einen weiteren Kontakt gibt – aber obwohl die Nachricht verdächtig ist und eine Verbindung zu einem alten, gelösten Kriminalfall nahelegt, ist sie bislang dennoch nicht mehr als eine harmlose Nachricht. Für sich genommen, ist es nicht einmal eine böse Nachricht. Tatsächlich könnte sogar der Text zufällig derselbe sein."

„Das ist kein Zufall", sagte sie.

„Schließe weiterhin die Türen ab, ja?"

„Mach ich. Und ich schaue auch weiterhin alle paar Minuten über die Schulter nach hinten, ob da jemand ist."

„Schau, Grace, als diese Nachrichten damals von deinem Stalker geschickt wurden, hatte er einen Plan, der dich in Gefahr brachte. Mit dieser Nachricht hier hat er aber nichts zu tun. Hast du irgendeinen Grund zur Annahme, dass jemand dir schaden will?"

Sie dachte einen Augenblick lang darüber nach, schüttelte dann aber den Kopf.

„Ich finde auch, dass es fies ist, so etwas zu machen. Ich halte meine Augen offen. Ich schaue nach dem Laden, wenn ich in der Stadt bin. Ich werde die anderen Deputies ebenfalls bitten, deinen Laden im Auge zu behalten. Aber das heißt nicht, dass, wer auch immer das getan hat, dir wehtun will."

„Natürlich. Du hast recht", sagte sie. „Aber jemand will mir Angst einjagen, und ich kann mir nicht vorstellen, warum."

„Das ist rätselhaft, oder?", sagte er. „Meinst du, du kommst klar?"

Sie zuckte die Achseln. „Ich nehme es an. Ich werde mich durch so etwas nicht deprimieren lassen. Es macht mich wirklich stinksauer."

„Gut. Das sollte es auch. Ruf mich an, wenn was passiert, das dir Sorgen macht. Egal, was es ist."

„Danke, Seth. Ich verstehe, dass ihr nicht mehr viel unternehmen könnt. Danke, dass du dir Zeit dafür genommen hast."

Er tippte sich grüßend mit den Fingern an die Stirn. „Wir sind im Dienst, Gracie."

Als er ging, trat sie auf den Seitenweg hinter ihn. Es war ein sonniger Tag Anfang April, aber die Vorderseite des Ladens sah nicht so aufregend aus wie sonst. Sie hatte keine Blumenständer vor dem Laden aufgestellt, weil so ein Mistkerl mit einer blöden kleinen Nachricht sie zwang, sich hinter verschlossenen Türen aufzuhalten. Sie drehte sich um, stapfte in den Laden zurück und stellte ihren großen Holzhasen für Ostern vor die Tür. Dann fuhr sie die Markise aus. Als Nächstes holte sie einen Bastkorb, der mit Plastikgänseblümchen gefüllt war, und ein Schild mit der Aufschrift: „Frühlings-Verkauf!" Danach packte sie ihr gelb-pink-mintgrünes und hellblaues Banner aus, auf dem „Osterblumen! Jetzt bestellen!" stand.

Sie befestigte es über ihrer Ladentür. Und dann riss sie den Notizzettel von der Tür ab.

Seth hat recht, dachte sie. Es ist fies und unheimlich, aber keine offene Drohung. Sie würde vorsichtig sein und nichts Riskantes machen, aber sich auf keinen Fall krankhaft paranoid verhalten. Falls ein Irrer bei ihr auftauchte, würde sie ihm eine ihrer Keramik-Tulpen-Skulpturen über den Schädel ziehen.

Dennoch ließ sie die Hintertür für alle Fälle abgeschlossen.

Ray Anne strich ihr zweites Schlafzimmer neu, kaufte neues Bettzeug und polsterte die Eckbank am Fenster mit einem passenden Stoff neu auf. Sie machte wie immer alles selbst. Obwohl sie jeden Handwerker im Umkreis von hundert Meilen kannte, war sie geschickt genug, Dinge im Haus selbst zu reparieren und zu dekorieren. Sie wusste, wie man tapezierte, Stuckleisten anbrachte, Wände ausbesserte und noch viele andere Dinge. Für Ginger hatte sie alle Kleider, Schuhe und Taschen aus dem Schrank im Gästezimmer entfernt – bislang hatte sie ihn selbst genutzt, wenn ihr eigener Schrank zu voll wurde.

Es gab ein kleines Bad und eine Dusche in ihrem Schlafzimmer und ein größeres Bad mit Badewanne und Dusche neben dem Gästezimmer. Sie machte das Bad unter dem Waschbecken sauber und besorgte Duschgels, Schaumbäder, duftende Seifen, Lotionen und Schwämme. Außerdem stellte sie Kerzen auf die Kommode und auf den Rand der Badewanne.

Sie fühlte sich wie ein aufgescheuchtes Huhn, während sie auf ihren Ginger-Schatz wartete. Wie sollte sie ihr bloß helfen, das dunkelste Kapitel ihres Lebens zu überwinden? *Wie konnte man so etwas überhaupt je verwinden?* Der arme Al hatte dreißig Jahre seines Lebens versucht, über den Tod seines kleinen Söhnchens wegzukommen.

„Ich habe mich stur wie ein Ochse an diesen Schmerz geklammert“, hatte Al ihr erklärt.

Ginger fuhr am Montag von Portland los, war aber mittags immer noch nicht angekommen. Ray Anne begann sich Sorgen zu machen und rief ihren Cousin an. Dickie sagte, Ginger sei früh losgefahren und sollte eigentlich längst da sein, doch Ginger ging nicht an ihr Handy, als sie versuchten, sie anzurufen. Erst um zwei, gerade als Ray Anne überlegte, Seth anzurufen und zu fragen, ob es Unfälle gegeben hatte, fuhr Ginger vor Ray Annes kleinem Haus vor.

Ray Anne hatte Ginger in den Monaten, seit das Baby gestorben war, nur ein paarmal gesehen. Sie hatte schlecht ausgesehen. Und jetzt sah sie auch nicht besser aus. Als Ray Anne zu Ginger ging, die einen Koffer aus dem Kofferraum holte, dachte sie, dass das Mädchen viel zu dünn war. Das war, trotz des Mantels, den sie trug, offensichtlich. Sie war bleich unter ihren Sommersprossen und wirkte sehr niedergeschlagen. Die Haare hatte sie zu einem Pferdeschwanz zusammengebunden; ihre wunderschönen honigblonden Locken waren dunkel und glanzlos. Offensichtlich hatte sie sich in den letzten Monaten völlig vernachlässigt.

„Da bist du ja!“, sagte Ray Anne aufmunternd. „Ich fing schon an, mir Sorgen zu machen!“

„Ich habe angehalten, um aufs Meer zu schauen“, sagte Ginger.

„Klar, natürlich! Das hätte ich mir ja denken können! Aber jetzt, wo du hier bist, lass uns mal deine Sachen reinbringen.“

„Ich habe schon alles“, erwiderte Ginger und schloss den Kofferraum.

„Ist das alles, was du dabeihast? Nur ein Koffer?“

„Mehr brauche ich nicht“, sagte Ginger.

„Kein Problem, ich habe ja eine Waschmaschine. Komm doch erst mal rein.“ Ray Anne nahm ihr den Koffer ab und ging ihr voran ins Haus. „Ich habe das Gästezimmer und das Badezimmer geputzt. Sie gehören jetzt ganz dir. Außerdem habe ich ein paar Sachen zum Verwöhnen für dich bereitgestellt – Seifen, Lotionen, Kerzen. Hast du einen Föhn mitgebracht?“

„Ich brauche keinen Föhn.“

Kein Wunder, dass ihr Haar so platt herunterhing und so dünn aussah. Sie ließ es nach dem Waschen vermutlich einfach irgendwie trocknen. Und sie benutzte keinerlei Kosmetikprodukte! „Wir können uns meinen Föhn teilen. Oder vielleicht kaufen wir dir einen neuen.“

„Es ist echt gut so.“

„Hier ist es“, sagte Ray Anne schnell und zog den Koffer in das neu gestrichene und dekorierte Schlafzimmer. „Voilà!“, sagte sie und breitete die Arme weit aus, um ihre Dekoration zu zeigen.

„Danke“, sagte Ginger, der gar nicht auffiel, wie schön alles aussah. „Ich lege mich mal kurz hin.“

„Nein, Ma'am“, sagte Ray Anne und hob den Koffer auf das Bett. „Wir packen jetzt erst einmal aus und hängen deine Kleider in den Schrank.“ Sie zog den Reißverschluss des Koffers auf und fand heraus, dass die Sachen im Koffer durcheinandergeraten waren, weil er nicht einmal ganz voll war. Oder vielleicht waren sie auch nicht durcheinandergeraten und Ginger hatte sie einfach nur nach dem Zufallsprinzip in den Koffer geworfen. Ray Anne holte eine zerknautschte Jeans aus dem Koffer. Dann eine zweite. Dann ein langärmliges T-Shirt.

Dann ein altes Sweatshirt, das sie vielleicht benutzt hatte, als sie – vor Jahren – einmal etwas gestrichen hatte. Und ihre Unterwäsche – erbärmlich.

„Oh Mann“, murmelte Ray Anne.

Ginger saß einfach auf dem Bett. Sie reagierte nicht.

„Sind wir wirklich miteinander verwandt?“, fragte Ray Anne sie, als sie mit spitzen Fingern ein paar armselig aussehende Oma-Schlüpfer aus dem Koffer fischte. „Haben wir tatsächlich eine gemeinsame DNA?“

Ginger zuckte mit den Schultern. „Das war mir einfach nicht wichtig, Ray. Warum sollte ich mich damit quälen?“

Ray Anne setzte sich auf die Bettkante und nahm Gingers Hand. „Ich sage dir mal, warum. Weil es Dinge gibt, die du, jenseits dieses niederschmetternden Schmerzes, versuchen solltest, dir anzueignen. Es mögen kleine, dumme Sachen sein, aber sie helfen tatsächlich auch ein bisschen. Zum Beispiel, dass du dich selbst ein wenig aufmöbelst, damit du besser aussiehst, als du dich fühlst. Hilfe anbieten – du musst in dieser Welt leben. Arbeit hilft. Sinnvolle Arbeit, wenn möglich, und darunter versteht jeder etwas anderes. Dich beschäftigen, anstatt im Bett herumzuliegen und dich ständig deinem Schmerz hinzugeben – das kann helfen. Erzähl mal – nimmst du etwas?“

„Was zum Beispiel?“

„Zum Beispiel Beruhigungsmittel oder Antidepressiva oder so was?“

„Nicht mehr“, erwiderte Ginger. „Sie haben mir nicht geholfen. Und ich war immer versucht, alle Tabletten auf einmal zu nehmen.“

Ray Anne schnappte nach Luft. „Jesus“, murmelte sie und fragte sich, ob sie alle Tabletten in ihrem Haushalt vor Ginger verstecken musste. Und scharfe, spitze Gegenstände. Sie holte tief Luft. „In Ordnung. Ich muss schnell noch etwas besorgen, was ich verschoben hatte, weil ich auf dich gewartet habe. Ich möchte, dass du deine Kleider im Schrank und der Kommode verstaust. Mach das, bevor du dich hinlegst. Dein Vater hat erzählt, dass du deinen Mittagsschlaf perfektioniert hast, und ich wette, du bist ständig am Schlafen. Ich bin in fünfzehn bis zwanzig Minuten wieder zurück."

„In Ordnung", erwiderte Ginger im Stehen.

Als Ginger ihren Mantel in den Schrank hing, fiel Ray Anne auf, dass ihre Jeans am flachen Hintern herunterhingen und dass ihre Tennisschuhe abgetragen waren. Sie war wirklich in keinem guten Zustand, sah unordentlich und schlampig aus. Ihre Kleidung und ihre Körpersprache waren dermaßen abschreckend, dass auch wohlmeinende Menschen sie vermutlich lieber in Ruhe ließen. Es sah aus, als ob sie sich nur danach sehnte, allein zu sein mit ihrer Trauer.

„Hast du meine Handynummer?", fragte Ray Anne.

„Vermutlich", erwiderte Ginger.

„Wo ist dein Handy?"

„Keine Ahnung. Wahrscheinlich in meiner Handtasche. Es ist ausgeschaltet."

„Warum hast du es ausgeschaltet?"

Ginger warf ihr einen wütenden Blick zu. „Weil mich niemand anruft! Und es gibt auch niemanden, mit dem ich reden möchte!"

„Ach. Glaubst du?", fragte Ray Anne ohne mit der Wimper zu zucken. „Nun, dein Vater und ich haben versucht, dich zu erreichen, um herauszufinden, ob dir irgendwas passiert ist auf der Fahrt. Wir sind direkt auf deiner Mailbox gelandet, was uns noch mehr Sorgen gemacht hat. Ich verstehe ja, wenn du Anrufe vermeidest. Aber hältst du das für fair und nett den Menschen gegenüber, die sich um dich sorgen? Wenn du dir das jetzt für immer antun willst, glaube ich nicht, dass jemand dich davon abhalten kann, aber deine Eltern haben ebenfalls einen schmerzhaften Verlust erlitten, und ich glaube nicht, dass sie noch einen weiteren Verlust verkraften können. Ich werde sie anrufen und ihnen sagen, dass du sicher angekommen bist. In der Zwischenzeit schalte bitte dein Handy ein. Lade es auf. Was auch immer. Ich bin in zwanzig Minuten zurück."

Ray Anne, die nie zu Fuß irgendwohin ging und immer in ihrem BMW gesehen wurde, ging zu Fuß zu Carries Feinkostladen. Jetzt am Nachmittag waren nicht viele Kunden dort, sodass Carrie und Rawley Zeit hatten aufzuräumen. Mittags und am Abend war das nicht möglich, weil so viel los war. Als Ray Anne den Laden betrat, verschwand Rawley sofort hinten in der Küche.

„Hey, hallo", sagte Carrie.

„Ruf Lou an und storniere das Essen. Ginger ist gerade angekommen und nicht in der Lage auszugehen."

„Ist sie krank?", fragte Carrie.

„Sie ist schrecklich deprimiert. Sie kann kaum sprechen. Das Einzige, das in einem noch schlimmeren Zustand ist als sie selbst, ist ihre Garderobe. Offensichtlich fühlt sie sich besser, wenn sie in schlecht sitzenden Lumpen herumläuft. In Sack und Asche." Ray Anne schüttelte betrübt den Kopf. „Warum habe ich nicht auf mich gehört? Ich kann ihr nicht helfen. Sie ist in einem Zustand, der weit außerhalb meines Erfahrungshorizontes liegt. Ich weiß nicht, was ich mit ihr machen soll." Sie holte tief Luft. „Kann ich bitte ein Abendessen zum Mitnehmen haben? Ausgehen ist heute einfach keine Option."

„Klar. Jetzt erzähl mir noch mal von vorne, was passiert ist."

Ray Anne berichtete ihr von Gingers schauerlichem Aussehen, den schrecklichen Kleidern, dem ausgeschalteten Handy und so weiter. „Ich war sehr traurig wegen ihr und dem Baby. Natürlich hatte ich das Baby auch schon auf dem Arm gehabt, ein wunderschöner kleiner Junge! Aber das ist Monate her. Wenn man Ginger ansieht, könnte man glauben, es sei gerade erst heute Morgen passiert. Sie leidet schreckliche Qualen. Einfach furchtbar."

„Sie wird das verarbeiten müssen, Ray. Jeder trauert anders. Vielleicht kannst du sie zu einer Therapie überreden oder so."

„Das sehe ich mir mal in Ruhe an", erwiderte Ray Anne. „Zuerst muss ich sie waschen und füttern."

Carrie trat einen Schritt von ihrer Auslage zurück. Füttern war ihre Spezialität. „Was hättest du denn gern?"

„Etwas mit Kohlehydraten. Und für mich einen großen Salat. Ich will auf keinen Fall zunehmen. Wenn mein Hintern noch ein bisschen dicker wird, kann ich bald nicht mehr auf diesen hohen Absätzen stehen."

Carrie lachte. „Die Hühnchenenchiladas sind ziemlich unwiderstehlich. Und ich habe auch noch ein paar Tortillachips, Salsa und Guacamole."

„Perfekt. Und einen Salat. Ich kann ein bisschen von dem mexikanischen Essen naschen mit viel Salat dazu, und sie kann viele Chips und Enchiladas und wenig Salat essen. Könntest du Lou bitte nach Therapeuten fragen?"

„Das kann ich gern machen", sagte Carrie. „Als Ashley vor ein paar Jahren in dieser Abwärtsspirale hing, fand Lou auf Bitte von Gina eine großartige Therapeutin für Ashley. Sie ist auf junge Erwachsene spezialisiert, aber sie kennt vielleicht jemanden, den sie für Ginger empfehlen kann. Ich könnte Gina bitten, sie mal anzurufen."

„Das wäre nett", sagte Ray Anne. „Ich weiß nicht, ob ich in der Lage sein werde, Ginger zum Hingehen zu bewegen, aber es muss etwas getan werden, damit sie weiterkommt. Ich weiß nicht, was man sonst tun könnte. Und ihr Daddy hat recht – es geht ihr überhaupt kein bisschen besser."

„Was hast du bis jetzt unternommen?", fragte Carrie, als sie das Abendessen in zwei Schachteln packte.

„Nicht viel. Ich habe ihr gesagt, dass sie nicht eher schlafen soll, bis sie ihre Sachen ausgepackt und in den Schrank geräumt hat, und dass sie lieber das Handy anschalten soll. Und ..." Sie blickte verlegen zu Boden. „Ich habe ihr ein paar Lotionen und Zeug fürs Bad gekauft. Ich selbst fühle mich besser, wenn ich ein bisschen nett zu mir selbst bin. Kleine Schritte, ich weiß."

Carrie lächelte. „Mach einfach, was dir so einfällt, Ray. Du bist keine professionelle Therapeutin für Trauerfälle, aber du weißt mit deiner eigenen Trauer umzugehen. Und du bist sehr mitfühlend."

„Danke", erwiderte Ray Anne. „Ich versuche, Ginger nicht zu bemuttern, aber ich bin dreißig Jahre älter als sie, und obwohl ich nie Mutter war, kommt es mir irgendwie natürlich vor."

Carrie reichte ihr das Essen. „Sei einfach du selbst. Du bist warmherzig, mitfühlend, und du liebst sie."

„Ich liebe sie tatsächlich sehr. Sie war mein kleiner Engel." Sie kramte in ihrer Tasche nach Geld.

„Ach, das geht aufs Haus, Ray Anne. Sag ihr ganz liebe Grüße von mir und dass es mir leidtut, dass wir heute Abend nicht gemeinsam ausgehen."

11. Kapitel

Grace hatte sich immer sehr gut konzentrieren und disziplinieren können. Sie war willensstark und dachte mit klarem Kopf über das nach, was Seth gesagt hatte. Der Brief stammte nicht von dem Menschen, der sie vor vierzehn Jahren bedroht hatte. Trotzdem würde sie sich vorsichtig verhalten. Vielleicht würde sie es eine Zeit lang sogar ein wenig mit der Vorsicht übertreiben, aber das war in Ordnung. Deswegen war sie noch lange keine kleine Heulsuse.

Wenn die Erschöpfung oder ihre Konkurrenten oder sogar ihre Mutter ihr alles abverlangt hatten und sie sich hatte gehen lassen, hatte sie das auch nicht weitergebracht. Wenn sie wirklich *geweint* hatte, war alles nur noch schlimmer geworden. Das Einzige, das bei ihr immer funktioniert hatte, waren ihre Stärke und ihr Biss. Also besann sie sich jetzt wieder darauf. Sie konzentrierte sich auf ihre Fähigkeiten. Sie war zwar klein, aber sehr stark.

Troy kam gleich nach der Arbeit zu ihr in den Laden. Er musste an die Hintertür klopfen, weil sie abgeschlossen hatte – auch wenn sie sich nicht einschüchtern lassen wollte, war sie doch nicht bereit, ein Risiko einzugehen.

„Ich habe Cooper angerufen und ihm gesagt, dass ich ihm diese Woche nicht in der Bar aushelfen kann, weil hier etwas vorgefallen ist."

„Lass uns das nicht machen", bat sie. „Keine Panikmache und keinen Schrecken verbreiten."

Troy runzelte die Stirn. „Du hast gezittert und hattest die ganze Nacht Albträume."

„Ja, und ich hoffe, das passiert mir nicht noch einmal. Ich bin eigentlich viel stärker und vernünftiger. Geh und hilf in der Bar aus – ich weiß, wie gern du da arbeitest. Ich glaube, ich hole mir bei Carrie etwas zum Aufwärmen fürs Abendessen. Ich schicke dir eine SMS oder rufe dich an, wenn ich den Laden abschließe und nach oben gehe, falls du dich dann besser fühlst. Wenn du willst, komm später gern vorbei, das ist okay. Aber ehrlich, du musst nicht. Es geht mir gut, glaube ich. Ich schließe die Hintertür ab und stelle auch einen Stuhl von innen dagegen."

„Das ist ein ziemlich abrupter Stimmungswechsel. Was hat Seth dir erzählt?"

„Nicht so viel – nur, dass Bruno keine Bedrohung mehr ist und ich zwar einen gemeinen Brief bekommen habe, das aber kein Verbrechen ist."

„Bist du sicher, dass du keinen Schock hast?"

Sie holte tief Luft und lehnte sich mit einer Hüfte gegen den Arbeitstisch. „Manchmal vergesse ich die größten Leistungen, die ich in meiner Jugend vollbracht habe, weil es dafür keine Medaillen oder Schleifchen oder Plaketten gab. Weißt du, was einer der ESPN-Sport-Kommentatoren über mich sagte, als ich fünfzehn war? Er sagte: Dieses kleine Mädchen ist eine Wahnsinnskämpferin. Legt euch nicht mit ihr an."

Das entlockte Troy ein Lächeln. „Tut es dir nicht doch leid, dass du aufgehört hast?"

„Nein! Ich war fertig damit. Ich habe alles getan, was ich tun konnte. Du kannst dir nicht vorstellen, wie es war, und ich erwarte auch nicht von dir, dass du es überhaupt versuchst. Nein!", sagte sie und schlang ihm die Arme um die Taille.

„Mir gefällt dieses Leben. Und falls ich jemals herauskriege, wer versucht, es mir mit einer unheimlichen kleinen Nachricht zu vermasseln, werde ich demjenigen das Leben zur Hölle machen."

„Ich möchte zwar, dass du mutig bist, aber ich habe damit nicht gemeint, dass du etwas riskieren sollst. Ich behalte den Laden im Auge, während du das Abendessen für später besorgst. Und bitte ruf mich heute Abend an. Dann komme ich nach Feierabend vorbei."

„Ich finde es toll, wenn du vorbeikommst. Aber ich brauche keinen Babysitter. Du hattest vorher schon ein eigenes Leben und viel zu tun. Wir können später telefonieren, wenn du nach der Arbeit lieber nach Hause gehen möchtest."

„Ich glaube, ich komme vorbei, wenn es dir recht ist. Jedenfalls heute Abend."

„Dann fahr nach Hause und ziehe dich um. Danach bringst du deine Arbeit, Sachen zum Anziehen und deinen Laptop mit … du weißt ja, wie es läuft …"

„Spielst du mir jetzt vor, mutig zu sein? Wegen dem, was ich gestern Abend gesagt habe?"

„Nein", erwiderte sie lachend. „Ich habe mich wieder daran erinnert, wie man sein eigenes Leben im Griff behält. Ich tue so, als wäre ich mutig, und dann fange ich allmählich an, mich wirklich mutig zu fühlen. Und jetzt bleib, wo du bist – ich brauche keine zehn Minuten, um zu Carrie rüberzugehen."

Zwei Tage später beschloss Troy, nach der Schule im Büro des Deputys vorbeizuschauen, bevor er zum Blumenladen fuhr. Wie es der Zufall wollte, war Seth da und saß hinter seinem Schreibtisch. Lässig. Er telefonierte und legte dabei den Fuß auf den Schreibtisch. Sein Kollege Charlie arbeitete am Computer, an einem Schreibtisch hinter Seth. Als Seth Troy entdeckte, entschuldigte er sich bei seinem Gesprächspartner und legte auf.

„Hallo“, sagte Seth. „Alles in Ordnung?“

„Fein. Ich dachte nur, ich sollte es dir sagen – dieser Kram, den ich bestellt habe, ist heute angekommen. Grace hat mir eine SMS geschrieben, dass man die Sachen in den Blumenladen geliefert hat. Pfefferspray und eine Elektroschockpistole.“

„Wirklich?“, sagte Seth. „Hast du was dagegen, wenn ich mir die Sachen einmal ansehe?“

„Nein, natürlich nicht. Aber es ist alles völlig legal.“

„Sicher. Aber ich wüsste gern, was man sich innerhalb weniger Tage so einfach kaufen und liefern lassen kann. Wenn du das kannst, kann das jeder machen. Ich bin einfach gern informiert.“

Troy zuckte mit den Schultern. „Dann komm. Man hat eine DVD mitgeliefert. Vermutlich Bedienungsanleitung und Sicherheitshinweise. Mir ist wesentlich wohler, wenn Grace etwas zur Hand hat, womit sie sich selbst schützen kann … weißt du. Du weißt ja, was vor ein paar Jahren passiert ist.“

„Ich glaube nicht, dass wir es hier mit denselben Umständen zu tun haben, Troy.“

„Das habe ich verstanden, aber würdest du dich, wenn Iris betroffen wäre, nicht besser fühlen, wenn du wüsstest, dass sie eine Selbstverteidigungsmöglichkeit hat?“

Seth lachte. „Hast du schon mal mit Iris linkem Haken Bekanntschaft gemacht?“, fragte er. „Ich bin mir nicht sicher, ob ich sie darüber hinaus noch mit Waffen ausstatten würde.“

„Grace braucht ein bisschen was, fürs Selbstvertrauen.“

„Ja? Sei vorsichtig. Schleich dich bloß nicht aus Versehen von hinten an sie heran“, riet ihm Seth. „Ich würde mir die

DVD gern ansehen, nachdem ihr sie gesehen habt. Wenn es dir nichts ausmacht."

„Überhaupt nicht."

Troy öffnete die Vordertür des Ladens und brüllte: „Gracie?"

„Troy! Komm und schau dir das an! Du wirst nicht glauben, wie cool das ist! Die kommt sogar in einen *Holster*!"

Troy betrat ihren Werkraum. Dort stand das geöffnete Paket auf dem Tisch. Ringsherum verstreut lagen Verpackungsmaterial, zusätzliche Kartuschen für die Elektroschockpistole, zwei kleinere Pfefferspraypistolen, eine DVD und ein Katalog.

„Sieh dir das an!", sagte Grace und drehte sich so, dass er die Elektroschockpistole sehen konnte, die sie in einem viel zu großen Ledergürtel trug. Sie nahm die Haltung eines Westernhelden ein, der jeden Augenblick die Waffe ziehen würde. Dann vollzog sie eine abrupte Drehung, zog die Elektroschockpistole aus dem Halfter, zielte und … schoss.

Schreiend ließ sie die Pistole fallen, während der Elektroschock durch Troys Körper fuhr. Er erstarrte, zitterte und ging schließlich zu Boden. Sein Gehör funktionierte gut, aber er konnte sich überhaupt nicht bewegen. Tatsächlich funktionierte sein Gehör sogar ein wenig zu gut – ihm klingelten die Ohren, weil Grace nicht aufhörte zu schreien.

„Troy! Troy! Troy! Oh, mein Gott, Troy!"

Doch Troy war, außer auf dem Boden herumzuzucken, zu nichts mehr imstande.

Plötzlich schrie Grace nicht mehr, und er hörte sie ins Handy sprechen. „Hier ist Grace aus dem Blumenladen! Schicke bitte ganz schnell den Doktor her! Ich habe auf Troy geschossen! Ich habe ihm einen Stromschlag verpasst! Er ist vielleicht tot!"

Als der erste Schock vorbei war, lag Troy ruhig da und spürte keine Schmerzen. Bis auf seinen Hinterkopf, der ihm wehtat, weil er ziemlich hart auf dem Boden aufgeprallt war. Und das rechte Bein, wo ihn der Widerhaken der Elektroschockpistole getroffen hatte. Ein paar Zentimeter weiter seitlich, und Grace hätte seine Männlichkeit getroffen.

Seth kauerte neben Troy und grinste. „Funktioniert ja ziemlich gut."

„Halt den Mund."

„Großartige Idee, Troy. Kauf einer Eiskunstläuferin Waffen."

„Ich sagte, halt den Mund."

„Gut, dass es keine Magnum war." Seth lachte leise in sich hinein. „Ich glaube nicht, dass sie sich vorher die DVD angesehen hat. Was meinst du?"

Troy stöhnte und versuchte sich in eine sitzende Position aufzurichten. Er blutete ein wenig, sehr wenig, wo sich der Widerhaken der Nadelelektroden in seine Jeans und seine Haut gebohrt hatte. Er betastete die Stelle, aber Seth hielt Troys Handgelenk fest. „Lass das, Grace hat den Arzt verständigt. Oder ich könnte ihn dir auch aus dem Fleisch ziehen."

Dann war Grace da und kniete sich auf seiner anderen Seite nieder. „Oh, mein Gott, Troy! Das Ding ist einfach von selbst losgegangen!"

„Weil du den Finger am Abzug gehabt hast! Weißt du denn nicht, dass du den Finger nicht auf den Abzug legen sollst?"

„Das habe ich nicht! Ich meine, ich dachte nicht, dass ich das gemacht habe. Oh, Troy, es tut mir so leid! Scott ist schon auf dem Weg."

„Siehst du, wo das Ding steckt? Ich habe Glück, dass er mir dieses Ding nicht aus meinem besten Stück ziehen muss! Hatte ich dir nicht gesagt, dass du das Paket noch nicht aufmachen sollst? Du hättest mich eiskalt neutralisieren können!“

Seth lachte leise, während er sich erhob. „Ich nehme an, du hast die Pistole gleich eingeschaltet, stimmt's, Grace?“

„In der Bedienungsanleitung stand, dass sie nach dem Einschalten nicht einfach gleich losgehen würde. Man muss sie anschalten, weil sie mit Batterien funktioniert, aber … Ach, egal. Ich wollte das nicht, das musst du mir glauben.“ Grace unterstrich ihre Erklärung mit ein paar Tränen und bettelte um Vergebung.

„Schon gut, schon gut“, sagte Troy. „Ich glaube, du bist perfekt gegen alle möglichen potenziellen Angreifer gewappnet. Vielleicht willst du noch ein bisschen an deiner Zielgenauigkeit arbeiten, damit du den armen Mistkerl nicht umbringst.“

„Troy, echt, ich dachte, man müsste mehr Druck auf die Pistole bringen, bevor sie losfeuert! Ich kann nicht glauben, dass ich auf dich geschossen habe. Ich würde dir niemals wehtun!“

Die Ladentür wurde aufgestoßen, und Scott Grant stürmte atemlos mit seinem Arztkoffer in den Laden.

„Ganz ruhig“, sagte Seth betont unaufgeregt. „Es war nur eine Elektroschockpistole. Es geht ihm gut.“

„*Nur* eine Elektroschockpistole?“, sagte Troy. „Die kam der nächsten Generation von Lehrern aber ein bisschen sehr nahe! Grace hatte offensichtlich einen zittrigen Finger am Abzug.“

Gleich hinter Scott folgten Peyton und die Arzthelferin Devon. Dahinter Carrie, die mit ihren schlimmen Knien sonst eigentlich kaum in der Lage war, sich so schnell zu bewegen. Dann kamen auch noch Waylan aus der Bar gegenüber und mindestens zwei seiner Kunden in den Laden, sowie jeder, der zufällig draußen gewesen oder vorbeigefahren war, als Scott Grant mit seinem Arztkoffer die Straße hinunterrannte.

Scott keuchte und blieb im Türrahmen zum Werkraum stehen, um wieder zu Atem zu kommen. „Jesus, du hast mich zehn Jahre meines Lebens gekostet. Ich dachte, du hättest ihn erschossen!"

„Habe ich auch, aber ich habe ihn hiermit erschossen", sagte Grace und griff nach dem Taser, der auf dem Boden lag, wo sie ihn fallen gelassen hatte.

„Nein!", riefen mindestens vier Personen gleichzeitig.

Troy packte Grace und zog sie zu sich. „Gracie, die ist immer noch unter Spannung. Falls du versehentlich noch einmal auf den Abzug drückst, verpasst du mir einen neuen Stromschlag."

„Oh, Gott, Troy. Das geht so nicht, ich kann mit dem Ding nicht umgehen. Ich werde noch jemanden umbringen. Mit einem platten Reifen käme ich wesentlich besser zurecht."

„Hast du schon mal vom großen Brand von Chicago gehört?", murmelte Seth in Scotts Richtung.

„Pscht, ich habe dir schon verziehen", sagte Troy. „Fass sie einfach nur nicht wieder an, bis wir alles gelesen und genau herausgefunden haben, wie sie funktioniert."

Scott Grant ging neben Troy in die Hocke und öffnete die Tasche, die neben ihm stand. „Warum hast du diese Widerhaken noch nicht herausgezogen?"

„Seth hat gesagt, ich soll nicht."

„Bei so etwas müssten wir normalerweise einen Krankenwagen rufen", sagte Seth. „Nicht, dass ich es für nötig halten würde, aber ich stelle ..."

„Ist nicht kompliziert", sagte Scott und verdrehte einen Widerhaken etwas, sodass er sich ganz einfach herausziehen ließ.

Die Haken waren leicht gekrümmt wie kleine Apostrophe, und wenn man sie gerade herausgezogen hätte, hätte es etwas bluten können. Es war in Troys Fall aber nicht wahrscheinlich, dass er genäht werden musste. Dann entfernte Scott den nächsten Widerhaken. „Das hätten wir. Fühlst du dich besser?“

„Ich fühle mich gut“, sagte Troy.

„Ich nicht“, sagte Grace. „Mir geht es nicht gut. Ich hätte beinahe meinen Freund umgebracht.“

„Nee, nicht mal im Ansatz“, sagte Scott und erhob sich. „Möchtest du ein Pflaster, Troy?“

„Witzig“, erwiderte Troy und erhob sich ebenfalls. „Lass uns weiterscherzen, wenn du mal getroffen wirst.“

„Ich weiß nicht, ob dieser Schuss körperlichen Schaden angerichtet hat, aber deine Laune ist definitiv betroffen“, sagte Scott lächelnd.

Das war der Moment, als Troy die vielen Stimmen im Laden bewusst wurden. *Sie hat ihn mit dem Taser niedergeschossen. Er war wegen dieses Briefs besorgt, deshalb hat er ihr einen Taser gekauft. Es ist nur ein Taser. Ja? Bist du schon mal von so einem Taser getroffen worden? Hätte beinahe meine Katze mit einer dieser Pistolen umgebracht! Wenigstens ist endlich einmal was Interessantes passiert. Lass uns ein Bier darauf trinken, ja?* Und dann war überall Gelächter zu hören, während alle, bis auf Seth, den Laden wieder verließen.

„Verdammt“, sagte Troy und schüttelte sein Bein, um wieder Gefühl hineinzubringen. „Das Ding hat ganz schön Power!“

„Ich werde jetzt gehen, wenn ihr die Situation allein und ohne weitere Verletzungen wieder in den Griff kriegt“, sagte Seth.

„Das erzählst du Iris, oder?“, fragte Grace.

Seth nickte. „Ich glaube, ich mache heute etwas früher Feierabend. Ich kann es kaum erwarten, nach Hause zu kommen."

„Die Geschichte werde ich wohl nie wieder los", sagte sie. „Ich nehme an, dass jetzt jeder von diesem Brief weiß."

„Sie wissen aber nicht alle, was drin stand oder wie es geschrieben wurde. Nur, dass der Inhalt dich wütend macht und wir nach diesem Witzbold, der ihn dir in den Briefkasten gesteckt hat, suchen. Wenn das Getratsche wie üblich funktioniert, dann bist du in Sicherheit." Dann lächelte er. „Schönen Abend noch."

Seth war um fünf Uhr zu Hause, und Iris kam nur kurze Zeit später. Sie krümmte sich vor Lachen, als ihr Seth die Geschichte erzählte. „Oh, Grace hat recht. Diese Geschichte wird sie nie wieder los. Die Arme! Wie funktioniert das Ding? Kann ich deine mal sehen, Seth?"

„Auf keinen Fall, Iris. Du rührst meine Waffen nicht an, verstanden? Denn das würde nicht gut ausgehen. Du weißt nichts über Waffen."

„Vielleicht könntest du es mir beibringen", schlug sie vor und lachte noch mal los.

„Du kommst auch ganz gut zurecht, ohne eine Waffe anzufassen."

„Ach, komm", sagte sie und rückte näher an ihn heran, um ihm die Arme um den Hals zu schlingen.

Anstatt sich mit ihr zu streiten, küsste er sie. Schließlich wurde sein Kuss etwas leidenschaftlicher, und er ließ die Hände über ihren Po gleiten, während er sie noch näher an sich heranzog. Nach dem Kuss sagte er: „Ich habe eine Idee ..."

„Vor dem Abendessen an einem Mittwochnachmittag? Warum, Deputy ...?"

„Erwartest du noch Besuch?"

„Nur deine Mutter", sagte sie. „Aber seit sie dich mal in Boxershorts erwischt hat, ruft sie vorher an, wenn dein Auto vor der Tür steht."

„Gut. Troy hat was Interessantes gesagt. Er sagte zu Grace, dass sie die nächste Generation von Lehrern ausgelöscht hätte, wenn sie nur wenige Millimeter weiter nach rechts geschossen hätte. Jetzt frage ich mich, ob wir nicht noch eine wichtige Aufgabe zu erledigen haben?"

„Das würde ich jetzt nicht gerade als Aufgabe bezeichnen."

„Wäre es nicht einfacher, wenn wir dabei nackt wären?"

„Absolut", pflichtete sie ihm bei. „Aber dann müssten wir ein bisschen im Bett bleiben."

„Das kann ich machen. Ich bin sehr gut im Mit-dir-im-Bett-Bleiben. Und machen wir denn schon Fortschritte bei der nächsten Generation von Deputies und Beratungslehrern?"

„Keine Ahnung, Seth. Wir benutzen erst seit wenigen Monaten keine Verhütungsmittel mehr, und Peyton sagte, wir sollen erst mit ihr reden, wenn wir nach sechs Monaten immer noch keine Ergebnisse sehen. Ich tue mein Bestes. Und du gibst definitiv auch dein Bestes."

Er küsste sie noch einmal. „Ich liebe es, wenn du so versaut mit mir sprichst."

Sie lachte. „Ich habe noch nicht mal angefangen, versaut mit dir zu sprechen. Ich habe nur gesagt, dass du dein Bestes gibst."

„Ich kann es noch besser", sagte er, und seine Stimme klang rau.

Eine halbe Stunde später lagen sie ineinander verschlungen unter der Decke. Iris sagte: „Das *war* besser."

„Damit haben wir sicher ein Baby gemacht. Das war gut", sagte Seth. „Vielleicht sogar zwei Babys."

„Wenn es dir nichts ausmacht, möchte ich lieber nur eins auf einmal.“

„Hast du Hunger?“, fragte er.

„Ja, aber ich bleibe noch dreißig Minuten im Bett liegen, um den kleinen Kerlen noch etwas Zeit zum Schwimmen zu geben. Danach können wir aufstehen und etwas essen.“

„Wir müssen nicht aufstehen. Ich bin gleich wieder da.“ Er suchte seine Boxershorts und verschwand.

Iris kuschelte sich in die Decke und lehnte den Kopf gegen ein Kissen. Es war jetzt oft so wie jetzt. Sie konnte kaum glauben, dass ihr Leben sich so entwickelt hatte, wie es gerade war. Sie hatte Seth geliebt, seit sie ein kleines Mädchen war, aber sie hatten sich siebzehn Jahre lang ziemlich voneinander entfernt und unterschiedliche Wege eingeschlagen. Ihr Leben hatte sie an die Uni und in ein Postgraduierten-Programm für Beratungsberufe geführt, bis sie schließlich als Beratungslehrerin wieder nach Thunder Point zurückgekehrt war. Seth war vom Footballfeld über eine lange Erholungsphase wegen der Verletzungen, die er bei einem schrecklichen Verkehrsunfall davongetragen hatte, am Ende bei der Polizei gelandet und wieder in seine Heimatstadt gekommen. Und jetzt gehörte er ihr. Ganz ihr.

Es dauerte nicht lange, bis Seth wieder ins Schlafzimmer kam, aber Iris hatte tatsächlich ein wenig gedöst. Seth hielt ein Tablett mit einem Teller und zwei Käsesandwiches mit Bacon und Tomaten in der Hand. Außerdem hatte er Gürkchen, ein Glas Wein und eine Flasche Bier mitgebracht. Und unter den Arm hatte er sich vorsichtig eine Tüte Chips geklemmt.

„Da bin ich wieder“, sagte er. „Es ist zwar nicht viel, aber es ging schnell, und ich wette, es ist gut. Rutsch rüber!“ Er stellte das Tablett zwischen ihnen ab und setzte sich aufs Bett, bevor er ihr den Wein reichte und ihr mit seinem Bier zuprostete. „Auf uns."

Iris hob das Weinglas an die Lippen und begann plötzlich zu schniefen. Etwas erschrocken trank Seth einen großen Schluck Bier, und als er sie wieder ansah, liefen ihr auch schon Tränen über die Wangen. „Iris?"

Ihre Nase war ein wenig gerötet. „Das habe ich mir immer gewünscht", sagte sie. Es folgte ein kleiner Schluchzer.

„Käsesandwiches?", fragte er.

„Dich. Dich und mich. Zusammen. Verliebt, mit dem Plan, ein Baby zu machen. Ich hatte nicht mal auf ein Baby zu hoffen gewagt. Ich dachte, das sei unmöglich. Einfach du und ich, mehr habe ich mir nie gewünscht. Ich liebe dich so sehr."

Seth runzelte die Stirn. Dann nahm er ihr das Weinglas aus der Hand. „Herzlichen Glückwunsch. Ich würde alles darauf wetten, dass du schwanger bist."

„Was soll das denn heißen? Das kannst du doch gar nicht wissen!"

„Doch. Ich höre oft den Männern zu, wenn sie über ihre Frauen sprechen. Nicht freiwillig – ich hasse solche Gespräche –, aber es lässt sich gar nicht vermeiden. Es geschieht überall um mich herum. Zuerst weinen die Frauen, dann übergeben sie sich, dann werden sie etwas schlecht gelaunt, dann bauen sie ihr Nest, und schließlich werfen sie." Er stellte den Wein auf dem Nachttisch ab. „Ich würde alles drauf wetten", sagte er.

„Werfen?", fragte Iris schniefend.

„Weißt schon, was ich meine", sagte er und biss in sein Käsesandwich. Er kaute und schluckte. Dann grinste er sie an. „Ich wette, ich habe dich letzte Woche geschwängert. Ich war *überragend.*"

„Du bist ein arroganter Klugscheißer", sagte sie und griff nach einem Taschentuch.

„Und du bist schwanger." Er schob ihr das Tablett hin. „Nimm ein Sandwich, Süße. Und wenn du dann immer noch Hunger hast, mache ich dir noch eins."

Scott arbeitete bis spät, sodass Peyton die Kinder bettfertig machte und sie mit ihren Tablets und Filmen ins Bett steckte. Später sammelte sie Tablets und Filme wieder ein, schaltete sie aus und gab den Kindern einen Gutenachtkuss. Sie räumte das Zelt auf, das sich die Kinder aus Bettlaken über dem Esszimmertisch gebaut hatten. Vorher hatte sie den Kindern im Zelt eine kleine Gutenachtgeschichte vorgelesen.

Peyton duschte sich und schlüpfte in einen hübschen, weichen und warmen Pyjama. Dann zündete sie ein paar Kerzen im dunklen Wohnzimmer an. Sie stellte Weingläser neben eine Flasche Wein, die in einem Weinkühler stand. Aber sie knipste auch die Lampe auf dem Couchtisch an, um noch ein wenig zu lesen, bevor Scott in Bandon fertig war. Es war nicht sehr spät, als er ihr eine SMS schickte: *Bin auf dem Weg. Brauchst du etwas?*

Nur dich, großer Junge!

Fünfzehn Minuten später kam er aus der Garage ins Haus und ließ seine Tasche in der Küche stehen. Als er den dunklen Raum, den Eiskühler, die Gläser und die Kerzen sah, lächelte er sie an. „Hast du vor, mich zu verführen?"

„Könnte sein. Bist du mit Blut und Gedärm verschmiert?"

„Nee, habe ich abgewaschen. Machen wir lieber mit der Verführung weiter!"

„Dir hat man noch nie nachgesagt, du seiest schüchtern, oder?", fragte Peyton. Sie hob die Flasche aus dem Kühler und reichte ihm ein Glas. „Ich muss dir etwas sagen. Du weißt, dass wir beschlossen haben, die Pille wegzulassen, aber dass wir eine Zeit lang trotzdem verhüten wollten, bis mein Körper sich an die Umstellung gewöhnt hat?"

„Hm-hm, kann aber sein, dass ich mich einmal nicht so richtig habe bremsen können", sagte er.

„Tatsächlich war das mindestens fünf Mal der Fall. Also, Prost", sagte sie und stieß mit ihm an. „Es macht mir wirklich nichts aus, wenn du dich nicht bremsen kannst. Das macht irgendwie Spaß."

Er nippte an seinem Glas. „Peyton, ich glaube der Wein ist schlecht. Er schmeckt sauer."

„Es ist ein spritziger Cidre", sagte sie. „Du hast es geschafft, du Unmensch. Du hast mich vor der Hochzeit geschwängert."

„Peyton! Das ist großartig!", sagte er und grinste breit. Dann herrschte sekundenlang Schweigen. „Mist", sagte er schließlich. „Dein Vater bringt mich um. Hatte ich schon mal erwähnt, dass ich mich ein bisschen vor deinem Vater fürchte?"

„Paco? Viel Lärm um nichts. Aber ich glaube, wir sagen es ihm oder Mama in diesem Fall trotzdem nicht. Glaubst du, du schaffst es, in Gegenwart der Großmütter den Mund zu halten?"

„Natürlich! Ich sage ihnen nichts. Sie sind schreckliche Nervensägen. Aber es wird schwer, es meinen Jungs nicht zu erzählen. Du weißt schon – Spencer, Cooper, Seth."

„Versuche es trotzdem. Denn von denen haben mindestens zwei eine große Klappe und kommen zur Hochzeit. Es würde ihnen einfach ähnlich sehen, einen Trinkspruch auf die Braut, den Bräutigam und das Baby auszubringen. Na ja, wenn ich nichts trinke, wird irgendjemand sowieso nachfragen."

„Sie wissen, dass wir zusammen sind. Du kannst ihnen doch erzählen, dass du erst seit fünf Minuten schwanger bist. Wie schwanger bist du denn?"

„Fünf Minuten. Meine Periode ist bis jetzt noch nicht überfällig, aber ich habe auf einen Stick gepinkelt."

„Das hast du gemacht?"

„Hm-hm. Iris ist zu mir gekommen, um sich einen Termin zur Schwangerschaftsberatung geben zu lassen. Sie ist seit fünf Minuten schwanger, und da wollte ich es eben auch wissen."

„Schön für Iris! Sie wollen ein Baby! Und außerdem wollen wir auch ein Baby. Das wird doch deine Pläne nicht über den Haufen werfen, oder? Ich meine, die große Hochzeit, das Kleid, die Blumen und all den Kram? Dir wirst vor dem Altar nicht an morgendlicher Übelkeit leiden oder so, was meinst du?"

„Nein."

„Und hast du immer noch vor, mich heute Abend zu verführen?"

„Ja, Scott. Ich habe deine Kinder ins Bett gesteckt, und wenn dich der spritzige Cidre um den Verstand gebracht hat, werde ich strippen und dich verrückt machen."

Er beugte sich zu ihr, ließ die Hand in ihre schwarzen Haare gleiten und zog sie an sich. „Das würde mir gefallen. Wenn du das Zelt noch nicht abgebaut hast, könnten wir es dort machen."

„Ich würde es lieber im Bett machen."

Er küsste sie auf den Mund. „Ich liebe dich. Habe ich dir das in letzter Zeit eigentlich mal gesagt?"

„Mehrfach täglich. Und ich liebe dich. Du bist offenbar ein echtes Zeugungstalent. Ich werde dich im Auge behalten."

„Danke, Peyton. Ich möchte wirklich Kinder mit dir. Mindestens ein paar."

„Damit bin ich so weit einverstanden. Lass uns mal schauen, wie es so geht."

„Das wird großartig. Deine Familie ist auf große Herden spezialisiert. Deine Großmutter hatte mit sechsundvierzig ihr letztes Kind."

„Du träumst wohl, Dr. Hottie", sagte sie und küsste ihn.

„Hmmm. Muss ich das trinken?", fragte er und hielt das Glas hoch. „Schmeckt scheußlich."

Sie lachte. „Wenn ich neun Monate lang auf Wein verzichten muss, warum du dann nicht auch? Als Zeichen der Solidarität?"

„Absolut. Wenn es dich glücklich macht, schwöre ich dem Wein ab. Gott sei Dank bin ich Biertrinker. Jetzt komm, genug über Diätbeschränkungen geplaudert – zieh dich aus."

Troy fragte Grace mehrmals, ob es nicht besser wäre, den Wochenendbesuch seines Freundes Denny abzusagen. „Nein", sagte sie. „Es ist tatsächlich besser, Leute um uns zu haben. Aber Troy, musst du ihnen sagen, dass ich auf dich geschossen habe?"

„Nein. Das muss ich nicht, aber wenn wir mit irgendjemandem aus der Stadt reden, werden sie es ohnehin herausfinden."

„Oh Gott", stöhnte sie. „Alles war so ruhig, und dann …"

„Ganz plötzlich", pflichtete er ihr bei. „Aber es ist nichts, was wir nicht bewältigen könnten, Süße."

Das Wetter im frühen April zeigte sich kooperativ. Es war jeden Tag hell und sonnig, bis auf die Nachmittage, wenn Regenschauer über den Pazifik ins Land zogen. Die Tage waren länger geworden, und wenn Grace um sechs ihren Laden schloss, war es immer noch taghell. Das Wetter war wärmer, und man sah inzwischen wieder mehr Leute draußen, die lieber zu Fuß gingen als mit dem Auto zu fahren. Der Nachteil war, dass Troy nach Dennys und Beccas Besuch häufiger in der Strandbar benötigt wurde, weil wieder viel mehr Leute dort den Sonnenuntergang erleben wollten.

Die Vorstellung, dass ihr jemand eine Nachricht geschickt hatte, die mit jenen, die Bruno ihr vor der Entführung geschickt hatte, identisch war, beschäftigte Grace noch immer. Andererseits beruhigte es sie ein wenig zu wissen, dass Bruno unter Verschluss war. Obwohl sie es sich nicht gern eingestand, gab ihr die Elektroschockpistole, mit der sie ihren Freund versehentlich niedergeschossen hatte, ein wenig Selbstsicherheit. Abgesehen von der Verwirrung um ein mögliches Motiv des Briefeschreibers, fühlte sie sich dadurch ein wenig ruhiger. Allerdings trug sie den Taser nicht an ihrem Gürtel und ging sehr vorsichtig damit um. Er war in ihrer Handtasche, und zwar *ausgeschaltet*!

Am Freitagnachmittag gegen fünf kam Troy mit seinen Freunden in den Blumenladen, damit sie Grace kennenlernten. Sie waren ein sehr liebenswertes Paar. Denny war ein großer, gut aussehender Mann Ende zwanzig, und seine Frau eine hübsche Blondine mit dem süßesten Babybauch, den man sich vorstellen konnte. Grace begrüßte die beiden, die sich anerkennend in ihrem Laden umsahen und sich bei ihr für den herzlichen Empfang bedankten. Plötzlich hielt Becca inne und starrte Grace an. Sie schlug sich überrascht die Hand vor den Mund und sah sie mit großen Augen an. „Oh, mein Gott!“, sagte sie. „Du bist das! Du bist Izzy Banks!“

12. Kapitel

Es stellte sich heraus, dass Becca Cutler Eiskunstlauffan war und sich alle Wettkämpfe ansah. Sie fand alles großartig. Paarlaufen, Eistanzen, Pflicht- und Kürprogramme, lang und kurz. Wenn keine Winterspiele stattfanden, sah sie sich nationale Wettkämpfe oder die Weltmeisterschaften auf dem Sportkanal ESPN an. Becca und Grace waren gleichaltrig. Sie waren buchstäblich zur selben Zeit aufgewachsen.

Grace gab bereitwillig zu, dass sie Izzy Banks war.

Später, nachdem Grace den Blumenladen abgeschlossen hatte, fuhren sie alle zusammen zu Coopers, damit Troy seinen Freunden zeigen konnte, wo er auch noch arbeitete. „Unterscheidet sich nicht sehr von eurer kleinen Bar in Virgin River", sagte Troy. „Nur die Landschaft drum herum ist anders."

Cooper und Denny schüttelten sich die Hände wie alte Freunde.

„Jack schickt liebe Grüße. Sagt, du sollst ihn anrufen, wenn du etwas brauchst."

„Ich brauche seinen Koch, wenn ich reich werde. Sag ihm, er soll mir Preacher schicken", sagte er.

„Das wird wohl nie passieren", sagte Denny.

„Sucht euch draußen einen Tisch. Das Wetter ist toll. Bier aufs Haus für meine Freunde. Was kann ich der kleinen Lady mit dem Einlieger bringen?"

„Einfach eine entkoffeinierte Cola, wenn du so etwas hast."

„Tut mir leid, Schätzchen, aber hier ist alles hochprozentig, außer dem leichten Bier."

„Es ist noch grüner Tee im Kühlschrank", sagte Troy. „Ich hole dir einen."

„Darf ich auch einen haben?", fragte Grace. „Ich trinke mit der Schwangeren."

Ein paar Leute begrüßten Grace, als sie und Becca auf die Terrasse hinausgingen, wo es immer noch kühl genug war, um sich in einen Pullover zu hüllen. Die Männer blieben drinnen. Cooper brachte den Frauen ein paar Chips. Er beugte sich hinunter, um Grace ins Ohr zu flüstern: „Ist alles in Ordnung, Gracie?"

„Es geht mir gut, Cooper. Danke."

„Wenn du Troy nächste Woche brauchst, musst du mir einfach nur etwas sagen. Hier unten am Wasser springen wir alle füreinander ein."

„Danke", sagte sie. „Ich vergesse manchmal, wie toll die Leute hier alle sind."

„Vergiss das nie", sagte Cooper und tätschelte ihr die Hand.

Als er gegangen war, lächelte Becca. „Das hier erinnert mich ein bisschen an Virgin River", sagte sie. „Alle sind miteinander verbunden, und alle mögen dich, Grace!"

„Ich glaube, ich habe das bisher viel zu wenig zu schätzen gewusst. Aber sag mir mal, wieso du wusstest, wer ich bin?"

„Im Ernst? Du bist immer meine Lieblingssportlerin gewesen. Ich habe mir alle deine großen Meisterschaften angesehen!"

„Wie kann ich deine Lieblingssportlerin gewesen sein?", fragte Grace. „Ich war niemandes Lieblingssportlerin!"

„Du warst die Lieblingssportlerin von *allen*!"

„Nein", wehrte Grace kopfschüttelnd ab. „Ich hatte in diesem Geschäft einen ganz schlechten Ruf. Die Leute nannten mich reich und arrogant. Wenn es einen Abzug in meiner Benotung gab, dann immer wegen meines Gesichtsausdrucks! Ich habe den Wettkampfrichtern nie genug gelächelt."

„Wirklich?"

„Ich dachte, alle würden für Fiona Temple mitfiebern."

„Sie war der Underdog. Underdogs kriegen immer Aufmerksamkeit. Das ist in allen Sportarten so. Aber du? Du warst begnadet, das haben die Leute immer gesagt. Ein Naturtalent auf dem Eis. Du wolltest es wirklich wissen. Und bei den Spielen in Vancouver hast du es dann geschafft. Das war deine Meisterschaft – es gab keine ernste Konkurrenz. Seitdem hat es nie wieder so einen konkurrenzlosen Wettkampf gegeben. Jeder Neuling wird mit dir verglichen. Fiona war eine gute Eiskunstläuferin, aber eine totale Angeberin. Es gibt Aufnahmen von ihr, auf denen sie die ganze Zeit fluchte und mürrisch guckte. Da wusste man, dass sie nicht der süße Liebling ist, der sie in Interviews vorgab zu sein. Ich wette, sie war eine gemeine Zicke."

Grace war fassungslos. „Eine falsche Schlange", sagte sie. „Die Leute wussten das?"

Becca zuckte die Achseln. „Ich wette, sie wussten es. Erinnerst du dich nicht, was die Leute über dich sagten? Deine Rückblicke? Kindchen, du hast ihnen die Show gestohlen."

Grace musste sich schütteln. Sie erinnerte sich nur an die kritischen Kommentare.

„Warum hast du aufgehört?", fragte Becca.

„Das ist eine lange Geschichte, aber im Kern ging es darum – ich konnte den Druck nicht mehr länger ertragen. Ich hatte alles erreicht und war erschöpft. Mein Leben jetzt gefällt mir besser, so schwer verständlich das auch sein mag."

„Kein bisschen“, erwiderte Becca lachend. „Ein gutes Leben, ein guter Mann wie Troy? Andere Menschen haben nicht halb so viel.“

„Erzähl mir von dir und Denny“, bat Grace.

„Eine lange Geschichte!“, sagte Becca. Sie erzählte glücklich von ihrer Beziehung, die zwischendrin zerbrochen war, dann aber doch noch zu einem glücklichen Ende geführt hatte. Becca hatte Denny, nachdem sie ihn zuerst nach Virgin River vertrieben hatte, schließlich mit einem gebrochenen Knöchel an Land gezogen. Sie war mit ihrer Schilderung bis zur Hochzeit gekommen und ihrer Entscheidung, bei der Liebe ihres Lebens in den Bergen zu bleiben, als Denny und Troy sich zu ihnen auf die Terrasse gesellten und noch hier und da ein paar Einzelheiten zur Geschichte beitrugen. Bei Sonnenuntergang kündigte Troy an, dass er zum Abendessen einen Tisch im Cliffhanger für sie reserviert hatte.

„Überlegt mal, was ihr gern sehen und unternehmen würdet, während ihr hier seid“, sagte Troy. „Das Wetter soll das ganze Wochenende über schön bleiben, und die Küste ist traumhaft.“

„Ich kann mir eine Sache vorstellen, die ich gern machen würde“, sagte Becca. „Ich würde dich sehr gern eislaufen sehen, Izzy ... ich meine, Grace!“

Troy legte Grace einen Arm um die Schultern. „Grace hat das Eislaufen aufgegeben“, erklärte er.

„Nicht ganz“, sagte Grace. „In North Bend gibt es eine Eishalle, wo der Besitzer mich morgens, vor der offiziellen Öffnungszeit, laufen lässt. Obwohl das noch sehr früh ist.“

„Oh, mein Gott, das wäre so toll“, sagte Becca begeistert.

Troy wandte Grace sein Gesicht zu. „Du läufst wieder auf dem Eis?“

„Hin und wieder. Heimlich. Nur weil, du weißt schon …"

„Ich weiß *nicht*."

„Weil ich schon mein ganzes Leben auf Schlittschuhen stehe. In den letzten Jahren eben nur nicht mehr vor Publikum. Höchstens vor dem Eigentümer der Eisbahn."

„Warum hast du mir das nicht erzählt?", flüsterte Troy.

„Weil ich weder Unterricht geben noch an Meisterschaften teilnehmen will, und wollte, dass du mir das auch glaubst."

„Gracie, ich glaube dir alles, was du mir sagst. Also, wirst du jetzt für mich laufen?"

„Würde dir das denn gefallen?"

„Nur, wenn du dich damit wohlfühlst."

„Ich glaube, ich würde das sehr gern machen. Wenn du mir versprichst, dass du auch ein einfaches Blumenmädchen lieben kannst."

Er lächelte, anstatt ihr darauf zu antworten.

Dieser Freitagabend war der lustigste Abend, den Grace seit Jahren erlebt hatte. Seth und Iris saßen im Cliff an der Bar und aßen Krabbenküchlein, als sie dort ankamen. Also nahmen sie kurzerhand ihre Teller und gesellten sich zu Grace, Troy und ihren Freunden. Cliff zog Grace ein bisschen auf und fragte sie, ob sie vorhatte, an dem Abend wieder etwas auszupacken. Dadurch kam die Geschichte mit der Elektroschockpistole ans Licht. Alle, bis auf Grace, brachen in hysterisches Gelächter aus.

Später, nachdem sie Denny und Becca zu Troys Apartment zurückgebracht hatten, gingen Grace und Troy in Grace' Loft, um dort zu schlafen. Aber an Schlaf war nicht zu denken. Stattdessen lagen sie eng aneinandergekuschelt im Bett und unterhielten sich noch bis spät in die Nacht miteinander.

Grace war von Troys Freunden bezaubert; ihr gefiel, was die beiden miteinander zu verbinden schien. „Stehen wir uns auch so nah wie sie?", wollte Grace von Troy wissen.

„Beinahe", sagte er. „Wenn ich mich nicht irre, dann sind wir gerade dabei, uns etwas aufzubauen, das sehr viel Bestand haben könnte."

„Du sprichst nicht über die Zukunft mit mir", sagte sie. „Möchtest du so etwas erleben wie das, was deine Freunde miteinander haben? Heiraten? Kinder?"

„Natürlich will ich das. Aber, Gracie, wir sind erst seit drei Monaten und ein paar Tagen zusammen. Das ist noch nicht lange genug. Es gibt da immer noch ein paar Dinge, die wir herausfinden müssen."

„Zum Beispiel?"

„Nun, ich weiß nicht, was du mir noch alles verheimlichst."

„Troy, ich verheimliche dir nichts!"

„Ich wusste zum Beispiel nicht, dass du immer noch eisläufst. Hättest du mir das nicht anvertrauen können?"

„Och, Troy. Das ist doch kein Geheimnis. Ich war seit Weihnachten erst ein paarmal auf der Eisbahn. Es war noch keine Zeit! Du hast mich zu sehr in Anspruch genommen. Und außerdem laufe ich nur hin und wieder ein bisschen, um in Form zu bleiben."

„Aber, warum hast du das denn nicht wenigstens ein Mal erwähnt? Ich hätte dir so etwas erzählt."

„Ich weiß nicht. Ich nehme an, weil ich nicht wollte, dass mir irgendwer sagt, ich hätte das Eislaufen nicht aufgeben sollen. Ich weiß, dass ich das gut kann, aber alles, was es mit sich bringt …"

„Grace, du hättest es mir sagen können."

„Ich bin mir sicher, es gibt auch eine Menge Dinge, die du mir noch nie erzählt hast", sagte sie hoffnungsfroh.

Er schüttelte den Kopf. „Mir fällt nichts ein. Nichts, was einen Einfluss auf uns hätte. Ich bin einfach nur froh, dass Becca es aus dir herausgekitzelt hat – ich kann es kaum erwarten, dich laufen zu sehen. Und ich denke, wenn wir einfach Geduld haben, während wir uns näherkommen, wird dir eines Tages bewusst werden, dass du keine Angst davor haben musst, wie ich reagiere."

Da war sich Grace nicht so sicher.

Die Zeit mit der schwangeren Becca führte Grace wieder in die Realität zurück. Sie war abgelenkt und beschäftigt, und sie stellte fest, dass sie ihre Regel immer noch nicht bekommen hatte. Deshalb konnte sie noch nicht anfangen, die Pille zu nehmen. Dann wurde ihr plötzlich bewusst, dass es dafür zu spät war. Sie hatte überhaupt nicht mehr daran gedacht – das Leben war zu verrückt gewesen. Zuerst war dieser Brief gekommen, dann hätte sie Troy beinahe mit ihrer Elektroschockpistole erschossen, und schließlich waren seine Freunde für ein Wochenende zu Besuch gekommen …

Jetzt lag sie in Troys Armen und hörte ihn leise von Liebe sprechen und von seinen Bedenken, sie verheimliche ihm etwas.

Noch vor dem ersten Dämmerlicht kramte Grace ihr Trikot und die Schlittschuhe heraus. Sie hatte ein gerüschtes kleines blaues Röckchen ausgesucht und band sich die Haare zu einem Pferdeschwanz zusammen. Es hatte eine Zeit gegeben, da hatte sie so viele Schlittschuhpaare besessen wie andere Mädchen Schuhe. Und ein Lieblingspaar, das ihr Glück gebracht hatte. Dieses Paar hatte sie als einziges behalten.

Troy, Becca und Denny fuhren um sieben Uhr morgens zur

Eishalle nach North Bend. Grace nahm den Lieferwagen ihres Blumengeschäfts, weil sie nach der Eisbahn noch ein bisschen arbeiten musste. Die Eishalle öffnete offiziell um zehn. Becca zappelte vor Aufregung, aber Grace erklärte ihr, dass sie sich erst dehnen und aufwärmen musste, bevor sie wirklich eislaufen konnte. „Und bitte, denkt daran, ich habe seit Jahren nicht mehr richtig trainiert. Ich bin nicht in meiner Topform. Nur ein paar kleine Tricks, mehr habe ich nicht auf Lager."

Jake Galbraith begrüßte sie an der Tür. „Zuschauer? Das ist vielversprechend."

„Nur ein Gefallen für meinen Freund", sagte sie. „Immer noch privat."

„Und ich hoffe immer noch, dass du eines Tages die jüngeren Mädchen trainieren wirst. Dann würde sich ein Traum für sie erfüllen."

„Ich wäre keine gute Trainerin", sagte sie.

„Du wärst eine phänomenale Trainerin", entgegnete er. „Möchtest du Musik?"

„Wenn es nicht zu viele Umstände macht."

Grace nahm sich Zeit, um sich auf der Matte in der Mädchenumkleide aufzuwärmen. Danach schnürte sie sich die Schlittschuhe und sauste ein paar Runden über das Eis, wobei sie immer wieder vorwärts und rückwärts übersetzte und kleinere Sprünge einfließen ließ. Als die Musik einsetzte, ihre Gershwin-Trainingsmusik, fing sie mit ein paar einfachen Bewegungen an und arbeitete sich zu ein paar schwierigeren Schritten und Pirouetten vor. Sie stürzte, kam schnell wieder auf die Beine und lief weiter. Sie achtete nicht mehr auf ihr Publikum, spritzte aber ein paarmal mit den Kufen Eis in ihre Richtung. Sie verlor sich in Drehungen, Arabesken, Achten, Pirouetten und Axeln.

Dann ertönte plötzlich Alicia Keys aus den Lautsprechern der Eishalle, und Grace dachte an nichts anderes mehr als ans Eiskunstlaufen. Wie früher schon, verlor sie sich in der Bewegung und der Musik. Sie versuchte nichts Extravagantes, sie wollte Becca nur etwas Schönes bieten. Und Troy. Sie hätte dreifache Axel und riskante Sprünge zeigen können, doch Grace war klug genug zu wissen, dass sie sich nur verletzen würde, wenn sie lächerliche Risiken einging.

Wenn sie außer Konkurrenz lief, konnte sie ihr Programm schlicht halten und fühlte sich dabei frei, schön und furchtlos. Dann gefiel ihr, was sie auf dem Eis fertigbrachte.

Sie lief ungefähr eine halbe Stunde, dann drehte sie noch ein paar ruhigere Runden, um sich abzukühlen, und kehrte anschließend leicht und lässig, die Hände in die Hüften gestemmt, zu ihrem Publikum zurück.

„Das war nichts Besonderes, aber mehr kann ich ohne Training nicht bieten", sagte sie.

„Das war großartig", sagte Becca. „Ich würde alles darum geben, wenn ich wenigstens ein bisschen eislaufen könnte."

„Ich sag dir was – wenn du keine kleine Last mehr mit dir herumschleppen musst, stellen wir dich mal auf Schlittschuhe. Es würde ungefähr fünfzehn Jahre harten Trainings erfordern, um ein paar dieser Schritte zu erlernen, aber es gibt ein paar einfachere Sachen, die ich dir zeigen kann."

„Das fände ich so toll."

Grace sah zu Troy, und er lächelte. „Ich denke, ich weiß jetzt, warum die Leute versuchen, dich wieder zum Profi-Eislauf zu bewegen. Oder als Trainerin zu gewinnen."

„Ich glaube, das war ein Kompliment, also danke. Aber mir gefällt es wirklich sehr gut, was ich im Augenblick mache. Und ich muss jetzt auf die Tube drücken – ihr unternehmt jetzt was Schönes, und ich muss meinen Laden heute mindestens ein paar Stunden öffnen. Ich komme später zu euch. Ihr seid in guten Händen – Troy ist der Spaß-Coach."

„Danke, Grace", sagte Becca. „Ich weiß, dass du das sonst nicht machst."

„Es war Zeit, Troy diesen Teil meines Lebens zu zeigen", erwiderte Grace. „Und jetzt muss ich mich um mein Blumengeschäft kümmern."

„Brauchst du mich?", fragte Troy.

„Nein. Es ist ein sonniger Samstagmorgen. Aber ich erlaube dir, glaube ich, mich zu meinem Lieferwagen zu bringen."

„Wir sehen uns noch ein bisschen mehr von der Küste an, wenn wir schon mal so weit nördlich sind. Dann koche ich heute Abend für uns", sagte Becca. „Erledige deine Blumenpflichten, und heute Abend entspannst du dich und lässt dich von mir verwöhnen."

„Nur noch eine kleine Warnung. Falls Troy versuchen sollte, euch dazu zu überreden, näher an die wirklich großen Wellen heranzugehen, lasst es bleiben."

„Das reicht", sagte er.

Als Grace sich umgezogen hatte, hinterließ sie bei Jake ihre üblichen hundert Dollar für seinen Stipendiums-Fonds. Beim Lieferwagen gab Troy ihr einen Kuss, der gar nicht mehr aufzuhören schien. Es war wundervoll.

13. Kapitel

Grace arbeitete einen speziellen Auftrag von vier teuren Tischgestecken für einen Kunden ab. Ein exklusives Golf-Resort in Bandon hatte einen Gast, der eine Party in einem der geräumigen Cottages feiern wollte. Er hatte die Lieferung für Sonntagnachmittag bestellt. Grace hätte sagen können, dass sie am Sonntag geschlossen hatte, aber das Resort war einer ihrer Stammkunden, hatte ein Konto bei ihr, und es waren leicht verdiente fünfhundert Dollar. Sie bereitete die Gestecke am Samstag vor und stellte sie in den Kühlschrank. Dann genoss sie das Essen mit Troy und seinen Freunden in seinem Apartment. Nach dem Abendessen spielten die anderen Poker, und Grace fuhr in ihren Laden, um ein bisschen aufzuräumen. Sie erzählte Troy, dass sie den Laden am Sonntag nicht aufmachen würde, aber am Nachmittag eine Bestellung im Resort in Bandon abzuliefern hatte.

„Becca und Denny fahren gegen Nachmittag nach Hause, und nächste Woche sind Frühjahrsferien – ich habe frei. Ich fahre mit dir. Mir gefällt das Golf-Resort. Eines Tages werde ich es mir vielleicht sogar einmal leisten können, dort ein einziges Mal Golf zu spielen."

Sie verabredeten sich für Sonntagmittag um eins. Das Resort war ein wundervoller Ort mit drei hervorragenden Golfplätzen, Ferienhäusern, kleinen Landhäusern und einem Hotel. Ganz zu schweigen von den feinen Restaurants und großartigen Anlagen, die für Hochzeiten und Geschäftsveranstaltungen gemietet werden konnten. Die Leute reisten von überall aus dem Land an, um es sich hier gutgehen zu lassen.

Den Verantwortlichen im Resort gefielen Grace' Blumen. Man bestellte die Blumen nicht ausschließlich bei ihr, aber wenn ein Gast eine besondere Veranstaltung plante, wofür Blumen benötigt wurden, empfahl man Grace gern weiter. Sie schickte ihre Rechnungen dann ans Resort und wurde gut und prompt bezahlt.

Grace kannte sich aus auf dem Gelände und wusste, dass die Blumen in eins der kleinen Landhäuser geliefert werden sollten. Als sie durch das Gelände fuhr, musste sie einmal anhalten, weil Rotwild die Fahrbahn überquerte.

„Kleines Landhaus?“, fragte Troy.

„Ich weiß“, sagte sie lachend. „Ich habe es im Internet nachgelesen. Wohnzimmer, vier Schlafzimmer, Küche, Kamine in allen Zimmern, plus vier Badezimmer. Und mit Ausblick.“

„Für so ein großes Haus würde ich sonst was tun“, sagte er.

Sie bog zum entsprechenden Haus ab. „Du nimmst ein Gesteck, ich nehme eins, und dann holen wir die restlichen beiden aus dem Auto. Immer schön diskret bleiben, nicht zu viel rumgucken!“

„Das wird schwer.“

Grace war stolz auf die Blumen, die sie zusammengestellt hatte – Lilien, Orchideen, Strelitzien, Rosen, Schleierkraut und jede Menge grüne Blätter und Halme. Sie balancierte das Gesteck auf einer Hand und klingelte mit der anderen. Troy wartete mit den Blumen hinter ihr. Einen Augenblick später wurde ihnen die Tür geöffnet. Grace blickte in die blauen Augen von Winnie Dillon Banks und ließ ihr Gesteck fallen. Die Keramikvase zersplitterte, und das Wasser schwappte auf ihre

Jeans, aber der Blumenstrauß fiel nicht auseinander, weil sie die Stiele mit einem Bastband zusammengebunden hatte.

„Mutter!"

„Izzy", sagte die Frau sanft.

„Heiliger Strohsack", sagte Troy.

Da stand die unbezähmbare Winnie, zierlich wie Grace, Haut wie Alabaster, schwarze Haare, rote Lippen. Sie wäre glatt als Schneewittchens Double durchgegangen. Nur der Gesichtsausdruck stimmte nicht, er war nicht so lieblich wie bei der Märchenprinzessin. Nein, Troy konnte sich nicht vorstellen, dass Winnie mit den Vögeln des Waldes singen würde. Aber sie war sehr schön. Und sie strahlte Macht aus.

Troy bemerkte, dass Grace ein wenig zu zittern begann, so verletzlich schien sie sich in der Gegenwart ihrer Mutter zu fühlen.

„Bitte komm herein, Izzy", sagte Winnie. „Ich sorge dafür, dass das weggewischt wird."

„Was machst du hier? Warum?"

„Ich musste dich sehen. Mit dir sprechen. Du kannst deinen Hiwi wegschicken. Ich sorge dafür, dass du nachher nach Hause gefahren wirst."

„Er ist nicht mein Hiwi! Er ist mein *Freund*! Was zum Teufel wird hier gespielt? Warum hast du mich nicht angerufen, um mir zu sagen, dass du in der Gegend bist?"

„Weil du mich dann nicht hättest sehen wollen", erwiderte Winnie.

„Stimmt genau. Weil ich für dich gestorben bin, erinnerst du dich?"

„Schau, ich nehme es zurück. Ich nehme alles zurück, Izzy. Du musst mir eine Chance geben. Ich möchte dir nur helfen!"

„Prima. Du würdest mir helfen, wenn du dich wie eine normale Mutter verhalten würdest. Das bedeutet, du würdest mit mir kommunizieren. Du würdest anrufen und fragen, ob ich Zeit für einen Besuch von dir habe. Und falls es darum gehen sollte, dass ich wieder professionell eislaufe, dann verschwenden wir hier nur unsere Zeit."

„Ich möchte nur das Beste für dich. Ich möchte, dass du einen Platz für dich findest. Lass mich dir helfen."

„Ich habe einen Platz gefunden!"

„In einem Blumenladen!"

„In *meinem* Blumenladen. Meinem Geschäft. Ich habe es mir selbst aufgebaut!"

Grace bückte sich und hob den Blumenstrauß auf. Die Scherben kickte sie vom Weg ins Gebüsch. „Wo möchtest du die hinhaben?"

„Im Innenhof?", sagte Winnie und trat beiseite.

Grace ging hinein, und Troy folgte ihr. Winnie versuchte ihn aufzuhalten, indem sie die Hände nach den Blumen, die er trug, ausstreckte. „Ich nehme sie", sagte sie.

Doch er ignorierte sie und stellte sie auf der ersten verfügbaren Fläche ab, auf einem kleinen Frühstückstisch.

Eine Frau stand neben den Türen zum Innenhof. Sie war um die fünfzig, trug sehr kurzes rötliches Haar und war sportlich in Slacks und Pulli gekleidet.

„Danke, Virginia. Sie können sich nun wieder ihren Aufgaben widmen, was auch immer die sein mögen. Und Sie können uns ebenfalls allein lassen, junger Mann. Das hier geht nur mich und meine Tochter etwas an."

„Ich bleibe da", sagte er.

„Sag mir einfach, was du willst, Mutter", forderte Grace sie auf, als sie aus dem Innenhof zurückkam.

„Ich fühle mich nicht wohl, wenn ich in Gegenwart eines Fremden mit dir sprechen soll."

„Oh, verzeih mir, Winnie", sagte Grace. „Das ist mein Freund Troy Headly. Er ist mitgekommen, um mir mit dieser falschen Blumenlieferung zu helfen. Du kannst es also gleich ausspucken, weil ich ihm ohnehin alles erzählen werde, was wir zueinander gesagt haben."

Winnie sank in den nächstbesten Sessel. „Ich hatte gehofft, wir könnten miteinander reden", sagte sie. Sie schien den Tränen nahe zu sein. „Du bist alles, was ich noch habe."

„Das ist nicht mein Fehler. Ich bin fertig mit dem Eiskunstlauf, und ich habe meine Meinung dazu nicht geändert."

„Es gibt noch andere Möglichkeiten. Ich bekomme ständig E-Mails und Anrufe. Du könntest über die Wettkämpfe berichten. Die Sportkanäle CBS oder ESPN würden dich zu den Meisterschaften bringen! Du könntest Trainerin werden! Himmel, das Komitee würde dich mit Kusshand nehmen! Es gibt so viele Dinge …"

„Nein", erwiderte Grace. „Nein, nein, nein. Ich bin damit fertig. Ich möchte nicht als Trainerin arbeiten, möchte keine jungen Mädchen unter Druck setzen, wie ich unter Druck gesetzt wurde! Ich möchte weder über den Sport berichten, noch Eiskunstläufer in Schubladen packen, so wie ich in eine Schublade gepackt wurde. Ich möchte weder beraten noch sonst etwas mit irgendeinem Komitee zu tun haben."

„Aber du läufst immer noch!"

Woher wusste sie das?, dachte Grace fassungslos. „Zum Spaß, um in Form zu bleiben. Mehr nicht. Ich möchte nicht mehr professionell eislaufen oder in dieser Industrie arbeiten."

„Aber warum? Das hast du doch gelernt!", sagte Winnie flehend. „Das war doch mal dein Leben!"

„Weil ich es nicht genug mag, um so viel von mir aufzugeben. Ich bin sehr dankbar, dass ich solche wunderbaren Möglichkeiten hatte, aber es ist Zeit, mein Leben selbst in die Hand zu nehmen. Ich habe mich aus meinem alten Leben zurückgezogen. Ich führe jetzt ein neues Leben."

Winnie erhob sich. „Du wirst Kinder haben", sagte sie, und ihre Stimme zitterte ein wenig. „Eine Tochter. Sie wird mit der Begabung geboren werden. Wie du. Wirst du es ihr verbieten?"

„Wenn ich Glück habe, habe ich eines Tages eine Tochter. Ich werde sie unterstützen, aber ich werde mich ihr nicht jeden Tag vierundzwanzig Stunden lang aufdrängen. Ich werde nicht von ihr erwarten, dass sie *meinen* Traum für mich lebt. Ich sage es dir zum hundertsten Mal, es gibt nur eine Möglichkeit für uns, wie wir miteinander klarkommen können, und zwar wenn du es endlich aufgibst!"

„Bist du jetzt wirklich glücklicher, Izzy? In einem kleinen Raum über einem Blumenladen zu wohnen, sieben Tage die Woche zu arbeiten, um Tischgestecke für Menschen zusammenzustellen, die du nicht einmal kennst? Du hast ein Erbe in der Welt des Eiskunstlaufs, aber deine Zeit ist fast vorbei – wenn du noch wartest, werden sich diese Möglichkeiten erschöpfen, und man wird dich vergessen!"

„Wenn es einen Gott gibt", sagte Grace. Sie drehte sich auf dem Absatz um und wollte das Haus verlassen.

Troy sah ihr hinterher und war nicht ganz sicher, was er jetzt tun sollte. Als Grace mit dem anderen Gesteck zurückkehrte, verstand er, worum es ihr ging. Natürlich, obwohl das hier nur ein Vorwand gewesen war, würde sie die Blumen trotzdem hierlassen. Das Resort würde die Rechnung bezahlen und sie Winnie weiterbelasten. Grace stellte ihr großes, wunderschönes Gesteck auf dem Kaffeetisch ab und ging noch einmal zum Lieferwagen.

Es war, als ob Troy Wurzeln geschlagen hätte. Er war fasziniert von Winnie, die einen roséfarbenen Seidenanzug und beeindruckenden Schmuck trug. Diamanten an den Fingern, Gold an den Handgelenken. Als Grace erzählt hatte, dass ihre Mutter reich war, hatte Troy es sich nicht wirklich vorstellen können, aber jetzt fing er langsam an zu verstehen. Es war nicht nur die Kleidung oder die hochklassigen Klunker, die sie sich einfach leisten konnte, es war die Macht, die sie zu haben glaubte. Winnie sprach, und die Welt schlug die Hacken zusammen.

Er hatte keine Erfahrungen mit reichen Leuten. Jedenfalls nicht, dass ihm dies bewusst gewesen wäre. In Thunder Point gab es ein paar Geschäftsinhaber, denen es finanziell gut ging. Cooper baute Häuser am Hang, also stand er wohl ziemlich gut da. Cliff besaß ein Restaurant und einen Großteil der Marina, das hatte Troy zumindest gehört. Aber das war kein Reichtum in der Art, die Grace' Mutter hatte.

Grace sah ihrer Mutter sehr ähnlich, aber er konnte sich nicht vorstellen, dass sie einmal so werden würde wie sie. Grace war so zärtlich und liebevoll; sie war kein Kontrollfreak und auch nicht manipulativ.

Grace kehrte mit dem letzten Gesteck zurück. Tränen rannen ihr über die Wangen. Sie stellte das Gesteck neben dem anderen Gesteck auf dem Kaffeetisch ab. Dann sah sie ihre Mutter an. „Ich weiß, was du getan hast." Winnie erstarrte, als ob sie vom Schlag getroffen worden war. Grace Erklärung hatte sie eindeutig überrascht, oder vielleicht waren es auch Grace' Tränen. „Du hast eine Bestellung für Blumen aufgegeben, von der du wusstest, dass ich sie nicht ablehnen konnte.

Außerdem hast du um Lieferung am Sonntagnachmittag gebeten, wenn der Laden zu ist und ich keine Aushilfe habe und gezwungen bin, selbst auszuliefern. Warum, Mutter? Warum kannst du mich nicht einfach um meiner selbst willen lieben? Warum hast du mich nur für meine Goldmedaillen geliebt?"

„Izzy, warum benimmst du dich, als ob das ein Fluch für dich ist? Wir haben *die Welt* erobert!", sagte Winnie mit flehendem Gesichtsausdruck. Nein, eher einem *sehnsüchtigen.* „Wir hatten diesen Traum wegen deines Talents, wegen des Trainings, das sich andere Sportler nicht leisten konnten. Ich habe mich für das Training, die Reisen und alles, was man braucht, um an die Spitze zu gelangen, eingesetzt. Meine eigenen Eltern kümmerte das nicht. Sie bezahlten zwar die Rechnungen, aber sie haben nie so an mich geglaubt, wie ich an dich geglaubt habe. Aber gemeinsam haben wir es geschafft! Wir waren im Eiskunstlauf das mächtigste Mutter-Tochter-Gespann der Welt! Das hat mir alles bedeutet. Ich habe es selbst nicht geschafft, aber mit meiner Hilfe hast du es geschafft."

Grace schüttelte traurig den Kopf. „Es tut mir so leid für dich, Mama", sagte sie ruhig. „Ich liebe dich, aber ich werde meine Meinung niemals ändern."

„Na gut!", schrie Winnie. „Bleib. Schick ihn weg, bleib ein bisschen und lass uns reden."

Grace schüttelte den Kopf. „Vielleicht ein andermal. Wenn du nicht gerade versucht hast, mich auszutricksen oder in die Enge zu treiben."

Grace wandte sich ab und ging zum Lieferwagen. Troy folgte ihr. Er schloss leise die Tür, als er das Cottage verließ. Mein Gott, dachte er. Kein Wunder, dass Grace niemandem vertrauen kann. Sie wurde von Menschen wie ihrer Mutter, die sie eigentlich am meisten beschützen und lieben sollte, benutzt. Er holte sie ein, als sie sich gerade auf den Fahrersitz setzen wollte.

„Lass mich fahren, Süße", sagte er und griff nach den Autoschlüsseln.

Sie wischte sich über die Augen. „Nein. Danke, aber nein. Es geht mir gut."

Er eilte zur Beifahrerseite und stieg ein. „Na, das war ziemlich beängstigend", sagte er. „Ich glaube, ich verstehe dich jetzt besser."

Sie bekam einen kleinen Schluckauf und musste sich erneut über die Augen wischen. Dann fuhr sie langsam vom Cottage weg. „Armes reiches Mädchen?", fragte sie.

„Ich glaube, Winnie ist die Arme. Sie hat keine Ahnung, was sie alles verloren hat."

„Wenn du am Ende Goldmedaillen gewinnst, erlaubt man dir nicht, dich darüber zu beklagen, wie schwer das Leben ist. Das ist selbstmitleidig. Gewinnen ist schwer, und der Preis ist hoch. Selbst, wenn du einen schlechten Ruf, einen Gerichtsprozess, andauernden Druck, ein paar Stalker und eine Entführung in die Waagschale wirfst, und …" Grace hörte auf zu sprechen. Dann trat sie voll auf die Bremse. Troy schaffte es gerade noch, sich mit der Hand am Armaturenbrett abzustützen, bevor er sich den Kopf an der Scheibe gestoßen hätte. Sie wandte den Kopf und sah ihn mit einem wilden Blick an. „Verdammt!", sagte sie. Dann hielt sie einfach mitten im Park an, löste den Sicherheitsgurt, stieg aus und rannte zum Cottage zurück.

Troy war einen Augenblick lang aufrichtig schockiert. Dann sprang auch er aus dem Wagen und folgte Grace, wobei der den Wagen einfach mit laufendem Motor mitten im Park stehen ließ. Er lief ihr bis zum Landhaus hinterher. Grace stürmte ohne zu klopfen hinein. Ihre Mutter saß in einem Sessel.

„Mein Gott“, sagte Grace. „Wie hast du mir das antun können? Bist du wirklich so selbstsüchtig?“

„Grace, was ist los?“, fragte Troy.

„Der Brief“, erwiderte sie, wandte aber den Blick nicht von Winnie ab. „Sie hat ihn mir in den Briefkasten gesteckt. Um mir Angst einzujagen, damit ich zu ihr nach Hause zurückkehre.“

Winnie antwortete nicht. Sie reckte trotzig das Kinn.

„Bist du wirklich so verrückt? Im Sinne von echt verrückt. Brauchst du Medikamente? Oder scheust du wirklich vor nichts zurück? Dein einziges Kind? Das Kind, das dir alles gab, was du wolltest. Warum machst du so was? Ich hatte eine Riesenangst!“

„Es ist nichts passiert, oder?“, fragte Winnie.

Grace schüttelte den Kopf. „Ich glaube, ich brauche ein ganzes Leben, um mich von dir zu erholen.“

„Ich habe dir alles gegeben! Ich habe dir mein ganzes Leben gegeben!“

„Dann gebe ich es dir wieder zurück. Lass mich in Ruhe.“

Grace drehte sich auf dem Absatz um und marschierte zum Lieferwagen zurück. Troy musste rennen, um sie einzuholen.

„Okay, ich fahre“, sagte er und schob sie auf die Beifahrerseite des Lieferwagens. „Du bist wirklich nicht in der Verfassung.“

Grace diskutierte nicht mit ihm. Stattdessen saß sie ganz still da und starrte durch das Fenster, während er die gewundene Straße, an Wäldern, der Küste, Golfplätzen und drei großen Clubhäusern vorbei, aus dem Resort hinausfuhr. Troy schwieg und hörte es von ihrer Seite des Wagens gelegentlich schniefen.

„In Ordnung, schau, eine Menge Menschen haben verrückte Familien", sagte er schließlich. Grace antwortete nicht. „Die meisten, glaube ich", ergänzte er. „Tatsächlich haben die meisten Familien, wo wir gerade über dysfunktionelle Familien sprechen, größere und schwerwiegendere Probleme als eine reiche Mutter, die dich gedrängt hat, Goldmedaillen zu gewinnen. Also, dein Herz ist zwar ein bisschen gebrochen, aber du bist erwachsen und kannst für dich selbst entscheiden, wie du dein Leben leben willst. Denk mal daran, was manche Menschen durchmachen – Tod, Scheidung, Missbrauch, Sucht, alle Arten von dunklen Geheimnissen. Deine Mutter hat dich unter Druck gesetzt und sie hatte ihre eigenen Pläne, aber sie hat dich nie körperlich verletzt, stimmt's? Ich habe verstanden, dass es hier um emotionalen Missbrauch geht. Aber Gracie, Liebes, mit dir ist alles in Ordnung. Mehr als in Ordnung. Du bist ein aufrechter, ein guter und lieber Mensch, du weißt, was im Leben wirklich zählt. Deine Mutter ist eine Nervensäge. Wenn du nicht willst, musst du nichts mit ihr zu schaffen haben. Und wenn du willst, ziehe Grenzen."

Sie drehte sich und sah ihn an. „Gibt es in deiner Familie einen Fall von Dysfunktion?"

Troy lachte. „Meine unmittelbare Familie scheint einigermaßen gesund zu sein. Oder vielleicht sind wir auch einfach nur aneinander gewöhnt. Wir haben immer von der Hand in den Mund gelebt. Von Gehaltsscheck zu Gehaltsscheck. Wir kamen aber trotzdem über die Runden. Wie sich herausstellte, kann meine Mutter echt gut mit Geld umgehen. Aber in der erweiterten Verwandtschaft haben wir ein paar interessante Charaktere. Der Vater meines Vaters war fünfmal verheiratet. Wenn du ihn kennen würdest, würdest du finden, dass man das kaum glauben kann – er hat überhaupt nichts Besonderes an sich. Mein Dad hat zwölf Geschwister, alles Halb- oder

Stiefgeschwister. Manche von ihnen sind echte Versager – Geldprobleme, chronische Arbeitslosigkeit. Einer ist ein Betrüger – wir machen einen weiten Bogen um ihn. Diese Typen sind alle ständig auf der Suche nach Almosen – das macht meinen Vater verrückt. Eine der Tanten meiner Mutter ist ein Messie, und die andere hält Katzen. Also zwanzig oder dreißig Katzen. Wir haben die beiden genau ein einziges Mal besucht. Ich glaube, da sind ein paar ernsthafte Geisteskrankheiten im Spiel. Es gibt auch einen dieser „lustigen Onkel" im Familienstammbaum – er durfte uns nie besuchen. Man hat mir erzählt, dass der Großvater meiner Mutter seine Frau verprügelte – meine Mutter sagte, dass ihr Leben, als sie klein war, manchmal ein Albtraum war. Sie behauptet, dass sie meinen Vater, falls er je die Hand gegen sie erhoben hätte, erschossen hätte. Offensichtlich hat er das nie versucht. Mein Dad ist ein großer, gut aussehender, herzlicher Mensch – ich nehme an, er hat die Seite, in die sich die Frauen bei meinem Großvater immer verguckt haben, geerbt, aber im Gegensatz zu ihm hat es mein Vater geschafft, nur einmal zu heiraten. Obwohl meine Mom, als sie ganz jung war, vor ihm schon einmal sehr kurz verheiratet gewesen war. Ein Jahr lang oder so. Sie hat sich von ihrem ersten Mann scheiden lassen und wollte nie darüber sprechen. Ich glaube, ich wusste nicht einmal was davon, bis meine Schwester Jess mit neunzehn heiratete und meine Mutter aus Angst, Jess könnte denselben Weg gehen, ihren Kopf verlor und es uns erzählte. Jess geht es aber gut. Meine Mutter hat unseren Vater erst mit dreißig geheiratet."

„Aber du hattest eine ganz normale Kindheit", sagte sie.

„Na ja, ich glaub schon. Zumindest kenne ich keine Angstzustände oder etwas in der Art. Aber ich habe auch keine Medaillen. Und ich war noch nie in Russland oder China."

„Das war nicht, wie du denkst. Es war Arbeit."

„Ich weiß. Ich würde irgendwann gern einmal die ganzen Stempel in deinem Pass sehen! Ich finde, du solltest jetzt eine Weile darüber nachdenken, was gerade geschehen ist. Dir wird bewusst werden, dass du in der Lage bist, es mit ihr aufzunehmen. Sie hat dich vielleicht nicht genug geliebt und war selbstsüchtig. Sie hat dich auf eine Art vernachlässigt, die dich immer noch schmerzt. Aber du bist vollständig intakt und stark. Du bist in Ordnung. Du bist nicht wie sie, und so wirst du auch nie sein. Du wärst eine total andere Art von Mutter, weil du ganz andere Erfahrungen gemacht hast als sie."

„Bist du dir da sicher?"

„Ich bin da zuversichtlich. Aber ich möchte dir etwas vorschlagen. Es wird dir schwerfallen, weil du jetzt gerade ziemlich verletzt bist. Trotzdem schlage ich vor, du denkst einmal über all das nach, was du *hattest*. Du hast dich die ganze Zeit sehr auf alles, was du *nicht hattest*, konzentriert. Deine Mutter liebt dich vielleicht nicht auf die richtige Weise, aber sie liebt dich." Troy griff nach Grace' Hand. „Du hast die Möglichkeit, hier und jetzt deine Geschichte zu schreiben, Gracie. Du entwirfst dir dein Leben, wie du es willst. Tatsächlich verstehe ich eines nicht – du bist total normal. Wie ist das mit dieser Primadonna als Mutter möglich?"

„Jahrelange Therapie", erklärte Grace. „Es war zwar ein Sporttherapeut, aber du kannst Ängste, Sorgen und Neurosen nicht nur mit ein bisschen altmodischer Therapie bekämpfen. Und außerdem gab es Mamie – die süße, liebenswerte Mamie. Sie hat für meine Mutter gearbeitet und mich umhegt und umsorgt."

„Das erklärt vieles", sagte er.

„Ich möchte nichts machen müssen, was ich letztlich nicht ertragen könnte."

„Das verstehe ich vollkommen“, sagte er.

„Ich möchte ein normales, glückliches Leben“, sagte sie. „Ich bin nicht faul.“

„Mir gefällt dein Leben“, erklärte Troy. „Mir gefällt das Leben, das du dir vorstellst.“

Als sie schließlich in die Stadt zurückkehrten, fuhr Troy den Lieferwagen in die Gasse hinter dem Laden. Es war nicht mehr länger nötig, ihn vor dem Laden abzustellen – es ging keine Gefahr mehr von dem mysteriösen Briefeschreiber aus. Außerdem stand Troys Jeep auch hinter dem Haus.

„Troy, ich glaube, ich muss jetzt erst einmal ein bisschen allein sein“, sagte Grace. „Ich hoffe, du verstehst das. Ich fühle mich im Augenblick ziemlich elend.“

Er beugte sich zu ihr hinunter und gab ihr einen Kuss. „Grübele nicht zu lange herum, Liebes. Es gibt eine Menge Menschen mit superanstrengenden Müttern.“

„Ich weiß. Aber ich brauche ein bisschen Zeit. Und du musst dir keine Gedanken mehr darüber machen, dass ich von irgendjemandem bedroht werde.“

„Lass uns später über alles sprechen“, schlug er vor. „Ich rufe dich an.“

Troy musste nicht lange darüber nachdenken, was er jetzt tun wollte. Er fuhr zu seiner Wohnung, räumte auf, zog sich etwas anderes an und fuhr zurück nach Bandon. Um sechs Uhr betrat er mit einem Gastausweis das Gelände des Golfclub-Resorts. In Winnies Cottage reagierte niemand auf sein Klingeln, und er überlegte, wo sie stecken könnte. Dann fuhr er ein wenig herum und dachte nach. Es gab fünf Restaurants auf dem Grundstück – ein paar Club-Restaurants und weitere feine Restaurants. Er fuhr zu dem Restaurant mit Meerblick.

Ein Oberkellner begrüßte ihn. „Ich bin hier mit Mrs. Dillon Banks verabredet“, sagte Troy leise, als ob sein Besuch tatsächlich verabredet gewesen wäre.

„Ich war mir gar nicht bewusst, dass sie noch jemanden erwartet. Hier entlang, Sir.“

Sie saß allein an einem Tisch, der ein wenig abseits der anderen Tische am Fenster stand. Sie aß nichts, hielt aber ein Glas in der Hand und blickte nachdenklich aus dem Fenster.

„Mrs. Banks“, sagte Troy.

Sie sah zu ihm auf.

„Darf ich mich einen Augenblick zu Ihnen setzen?“

„Ich vermute, es hat etwas mit meiner Tochter zu tun. Ja, Mr. Headly. Nehmen Sie Platz. Und trinken Sie etwas.“

„Danke“, sagte er und setzte sich ihr gegenüber auf einen Stuhl. Der Kellner stand sofort neben ihm. „Bringen Sie mir dasselbe, was Mrs. Banks trinkt.“

„Ist alles in Ordnung mit Izzy?“

„Sie ist ein wenig erschüttert, aber sie ist belastbar. Sie müssen mir verzeihen, Mrs. Banks – es ist schwer für mich, an sie als Izzy zu denken. Für mich ist sie Grace.“

„Grace. Ja“, sagte sie und nippte an ihrem Drink. „Womit verdienen Sie Ihren Lebensunterhalt, Mr. Headly?“

„Ich arbeite als Lehrer an der Highschool. Und als Teilzeit-Barkeeper in einer Strandbar. Nicht gerade eine sehr anspruchsvolle Arbeit, aber ich empfinde Unterrichten als bereichernd.“

„Und Ihre Beziehung zu Izz… Grace? Ist das etwas Ernstes?“

„Ja“, sagte er. „Ich meine es sehr ernst mit ihr, obwohl wir keine Heiratspläne haben. Ich habe es nicht eilig. Das heißt nicht, dass ich zögerlich bin. Es heißt nur, dass wir uns Zeit nehmen. Eine Prise Zeit, wie meine Großmutter zu sagen pflegte.“

„Hoffen Sie auf eine große Erbschaft?“, fragte Winnie ihn unverblümt.

„Bis vor ganz Kurzem wusste ich gar nichts über Grace’ Familie. Bis zu diesem Augenblick ist mir das mit der Erbschaft überhaupt nicht durch den Kopf gegangen.“ Er lachte verlegen. „So jung wie Sie sind, wird es bis dahin auch noch sehr lange dauern.“

Grace’ Mutter vermied jeglichen Augenkontakt zu ihm. Stattdessen hob sie ihr Glas und nippte daran. Ihre Hand zitterte, und sie nahm die andere Hand zu Hilfe, um das Zittern zu vermindern.

Sein Getränk kam schnell. Er trank einen Schluck und verzog das Gesicht. „Was ist das denn?“

Sie lächelte tatsächlich. „Ein Manhattan. Mit Bitter.“

„Köstlich“, sagte er und stellte das Glas ab.

Da musste sie unwillkürlich lachen. „Nun, lassen Sie uns mal die Karten auf den Tisch legen, ja? Warum sind Sie hier? Was erwarten Sie von mir? Was soll ich Ihnen sagen?“

„Ich habe noch nie zwei Frauen gesehen, die sich so geschickt und schnell gegenseitig auf die Palme bringen können, und das, obwohl ich eine Schwester und eine Mutter habe. Die beiden hatten auch schon ihre Zusammenstöße. Aber was ich vor ein paar Stunden gesehen habe, war ganz schön übel. Also, hier ist meine Frage: Was kostet es Sie, Mrs. Banks? Ist es Ihnen möglich, so eine Art freundliche und nette Beziehung zu Grace aufzubauen?“

Sie dachte einen Augenblick darüber nach. „Ich sollte diese Unterhaltung eigentlich besser mit meiner Tochter führen.“

„Natürlich wäre es besser, aber das haben Sie nicht getan. Grace ist unglücklich, und wenn ich mich nicht irre, sind Sie ebenfalls unglücklich. Es muss doch einen Weg geben.“

„Sehen Sie, ich erwarte nicht, dass Sie es verstehen."

„Dass es Altlasten gibt? Dass Sie immer schon eine Reihe von Konflikten hatten? Dass es schwierig ist, einen Kompromiss zu finden? Versuchen Sie es. Ich habe schon bei einigen legendären Streits als Mediator gearbeitet. Gerade im Moment habe ich mindestens fünfzig junge Mädchen in meinen Klassen, mit denen ich umgehen muss. Versuchen Sie es, laden Sie es bei mir ab."

Winnie trank einen weiteren Schluck. „Ich habe bei meiner Tochter Fehler gemacht, aber diesmal kann ich es mir nicht erlauben, noch einen weiteren Fehler zu machen."

„Der anonyme Brief …"

„Das war ein Fehler. Das hätte ich nicht tun sollen. Ich möchte, dass meine Tochter nach Hause kommt, Mr. Headly. Es ist notwendig, dass sie nach Hause kommt. Aber ich will nicht, dass sie aus Mitleid nach Hause kommt."

„Zu Besuch?", fragte er.

„Zu einem sehr langen Besuch. In einem unbedachten Augenblick dachte ich, dass sie sich, wenn sie sich unsicher fühlen würde, von mir helfen ließe. Ich habe einen Fehler gemacht."

„Sie ist gut aufgehoben. Und ich glaube nicht, dass sie Hilfe braucht. Sie war ziemlich deutlich – ihr gefallen die Karrieremöglichkeiten, die Sie ihr aufgezählt haben, nicht. Sie ist wirklich gut in dem, was sie im Moment macht. Und sie ist glücklich."

„Mr. Headly …"

„Mrs. Banks", sagte er und beugte sich zu ihr. „Mein Name ist Troy. Lassen Sie uns mal einen Augenblick so tun, als wären wir Freunde und würden uns vertrauen. Lassen Sie uns wenigstens ein Mal annehmen, dass uns beiden Grace' Glück und Wohlergehen gleichermaßen am Herzen liegt."

Sie trank noch einen Schluck, wie um sich Mut zu machen. Ihre Hand zitterte immer noch ein wenig. „Troy, ich bin vermögend. Familienvermögen. Sich darum zu kümmern, ist kompliziert. Mit dem Geld kommen die Räuber. Bei altem Geld hat man Verantwortung. Wenn dieses Geld Izz… Grace gehört, ist es mir ehrlich gesagt egal, wie sie es ausgibt, ob sie es weggibt, in ein Projekt steckt oder das macht, was ich getan habe – es zu bewahren und zu vermehren. Doch ich möchte nicht, dass andere Leute sich an ihr bereichern und ihre Unerfahrenheit ausnutzen. Es wird Zeit für Grace, mir zu vertrauen. Mich ihr zeigen zu lassen, wie man damit umgeht. Sie hat absolut keine Erfahrung damit, wie man ein Vermögen verwaltet."

„Sie hat es geschafft, sich ein Geschäft zu kaufen und mit Gewinn zu führen", sagte er.

„Bitte. Seien Sie nicht naiv. Ihr Vater hat ihr einen Trust hinterlassen. Sie hat das Geld genutzt, um diesen Blumenladen zu kaufen."

Troy rückte auf seinem Stuhl zurück. „Was hat das mit Eislaufen, Fernsehmoderation oder Coaching zu tun?"

„Ich dachte, es wäre das Beste für sie, wenn sie einen Karriereweg mit einer gewissen Langlebigkeit in dem Feld, das sie immer geliebt hat, einschlägt. Aber sie ist unnachgiebig …"

„Diesen Kampf werden Sie nicht gewinnen", sagte er. „Ich weiß nicht, warum Sie nicht einfach in einen Dialog mir ihr treten, und ihr sagen, was eines Tages nötig ist, um Ihr altes Geld zu verwalten. Dafür muss sie weder als Coach noch für die Sportmedien arbeiten. Und es ist doch auch gar nicht dringend."

Winnie Banks durchbohrte ihn mit kalten Blicken aus ihren blauen Augen. „Mr. Headly, Troy. Ich möchte, dass Grace aus Loyalität und Liebe zu mir kommt. Ich hatte vor, mit ihr darüber zu reden, wenn wir wieder miteinander sprechen – aber es bleibt nicht mehr viel Zeit. Ich bin krank, Mr. Headly. Ich habe ALS. Die Symptome werden täglich schlimmer."

Er war sprachlos. Grace' Mutter war eine Frau in den besten Jahren, höchstens Anfang fünfzig. Sie schien, bis auf das Zittern, sehr stark zu sein. Sie war wunderschön und eigensinnig, aber er wusste, dass mit ALS der Geist stark blieb, bis der Körper schließlich aufgab.

„Sie müssen es ihr sagen", empfahl er schließlich.

„Natürlich", sagte sie. „Sofort. Ich habe einen Brief geschrieben. Ich habe ihn vor unserer heutigen Auseinandersetzung geschrieben. Ich wollte ihn ihr morgen durch meinen Fahrer zustellen lassen, aber wenn Sie wollen, können Sie ihn ihr geben."

Ein Angestellter kam an den Tisch. Er schob einen Rollstuhl. „Wenn Sie noch nicht fertig sind, kann ich jederzeit wiederkommen", sagte er.

„Es ist gut, Bruce. Ich bin fertig." Sie manövrierte sich selbst in den Rollstuhl. „Machen Sie das? Meiner Tochter diesen Brief geben?"

Troy nickte, noch ganz betäubt von den Neuigkeiten. „Mrs. Banks. Es tut mir leid."

„Der Brief liegt in meinem Zimmer. Können Sie ihn holen?"

Ein paar Minuten später war Winnie wieder in ihrem Cottage. Virginia, die Dienstmädchen oder Assistentin oder eine Art Haushälterin war, half ihr, ein bisschen Obst und Käse auf den kleinen Frühstückstisch zu stellen. Der Brief lag auf einem Beistelltisch. Er war adressiert, aber ohne Briefmarke. Winnie legte ihm den Brief in die Hand.

„Sind Sie sicher, dass er schon fertig ist?“, fragte Troy sie.

„Er fängt mit einer Entschuldigung an“, sagte sie, um ihn zu beruhigen. „Das geht per Brief leichter, habe ich herausgefunden. Leichter, als mich ihrem Ärger auszusetzen.“

14. Kapitel

Troy hatte der Manhattan, den er mit Winnie getrunken hatte, nicht geschmeckt, aber jetzt konnte er wirklich einen Drink gebrauchen. Einen Drink in einer dunklen Bar, wo ihn nicht viele Leute kannten. Das Cliff und Coopers Strandbar waren damit aus dem Rennen, deswegen parkte er vor Waylans Bar und ging hinein.

„Wie sieht's aus mit einem Crown, einem Ordentlichen?", fragte er Waylan. „Und dann noch einem?"

Der Brief an Grace lag auf der Mittelkonsole seines Jeeps. In Grace' Loft war ein schwacher Lichtschein zu sehen. Sie brauchte Zeit, allein zu sein, aber darauf konnte er nun doch keine Rücksicht nehmen. Es gab keine andere Möglichkeit, weil er ihr so bald wie möglich von der Unterhaltung mit Winnie erzählen musste. Außerdem musste er ihr den Brief geben.

Aber vorher musste er sich ein paar Drinks genehmigen, um sich etwas Mut anzutrinken und seine Nerven zu beruhigen.

Also trank er langsam und überlegte, was getan werden musste. Was für ein komplizierter Mist. Zwischen Grace und Winnie war eine Menge aufgestaute Wut, und nun würde auch noch Kummer hinzukommen. Kummer und ein drohender Tod. Und eine Erbschaft? Eigentlich war das alles eine Nummer zu groß für Troy. Er fing an, sich zu fragen, ob es nicht besser gewesen wäre, wenn er sich herausgehalten und Winnie nicht aufgesucht hätte. Dann wüsste er jetzt nichts von all dem. Aber er hatte gedacht, er könnte helfen. Er hatte gedacht, er könnte die Stimme der Vernunft sein. Aus seiner Sicht brauchte Grace nicht jedes Mal an die Decke zu gehen, wenn davon die Rede war, sie möge an eine Karriere im Eislaufbusiness denken. Und Winnie sollte das Thema, nachdem man ihr mindestens schon fünfzig Mal gesagt hatte, dass so etwas nicht infrage kam, endlich fallen lassen.

Das waren zwei sture, dickköpfige Frauen.

Um halb acht rief Troy bei Grace an. Sie antwortete verschlafen.

„Ich vermisse dich. Hast du dich inzwischen etwas beruhigt?", fragte er.

„Habe ich. Ich bin ein bisschen herumgestampft und habe geweint, dann bin ich, glaube ich, ein bisschen eingenickt. Ich bin völlig erschöpft."

„Lass mich zu dir kommen und dich in den Arm nehmen. Ich weiß nicht mehr, wie man allein schläft", sagte er.

„Okay, aber du musst ganz ruhig sein und schlafen. Ich möchte nicht sprechen", sagte sie.

„Das kann ich dir nicht verdenken." Troy fuhr in die kleine Gasse hinter Grace' Haus und stellte den Wagen hinter dem Lieferwagen von Pretty Petals ab. Er benutzte seinen eigenen Schlüssel und fand das Loft dunkel vor. Auf dem Beistelltisch stand ein leeres Weinglas. Er nahm den Umschlag aus seiner Jackentasche und legte ihn auf den kleinen Tisch in ihrer winzigen Küche. Seine Jacke hängte er über einen Stuhl, bevor er ins Schlafzimmer ging. Grace rührte sich und richtete sich auf.

„Hallo", sagte sie. „Kannst dich wohl nicht von mir fernhalten, was?"

„Das kann ich bestimmt nicht", sagte er und zog sich die Schuhe aus. Rasch folgten Hose und Hemd. Dann schlüpfte er ins Bett. Grace kuschelte sich sofort in seine Arme und küsste ihn.

„Wow. Was auch immer du da ausatmest, das ist stark."

„Ich brauchte einen starken Drink", räumte er ein.

„Winnie hat manchmal so einen Effekt auf Menschen. Sag mir die Wahrheit. Hat sie nicht bewirkt, dass du sofort das Weite suchen wolltest?"

„Nein." Er nahm sie in die Arme. „Ich sehe dennoch die Herausforderung. Mach die Augen zu. Du möchtest doch gar nicht reden, erinnerst du dich?"

„Ich bin komplett fertig", sagte sie gähnend und schmiegte sich an ihn. „Du bist so ein gutes Kissen. Ich glaube, ich weiß auch gar nicht mehr, wie man allein schläft."

„Ruhe dich einfach aus, Baby. Ich bin da."

Troy schlief überhaupt nicht gut. Aber es war ein schönes Gefühl, zu wissen, dass Grace gut schlief. Um halb sechs, genau wie an den meisten anderen Morgen auch, wachte er auf. Nachdem er noch eine Weile still liegen geblieben war, stand er schließlich auf. Er kochte Kaffee und wartete darauf, dass Grace ebenfalls aufwachte. Es dauerte fast noch eine Stunde.

„Warum bist du schon aufgestanden?", fragte sie und streckte sich aus. „Du musst doch heute gar nicht arbeiten!"

„Grace, ich muss dir etwas gestehen", sagte Troy und richtete sich noch ein wenig mehr auf. „Ich bin gestern, nachdem ich dich hier abgeliefert hatte, noch mal ins Resort zurückgefahren. Um mit deiner Mutter zu reden."

„Was hast du? Warum hast du das getan?"

„Nimm dir einen Kaffee, Liebes. Dann erzähle ich es dir." Grace kehrte innerhalb weniger Sekunden zurück und setzte sich neben ihn. „Ich bin hingefahren, weil es mich wirklich störte, wie ihr beiden aufeinander losgegangen seid. Nicht, dass das einzigartig wäre – meine Mom und meine Schwester hatten auch eine Reihe ordentlicher Kämpfchen. Aber bei ihnen renkten sich die Dinge immer irgendwie wieder ein, selbst wenn es ein paar Tage, manchmal sogar Wochen dauerte. Bei dir und deiner Mom sieht es so aus, als ginge der Konflikt zwischen dir und ihr schon seit Jahren so."

„Stimmt", bestätigte sie.

„Ich bin also zurückgefahren, um mit ihr zu sprechen und sie zu fragen, was es sie kosten würde, ein ordentliches Verhältnis zu dir aufzubauen. Ihr müsst euch nicht mögen, aber ihr seid Mutter und Tochter. Doch darüber haben wir dann gar nicht gesprochen. Sie weiß, dass sie Fehler gemacht hat, Gracie. Große Fehler. Und sie hat Probleme." Er deutete auf den Brief. „Sie hat dir einen Brief geschrieben. Sie wollte ihn dir zustellen lassen, falls das mit der Blumenlieferung nicht funktioniert hätte. Sie bat mich, ihn dir zu geben."

Grace stellte die Kaffeetasse ab. „Glaubst du wirklich, dass das deine Aufgabe war? Zu meiner Mutter zu fahren?", herrschte sie ihn an.

„Keine Ahnung", antwortete Troy ehrlich. „Es sah aus, als würde euch beiden das Ganze sehr wehtun. Und es wirkte außerdem alles so unnötig. Ich konnte mir nicht vorstellen, weshalb um alles auf der Welt ihr so einen Streit darum habt, ob deine Zukunft nun in der Eislaufindustrie liegt oder nicht. Das ergab für mich keinen Sinn." Er beobachtete, wie Grace den Brief aufriss. „Jetzt habe ich es verstanden."

Grace fing an zu lesen. Sie runzelte verärgert die Stirn und gab ein missbilligendes Geräusch von sich. Doch dann las sie den Brief bis zum Ende der ersten Seite und sah ihn geschockt an. Sie legte die erste Seite des Briefes ab und las weiter. Ihre

Augen schimmerten feucht und sie bewegte die Lippen während sie las. Schließlich löste sie den Blick von dem Papier, um Troy anzusehen. „Ist das wahr?"

„Du willst wissen, ob sie lügt? Sie wurde vom Restaurant, wo ich sie gefunden habe, in einem Rollstuhl in ihr Landhaus zurückgebracht."

Grace schüttelte den Kopf. „Sie ist herrisch und ein Kontrollmensch und arrogant. Aber sie lügt nicht. Jedenfalls nicht, soweit ich weiß. Na ja, außer bei diesem anonymen Brief, aber als ich sie damit konfrontierte, hat sie es zugegeben."

„Lies den Brief", sagte Troy und deutete mit dem Kinn auf die restlichen Seiten.

Sie las weiter und kam zur dritten Seite, als sie kurz auflachte, sich aber gleichzeitig die Augen wischen musste. „Das ist so typisch Winnie. Sie hält mich für total inkompetent. Wenn ich nicht nach San Francisco komme und mindestens sechs Monate bei ihr wohne und alles lerne, was man über ihre Finanzen wissen muss, werde ich es vermasseln und schon sechs Monate nach ihrem Tod komplett pleite sein." Sie schaute Troy an. Ein paar Tränen rollten ihr über die Wange. Sie schüttelte etwas verloren den Kopf. „Sie empfindet wirklich etwas für mich. Auf eine total beleidigende Art. Wenn sie sich so viele Sorgen macht, warum hinterlässt sie ihr Geld dann nicht einfach der Katze oder so?"

„Sie liebt dich. Sie ist einfach nur daran gewöhnt, andauernd allen Menschen zu sagen, was sie tun sollen. Das würde mir auch auf die Nerven gehen."

„Sie ist eine schreckliche Nervensäge", sagte Grace, die vor lauter Gefühlen einen Schluckauf bekam.

„Aber sie will jetzt alles richtig machen. Bevor … du weißt schon."

Grace legte den Brief ab. Ohne ihm zu erklären, was sie machte, griff sie nach ihrem Handy und wählte eine Nummer. Als er sie ansah, schürzte sie die Lippen. Sie waren gerötet, und ihre Nase schimmerte rosa und feucht. Sie wischte sich über das Gesicht. Dann sprach sie ins Telefon. „Mikhail, Winnie hat endlich einen Weg gefunden, meinen Willen zu brechen. Sie stirbt."

Ray Anne hatte lange nachgedacht. Sie konnte Ginger nicht weniger traurig machen; sie konnte ihr nicht helfen, über ihre Trauer hinwegzukommen, und es gab keine Möglichkeit, das Kind, das ihr genommen worden war, zu ersetzen. Aber es war nun neun Monate her, seit das Baby gestorben war. Ray Anne konnte dafür sorgen, dass Ginger in die Gänge kam.

Als Ginger morgens aufstand, schlurfte sie in ihrem formlosen T-Shirt und knielangen Leggings in die Küche. Die Haare hingen platt und formlos herunter. Sie hatte kaum drei Schlucke ihrer ersten Tasse Kaffee getrunken, als Ray Anne tief Luft holte.

„Also, mein Schätzchen", sagte sie, „heute machen wir einen Ausflug. Wir fahren nach Eugene, kaufen ein, essen nett zu Mittag und gehen in den Schönheitssalon."

„Danke, Ray, aber, wenn es dir nichts ausmacht, würde ich lieber hierbleiben."

„Aber es macht mir etwas aus, Süße, denn wir müssen etwas unternehmen. Du machst gar nichts, arbeitest nicht. Du brauchst eine Auffrischung." Sie strich Ginger über das Haar und widerstand dem Impuls, *Igitt* zu sagen. „Ein neuer Haarschnitt, ein bisschen Farbe, ein paar neue Kleider. Ich dusche, solange du Kaffee trinkst. Mach dir ein Müsli oder einen Toast oder beides. Du brauchst deine Kraft."

„Ray, wirklich … das interessiert mich nicht.“

„Glaub mir, es ist nötig.“

„Schau, ich habe kein Geld, um es für Kleider auszugeben, die ich sowieso nicht tragen werde.“

„Darum kümmere ich mich, aber wir müssen auch etwas wegen deiner Finanzlage unternehmen. Sobald du wieder ein wenig aufgefrischt bist, werden wir dir einen Job suchen.“

„Ich bin mir nicht sicher, ob ich …“

„Ich möchte, dass du es versuchst. Es muss kein anspruchsvoller Job sein. Wir können mal zum Strand gehen und schauen, ob Cooper und Sarah Hilfe in der Strandbar brauchen. Der Frühling ist da, der Sommer kommt, und am Strand ist so langsam richtig was los. Vielleicht braucht Cliff eine Kellnerin, oder eines der Geschäfte in der Stadt braucht eine Bürokraft. Aber du kannst nicht so verwahrlost aussehen, wenn du in der Öffentlichkeit arbeitest. Ginger, du musst was mit deiner Zeit anfangen. Du darfst nicht die ganze Zeit herumsitzen und denken, dass alles nichts nützt.“

„Aber ich bleibe doch sowieso nicht hier!“

„Soweit ich es beurteilen kann, hast du keine Ahnung, was du machen sollst oder wo du wohnen willst. Also können wir genauso gut so tun, als ob du einfach dein Leben in den Griff kriegen willst, und dazu gehört eine Arbeit. Selbst wenn du in ein paar Wochen wieder wegfährst.“

„Schau, ich rufe einfach meine Mom an, lass sie ein paar Kisten mit Sachen zum Anziehen einpacken, die ich daheimgelassen habe und …“

„Ginger, Süße, ich bin mir sicher, dass die Sachen, die du dort gelassen hast, dir nicht besser passen als die Sachen, die du mitgebracht hast. Jetzt komm doch einfach mit. Ich verspreche dir, dass ich dir nichts aufdrängen werde, das dir nicht gefällt.

Ich werde dich auch nicht drängen, dich so anzuziehen wie ich", fügte sie lachend hinzu.

„Ich will das nicht", erwiderte Ginger. „Ich bin nicht dein Problem. Ich möchte einfach nur allein bleiben."

„Das weiß ich, Liebes", sagte Ray Anne zärtlich. „Ich weiß, dass du einfach nur in einem Erdloch versinken und sterben möchtest. Möchtest du wissen, wieso ich das weiß? Weil ich auch schon mal so etwas Ähnliches erlebt habe. Nicht ganz so schlimm, aber dennoch … Normalerweise spreche ich nicht darüber, aber als ich sehr jung war, jünger als du jetzt, hatte ich ein Baby, das nicht lebte. Das kleine Mädchen war eine Totgeburt, ich lernte es nicht kennen und hatte auch keine Gelegenheit, mich an mein Kind zu gewöhnen. Und weil ich noch so jung war, schickten mich meine Leute nach Portland, um bis zur Geburt bei deinem Daddy und seiner Familie zu bleiben. Ich war nicht verheiratet, ging noch zur Highschool. Niemand brauchte davon zu erfahren, stimmt's? Damals machten wir uns noch erheblich mehr Gedanken um unseren Ruf. Und ich war mir auch nicht wirklich sicher, wer der Vater war, also … Na ja, es hat Zeiten in meinem Leben gegeben, da habe ich ein paar übereilte, unüberlegte Entscheidungen getroffen."

Ginger starrte sie nur mit weit geöffneten Augen und offenem Mund an.

„Ich hielt mein Baby lange im Arm, bevor ich es gehen ließ, und die Krankenschwestern drängten mich nicht. Ich hatte das Kind nicht einmal behalten wollen – ich hatte mir überlegt, dass es ohne mich besser dran wäre! Ich hatte damals selbst nicht viel. Oh, das ist so lange her. Aber danach wollte ich einfach nur sterben. Dann starben meine Mom und mein Dad ein paar Jahre später, und ich fühlte mich so allein. Ich wusste nicht, was ich tun sollte. Ich weiß immer noch nicht, was ich tun soll. Weißt du, was ich nach einer Tragödie mache? Wenn mein Leben komplett auseinanderfällt? Ich versuche wirklich das Beste zu tun, was ich tun kann. Ich wache morgens auf, stelle meine Füße auf den Boden und mache einen Schritt nach dem anderen. Ich ziehe mir jeden Tag saubere Kleider an. Ich sehe zu, dass ich so aussehe, als würde ich gut mit dem Leben zurechtkommen, auch wenn in mir alles sagt, dass ich es keinen weiteren Tag aushalten werde. Ich gebe größtenteils vor, dass ich hier und da einen guten Moment habe und breche dann weinend zusammen, weil ich es doch nicht schaffe. Doch dann stelle ich mich wieder mit beiden Beinen auf den Boden und gehe wieder einen Schritt."

Ginger sagte nichts, aber ihr rann eine Träne über die Wange.

„Als du zur Welt gekommen bist, habe ich mich irgendwie wie deine Tante gefühlt. Du warst ein Geschenk für mich. Wir hatten so viel Spaß beim Spielen, Verkleiden, Filme-Gucken, oder wenn wir kleine Ausflüge machten und du bei mir übernachtet hast. Das können wir wieder machen."

Ginger schüttelte den Kopf, und eine weitere Träne erschien auf ihrer Wange.

„Du musst mir nicht erzählen, was ich auch so schon weiß – ein Haarschnitt und eine gut sitzende Jeans helfen nicht viel. Sie sind nur ein seichter, schwacher Trost. Meine Freundin Lou sagt immer, dass ich das Seichte erfunden habe." Ray Anne lächelte. „Ich glaube, sie ist insgeheim ein bisschen neidisch, weil ich immer noch auf so hohen Absätzen gehen kann."

„Ray …"

Ray Anne hob die Hand. „Ich weiß, ich werde ein bisschen melodramatisch. Und auch ein bisschen herrisch. Ich kann nichts an deinen Gefühlen ändern, Gingerschätzchen. Ich weiß, dass ich das nicht kann. Aber ich kann dafür sorgen, dass du einen guten Haarschnitt bekommst. Ich kann dir eine ordentliche Jeans kaufen und Unterwäsche, für die du dich nicht schämen musst, falls man dich mal in die Notfallklinik bringen müsste. Und bitte mach dir keine Gedanken wegen des Geldes, denn es wäre mir meine gesamten Ersparnisse wert, wieder die hübsche Ginger zum Vorschein zu bringen. Falls das dafür sorgen würde, dass du dich auch nur ein klitzekleines bisschen besser fühlst, wäre es ebenfalls das Richtige. Jetzt frühstücke etwas – du bist viel zu dünn. Ich bin in einer Dreiviertelstunde fertig zur Abfahrt. Und wir haben heute viel vor."

Ginger erklärte sich mit der Idee des Auffrischens einverstanden, weil sie Ray Anne schon als kleines Mädchen sehr geliebt hatte und weil Ray über ihren eigenen Verlust mit ihr gesprochen hatte. Ginger konnte sich nicht vorstellen, ein schwangerer Teenager zu sein und ein totes Baby zur Welt zu bringen. Natürlich konnte sie sich auch nicht vorstellen, ihr Baby wegzugeben, doch andererseits war sie inzwischen dreißig und hatte sehr lange gewartet, bis sie heiratete und ein Kind bekam. Und der Ehemann war ganz klar eine Enttäuschung gewesen.

Also fuhr Ginger mit Ray Anne nach Eugene. Einerseits, um zu zeigen, dass sie sich wirklich bemühte, und andererseits, weil sie nett zu Ray sein wollte. Der erste Halt war der Schönheitssalon. Während Ray Anne sich die Hände maniküren ließ, saß Ginger auf dem Stuhl der Kosmetikerin. Die Frau, Char, zog ihr das Gummiband aus dem Haar und kämmte es aus. „Also, was machen wir heute?", fragte sie.

Ginger starrte ihr Spiegelbild an. Ihr Haar, auf das sie immer stolz gewesen war, sah aus, als ob es dünn geworden war. Es hing glatt an ihrem zu schmalen Gesicht herunter und hatte eine Farbe, die an schmutziges Wasser erinnerte. Sie fand, dass sie Ähnlichkeit mit einem Afghanen-Hund hatte. „Mir egal", sagte sie.

„Ich kümmere mich darum", sagte Ray Anne und sprang vom Tisch der Maniküre auf. „Sie braucht ein paar helle Strähnchen und ein paar Tönungen. Vielleicht machen Sie ihr auch ein paar dunklere Strähnchen. Versuchen sie, Glanz in das Honigblond zu bringen. Und um Himmels willen bringen sie das Haar in Form! Stufenschnitt. Und, wenn Sie damit fertig sind, föhnen sie es und sparen Sie nicht mit Schaum. In unserer Familie brauchen wir Frauen ein bisschen Volumen in unseren Locken."

Chars Blick begegnete Gingers Blick im Spiegel. Sie zog die Brauen hoch. „Sind Sie damit einverstanden?"

„Klar", erwiderte Ginger teilnahmslos.

Ginger konnte nicht leugnen, dass es sich gut anfühlte, jemandes Hände im Haar zu spüren, die ihr die Kopfhaut massierten. Es war über ein Jahr her, seit sie zum letzten Mal beim Friseur gewesen war. Dennoch achtete sie nicht im Geringsten darauf; sie tat das alles nur für Ray Anne. Wenn es Ray Anne das Gefühl vermittelte, damit etwas getan zu haben, das ihr half, schön.

Doch anderthalb Stunden später staunte sie dann doch über ihr eigenes Spiegelbild. Ihr Haar war entlang der Kinnlinie abgeschnitten worden, war hinten etwas kürzer und sah voll und dicht aus. Die hellen Strähnchen sorgten dafür, dass ihr Haar gesund und wie von der Sonne geküsst wirkte. Es war ein einfacher Schnitt, leicht zu handhaben – mit einer Rundbürste, einem Föhn und etwas Styling-Schaum. Nicht, dass sie vorhatte, sich diese Mühe zu machen.

„Jetzt kommen wir doch langsam weiter“, sagte Ray Anne zufrieden. „Bringen Sie ihr doch bitte noch ihre Augenbrauen in Form.“

Danach fuhren Sie zu Macy's in die Make-up-Abteilung, und Ray Anne steuerte zielstrebig MAC an. Es war Ray Annes Aufmerksamkeit nicht entgangen, dass Ginger weder Schminksachen mitgebracht hatte noch welche benutzte. Und jede Frau, behauptete Ray Anne, konnte hier und da ein wenig kosmetische Unterstützung gebrauchen.

„Mein Gott, das Zeug kostet ein Vermögen!“, sagte Ginger. „Ich kaufe meinen Kram einfach nur im Supermarkt!“

„Ja, ich weiß, Liebes. Darüber wollte ich auch schon mit dir reden. Dieses Zeug macht dich orange. Wir müssen nicht gleich die Vollausstattung dieser teuren Firmen kaufen, aber es gibt ein paar Produkte, ohne die man nicht auskommt. Eine Feuchtigkeitscreme, Basis, Puder, Lippenstift und Wimperntusche. Die billige Wimperntusche verklebt die Wimpern. Du brauchst die richtigen Farben für deinen Hautton und die Haare. Wir können Dinge wie Rouge, Lidschatten und Lipgloss im Supermarkt kaufen.“ Ray Anne setzte sich auf einen Stuhl und erteilte der Verkäuferin im schwarzen Anzug Befehle. „Machen Sie sie hübsch.“

Es war eine Verwandlung. Ginger fühlte sich zwar im Herzen nicht glücklicher, aber als sie sich im Spiegel ansah, fühlte sie sich nicht länger wie eine lebendige Leiche. „Faszinierend“, sagte sie zu ihrem eigenen Spiegelbild.

Das Bild, das ihr einfiel, war der Tag, an dem ihr Kind beerdigt wurde. Ihre Mutter hatte auf dem Toilettendeckel gesessen und ihr ein wenig Farbe auf die Wangen und die Lippen getupft und gesagt: „Es ist nur eine oberflächliche Glasur, aber dann siehst du wenigstens nicht mehr ganz so aus, als ob du mit deinem Baby gestorben bist.“ Und Ginger hatte so sehr geweint, dass sie nicht still sitzen konnte, um sich von ihrer Mutter schminken zu lassen. Sie hatte mit ihrem Baby sterben wollen. Alles in ihrem Inneren fühlte sich roh und wund an.

Aber diesmal war es etwas anders. Ray Anne wollte von ihr nur eine kleine Anstrengung, um wieder in die Welt der Lebenden zurückzukehren. Es war zu einfach, im Bett liegen zu bleiben und das Haus nicht zu verlassen, wenn sie jedes Mal, wenn sie in den Spiegel blickte, so schrecklich aussah.

Ray Annes Telefon klingelte ein paarmal, während sie unterwegs waren, und sie antwortete knapp, dass sie mit ihrer „Nichte“ unterwegs sei, aber, wenn sie nach Hause kam, noch einmal ihre Listen durchgehen und sich noch einmal melden würde.

Während sie bei Macy's waren, lotste Ray Anne Ginger durch die Lingerie-Abteilung.

„Hast du Lieblings-BHs und Höschen?“, fragte sie. Ginger schüttelte kaum merklich den Kopf, und Ray Anne seufzte. „Ich möchte nicht, dass du neue Sachen anprobierst, bevor du nicht die richtige Unterwäsche hast. Diese ausgeleierten Omaunterhosen sitzen nicht gut unter einer hübschen Jeans.“ Sie schaute sich ein paar Marken und Schnitte an – Bikini, hochgeschnitten, Hipster. Sie überreichte Ginger drei Paar. „Probier die mal an, während ich mir die BHs ansehe.“

Ginger tat, was man ihr gesagt hatte. Sie war ein wenig erschrocken, wie anders ihr Körper mit gut sitzenden, seidigen, bunten Höschen aussah. Bis Ray Anne mit den BH-Modellen wieder in der Umkleide erschien, war sie in der Lage, etwas Positives zu sagen. „Die gefallen mir alle.“

„Na, das war einfach.“ Ray Anne gab Ginger vier BHs zum Anprobieren. Dann nahm sie die ganze Unterwäsche mit zu der Damenabteilung nebenan. Ray Anne machte sich nicht mal die Mühe etwas auszusuchen, sondern ging direkt zu der Verkäuferin, die sie offensichtlich kannte. Sie bat sie, ihnen ein paar Sachen in Gingers Größe zu zeigen.

„Ich nehme an, sie braucht etwas in S", sagte die Verkäuferin. „Stimmt das, Liebes?"

Ginger hatte früher einmal zwischen Größe M und L getragen. Ihre Hüften waren breit gewesen, ihr Po ein wenig sehr rund, und sie hatte immer Probleme mit ihren Oberschenkeln gehabt. Und das war, bevor sie schwanger geworden war. Sie hatte keine Ahnung, welche Größe sie inzwischen hatte. „Klar", sagte sie.

Ray Anne sorgte dafür, dass sie die neue Unterwäsche anzog, und gab der Verkäuferin die Preisschildchen. Dann nahm sie Gingers alte Unterwäsche, und Ginger hatte den starken Verdacht, dass sie die nie wiedersehen würde.

Die Verkäuferin brachte Ginger eine schmal geschnittene Jeans mit einem einfachen weißen, seidigen T-Shirt und für darüber eine pinkfarbene Jeansjacke mit Silberknöpfen. Sie musste sich auf Zehenspitzen stellen, um groß genug für den Saum der Jeans zu sein, aber der Effekt war erstaunlich.

„Du siehst aus wie achtzehn", sagte Ray Anne.

Das stimmte tatsächlich.

Dann kamen eine weitere Jeans, eine schwarze Bluse, ein weißer Pulli mit V-Ausschnitt. Kein dicker Pulli, sondern etwas Leichtes für Frühling und Sommer. Wieder großartig. Dann kam eine schwarze Hose mit einem langärmligen Top im Tunika-Stil. Mit aufgekrempelten Ärmeln sah es richtig schön aus. Es war etwas, das man tragen konnte, wenn man zum Abendessen ausging, falls man jemals im Leben wieder einmal zum Abendessen ausgehen wollte. Noch ein paar Slacks, ein paar Oberteile, ein paar Jacken und Pullover.

Dann hielt die Verkäuferin ein Kleid hoch. „Ich wünschte, sie würden das mal anprobieren“, sagte sie. „Ich will das schon die ganze Zeit mal an jemandem mit ihrer Figur sehen. Es ist so stromlinienförmig geschnitten.“ Es war ein dunkles Lila mit gelben Paspeln, die quer über die Schulter bis zu den angeschnittenen Ärmeln und an den Seitennähten nach unten gingen. Vorne war ein goldenes, leicht glitzerndes Muster aufgeprägt. Es hatte die Form eines Diamanten und ein abstraktes Design und reichte vom orangefarbenen Kragen direkt bis unter die rechte Hüfte. Es war ein traumhaft schönes Teil.

„Oh, ich brauche kein Kleid. Außerdem …“, sagte sie und schaute auf das Preisschild, „… ist es viel zu teuer.“

„Zieh es an, Ginger“, befahl Ray Anne.

Es war atemberaubend. Ginger fühlte sich ein wenig wie eine Prinzessin. Dann erinnerte sie sich selbst, dass sie weder Prinzessin sein noch sich so schön fühlen konnte. Sie war in Trauer.

„Das ist unwiderstehlich“, sagte Ray Anne. „Jetzt bringen Sie uns keine weiteren Sachen mehr. Ginger, zieh diese Jeans mit dem weißen Shirt und der pinkfarbenen Jacke an. Das trägst du gleich zum Essen und dann zu Hause.“

„Ray, wirf meine alte Jeans nicht weg.“

„Natürlich nicht, Liebes. Du brauchst sie vielleicht noch, wenn du mal dein Haus streichen willst. Wir schauen noch in der Schuhabteilung vorbei, und dann gehen wir schön essen.“

Sie schaute auf ihre Uhr. „Gut, die meisten Leute werden nachher schon gegessen haben. Es wird also nicht nur ruhig, sondern es ist schon spät genug, dass wir in ein paar Stunden mit etwas Leichtem zum Abendessen auskommen.“

Sie waren allein in der Umkleidekabine.

„Ray Anne“, flüsterte Ginger, weil sie nicht wollte, dass irgendjemand mithörte, „ich weiß das alles sehr zu schätzen. Wirklich. Aber du kannst mich nicht mit einem Haarschnitt und ein paar tollen neuen Sachen zum Anziehen aus meiner Trauer retten.“

Ray Anne schenkte ihr einen mitleidigen Blick. „Niemand weiß das besser als ich, Ginger-Schätzchen. Aber ich weiß auch, dass du zwei Möglichkeiten hast – du kannst deinem nutzlosen Ehemann und deinem wundervollen Baby bis in alle Ewigkeit nachtrauern, oder du tust das, was nötig ist, um dein Leben wieder aufzunehmen und es einigermaßen akzeptabel zu gestalten. Denn, Liebes, wir stecken nun mal in diesem Leben fest.“

Ginger hielt die Arme, als ob sie ein Baby halten würde. „Wenn ich meine Arme so halte, fühle ich immer noch das Gewicht meines Babys, genau hier in der Armbeuge.“

„Süße, das wird nie weggehen. Du wirst es nicht vergessen. Du wirst nur dein Leben weiterleben. Das ist nicht leicht. Aber etwas anderes bleibt dir nicht übrig.“ Sie zwinkerte. „Jetzt, glaube ich, brauchen wir ein paar Schuhe und dann Lunch. Zieh dich an. Ich kümmere mich um die Rechnung.“

15. Kapitel

Als Grace Mikhail anrief, bat er sie um Einzelheiten. Er wollte wissen, was es mit dem Sterben ihrer Mutter auf sich hatte. Also las Grace ihm den Brief vor, obwohl sie hin und wieder ins Stocken geriet.

Meine liebe Izzy,
zuerst einmal möchte ich mich bei dir für meine sehr harschen Worte entschuldigen, als du dich vom Eislaufen zurückgezogen hast. Ich habe es nicht so gemeint, du weißt, dass es nicht so gemeint war. Ich habe mich von Schreck und Enttäuschung überwältigen lassen. Und es tut mir leid wegen des anonymen Briefs. Ich wusste, dass er dir Angst machen würde. Ich hoffte sogar, dass er dir Angst machen würde. Ich glaube, ich muss mich in einer Art geistiger Umnachtung befunden haben, weil mir das wirklich sinnvoll erschien. Ich dachte, dann würdest du zu mir zurückkommen, und ich hätte die entsprechenden Strippen gezogen – und du hättest dich unter meinem Schutz wieder sicher gefühlt.

Eine idiotische Idee. Ich bitte um Entschuldigung. Ich wollte, dass du nach Hause kommst, aber nicht so.

Es tut mir leid um die vielen Jahre, die wir mit Streitereien über das Eislaufen, über das Coaching oder die Arbeit als Reporterin oder Kritikerin vergeudet haben. Jedes Mal, wenn wir wieder eine dieser Unterhaltungen und diese gewaltigen Auseinandersetzungen haben, bin ich voller Wut auf mich selbst und ärgere mich über dich. Es ist das schlimmste Gefühl, das man haben kann, und ich schwöre mir immer, dass ich es nie wieder so weit kommen lassen werde. Und trotzdem ist es doch wieder so gekommen.

Das hat einen Grund. Keine Entschuldigung, aber einen Grund. Ich habe vor ein paar Jahren erfahren, dass ich ALS habe. Eine Zeit lang ließen sich die Symptome ganz gut in den Griff kriegen. Und es war einfach, sich vorzustellen, dass es noch Jahre so weitergehen würde, bevor sich etwas an diesem Zustand ändert. Ich beschloss, diese Jahre zu nutzen, um dich wieder zurück zu deinen Wurzeln zu lotsen. Es war gar nicht mal, dass ich wollte, dass du wieder an Wettkämpfen teilnimmst, sondern ich wollte, dass du dich sicher fühlst.

Ich wusste immer, dass ich nicht für immer leben würde, aber ich hatte nie Angst, dass meine Zeit zu kurz sein könnte. Du bist die einzige Erbin des alten Dillon-Vermögens. Dein Halbbruder gehört nicht zu meiner Familie, und dein Vater hat ihn vor und nach dem Tod großzügig abgefunden. Es gibt sonst niemanden, Izzy. Nur dich. Und zu meiner Schande muss ich gestehen, dass ich dich nie mit den Komplikationen und Verpflichtungen, die mit diesem Erbe zusammenhängen, vertraut gemacht habe. Ich verwalte dieses Vermögen seit dem Tod meiner Eltern. Du warst noch ein Kind damals.

Es ist enorm viel Arbeit. Die Bedrohung durch Betrüger und Kriminelle oder inkompetente Berater ist ständig präsent. Die Leute werden dich ausnutzen. Dich bestehlen, bevor du auch nur mit der Wimper zucken kannst. Selbst Wohltätigkeitsorganisationen werden dich ausnut-

zen. Ehrlich gesagt, ist es mir egal, ob du das ganze Geld für etwas ausgibst, das dich glücklich macht, aber ich habe Sorge, dass du alles verlieren oder dass du betrogen werden könntest, weil ich meinen Job nicht ordentlich gemacht habe.

Deshalb wollte ich ein paar Monate lang deine ungeteilte Aufmerksamkeit haben. Es ist alles sehr komplex, und du wirst Entscheidungen treffen müssen.

ALS ist hart. Die Symptome kommen inzwischen häufiger. Ich bin eine echte Sportlerin, und selbst, als ich aufhörte, Meisterschaften zu laufen, hat mich mein Körper nie im Stich gelassen. Ich war immer leistungsfähig und voller Selbstvertrauen, aber jetzt traue ich mich nicht einmal mehr, allein eine Straße zu überqueren. Dieses Zittern und die Schwäche, diese unglaubliche Müdigkeit sind stärker als ich. Ich weiß nicht, wie viel Zeit mir noch bleibt. Wir sollten jetzt alles, was zwischen uns steht, ein für alle Mal aus der Welt schaffen.

Es ist nicht wichtig, dass eine von uns gewinnt, Izzy. Es ist aber sehr wichtig, dass wir uns gegenseitig vergeben. Bevor es zu spät ist. Bevor es für uns kein Zurück mehr gibt.

In Liebe,
Mutter

Als Grace mit Vorlesen fertig war und sich eine Träne von der Wange wischte, hörte sie Mikhail fluchen. Sie hatte bemerkt, dass Troy in die Küche gegangen war, um noch mehr Kaffee zu holen. Er machte sich an der Kaffeekanne zu schaffen und wandte ihr den Rücken zu, als wäre es ihm zu schmerzhaft, ihr zuzuhören.

Mikhail sagte etwas, das sie nicht verstand. „Verfluchte Götterscheiße. Ich komme. Wohin soll ich kommen?“

Sie lachte, obwohl ihr immer noch die Tränen über die Wangen liefen. *Götterscheiße?*

Wenn Mikhail ganz er selbst war und sie nicht zu Höchstleistungen auf dem Eis antrieb, schaffte er es immer, sie zum Lachen zu bringen. Sie liebte ihn heiß und innig. „Warum herkommen, Mikhail?“, fragte sie ihn. „Du kannst nichts machen.“

„Ich kann sie noch einmal sehen. Sie hat mir mein Leben gerettet, als sie mich zu deinem Trainer machte. Ich bin jetzt der gefragteste Coach der Welt. Vor dir war ich das nicht.“ Er schnaubte. „Aber das ist Winifred. Es wird schwer. Wo soll ich hinkommen?“

„Na ja, ich wohne in anderthalb Zimmern, aber Winnie ist in einem netten Landhäuschen in einem Resort in Bandon, ganz in der Nähe. Sie hat mehrere Schlafzimmer.“

„Sie wird mich nicht empfangen“, sagte er. „Sie ist eine Diva. Wo ist dieses Brandon?“

„Es heißt Bandon, Oregon.“

„Oregon? Sind wir in Oregon eisgelaufen?“

Grace lächelte. Mikhail war ein russischer Immigrant; seine Geografiekenntnisse, die USA betreffend, waren nicht besonders gut. Sie hatten vor jedem Wettbewerb die Landkarten studiert. Er kannte sich in Europa und Asien wesentlich besser aus als in den USA. „Nein, sind wir nicht. Es sind von San Francisco aus ungefähr acht Stunden Autofahrt. Sie hat ihren Wagen und ihren Fahrer dabei. Bevor du dir ein Ticket kaufst, wäre ich gern sicher, dass Winnie mit der Idee einverstanden ist.“

„Such mir einfach einen Ort, wo ich schlafen kann. Ein schmutziges Hotel ist okay. Ich brauche nur einen leeren Raum. Ein Bett wäre nett.“

„Wieso kannst du plötzlich so schnell weg?"

„Hast du nicht gesagt, dass jemand am Sterben ist? Ah, ist gute Zeit. Die besten Wettkämpfe kommen im Herbst. Im Augenblick kann man auf mich verzichten. Eine kurze Zeit, nicht für immer. Ich habe jetzt nur noch schreckliche Sportler. Vielleicht werden sie nervös und arbeiten ein bisschen härter, wenn ich sie ignoriere, he? Ich könnte eine kleine Schnute ziehen, damit sie denken, ich kündige, ja? Dann schauen wir mal, was wir sehen! Erzähl Winifred nichts. Sie hasst mich."

„Sie liebt dich", sagte Grace.

„Das ist Liebe? Dann liebt sie auf die härteste Tour, die ich kenne."

„Ja, ich weiß." Grace seufzte. „Ich glaube, du kannst nach Eugene fliegen. Das könnte das Nächste sein. Aber ehrlich, du musst nicht ..."

„In Russland ist es wichtig, Dankbarkeit zu zeigen. Andernfalls gibt es vielleicht keinen Platz für mich, wenn meine Zeit kommt."

Als sie auflegte, tauchte Troy wieder auf, um sich neben sie auf die Couch zu setzen. „Alles gut?", fragte er.

Sie nickte. „Ich werde zu ihr fahren müssen. Kommst du mit?"

„Ich bringe dich hin", sagte er. „Aber ich werde nicht dabeibleiben, wenn du mit deiner Mutter sprichst. Ich glaube, sie hat das Gefühl, dass das eine Familienangelegenheit ist."

„Was soll ich machen? Ich werde nicht nach San Francisco ziehen, um bei ihr zu wohnen!"

„Du musst tun, was du tun musst, Gracie. Egal, wie du dich entscheidest, die traurige Wahrheit ist, dass es nicht für immer sein wird. Sei dir sicher, dass du am Ende nichts bereust. Nicht mehr und nicht weniger."

Grace hängte ein Schild an die Tür des Blumenladens. Heute geschlossen. Morgen ab 9.00 Uhr geöffnet. Für Bestellungen per Telefon schrieb sie ihre Handynummer darunter.

Troy wollte nicht mit hineingezogen werden, jedenfalls nicht an dieser Stelle. Er ließ Grace vor dem Landhaus, in dem Winnie wohnte, raus, und fuhr weg. Er hatte vor, in ihrer Nähe zu bleiben, sodass sie ihn anrufen konnte und er schnell da wäre, wenn sie ihn bräuchte.

Winnie saß auf einer gemütlichen Chaiselongue in ihrem Schlafzimmer. Um ihre Schultern lag eine weiche Decke und unter den Knien ein Kissen. Sie hatte ein Buch auf dem Schoß, aber es war zugeklappt. Virginia führte Grace ins Zimmer.

„Das sieht sehr gemütlich aus", sagte Grace und küsste ihre Mutter auf die Wange.

Sie hob das Buch. „Das Einzige, was ich glaubte, mit dieser gottverdammten Freizeit anfangen zu können, war lesen. Aber glaubst du, ich könnte mich konzentrieren?"

Grace lachte und setzte sich auf die gepolsterte Bank am Ende des Bettes. „Eislaufen ist nicht das einzige Talent, das ich von dir geerbt habe. Ich lese auch gern, und das hat vermutlich ebenfalls eine Menge mit dir zu tun. Bei all unseren langen Reisen hast du immer ein Buch gelesen. Du hast Bücher mitgenommen. Du hast immer gelesen – während des Trainings und bei langen Fahrten im Auto und auch sonst."

„Und jetzt scheine ich mich kaum noch konzentrieren zu können."

„Das ändert sich, sobald wir ein paar Dinge organisiert haben. Ich wollte dir eigentlich Blumen mitbringen, aber da du erst gestern Blumen im Wert von fünfhundert Dollar gekauft hast, erschien mir das etwas unnötig."

„Ich habe die beschädigten Gestecke behalten und die anderen drei an Krankenhäuser und ein Altenheim gespendet", sagte sie und besaß die Güte, ein wenig zu erröten. „Sie sind wundervoll, Izz – heißt du jetzt wirklich Grace?"

„Ja. Und danke." Sie holte Luft und schüttelte den Kopf. „Oh, Mutter. Dieses Drama. Du hättest es mir nicht einfach in dem Moment, als du es erfahren hast, erzählen und mir gleich sagen können, was los ist? Anstatt miteinander zu streiten, hätten wir überlegen können, was wir mit der verbleibenden Zeit machen. Ich habe das Eislaufen nicht deinetwegen aufgegeben. Ich habe diesen Wettkampfzirkus überhaupt nur deinetwegen so lange mitgemacht. Aber ich habe jetzt in vielerlei Hinsicht damit abgeschlossen. Sie hatten recht – Izzy Banks konnte den Druck nicht aushalten."

Winnie stöhnte. „Man sagt, dass ALS den Geist nicht in Mitleidenschaft zieht. Das ist ein Irrtum. Ich habe in den letzten paar Jahren ein paar dumme Entscheidungen getroffen. Ich habe dich wütend angeblafft und es später bereut. Aber das ist noch nicht alles. Ich bin sogar meilenweit zu einer Wunderkur in die Schweiz geflogen, obwohl meine Spezialisten mir versicherten, dass die Forschung noch nichts gegen die Krankheit gefunden hat."

„Nun, ich vermute, du hattest Glück, weil du die Möglichkeit hattest, in die Schweiz zu fliegen. Tut dein Spezialist genug für dich?"

„Ich habe Medikamente eingenommen, die den Verlauf der Krankheit verlangsamen sollen, aber sie werden mich nicht heilen, und es wird eine Zeit kommen … Grace, du solltest einen Gen-Test machen lassen. Du solltest darauf vorbereitet sein."

Grace nickte. „Welche Rolle spielt Virginia? Krankenschwester?"

„Sie ist meine Assistentin. Sie ist jetzt seit drei Jahren bei mir, und sie ist bei Weitem mehr für mich, als ich ihr bezahle. Ich habe sie als Sekretärin eingestellt, aber sie hat meine Erwartungen übertroffen. Sie kann genial gut mit dem Computer umgehen."

Grace wusste, dass jemand, der so eng mit Winnie zusammenarbeitete und unter einem Dach lebte, gründlich durchleuchtet worden war. Außerdem brauchte so jemand sehr gute Empfehlungen. Winnie war ein Genie, wenn es darum ging, die besten Leute einzustellen. Mikhail war das beste Beispiel dafür gewesen. „Wenn du sagst, *es wird nicht mehr lange dauern ...*"

„Wie lange ich noch lebe? Ich habe keine Ahnung. Sechs Monate? Ein Jahr? Falls ich noch ein ganzes Jahr lebe, wird es kein gutes Jahr für mich. Ich lebe bereits länger als achtzig Prozent aller ALS-Patienten. Aber Virginia kennt sich mit allen Unterlagen, Namen und Konten aus. Sie kann dir helfen – sie kümmert sich nun schon seit Jahren um meine gesamte Korrespondenz. Und bald werde ich eine Krankenschwester einstellen müssen, um sie zu unterstützen."

„In San Francisco?", fragte Grace.

„Da wohne ich, seit du zwölf Jahre alt warst", erklärte sie.

„Wird dir das große Haus nicht allmählich ein bisschen zu viel?"

„Wie meinst du das?", fragte Winnie.

„Es ist nur so, dass ... brauchst du nicht eine Armee, um das Haus in Ordnung zu halten?"

„Das stimmt tatsächlich", erwiderte Winnie sanft lächelnd.

„Mutter ... Mama ... ich habe Mikhail angerufen, und er kommt her. Er will dich sehen."

Winnie erstarrte vor Schreck. „Warum?"

„Du meinst abgesehen davon, dass er dich gern hat? Er glaubt außerdem, dass er dir seinen Ruf zu verdanken hat. Dass er so erfolgreich ist, weil du ihn damals angestellt hast. Und jetzt muss ich Folgendes wissen – wie lange bleibst du hier? In Bandon?“

„Ich kann dieses Haus noch eine weitere Woche haben, aber ich wollte eigentlich so schnell wie möglich wieder nach Hause fahren. Hoffentlich kommst du mit.“

Grace schüttelte den Kopf. „Ich habe Verpflichtungen. Diese Woche habe ich eine Menge Aufträge. Danach eine Hochzeit außerhalb, auf die ich mich schon die ganze Zeit freue. Im allergrößten Notfall gibt es einige Blumenläden, die diese Aufträge nur zu gern für mich übernehmen würden. Tatsächlich könnten Mamie und Ross den Auftrag für diese Hochzeit übernehmen – sie haben mich ausgebildet.“

„Das ist mir bekannt“, sagte Winnie nicht allzu glücklich.

„Ich möchte dir über meinen Laden erzählen, Mama“, sagte Grace. „Ich mache uns einen Tee.“

Grace hatte, gleich nachdem sie den Brief ihrer Mutter gelesen hatte, eine Idee gehabt, und je länger sie darüber nachdachte, desto besser fand sie diese Idee. Grace wusste, dass viele Menschen dachten, ein kleiner Blumenladen sei so etwas wie eine kleine Boutique, wenig Umsatz und einfache Arbeit. Doch man konnte mehr daraus machen, je nachdem, wer das Unternehmen führte. Iris hatte Grace erzählt, dass Iris’ Mutter finanziell, als sie noch den Blumenladen betrieb, kaum damit über die Runden gekommen war – Rose hatte auch nicht viel mehr gemacht, als Sträuße für die Einheimischen, mit denen sie bekannt war, zu binden.

Grace hatte den Laden deutlich ausgebaut. Sie hatte eine Werbeagentur beauftragt, ihr bei der PR, Computer-Marketingaktionen, Gutscheinsystemen, Sonderaktionen und Anzeigen in Spezialkatalogen für Bräute und in Brautläden, und auf der Website behilflich zu sein. Grace nutzte ein kreatives und anspruchsvolles Computersystem, mit dem sie ihren Kunden zeigte, welche Leistungen zu welchem Preis zu haben waren. Das sparte Zeit und war sehr professionell. Sie war Expertin im Einkauf der schönsten und kostengünstigsten Blumen, und ihre Entwürfe waren bezaubernd. Deshalb kamen viele Bräute aus den umliegenden Städten zu ihr nach Thunder Point, anstatt zu ihren heimischen Blumenhändlern zu gehen.

Grace' gesamte Buchhaltung war computerisiert, und sie hatte das Treuhandvermögen, das ihr Vater ihr hinterlassen hatte, noch nicht aufgebraucht. Nachdem sie den Laden gekauft und das Loft zu einer kleinen Wohnung umgebaut hatte, hatte sie den Rest des Geldes angelegt und ließ die Anlage von einer Vermögensverwaltung betreuen. Sie hoffte, dass das, was ihre Arbeit ihr einbrachte, bis ans Ende des Lebens reichen würde, es aber dennoch möglich wäre zu expandieren, falls das in ihr Lebenskonzept passte.

„Und was ist mit diesem Freund?", fragte Winnie.

„Troy? Er ist der wunderbarste Mann der Welt, aber ich dachte, wir sprechen hier über das Geschäft, Mama. Es ist mir wirklich wichtig, dass du weißt, ich vertreibe mir nicht nur die Zeit. Mir gefällt meine Arbeit. Es ist mir sehr ernst damit. Und ich bin gut darin. Ich bin eine der Besten, Mama. Es ist mir bewusst, dass das nicht die Karriere ist, die dir für mich vorschwebte, aber es ist keine Zeitverschwendung. Und je nachdem, wie ich den Laden führe, kann das ein großer Erfolg werden. Kommst du mal, um ihn dir anzusehen? Diese Woche?"

„Natürlich, Grace“, antwortete sie. „Ich möchte mir deinen Laden sehr gern ansehen. Jetzt erzähl mir von diesem Mann. Weiß er, dass du sehr vermögend bist?“

Grace seufzte. Zu viel konnte sie nicht von Winnie erwarten …

„Bis gestern wusste keiner von uns beiden, dass für mich überhaupt die Möglichkeit besteht, wohlhabend zu sein. Troy hatte das sogar früher herausgefunden als ich. Ich habe deinen Brief erst heute Morgen gelesen.“

„Du musst gewusst haben, dass ich …“

„Erstens haben wir in den letzten fünf Jahren kaum miteinander gesprochen, und wenn, dann hielt ich dich immer für …“ Ihre Stimme versagte, und ihr schossen unerwartet Tränen in die Augen.

„Für was hast du mich gehalten, Grace?“, fragte Winnie.

„Ich bin achtundzwanzig. Du bist einundfünfzig. Ich dachte, du seist unsterblich. Oder würdest mindestens fünfundneunzig.“

„Ich dachte auch, dass ich mindestens zwei Facelifts überleben würde“, sagte Winnie säuerlich. „Ich hatte nicht mal meinen ersten.“

Grace lachte laut auf, musste sich aber gleichzeitig die Tränen trocknen.

„Ich hatte vor, die am besten erhaltene Neunzigjährige der Stadt zu werden“, sagte Winnie. „Jetzt erzähl mir doch einfach von deinem jungen Mann, Grace.“

Grace holte tief Luft, wischte sich über die Augen und fuhr fort: „Die Frau, von der ich den Laden gekauft habe, ist meine beste Freundin – Iris. Sie arbeitet als Beratungslehrerin an der Highschool und ist mit dem Sheriff Deputy, der für die Sicherheit unserer kleinen Stadt verantwortlich ist, verheiratet. Ich habe Troy über Iris kennengelernt – er arbeitet ebenfalls als Lehrer an der Highschool und unterrichtet Geschichte. Er stellt sein Licht immer ein bisschen unter den Scheffel, als ob sein Lehrerjob nur etwas wäre, das er macht, um sich die Zeit zu vertreiben und seine Abenteuer zu finanzieren – ihm gefällt alles, was riskant ist, Wildwasser-Rafting, Skifahren, Klettern. Er kann sich für alle möglichen Sportarten begeistern, außer Eiskunstlauf und Surfen. Aber Iris erzählt, dass Troy einer der besten Lehrer ist, die sie kennt. Es ist seine Berufung. Er unterrichtet nicht nur Geschichte, sondern behält auch seine Schüler im Auge. Ihm fällt zum Beispiel auf, wenn sie Probleme haben, um die man sich kümmern muss. Er achtet auf Anzeichen von Misshandlung, Mobbing, Drogen und Alkoholmissbrauch, alle möglichen Probleme, die Teenager so haben könnten. Iris sagt, Troy wäre ein hervorragender Beratungslehrer – mit viel Instinkt und Fingerspitzengefühl. Es gibt Schüler, deren Leben sich wegen Troys Fähigkeiten als Lehrer völlig verändert haben."

„Du hattest auch gute Lehrer", verteidigte sich Winnie.

„Aber es sind nicht die Lehrer, an die ich denke, wenn ich zurückblicke auf die Entscheidungen, die ich getroffen habe. Wenn ich an meine Möglichkeiten und Leistungen denke, dann denke ich an meine Trainer. Ich hatte zwei der besten."

Grace rief Troy auf dem Handy an und fragte ihn, ob er ihr und ihrer Mutter beim Essen in einem der Resort-Restaurants Gesellschaft leisten wolle. Er wollte sehr gern und kam zum Landhaus, um mit Winnies Rollstuhl zu helfen.

Winnie mochte noch nicht so weit sein, es zuzugeben, aber Troy gefiel ihr. Er brachte sie zum Lachen und ihre Augen zum Strahlen. Für Grace war er der liebste, freundlichste und lustigste Mann, den sie sich vorstellen konnte. Und er war total authentisch. Das spürte Grace bis auf den Grund ihres Herzens.

Auf dem Rückweg nach Thunder Point fragte sie ihn, was er unternehmen würde, wenn Geld keine Rolle spielte. „Grace, so etwas liegt dermaßen außerhalb meiner Möglichkeiten, dass ich noch nie darüber nachgedacht habe. Ich habe keine Ahnung. Vielleicht etwas Lustiges und Unverantwortliches."

„Aber du bist der verantwortungsvollste Mensch, den ich kenne. Du arbeitest hart, du sparst, du drehst jeden Penny zweimal um."

„Das kommt daher, dass Geld in meinem Leben immer schwer verdient werden musste. Ich habe schon früh gelernt, vorsichtig damit umzugehen."

Um drei Uhr nachmittags waren Grace und Troy wieder zurück in Thunder Point, aber Grace machte ihren Laden trotzdem nicht mehr auf. Stattdessen führte sie ein paar Telefonate, rief Kunden zurück und ging dann nach oben in ihre Wohnung zum Laptop, um alles über ALS nachzulesen. Um sechs kam Troy und brachte Krabbenküchlein, Salat und Wein von Cliffs mit. Sie aßen zusammen zu Abend und sprachen noch einmal über alles. Nach ihrer intensiven Recherche hatte Grace alles erfahren, was sie wissen musste, und hatte begriffen, wie wichtig es war, sich genetisch testen zu lassen.

„Ich werde heute Abend noch ein bisschen weiterlesen", sagte Grace.

„Soll ich lieber die Nacht in meiner Wohnung verbringen?", fragte er.

„Ich find's schöner, wenn du dableibst! Ich werde nicht die ganze Nacht lesen. Morgen früh arbeite ich im Laden. Am Nachmittag schließe ich und fahre nach Eugene, um Mikhail abzuholen. Er wird zwei oder drei Tage bei meiner Mutter im Resort bleiben."

„Und was wirst du machen? Verbringst du den Abend bei ihnen?"

„Vielleicht einen Teil des Abends, aber ich denke, es wäre besser, wenn sie sich allein auf den neuesten Stand bringen. Möchtest du mitkommen?"

„Ich glaube nicht. Aber ich hoffe, ich lerne Mikhail kennen, bevor er wieder wegfährt. Warum lässt du mich den Laden nicht bis fünf oder so aufmachen? Ich könnte verkaufen, was da ist, und an den nächsten Abenden bei Cooper aushelfen."

„Troy, hattest du nicht vor, irgendwohin zu fahren? Hält dich meine plötzliche Krise davon ab, in deinen Frühlingsferien etwas Witziges zu unternehmen?"

„Glaubst du etwa, ich würde dich jetzt im Stich lassen? Gracie, ich glaube, dass es jetzt wirklich darauf ankommt, wie du damit umgehst. Es ist das Wichtigste, womit du dich je auseinandersetzen musstest."

„Weil?", fragte sie, aber sie kannte die Antwort bereits. Sie wollte nur, dass er es für sie in Worte fasste.

„Weil du diese eine Chance hast, das Verhältnis zwischen dir und deiner Mama wieder zurechtzurücken. Und die solltest du nutzen."

„Stimmt", pflichtete sie ihm bei. „Ich hoffe, ich vermassele es nicht. Und ich hoffe, ich vermassele es mir nicht mit dir, denn du bist mir ziemlich wichtig."

„Ich bin schon ein großer Junge, Gracie. Mach dir um mich keine Gedanken. Solange du mich brauchst, stehe ich dir bei."

„Und danach, wenn ich es hinter mir habe?", fragte sie.

„Danach? Führst du vielleicht ein völlig neues Leben. Mal sehen, was das dann bedeutet. Da wird ein ziemlich großes Vermögen eine Rolle spielen."

„Troy, es spielt keine Rolle. Du glaubst doch nicht, dass das etwas ändern wird."

„Das kannst du doch noch gar nicht sagen. Das ist eine dieser Fragen, die man erst beantworten kann, wenn aus Sprüchen Realität geworden ist. Aber im Moment kannst du auf mich zählen – solange du versuchst herauszufinden, was das alles für dich bedeutet."

Das klang beunruhigend. Grace wurde etwas nervös. Der Gedanke beschäftigte sie dermaßen, dass sie nicht gut schlief.

Als Troy sie in die Arme nahm, fühlte sich jedoch alles an wie immer – einfach, herrlich und perfekt. Doch sie hatte den Verdacht, dass Troy sich, genau wie es allen anderen auch gegangen wäre, von Winnie und deren Geld hatte einschüchtern lassen. Geld, das ihre Mutter ihr sehr gern hinterlassen würde, aber erst nachdem Grace durch die richtigen Reifen gesprungen war. Troy verstand nicht und würde es, bis es *real* war, auch nicht verstehen können, dass Grace sich glücklicher fühlte als je zuvor, seit sie ihr eigenes Leben lebte. Dass sie mit Troy glücklicher war, als sie je für möglich gehalten hätte.

Als Troy weg war, weil er sich auch noch um ein paar eigene Angelegenheiten kümmern wollte, und Grace allein in ihrem Laden stand, rief sie Ray Anne Dysart an. Jeder wusste, dass Ray Anne die richtige war, wenn es ums Wohnen ging. Grace fragte Ray Anne, ob sie Zeit hätte, an diesem Morgen bei Pretty Petals vorbeizukommen. Sie wollte mit ihr über eine Wohnung sprechen, die zum Verkauf stand oder zu mieten war.

Ray Anne betrat wenig später zusammen mit einer hübschen blonden Frau den Laden. „Hi", begrüßte Grace sie lächelnd.

„Grace, das ist meine Nichte Ginger. Sie ist nicht wirklich meine Nichte, aber beinahe. Mein Cousin Dickie ist wie ein Bruder für mich, und das ist seine Tochter. Ginger wohnt eine Zeit lang bei mir." Danach kam Ray Anne gleich zum Geschäftlichen. „Wie kann ich Ihnen helfen? Brauchen Sie ein bisschen mehr Platz, als sie in ihrem Lieblingsloft haben?"

„Nicht unbedingt. Ich liebe mein kleines Loft. Meine Mutter wohnt in San Francisco, und sie ist zu Besuch hier. Sie wohnt bei den Dunes, in einem dieser wundervollen Landhäuser. Und sie ist behindert. Sie kommt nicht mehr gut allein zurecht, und das Haus in San Francisco ist für ihre Behinderung nicht mehr das Richtige. Sie kann kaum noch Stufen gehen, und es wird sehr bald schlechter werden. Natürlich hätte ich sie gern in meiner Nähe. Ich fürchte, sie hat eine fortschreitende, degenerative Krankheit, und wir wissen nicht, wie viel Zeit ihr noch bleibt."

„Oh, Grace", sagte Ray Anne mit der Hand auf dem Herzen.

„Es geht ihr den Umständen entsprechend gut", erklärte Grace und ließ es klingen, als ob sie das alles schon genauso lange wusste wie ihre Mutter. „Aber, weil ich sie gern in der Nähe hätte, wenn es ihr irgendwann schlechter geht, möchte ich ein Haus für sie finden. Ein ebenerdiges Haus. Ein wundervolles ebenerdiges Haus. Meine Mutter ist bestimmt nicht in der Lage, sich Häuser anzusehen, aber jeder weiß, dass Sie die Beste dafür sind. Glücklicherweise hatte mein Vater für meine Mutter vorgesorgt – er ist vor langer Zeit gestorben. Das Haus in San Francisco wird ordentlich etwas einbringen, und sie hat ein gutes regelmäßiges Einkommen. Sie kann es sich leisten, die letzten Monate komfortabel zu verbringen."

„In San Francisco kann fast alles einen guten Preis erzielen. Wissen Sie, nach welcher Art von Haus Sie suchen, abgesehen davon, dass es rollstuhlgerecht sein sollte?"

Grace schüttelte den Kopf. „Keine Ahnung. Es muss bezugsfertig sein. Wir haben überhaupt keine Zeit, um es zu renovieren und einzurichten. Obwohl meine Mutter sich nicht mehr so gut bewegen kann, sollte es viel Platz bieten."

„Und werden Sie bei ihr wohnen?"

„Ich bin mir sicher, dass ich immer wieder mal dort übernachten werde, aber denken wir erst einmal an meine Mutter. Ich möchte, dass sie einen schönen Ausblick hat ..."

„Meerblick?"

„Das wäre toll, aber es geht alles, was nicht aussieht wie ein Krankenhauszimmer. Sie hat ALS. Die Symptome kommen immer häufiger. Ich glaube, in ein paar Monaten ist sie bettlägerig."

„Und Ihre Preisvorstellung?"

„Habe ich nicht. Ich weiß nicht, wie viel meine Mutter beiseitegelegt hat, aber es ist viel. Sie stammt aus einer vermögenden Familie und, Ray Anne, ich möchte nichts davon haben. Ich möchte sie in der Nähe haben. Andernfalls müsste ich den Laden schließen und nach San Francisco ziehen, bis ..." Sie räusperte sich. „Falls Sie etwas Schönes finden, dann sehe ich es mir an, und wenn es mir perfekt erscheint, finde ich schon eine Möglichkeit. Meine Mutter hat immer gut gelebt."

„Ich nehme an, Sie wollen mieten?"

„Da bin ich flexibel", erwiderte Grace. „Wenn es keine traumhaften Mietwohnungen gibt, aber etwas zum Verkauf steht, ist das auch perfekt. Ich kann es wieder verkaufen ...", sie schaute zu Boden, „... später", sagte sie schließlich.

Ray Anne streckte ihre Hand aus, um Grace über den Arm zu streicheln. „Es gibt ein paar schöne Objekte hier in der Gegend. Haben Sie schon online gesucht?"

„Noch nicht, aber ich könnte …"

„Machen Sie sich darüber keine Gedanken. Schreiben Sie mir Ihre E-Mail-Adresse auf die Rückseite dieser Karte", bat Ray Anne und nahm sich eine von Grace' Visitenkarten aus dem Blumenladen und drehte sie auf die Rückseite. „Ich mache mich gleich an die Arbeit. Ich verstehe, weshalb Sie es eilig haben. Ich schicke Ihnen ein paar Links."

„Halten Sie es für machbar, Ray Anne?", fragte Grace. „Denn ich muss meine Mutter erst noch davon überzeugen, dass das eine bessere Idee ist, als für ein Jahr nach San Francisco zu ziehen."

„Es ist machbar, meine Liebe. Ich kann mich darum kümmern. Das ermöglicht es mir, Ginger etwas über das Immobiliengeschäft und die Suche nach Objekten beizubringen, für den Fall … nun, mein kleiner Liebling wird mindestens ein paar Wochen, wenn nicht noch länger bei mir bleiben. Wir klappern gerade alle Geschäfte ab, um herauszufinden, ob jemand eine Hilfe braucht. Ginger möchte gern arbeiten, während sie hier ist."

„Ist das Ihr Ernst? Welche Art von Arbeit suchen Sie denn?", fragte Grace.

Ginger errötete und blickte zu Boden. „Meine Erfahrungen liegen überwiegend im Einzelhandel. Ich habe in der Damenbekleidung, Haushaltswaren und ein wenig im Büro gearbeitet. Ich habe schon vieles gemacht."

„Haben Sie schon mal mit Dekoration zu tun gehabt, während sie bei den Haushaltswaren gearbeitet haben?"

„Ich würde es jetzt nicht unbedingt Dekoration nennen,

nein. Aber ich habe mich um Dinge wie Hochzeitslisten und so gekümmert."

„Ich brauche dringend Hilfe. Vor allem jetzt mit meiner Mutter und allem. Haben Sie Interesse an Blumenkreationen? Es ist ein kleiner Laden, eine Blumenboutique, aber es ist viel los. Nicht sehr viel, aber viel. Es gibt eine Menge Telefonbestellungen und Gestecke, die zusammengestellt werden müssen. Ich verbringe viel Zeit im Werkraum. Die meisten Kreationen sind keine Originalentwürfe, sondern inspiriert durch Fotovorlagen, und sie sind leicht zu lernen. Ich versuche hin und wieder auch ein paar neue Entwürfe."

„Ich weiß nicht", erwiderte Ginger achselzuckend. „Ich könnte es versuchen."

„Hätten Sie Lust, einen Vormittag bei mir zu verbringen? Nur um zu sehen, wie es sich für Sie anfühlt? Es ist eine sehr schmutzige Arbeit."

„Wäre das möglich? Die Idee, in einem kleinen Laden zu arbeiten, gefällt mir wesentlich besser als in einem Restaurant oder …", sie warf einen Seitenblick auf Ray Anne, „… oder einem Immobilienbüro."

„Es ist in Ordnung, Kleines", sagte Ray Anne. „Nicht jeder ist für meinen Job geboren, obwohl das viele von sich denken."

„Könnten Sie morgen früh? Ganz früh? So um acht?"

„Ja, das geht", erwiderte Ginger.

„Großartig! Ray Anne, vielen Dank. Dann freue ich mich auf eine Mail von Ihnen."

16. Kapitel

Mikhail Petrovs Flug landete pünktlich um drei Uhr nachmittags, und er kam mit einem Rucksack über den Schultern vom Gepäckband. Er war sechsundsechzig, sein Gesicht war stoppelig und vom Alter gezeichnet, aber sein Haar schimmerte rotbraun. *Schlechte Farbe,* dachte Grace. *Warum sucht er sich immer so schlechte Haarfarben aus?* Aber für einen Mann seines Alters wirkte er fit und stark. Klein, aber gebaut wie ein Ochse. Breitschultrig und kurzbeinig. Sie hielt ihr Tablet hoch, in das sie in sehr großen Buchstaben PETROV eingetippt hatte. Er lächelte nicht, aber sie. Mikhail war an Limousinen gewöhnt oder wenigstens einen Chauffeurdienst. Es war nicht so, dass er die beste Eisläuferin, die er je trainiert hatte, nicht mehr wiedererkannte.

„Aha", sagte er. „Du findest das lustig."

„Stimmt", sagte sie und grinste. „Hast du Gepäck?"

Er hielt ihr seinen Rucksack hin. „Nur das. Zwei, vielleicht drei Tage, mehr Zeit habe ich nicht für dich."

„Nicht für mich, Mikhail. Du bist wegen Winnie gekommen, erinnerst du dich?"

„Stimmt", meinte er. „Fahr mich hin."

Grace führte ihn zum Parkplatz und öffnete den Laderaum des Lieferwagens. Er war passend zum Blumengewerbe pink, gelb, lila und blau bemalt, und der Name des Ladens *Pretty Petals* stand in limonengrüner Schrift auf dem Wagen. „Ihr Gepäck, Sir."

„Was ist das?“, fragte er und reichte ihr den Rucksack.

„Mein mobiler Blumenladen“, sagte sie. „Steig vorne ein. Wir haben eine lange Fahrt vor uns.“

Er tat, worum sie ihn gebeten hatte. „Wir halten noch einmal an, *Golubushka*. Zum Supermarkt, bitte“, sagte er.

„Du brauchst nichts zu essen zu kaufen“, sagte sie, als sie in den Wagen stieg.

„Wenn es dir nichts ausmacht, würde ich mir trotzdem gern ein bisschen Obst besorgen. Du fährst dieses Ding?“

„Erinnerst du dich an Mamie und Ross Jenkins? Ross hat mir das Fahren beigebracht. Ich fahre gern! Und entscheide, wo es langgeht. Sag mal, Mikhail, und dir geht's auch gut? Du siehst aus wie immer.“

„Man nennt es auch gut konserviert“, sagte er. „Ich bin sechs Monate lang herumgereist, und wir trainieren gerade in Chicago. Es gibt drei Assistenten und zwölf US-Olympiateilnehmer, von denen die USA ein paar zu den Meisterschaften schicken werden, wahrscheinlich aber keine von meinen. Es ist zwar noch Zeit, aber das hier werden meine letzten Winterspiele, falls einige meiner Mädchen in die Auswahl kommen sollten. So wie es im Moment aussieht, sind meine Chancen aber gleich null. Doch es ist noch Zeit. Und *Götterschiet*, die brauchen sie auch!“

Er drehte sich im Sitz um und sah sie an. „Erzähl mir, wie geht es Winnie?“

„Ich war gestern den ganzen Tag bei ihr. Zum ersten Mal seit fünf Jahren haben wir einen ganzen Tag miteinander verbracht. Sie sieht sehr schön aus, aber sie ist dünner und älter geworden. Ich glaube, es ist der Stress, weil sie weiß, dass sie gegen ALS ankämpft und verliert. Das Zittern und ihre Schwäche sind nicht zu übersehen. Sie behauptet, das sei innerhalb weniger Monate passiert. Sie hat keine Ahnung, wie viel Zeit ihr noch bleibt. Sie nimmt Medikamente, um den Krankheitsverlauf ein wenig aufzuhalten, aber sie ist zynisch – und sieht nicht ein, was das bringen soll. Sie sagt: „Wofür sollen drei Monate mehr oder weniger schon gut sein?“ Sie möchte lediglich ein geordnetes Haus hinterlassen, um es mal so auszudrücken. Sie möchte ihre Angelegenheiten regeln. Ihr Lebensende ordnen. Zu ihrer Zufriedenheit ordnen. Es ist nicht so, dass sie vom Grab aus noch irgendwas in der Hand hätte.“ Grace biss sich auf die Unterlippe, um ihre Tränen zurückzuhalten.

„Wenn das jemand schafft, dann Winifred“, grummelte Mikhail. „Ich fürchte, sie hat einen Spezial-Pakt mit Gott.“

Das entlockte Grace ein Lachen. Kleine Lachanfälle zwischen Tränen waren in den letzten Tagen normal für sie geworden. „Wir haben nie richtig miteinander kommuniziert, Mikhail. Sie hat angeordnet, kritisiert, gelobt, aber wir haben nie über unsere Gefühle gesprochen. Ich habe mit meinem Therapeuten oder mit Mamie gesprochen. Inzwischen verstehe ich, weshalb Winnie noch nicht bereit war, sich zurückzuziehen, als ich so weit war. Es hat sie kaputt gemacht.“

„Es ist immer so eine Sache mit den Sportlern und ihren Müttern.“ Er sah sie an. „Die Mutter läuft nicht auf dem Eis. Sie ist da, um zu unterstützen und anzufeuern. Mehr nicht. Es ging nicht um Winnie. Solange sie nicht selbst auf dem Eis stand, ging es nicht um sie. Es ging um dich.“

„Ich wünschte, ich hätte es schon früher verstanden“, sagte Grace.

„Du hast es verstanden“, sagte er. „Du wusstest es. Und du hast das Richtige getan. Es war Zeit, dein eigenes Leben zu leben.“ Er sah sich im Lieferwagen um. „In diesem mobilen Blumen-Dings.“

Grace bog auf den Parkplatz eines Supermarktes in der Nähe des Resorts in Bandon ein. Es war ihr eingefallen, dass sie, wenn Mikhail sich ein paar Früchte kaufen wollte, selbst ebenso gut auch ein paar Dinge für später einkaufen konnte. Troy würde vermutlich nach seiner Abendschicht in Coopers Strandbar noch bei ihr vorbeikommen, und dann war es gut, wenn sie etwas zu essen da hatte. Sie betraten den Supermarkt, und Grace ging sofort in Richtung Feinkostabteilung und Bäckerei, während Mikhail die Obstabteilung ansteuerte. Als sie ihm wenig später folgte, hielt er eine Flasche Wodka in der Hand und wirkte etwas verloren.

„Hast du dein Obst gefunden?“, fragte sie.

„Wo sind die Rosinen?“

„Rosinen? Lass mal sehen“, sagte sie und ging durch einen Gang um eine Mittelkonsole herum. „Ah, Rosinen.“

Er wählte eine große Dose mit kalifornischen Rosinen.

„Wow. Du magst Rosinen?“, fragte sie.

„Die Früchte der Götter“, erwiderte er.

„Möchtest du auch noch ein paar Äpfel, Orangen? Bananen?“

„Ich bin startklar“, sagte er und ging in Richtung Kasse.

„Sind Rosinen dein Lieblingssnack?“, fragte sie ihn.

„Leg Rosinen in den Wodka, lass sie über Nacht einweichen, perfekt.“

„Ah“, sagte sie und lachte über seine Aussprache. „Und dann isst du die Rosinen?“

„*Nyet!* Ich trinke den Wodka!“

Sie war ein wenig schockiert, aber Mikhail war nun mal Russe und konnte nicht ohne seinen Wodka, vor allem nachdem Meisterschaften und Ausscheidungsrunden vorbei waren. Sie lachte leise. „Stimmt“, sagte sie.

Virginia ließ sie ins Landhaus und verließ dann diskret das Zimmer. Winnie stand neben dem Sofa bei einem kleinen Beistelltisch mit Häppchen, ein paar Weingläsern und einem Eiskühler.

Mikhail ließ, bevor er zu Winnie ins Wohnzimmer ging, seinen Rucksack fallen und stellte seine Supermarkttüte auf der Ablagefläche der kleinen Küchenzeile ab. „Winifred, man hat mich angelogen und behauptet, du seist krank." Er umfasste ihr Gesicht mit beiden Händen und küsste sie auf die Wangen. In der High-Society pflegte man sich üblicherweise mit Luftküssen zu begrüßen, aber Mikhail hatte schon immer richtig und laut geküsst. „Du bist wunderschön."

„Alles vergeht", erwiderte Winnie.

„Setz dich, mein Täubchen. Bist du müde? Schwach?"

„Es läuft nicht mehr so, wie es einmal lief, aber ich komme ganz gut zurecht. Können wir dir etwas bringen lassen? Etwas zu essen? Trinken?"

„Eis", bat er. „Ein Glas und Eis." Dann holte er seine Supermarkttüte und zog die Wodkaflasche heraus, um sie auf den Beistelltisch zu stellen. Grace besorgte ihm schnell ein Glas.

„So kultiviert wie immer", spöttelte Winnie.

Grace zog sich einen Sessel in ihre Nähe. Es hatte etwas von einer Wiedervereinigung, so wie sich Winnie und Mikhail ansahen. Ihre gegenseitige Zuneigung war deutlich zu spüren.

„Es ist perfekt", sagte er. „Was trinkst du?"

„Ich bin versorgt, Mikhail. Wenn du deinen Drink hattest, können wir uns etwas zum Abendessen bestellen", sagte sie. „Grace, möchtest du mit uns zu Abend essen? Ein Glas Wein trinken?"

„Für mich nichts. Ich habe noch eine lange Fahrt vor mir."

„Und dein junger Mann?", fragte Winnie.

Mikhail sah sie forschend an.

„Er arbeitet heute Abend. Teilzeit-Job. Wir sehen uns später."

„Grace ist in einen Lehrer verliebt", sagte Winnie.

„Hast du keinen Prinz oder Diktator für sie finden können?", fragte Mikhail grinsend.

„Ich suche mir meine Männer selbst aus", sagte Grace. „Wenn es euch nichts ausmacht, fahre ich jetzt nach Hause und würde mich freuen, wenn ihr mich morgen besuchen würdet. Ich öffne morgen früh den Laden, Mutter. Ich habe eine neue Angestellte, die ganz früh kommt, damit ich sie anlerne. Magst du, wenn es dir gut genug geht, vielleicht vorbeikommen und dir meine kleine Stadt ansehen?"

„Erst mal abwarten, was der Morgen bringt, Grace." Dann schüttelte Winnie den Kopf. „Dieser neue Name. Der passt einfach nicht zu dir."

„Du wirst dich daran gewöhnen." Sie gab ihrer Mutter einen Kuss auf die Stirn. „Wir sprechen morgen früh noch einmal miteinander."

Als sie allein waren, holte Mikhail das Tablett mit Snacks und stellte es in Reichweite auf den Kaffeetisch. Er bestrich sich einen kleinen Toast mit Tapenade und murmelte anerkennend. Dann nippte er an seinem Getränk. „Was hast du vor, Winnie?", fragte er.

„Was ich vorhabe?"

„Bei mir musst du dich nicht zurückhalten, du sprichst mit mir, Mikhail. Du hast etwas vor. Wie immer."

„Ich möchte Izzy mit nach San Francisco nehmen. Nach Hause. Aber sie will nicht."

„Lass das Kind sein eigenes Leben führen. Sie wird dich besuchen."

„Das Vermögen muss geordnet werden. Ein kompliziertes Vermögen. Möbel, Schmuck, Kunst, Investments. Ich kann nicht einfach mit einem Zauberstab winken, und dann ist es erledigt. Es gehört ihr. Sie muss Entscheidungen treffen. Ich weiß nicht, was sie mit all dem machen will. Ich kann es ihr nicht einfach so hinterlassen."

„Ach, du willst es mitnehmen?" Er lachte leise in sich hinein und nippte an seinem Wodka. „Wenn es einer gelingt, dann dir."

„Ich möchte nur sichergehen, dass alles ordentlich geregelt ist. Die ganzen Besitztümer."

„Sie sieht besser aus denn je", stellte Mikhail klar. „Ich glaube, es liegt daran, dass auf ihr nicht mehr das Gewicht der Welt lastet. Das Gewicht der Welt – weg. Sie muss nicht mehr gewinnen – für ihre Mutter, das Team, ihr Land. Das liegt hinter ihr. Und sie blüht auf und gedeiht. Das ist dein Erbe, Winnie – Izzy. Sie ist dein Vermögen. Denk daran."

„Ich habe eine Verantwortung ..."

„Sie hatte ein schweres Leben, hat hart trainiert, um Gold zu holen, und da war sie noch ein Kind. Du hast einer Gewinnerin das Leben geschenkt, Winnie. Sie hat ihr Leben damit verbracht, dir zu schenken, was du nicht geschafft hast. Du möchtest, dass sie dich vermisst, wenn du nicht mehr da bist? Dann lass sie frei. Sie arbeitet nicht mehr länger für uns."

„Das ist grausam."

„Aber es ist wahr."

Als Grace wieder in Thunder Point war, schickte sie Troy eine SMS, um ihm zu sagen, dass sie mit Essen und Wein zu Hause auf ihn wartete. Wenn nicht so viel los gewesen wäre, wäre sie zum Strand gegangen, um ihm noch ein bisschen Gesellschaft zu leisten während der Arbeit. Stattdessen schenkte sie sich ein Glas Wein ein, holte ihren Laptop und checkte ihre Nachrichten. Ray Anne hatte ihr ein Dutzend Vorschläge geschickt, aber Grace war enttäuscht. Es gab nur ein Objekt mit Blick auf den Pazifik, das groß und schön war, aber die Küche war total veraltet, und die Schlafzimmer lagen alle im Obergeschoss. Genau wie im Haus in San Francisco.

Sie suchte das Haus, in dem ihre Mutter sterben würde. Der Gedanke ließ sie erschaudern. War das etwas, über das sie sich unterhalten mussten? Zwei Tage nachdem sie von Winnies Krankheit erfahren hatte? Sie war drauf und dran zu sagen: *Ich glaube, du solltest in meiner Nähe wohnen, wo ich für dich da sein kann, wenn dein Ende kommt.* Doch der Subtext dieser Diskussion wäre: *Komm nach Oregon, wo ich dir zur Verfügung stehen kann, wenn dein Ende kommt.* Darum ging es doch in Wirklichkeit, oder?

Nach allem, was Grace gelesen hatte, war sie sich nicht sicher, was alles nötig war, um jemanden mit ALS zu pflegen. Sie konnten Krankenschwestern einstellen. Ein Hospiz schien erst ganz am Ende nötig zu sein. Doch brauchte man dazu Spezialisten? Denn Winnie müsste die besten haben, darauf würde sie bestehen. Es schien so, als ob viele ALS-Patienten am Ende durch eine Sonde gefüttert werden mussten. Dass sie Infusionen brauchten. Atemgeräte.

Grace würde mit Scott Grant darüber sprechen müssen. Vielleicht konnte er ihr sagen, was man alles brauchte, und ob das hier in der Gegend zur Verfügung stand.

Sie fing an zu weinen. Das heulende Elend überfiel sie in den unerwartetsten Augenblicken, und sie redete sich selbst ein, dass es an ihrer Müdigkeit lag, weil sie nicht gut geschlafen hatte. Das Gefühl unter Druck zu stehen, weil sie das Richtige tun wollte, um ihrer Mutter zu gefallen, war wieder da. Diesmal musste sie es richtig machen, denn ihre Mutter litt an einer tödlichen Krankheit. Sobald Grace es geschafft hatte, ihren Heulkrampf wieder unter Kontrolle zu bekommen, widmete sie sich wieder ihrer Internetrecherche.

Schließlich kam eine SMS von Troy. *Schöner Abend am Strand. Schaffe es nicht vor zehn.*

Dann fing Grace noch einmal grundlos wegen allem und nichts zu weinen an.

Ginger stand an jenem Morgen früher auf als in den letzten Monaten. Sie duschte sich, föhnte sich die Haare, legte ein wenig Make-up auf und zog sich eines ihrer neuen Outfits an. Für alle Fälle hatte sie die alten Jeans und ein T-Shirt in eine kleine Tasche gepackt – Grace hatte gesagt, es sei eine schmutzige Arbeit. Sie würde Grace fragen, ob sie sich umziehen sollte, bevor sie etwas tat, das ihre neuen Kleider möglicherweise ruinieren würde.

Als sie in den Spiegel sah, gestand sie sich ein, dass Ray Anne recht gehabt hatte – sie musste präsentabel sein. Es sorgte zwar nicht dafür, dass der Schmerz in ihrem Herzen verschwand, aber sie fühlte sich dann wenigstens etwas weniger elend. Ihr Vater hatte ihr ein bisschen Geld gegeben, zum Ausgeben. Aber wenn sie sich ein bisschen etwas extra verdiente, würde sie vielleicht zu Target in der nächsten Stadt fahren und sich eine weniger teure Jeans und T-Shirts, die passten, kaufen. Sachen, in denen sie es sich leisten konnte, zur Arbeit zu gehen.

Ray Anne war in der Küche. Sie saß mit der Brille auf der Nasenspitze am aufgeklappten Laptop am Tisch und schaute sich die neuesten Objekte an. „Na, du siehst ja hübsch aus", sagte sie.

„Ich fühle mich irgendwie schuldig", erwiderte Ginger. „Meine Mom fragt mich seit Monaten, ob ich nicht mal versuchen will, etwas für mein Aussehen zu tun, und ich habe sie immer weggeschickt. Doch kaum bin ich zwei Tage hier, hast du mich schon komplett auf den Kopf gestellt und in neue Klamotten gesteckt."

„Ich bin in der Hinsicht sehr bestimmt", sagte Ray Anne. „Außerdem haben wir eine gemeinsame Shopping-Vergangenheit, du und ich. Bist du aufgeregt wegen des neuen Jobs?"

„Nervös", erwiderte Ginger. „Was, wenn ich einfach noch nicht genügend … Energie dafür habe?"

„Dann sagst du Grace Bescheid, dass du eine kleine Pause brauchst. Hol dir ein Wasser oder eine Tasse Kaffee. Iss ein bisschen was. Ich glaube, es wird dir gefallen. Es ist eine so schöne Arbeit – wundervolle Sträuße zusammenzustellen."

„Ich habe so etwas vorher noch nie gemacht."

„Du hast Leuten geholfen, sich ihre Haushaltswaren zusammenzustellen, Tischtücher, Geschirr, Ausstattungen für den Kaffeetisch. Du hast einen guten Geschmack. Und falls sich herausstellen sollte, dass es doch nicht das Richtige für dich ist, dann suchst du dir einen anderen Job. Ich glaube nicht, dass Grace von dir erwartet, dass du gleich ganze Hochzeiten übernimmst. Sie wird dir vermutlich erst mal einen Besen in die Hand drücken."

„Vermutlich", pflichtete Ginger ihr bei. „Ich glaube, ich gehe jetzt."

„Ginger!", blaffte Ray Anne. „Trink wenigstens schnell einen Kaffee und iss ein Stückchen Toast! Fange deinen ersten Tag nicht gleich ohne Treibstoff an!"

„Stimmt", sagte Ginger und ging zur Kaffeekanne. „Findest du etwas für Grace? Ich meine für ihre Mutter?"

„Das ist ziemlich schwer. Ich habe absolut keine Ahnung, wie hoch die Erwartungen sind. Ich meine die ihrer Mutter – ist sie dankbar, einfach nur in Grace' Nähe zu sein, oder eher sehr speziell? Es gibt ein paar kleine Doppelhäuser zur Miete. Sie sind aber wirklich klein. Ich habe Grace gestern Fotos geschickt, und letzte Nacht hat sie mir gemailt, dass sie nach etwas Größerem sucht und etwas eher Besonderem, Maßgeschneidertem. Etwas wie die Wohnungen im Resort, aber mit einer voll eingerichteten Küche und einer Terrasse und einem Ausblick und ebenerdig und mindestens fünfundneunzig Quadratmeter groß. Und ich solle mir keine Sorgen wegen des Preises machen. Wenn Leute so etwas sagen, kann das alles von zweihunderttausend bis siebenhundert Miete pro Monat bedeuten. Die Leute wissen meistens nicht, wie kostspielig ihre Wünsche und Träume werden können."

„Dann musst du sie noch mal genauer danach fragen, oder?"

„Klar. Das richtige Haus zu finden bedeutet meistens, dass man sich mehrmals unterhalten muss. Niemals alles auf einmal fragen. Immer wieder und wieder nachfragen, Tröpfchen für Tröpfchen alles aus ihnen herausholen, damit es nicht zu viel wird. Manche Antworten ändern sich mit der Zeit. Unglücklicherweise hat Grace es eilig. Aber sie hat Glück. Ich bin gut." Dann lachte sie. „Wie hast du geschlafen?"

„Tatsächlich sehr gut. Dieses Haus ist so ruhig. Klein und gemütlich. Außerdem glaube ich, muss ich mich immer noch von der Shoppingtour mit dir erholen."

„Ich habe keine Zeit herumzutrödeln", sagte Ray Anne. „Wir schauen mal, wie du den Tag überstehst. Wenn du gut mit allem klarkommst, plane ich für Ende der Woche ein Abendessen mit meinen Freundinnen. Sie sind sterbensneugierig, dich endlich zu Gesicht zu bekommen."

„Oh, Ray, ich bin aber nicht besonders unterhaltsam", jammerte Ginger.

„Du musst nicht unterhaltsam sein, aber ich wette, dass du aus Versehen einen schönen Abend haben wirst." Ray Anne klappte den Laptop zu. „Ich sollte jetzt besser loslegen. Ich muss mir ein paar Grundstücke ansehen."

Grace stand im Werkraum ihres Ladens und arbeitete an ihren Entwürfen für eine Bestellung von Tischgestecken. Wenn sie die an diesem Morgen fertigkriegen würde, könnte Justin sie am Nachmittag ausliefern. Grace hatte außerdem drei Aufträge für Kirchenblumen – zwei in Bandon, einen in Coquille –, die sie wirklich nicht vor Samstagmorgen fertigstellen konnte.

Der Laden war noch zu. Grace trug ihre Yogahose und ein langärmliges T-Shirt – um diese Zeit war es morgens noch ziemlich frisch in dieser Gegend. Troy lag immer noch oben in ihrem Bett. Ihn da allein liegen zu lassen, war ihr nicht leichtgefallen – er hatte mit dem Gesicht nach unten und über dem Kopf ausgestreckten Armen dagelegen, nur halb bedeckt vom Laken. Grace wusste, dass er sich, falls sie ihn auf die Schulter geküsst oder ihm über den gut aussehenden Po gestreichelt hätte, umgedreht hätte und …

Es klopfte an der Hintertür. Es war Iris, die durch das Fenster lugte.

„Was machst du denn schon hier?", fragte Grace, als sie die Tür öffnete.

„Grace, warum hast du mich nicht angerufen? Ich kann dir helfen!"

„Dich anrufen?"

„Seth und ich sind gestern Abend noch am Strand entlanggegangen und in der Strandbar Bier trinken gewesen. Troy hat uns von deiner Mutter erzählt – dass sie in Oregon ist und krank. Ich meine, sehr krank. Also so richtig zum Nachlassregeln-krank."

„ALS", erwiderte Grace trübsinnig. „Ich sehe sie nach fünf Jahren zum ersten Mal wieder, und unsere Versöhnung hat offensichtlich ein Verfallsdatum."

„Oh, Grace. Das tut mir leid."

„Danke. Aber versuch dir nicht zu viele Gedanken zu machen. Ich muss einen Weg finden, wie ich dafür sorgen kann, dass unser letztes gemeinsames Jahr ... Die Beziehung zu meiner Mutter war nicht so wie die, die du zu deiner Mutter hattest. Sie war ... Gott", sagte Grace und fing wieder an zu weinen. „Tut mir leid. Ich hab mich nicht im Griff. Meine Mutter und ich hatten immer eine sehr schwierige Beziehung, aber wir haben uns geliebt. Ich dachte, es wäre das Beste, wenn wir uns voneinander fernhalten. Es war immer so frustrierend, wenn wir zusammen waren. Aber das jetzt wollte ich nicht. Ich dachte, sie würde mindestens hundertzehn Jahre alt werden." Grace wischte sich eine Träne weg. „Ich dachte, sie würde mir noch ganz lange wahnsinnig auf die Nerven gehen. Sie ist wirklich viel zu beherrschend, um so einer Krankheit zu unterliegen."

Iris strich ihr über den Oberarm. „Hör zu, ich kann dir helfen. Ich habe diese Woche frei. Nächste Woche bin ich in der Schule, kann aber nach der Schule etwas tun. Und ich habe natürlich das ganze Wochenende frei. Ich kann dir bei den großen Aufträgen helfen. Ich kann saubermachen und Aufträge entgegennehmen. Was auch immer nötig ist."

„Kannst du mir helfen, eine neue Angestellte anzulernen? Ich habe Ray Annes Nichte einen Job angeboten, und sie wird gleich um acht hier sein."

Iris plusterte sich auf. „Ja, kann ich!"

„Ich möchte dich aber nicht ausnutzen."

„Und ich möchte dir helfen, wieder auf die Beine zu kommen."

„Meine Mutter möchte, dass ich nach San Francisco fahre. Sie möchte mit mir ihr Vermögen ordnen."

Iris machte ein trauriges Gesicht. „Möglicherweise hat sie sonst niemanden, den sie darum bitten könnte."

„Oh, sie hat eine Armee von Menschen, die sie bitten könnte. Aber sie möchte mich mit einbeziehen. Iris, meine Mutter ist wohlhabend. Sie besitzt teure Dinge und verfügt über komplizierte Finanzanlagen. Ich glaube, sie hält mich für nicht in der Lage, mich um ihr Vermögen zu kümmern."

Iris schüttelte den Kopf, aber ein Lächeln umspielte ihren Mund. „Es geht um ihren Seelenfrieden, Grace. Zehn Jahre bevor meine Mutter starb, fing sie an, mir Fragen zu stellen wie: ‚Bevor ich diese alte Nähmaschine in den Gebrauchtwarenladen gebe, möchtest du sie vielleicht eines Tages haben?' Und: ‚Iris, ich habe diese ganzen alten Weihnachtskarten jahrelang gesammelt. Möchtest du sie behalten, damit du die Namen unserer Bekannten weißt?' Ich war überrascht, dass ihr das überhaupt wichtig war, weil es mir völlig egal war. Aber es war ihr wichtig. Und sie war das Gegenteil von wohlhabend."

„Na ja, wenn die Dinge sich wieder ein wenig beruhigen, werde ich für ein paar Tage hinfahren. Ich werde ihr zuhören, wenn sie mir erzählt, worüber sie sich Sorgen macht. Ich werde mir ihre Inventarliste ansehen und mit ihren Anwälten, die ich bereits kenne, sprechen. Immerhin habe ich dreizehn Jahre in dem Haus gewohnt. Dann kann sie das Haus abschließen. Ich versuche hier etwas für sie zu finden, damit ich sie öfter sehen kann. Wenn alles vorbei ist, kann ich zurückfahren und mir ein paar Erinnerungsstücke nehmen und über ihre Anwälte veranlassen, dass ihre Immobilien verkauft werden."

„Wow", sagte Iris. „Das ist der Unterschied zwischen reich und arm. Garagenverkauf versus Immobilienverkauf. Und du möchtest dort nicht wohnen?"

„Um was zu machen?"

„Keine Ahnung. Eine Küche und ein großes Badezimmer zu haben?" Sie verdrehte die Augen und deutete mit dem Kinn auf das kleine Loft.

In dem Moment kam Troy durch die Hintertür. Sein Haar war noch verstrubbelt vom Schlafen. Er trug ein Sweatshirt, das er in Grace' Loft gefunden hatte. Die Hände in den Hosentaschen der Jogginghose, schlurfte er in seinen Docksides, die er ohne Socken anhatte, herum. Er begrüßte Iris mit einem Kopfnicken und ging dann zu Grace, um sie auf die Wange zu küssen.

„Das hier ist mir lieber", sagte Grace und schlang die Arme um ihn.

Iris, Troy und Grace hatten ein völlig ungeplantes, aber sehr produktives Brainstorming, und es war schließlich Iris, die eine Lösung fand. Vorausgesetzt, Winnie war einverstanden. „Fahr jetzt", schlug sie vor. „Fahr jetzt, wo ich Frühjahrsferien habe. Nimm dir ein paar Tage frei. Sorge dafür, dass du mir deine Blumenbestellungen hierlässt. Ich kenne dich, und du hast alles, was du für Peytons und Scotts Hochzeit brauchst, irgendwo aufgeschrieben, sodass ich die Bestellung aufgeben kann. Wenn deine neue Aushilfe gut ist, steht sie nächste Woche schon zur Verfügung, um den Laden zu öffnen, falls du immer noch weg sein solltest. Falls nicht", sagte sie achselzuckend, „hänge ich ein Schild auf. Wegen familiärer Angelegenheiten geschlossen. Lass mir dein Arbeitshandy hier, und ich kümmere mich nach der Schule um die telefonischen Bestellungen."

„Ich kann auch helfen", bot Troy an.

Grace biss sich auf die Unterlippe. „Ich hatte irgendwie gehofft, du kämst mit nach San Francisco", sagte sie.

„Ich? Ich möchte dir nicht im Weg stehen."

„Auch nicht, wenn es nur für ein paar Tage wäre?"

„Du solltest mitfahren, Troy", pflichtete Iris ihrer Freundin bei. „Das alles – Grace' Mutter, Grace' Geschäft und ihre Verpflichtung, sich mit dem Nachlass und dem Besitz ihrer Mutter auseinanderzusetzen – könnte dich ebenfalls betreffen."

„Sie hat recht, Troy. Wenn du kannst. Wenn du nicht mitkommen möchtest, verstehe ich das auch. Ich weiß, dass meine Mutter manchmal schwer zu ertragen ist."

„Winnie geht mir nicht so unter die Haut wie dir", sagte Troy. „Aber du solltest die Frage ihres Umzugs hierher lieber gleich ansprechen. Sie kommt mir nicht wie eine Frau vor, die sich so einfach auf die Vorschläge von jemand anders einlässt. Und aus ihrem Haus auszuziehen, jetzt, wo sie krank und verletzlich ist – das mag vielleicht ein bisschen viel für sie sein."

„Umzuziehen ist schwer, aber Winnie müsste sich um keinerlei Umzugsvorbereitungen kümmern. Sie hat ihr ganzes Leben lang alle Angelegenheiten ihres Lebens geregelt. Sie wird Menschen haben, die das für sie erledigen. Sie wird in ein Flugzeug steigen. Ihre Assistentin wird sich um alles kümmern, um das Gepäck, den Flug, alles. Sie ist die Hüterin ihrer Unterlagen und ihres BlackBerrys. Als ich jung und noch nicht von zu Hause ausgezogen war, war eine Assistentin für alles verantwortlich. Meine Mutter hat mir mal eine katalogisierte Auflistung ihrer Besitztümer gezeigt, die so dick war wie das Telefonbuch einer Großstadt."

„Das muss nett sein", sagte Iris.

„Sie hat so gelebt, wie ihre Eltern es schon gemacht haben. Es ist nicht so einfach – alles, was sie macht, kostet eine Menge Kraft. Und sie macht gute Sachen. Sie ist eine Dame der Gesellschaft – sie hat Millionen für wohltätige Zwecke gesammelt. Aber sie ist nicht in der Lage, ein Auto zu fahren. Ich bevorzuge eine andere Art Leben, ein leichteres, weniger belastendes Leben. Ich möchte nicht, dass mein Leben so kompliziert wird." Grace dachte kurz nach. „Es könnte funktionieren, bis auf eine Sache – die Lacoumette-Grant-Hochzeit. Ich muss bis dahin wieder zurück sein oder dafür zurückkommen. Ich *möchte* bis zu der Hochzeit zurück sein. Es ist ein großer Auftrag, und außerdem will ich unbedingt eine baskische Hochzeit zwischen Birnbäumen erleben! Das würde sich gut in meinem Lebenslauf machen!"

„Grace, du hast eine Woche Zeit. Und ich kann den Laden auch an dem Wochenende für dich aufmachen. Wenn du willst. Die halbe Stadt wird zu dieser Hochzeit fahren, und mein Deputy muss die Stadt hüten", sagte Iris.

Grace ließ sich auf den Hocker an ihrem Werkstatttisch fallen. „Glaubst du, es gibt eine Chance, Winnie für die Idee zu gewinnen?"

„Was ist die Alternative?", fragte Iris.

„Ich müsste vermutlich ziemlich oft nach San Francisco fliegen."

17. Kapitel

Ginger fing ihren Tag an diesem Morgen um acht Uhr an und kehrte um fünf Uhr abends wieder zu Ray Anne zurück. Zu ihrer Überraschung war Ray Anne bereits zu Hause, als ob sie auf sie gewartet hätte. Sie saß mit ihrem aufgeklappten Laptop auf dem Sofa. Ray Anne war am Nachmittag im Blumenladen vorbeigekommen, um mit Grace zu sprechen. Doch Ginger war zu beschäftigt gewesen, um mehr als kurz Hallo zu sagen. Sie hatte den Verdacht gehabt, dass Ray sie beobachtete, um sich zu vergewissern, dass sie nicht in tausend Stücke zerbrach oder weglief, um sich zu verstecken.

„Wie war dein Tag?“, fragte Ray Anne.

„Oh, Gott, es war unglaublich!“ Plötzlich rannen Ginger Tränen über die Wangen. „Ab der Sekunde, als ich ankam, erklärten mir Grace und ihre Freundin Iris die ganzen Komplikationen der Woche, und wie wichtig es sei, dass ich ein Gefühl für den Laden bekäme, weil sie verzweifelt Hilfe brauchen. Der Laden gehörte früher einmal Iris’ Mutter, und Iris fing gleich an, mir zu zeigen, wie man Tischgestecke und Sträuße zusammenstellt. Sie zeigte mir ein paar Videos zum Thema Blumengestecke, dann half sie mir, meinen eigenen Strauß zu binden – nach einem Foto. Meine ersten beiden waren nicht so gut, aber mein dritter war ziemlich gut, und sie konnte ihn zusammenbinden. Dann kam am Nachmittag eine Blumenlieferung. Und Grace’ Mutter und ein Mann sind vorbeigekommen, um Grace zu sehen. Ich musste ständig saubermachen, alles Mögliche auflisten und Aufträge entgegennehmen – aber ich habe das erste Mal nichts richtig gemacht und brauchte Hilfe. Ich hatte zuerst so viele Probleme mit der Preisauszeichnung." Sie schniefte. „Grace' Freund brachte uns etwas zum Mittagessen, das wir in Schichten essen mussten. Iris' Mann kam auch dreimal vorbei, um nachzusehen, ob sie etwas brauchte. Und Peyton, die den Doktor heiratet, war auch da, um mit Grace über die Hochzeit, oben in Portland, auf der Farm ihrer Familie, zu sprechen. Und ich musste lernen, Blumenbestellungen auszufüllen. Ich glaube, ich habe noch nie in meinem Leben so oft den Boden gewischt."

„Oh, Süße", sagte Ray Anne mitfühlend. „War es so schlimm?"

„Hm?", fragte Ginger und schnappte sich ein Taschentuch, um sich die Nase zu putzen. „Es war *wunderbar*!"

„Wunderbar?", fragte Ray Anne behutsam.

„Das ist zwar nur ein kleiner Blumenladen, aber es fühlte sich an wie der Mittelpunkt einer großen Stadt! Ich vermute, dass sich inzwischen herumgesprochen hat, dass Grace' Mutter krank ist. Aber sie sieht nicht sehr krank aus. Sie ist wunderschön und wurde mit einem Russen, der ihr Begleiter oder so was ist, herumchauffiert. Es kamen den ganzen Tag Leute in den Laden, um zu sehen, wie es Grace geht, und zu fragen, ob sie etwas tun können, um zu helfen. Sie boten ihr alles Mögliche an, womit sie ihr helfen könnten, und sie waren auch so *nett* zu mir!" Und dann brach Ginger zusammen und schluchzte in ihr Taschentuch.

Ray Anne rückte näher an Ginger heran. Sie legte ihr die Hand auf den Rücken. „Ist das normal? Zu heulen, weil alles so gut lief?"

„Keine Ahnung", murmelte Ginger. Sie putzte sich noch einmal die Nase. „Jetzt, wo ich zu Hause bin und mich hingesetzt habe, bin ich völlig erschöpft. Und ich möchte mein Baby, Ray! Ich vermisse mein Baby so sehr."

„Ach, Liebes."

„Aber ich habe heute nur ein paarmal an mein Baby gedacht, weil ich so viel zu tun hatte. Höchstens ein paarmal, aber ich habe nicht länger darüber nachgedacht. Ich denke normalerweise, sobald ich die Augen aufschlage, an meinen Kleinen und höre erst wieder damit auf, wenn ich abends die Augen wieder zumache."

„Ich weiß, es scheint eine so kleine Sache zu sein, aber manchmal hilft es uns durchzuhalten, wenn wir uns einfach beschäftigen. Vor allem, wenn die Arbeit sinnvoll ist. Fühlte es sich sinnvoll an?"

„Für die Menschen, die sich Blumen für eine bedeutende Gelegenheit aussuchen, bedeutet das die Welt. Glücklicherweise machen wir keine Trauerkränze. Grace sagte mir, dass sie sehr froh wäre, wenn ich sie zu dieser Hochzeit begleiten und ihr helfen würde. Dann könnte ich meine Eltern besuchen und bei ihnen übernachten."

„Möchtest du das denn, Ginger?", fragte Ray Anne sie.

Ginger streckte ihre Arme nach Ray Anne aus und umarmte sie fest, wobei sie einen Augenblick an ihrer Schulter weinte, während Ray Anne ihr über den Rücken streichelte.

„Würdest du mir einen Gefallen tun, Ray?"

„Wenn ich kann", erwiderte sie.

„Rufst du meine Mom an und bittest sie, die Krippe in den Keller zu bringen? Und die Babysachen wegzupacken?"

Ray Anne hielt sie auf Armeslänge von sich und sah sie erschrocken an. „Ginger, hast du die Krippe und die ganzen Babysachen die ganze Zeit in deiner Nähe gehabt? Die ganzen neuen Monate?"

Ginger nickte und wischte sich über die Augen. „Ich konnte nicht loslassen. Ich weiß nicht, ob ich überhaupt jemals in der Lage sein werde, loszulassen. Doch ich fürchte, dass ich, wenn ich zu meinen Eltern fahre, sei es auch nur für eine Nacht, wieder in die Abwärtsspirale falle, wenn ich die ganzen kleinen Sachen sehe, die nur darauf warten, dass er wieder zurückkehrt. Ich habe Angst, dass ich mich dann wieder im Bett verkrieche und für immer dort bleibe."

„Hör mir mal zu", bat Ray Anne. „Du wirst schlechte Tage haben. Du wirst traurig werden und Sehnsucht nach dem kleinen Josh haben. Und du wirst es überleben und diese Stunde überwinden, den nächsten Tag, die nächste Woche. Und wenn ich höre, dass du im Bett liegst und nicht mehr aufstehen kannst, komme ich und hole dich." Sie strich ihr über das Haar. „Sorge dafür, dass das nicht nötig sein wird. Ich habe im Moment zu viel zu tun."

„Ich muss das in den Griff bekommen", sagte Ginger schniefend. „Ich glaube, ich brauche vielleicht eine Dusche. Und am Sonntag fahre ich zu Targets und kaufe mir ein paar nette Sachen, die nicht so teuer sind und in denen ich arbeiten kann. Ich konnte es heute einfach nicht über mich bringen, wieder in die alte ausgebeulte Jeans zu steigen."

„Das hast du ganz richtig gemacht."

„Aber es könnte sein, dass ich jetzt ein bisschen zusammenbreche … "

„Glaubst du?", fragte Ray Anne. Sie gab ihr einen liebevollen Klaps auf die Schulter. „Ich glaube, ich trinke jetzt lieber ein Glas Wein. Und gehe duschen."

Troy und Grace waren auf dem Weg nach Bandon, um mit Winnie und Mikhail zu Abend zu essen. Troy und Grace waren fünfzehn Minuten lang extrem schweigsam. Dann griff Grace nach Troys Hand und drückte sie. „Du hast dir das alles nicht ausgesucht. Ich weiß deine Unterstützung wirklich zu schätzen, aber ich weiß auch, wie stressig und verrückt das alles ist. Wenn es dir zu viel wird … dann verstehe ich das. Es ist wirklich viel verlangt."

Er erwiderte ihren Händedruck. „Ich werde dich nicht mittendrin im Stich lassen."

„Wir waren erst am Anfang einer möglichen Beziehung und wollten sehen, wohin sie führt, und jetzt scheint sich die Welt auf einmal auf den Kopf zu stellen. Ich komme auch allein damit klar. Das schaffe ich. Ich kann ein paar Tage zu meiner Mutter fahren, ein paar Dinge regeln, planen, wie es danach weitergeht, nach ihrem … Genug, um ihr ein bisschen Seelenfrieden zu verschaffen. Hoffentlich findet Ray Anne ein passendes Haus und …"

„Und wenn Winnie die Idee ablehnt?", fragte er.

„Dann werde ich sehr oft nach San Francisco reisen müssen, um sie zu besuchen, aber mein Leben ist hier. Ich werde nicht umziehen. Nicht einmal für sechs Monate. Die einzige Möglichkeit, wie wir in der Nähe wohnen können, ist, wenn sie hierherzieht."

„Sie sagte, du hast einen Trust von deinem Vater geerbt. Bist du eigentlich reich?"

„Nee. Ich habe genug, damit ich nicht obdachlos werde oder hungern muss. Ich hätte auch alles an einem Wochenende ausgeben können, aber ich habe sehr gut darauf aufgepasst."

„Könntest du davon leben?"

„So wie ich lebe? In einem Zimmer? Ein paar Jahre lang. Aber ich arbeite gern. Hör zu, ich werde nie so leben wie Winnie. Glaubst du, ich sage das nur so? Das ist einer der Hauptgründe, weshalb meine Mutter und ich fünf Jahre lang nicht miteinander gesprochen haben. Ich wollte keine Wettkämpfe mehr bestreiten, und ich wollte auch nicht mehr bei ihr dieses Wohlstandsleben leben."

„War das schwer?"

„Ich habe sehr viel darüber nachgedacht. Ich bin nicht der erste Mensch, der anders leben möchte als seine Eltern und deren Lebensstil aus freien Stücken ablehnt. Doch für meine Mutter war es eine schwere Enttäuschung, dass ich sie so einfach im Stich gelassen habe. Das hat sie sehr geärgert. Ich hätte vielleicht eine andere Entscheidung getroffen, wenn ich gewusst hätte, dass sie nur noch fünf Jahre zu leben hat. Aber wie Mikhail sagen würde, *die Würfel sind gefallen*! Es tut mir leid, dass du das jetzt mittragen musst."

„Tu einfach, was du tun musst, und wenn ich dir helfen kann, mache ich das."

„Danke", sagte sie ruhig. „Eine Krise nach der anderen – so hatte ich mir mein Leben nicht vorgestellt."

„Gracie, manchmal ist es eben so. Wir können nicht alles planen."

„Ich versuche es. Ich versuche es wirklich. Ich eile den Dingen gern voraus, aber das jetzt … lieber Himmel, es ist zum Verrücktwerden."

Winnie hatte das Restaurant ausgesucht, in dem Troy sie am Sonntag zuvor getroffen hatte. Diesmal wurden sie vom Oberkellner bereits *erwartet*. Mikhail erhob sich, als sie am Tisch eintrafen. Er packte Grace' Gesicht mit beiden Händen und küsste sie auf seine Art auf die Wangen. Dann setzten sie sich und bestellten sich etwas zu trinken, während sie in die Speisekarten schauten.

„Dein Blumenladen ist sehr süß, Grace“, sagte Winnie. „Ich kann verstehen, dass du stolz darauf bist.“

„Er ist perfekt“, sagte Mikhail laut.

Grace schaute ihn über den Rand der Speisekarte an. „Wer seid ihr, und was ist mit meiner Mutter passiert?“

„Wenn ich dich richtig verstanden habe, ist das genau, was du immer wolltest, stimmt’s?“

„Ja“, erwiderte Grace. „Warum seid ihr so nett zu mir?“

Troy griff nach ihrer Hand. „Gracie, lass deine Mutter doch nett sein.“

„Na gut. Troy behauptet immer, wir seien zwei Wahnsinnige, die sich ständig gegenseitig auf die Palme bringen.“

„Da hat er recht“, erwiderte Mikhail spitz. „Wo bleibt der Kellner? Wir sollten auf etwas anstoßen. Ich weiß nicht auf was, aber auf irgendetwas sollten wir anstoßen. Wir sitzen hier zusammen am Tisch. Das reicht.“

„Ich habe eine Idee, Mutter. Warum fahre ich nicht für ein paar Tage mit dir nach San Francisco? Du kannst mir alles erklären, was dir Sorgen macht. Wir können entscheiden, wie du alles handhaben möchtest, und du kannst mir, wenn du dich danach fühlst, die Namen von Agenten und Anwälten geben. Danach fahre ich wieder nach Hause. Ich habe bereits jemanden beauftragt, in Coos County nach einem Haus für dich zu suchen, damit wir näher beieinander sein können.“

„Wie bitte?“

„Ich habe eine Immobilienmaklerin beauftragt, nach etwas Hübscherem zu suchen als diesem Haus, in dem du hier im Resort wohnst. Ebenerdig, mit einer voll ausgestatteten Küche und mit Meerblick. Das Meer ist im Sommer wunderschön. Es ist das ganze Jahr über schön, aber wir haben noch sechs Monate angenehmen Wetters vor uns. Ich wäre in deiner Nähe und könnte die ganze Zeit nach dir sehen."

„Und was ist mit meinem Haus? Meinen Sachen?"

„Wir lassen dir von Virginia und der Haushälterin alles, was du hier bei dir haben willst, zusammenpacken. Sie können es dir nachschicken. Ich glaube, ich finde ein Haus, das recht schnell bezugsfertig sein wird. Lass uns dein Haus erst einmal schließen. Ich kümmere mich später darum. Nach deiner Anleitung und mit Virginias Hilfe kümmere ich mich bis zum letzten Kristallaschenbecher um alles. Im Moment hätte ich dich gern in meiner Nähe. Ich möchte, wenn möglich, mehr Zeit mit dir verbringen."

„Dann komm nach San Francisco!"

Grace schüttelte ruhig den Kopf. „Ich wohne nicht in San Francisco. Tatsächlich habe ich bei all der Reiserei mit dir noch nie länger als sechs Monate pro Jahr dort gewohnt. Ich bin bereit, alles zu tun, was du sagst – diktiere, wem auch immer, deine Anweisungen. Wie ich dich kenne, hast du das schon längst gemacht. Wenn dir die Idee nicht gefällt, dann besuche ich dich, so oft ich kann. Aber ich werde nicht nach San Francisco ziehen. Mein Zuhause ist hier. Aber ich kann dich hierherbringen. Ich kann dir ein schönes Haus suchen und hervorragendes Haus- und Pflegepersonal, falls das nötig wird."

„Eine brillante Idee!", rief Mikhail. „Darauf trinken wir."

Die anderen Restaurantbesucher drehten die Köpfe in ihre Richtung.

„Brillante Idee?", fragte Winnie. „Mein Zuhause zu verlassen, um die letzten Monate meines Lebens an einem fremden Ort zu verbringen? Was ist daran brillant?"

Grace griff nach ihrer Hand. „Ich glaube nicht, dass ich es dir in dem großen, zugigen Herrenhaus in der Stadt bequem machen kann. Da sind überall Treppen, selbst in deinem Schlafzimmer und dem Bad. Die Küche ist meilenweit von deinem Schlafzimmer entfernt, und wenn du Hilfe bei den alltäglichen Dingen brauchst, baden, essen ... glaub mir, dann möchtest du lieber weniger Platz und keine Treppen haben. Erinnerst du dich an das Haus, das wir in Cabo gemietet hatten? Ebenerdig, netter erreichbarer Innenhof, Meerblick vom Fenster aus? Das war kein Gefängnis, Mama. Aber in San Francisco, im Schlafzimmer im oberen Stockwerk, angewiesen auf deine Angestellten, würdest du dich gefangen fühlen."

Sie spürte es eher als zu sehen, dass Troy den Kopf bewegte, um sie zu betrachten.

„Ich weiß nicht."

„Mama, ich möchte, dass du es so angenehm wie möglich hast. Ich möchte in deiner Nähe sein, um dafür zu sorgen ..."

„Weißt du eigentlich irgendwas über meinen Zustand?"

„Oh ja", erwiderte Grace. „Ich war jetzt jede Nacht stundenlang wach, um alles darüber nachzulesen. Ich habe mit unserem Arzt darüber gesprochen, was du möglicherweise brauchen wirst. Es würde dir hier alles zur Verfügung stehen." Grace schossen Tränen in die Augen. „Ich glaube, es könnte funktionieren", sagte sie schließlich liebevoll.

„Das ist eine brillante Idee!", rief Mikhail noch einmal, als gerade die Getränke an den Tisch gebracht wurden. „Wir fangen sofort an. Das klappt."

„Hast du niemanden, den du trainieren musst?", fragte Grace.

„Ich habe einen familiären Notfall. Entschuldigt mich – ich

werde dafür sorgen, dass die liebenswerte Virginia alles in die Wege leitet", sagte er im Stehen.

„Ich hätte gern, dass Troy mitkommt, wenn es in Ordnung ist."

„Natürlich", sagte Winnie und stützte den Kopf in die Hände. „Aber Izzy … Grace, ich meinte Grace, wir werden jede Menge mit Familienangelegenheiten zu tun haben."

„Kein Problem", sagte Mikhail. „Ich bringe ihm Pokern bei."

„Ich kann schon pokern", erwiderte Troy.

„Ha. Denkst du! Das werden wir sehen!"

Bevor das Abendessen zu Ende war, hatte Virginia die Flüge für sie alle nach San Francisco gebucht. Sie würden sich am nächsten Tag um zwei Uhr nachmittags, kurz vor dem Abflug, am regionalen Flughafen von North Bend treffen.

Troy fuhr mit Grace zusammen nach Thunder Point und blieb über Nacht bei ihr. Sie schliefen miteinander, und danach hielt er sie noch lange im Arm. „Bist du dir sicher, Troy? Ist es wirklich in Ordnung für dich, mitzukommen? Obwohl du ein paar Tage nicht arbeiten kannst?"

Er strich ihr die Haare aus den Augen. „Bevor es irgendwie weitergehen kann mit uns, musst du mit deiner Mutter alles regeln. Sie ist nicht einfach, das sehe ich. Aber sie ist deine Mutter, und ich bin sicher, dass sie im umgekehrten Fall, so gut sie könnte, für dich da wäre. Vielleicht nicht genau auf die Art, wie du es dir wünschen würdest – genau wie umgekehrt auch –, aber sie würde ihr Bestes geben."

„Wahrscheinlich …"

„Und wenn du von ihr abhängig wärst, würdest du zu ihr ziehen."

„Wahrscheinlich."

„Ich gerate auch manchmal mit meiner Familie aneinander. Wir haben unsere Probleme, unsere Kämpfe und unsere Differenzen. Dann regeln wir das gemeinsam. Meine Eltern sind jetzt Anfang sechzig und denken an den Ruhestand. Ich kann es mir überhaupt nicht vorstellen, dass sie eines Tages nicht mehr da sind." Er gab ihr einen kleinen Kuss auf die Schläfe. „Wenn du alles geregelt hast, möchte ich, dass du meine Eltern kennenlernst."

„Ich wette, sie sind sehr nett."

„Du bist auch ein sehr netter Mensch, Gracie."

„Du fragst dich bestimmt manchmal, wie du in diese Situation geraten bist."

„Oh, ich glaube, es war an Silvester." Er lachte in sich hinein. „Du hast hoffentlich keine weiteren Überraschungen mehr für mich."

„Himmel, ich denke nicht", sagte sie mitfühlend, bevor sie sich an ihn schmiegte und einschlief.

Am nächsten Morgen fühlte Grace sich etwas überfordert von den ganzen Aufgaben, die zu bewältigen waren, und fragte sich, wie sie mit allem fertig werden sollte. Sie wollte Iris und Ginger den Laden in einem guten Zustand überlassen, ihr Loft putzen, um es nach der Rückkehr sauber vorzufinden, und sie wollte packen, duschen, und, wenn es Zeit wurde loszufahren, präsentabel aussehen. Also schlüpfte sie in ihre Jeans vom Vortag, rannte hinunter in den Laden und ließ Troy allein in ihrem Bett zurück. Zu ihrer hellen Freude und Überraschung waren Iris und Ginger schon da, und Ginger hielt ihr ein wunderschönes weißes Tischgesteck hin.

„Guck dir das an!", sagte Grace. „Ganz toll."

„Ich werde ein bisschen besser, aber meine Lehrmeisterin steht auch direkt neben mir. Sie rückt alles ein wenig zurecht, deutet auf etwas, schüttelt, wenn ich den falschen Stängel aussuche, den Kopf und kürzt schließlich die Enden auf die richtige Länge. Ich habe das nicht alles allein gemacht."

„Aber sie lernt schnell", sagte Iris. „In ein paar Wochen wird sie ein paar deiner Vorratsgestecke allein zusammenstellen."

„Ich bin aber auch extrem langsam und vorsichtig", sagte Ginger. „Iris macht so etwas in zwanzig Minuten."

„Iris ist in diesem Laden aufgewachsen."

„Ich habe schon mit zehn mitgeholfen, Tischgestecke, Kränze und Sträuße zu binden. Ich habe also ein bisschen Erfahrung."

„Ich fliege heute Nachmittag um zwei", sagte Grace. „Lasst uns mal die Planung ansehen und was ihr noch von mir braucht, bevor ich abfliege. Iris, heute kommt eine Blumenlieferung. Der Verkäufer wird so gegen zwei hier sein, und dann bin ich schon weg."

„Das habe ich vorher schon mal gemacht, Grace", erklärte Iris.

„Sorge bitte dafür, dass du ihm die Bestellung für nächsten Donnerstag mitgibst, inklusive der Blumenbestellung für die Lacoumette-Grant-Hochzeit, und sag ihm, dass ich die Blumen vormittags brauche. Montag und Dienstag kannst du ein Schild an die Tür heften und die Leute informieren, dass der Laden Montag und Dienstag geschlossen bleibt. Ich komme Dienstagabend wieder und öffne am Mittwoch."

„Ich kann den Laden am Montag und Dienstag öffnen", sagte Ginger. „Mach dir keine Sorgen, ich würde mich an keine extravaganten Kreationen wagen. Wenn du glaubst, dass an diesen Tagen nichts los ist, gibt es vielleicht nicht einmal Bestellungen, die ich eintragen muss."

„Ginger und ich könnten ein paar Sträuße vorbereiten, damit sie etwas im Kühlschrank zur Hand hat, falls doch jemand reinkommt. Und ich komme Montagnachmittag nach der Schule vorbei, um zu sehen, ob wir etwas für Dienstag vorbereiten müssen."

„Ihr Lieben", sagte Grace. „Ihr seid fantastisch."

„Wir sind sogar in der Lage, ein Schild an der Tür zu befestigen! Wann sollst du nach Portland wegen der Hochzeit?"

„Freitagmorgen, gleich ganz früh. Möchtest du immer noch mitkommen, Ginger?"

Ginger nickte begeistert. „Bist du sicher, dass es in Ordnung ist? Bist du sicher, dass ich dir kein Klotz am Bein bin?"

„Ich möchte dich sehr gern mitnehmen. Für die Party am Freitagabend werde ich schon ganz früh am Freitagmorgen ein paar Tischgestecke binden. Die restlichen Blumen transportiere ich aber hinten im Lieferwagen, wo man sie kühl stellen kann. Ich werde die Hochzeitsgestecke am frühen Samstagmorgen in meinem alten Blumenladen in Portland zusammenstellen. Auf die Art können mir Mamie und Ross wahrscheinlich aushelfen, falls ich was vergessen habe. Wir schließen den Laden für den Zeitraum der Hochzeit. Anders geht es nicht bei einer großen Veranstaltung außerhalb der Stadt."

„Ich bin auch noch da, falls du Samstag jemanden im Laden haben willst", meinte Iris.

„Nee", erwiderte Grace. „Als ich diese Hochzeit angenommen habe, habe ich beschlossen, ein paar Tage zu schließen. Was ich verdienen könnte, wenn ich den Laden offen ließe, wird durch Peytons Hochzeit mehr als wettgemacht. Lassen wir uns nicht verrückt machen. Ich kann auch mal andere Blumenhändler in der Gegend empfehlen oder Bestellungen annehmen, die ich erst am Montag ausliefern kann."

„Dann ist gut", erwiderte Iris. „Gib mir doch das Handy des Ladens. Das nehme ich bis zu deiner Rückkehr an mich."

Grace nahm das Handy aus ihrem Gürtel, schaute drauf und reichte es Iris. „Das Ladekabel liegt auf meinem Schreibtisch. Ich glaube, ich habe jetzt schon Trennungsschmerz."

„Sieh nur zu, dass dein Schreibtisch und der Computer in dem Zustand sind, wie du sie gern hättest. Wenn ich beides benutzen muss, dann weiß ich, wie ich alles hinterlassen sollte. Jetzt zisch ab und mach dich fertig."

„Okay", erwiderte Grace und steuerte ihr Büro an. Eine halbe Stunde später schob sie ein paar ihrer Frühlingsauslagen nach draußen. Als sie sich umdrehte, stand Iris hinter ihr und stampfte ungeduldig mit den Füßen. Sie hatte die Arme vor der Brust verschränkt.

„Na gut", sagte Iris. „Ginger und ich kümmern uns nun um alles. Geh jetzt."

„Bist du sicher? Ich habe noch Zeit …"

„Geh jetzt. Falls ich eine Frage habe, was wahrscheinlich nicht der Fall sein wird, dann ruf ich dich auf dem Handy an."

„In Ordnung." Grace blickte auf die Uhr. „Ich bin bis Mittag oben. Ich komme noch einmal vorbei, um mich zu verabschieden."

„Großartig. Wir werden sicher gut klarkommen."

Grace stürmte die Stufen zum Loft hinauf. Troy war gerade dabei, sich die Hose hochzuziehen und den Reißverschluss zu schließen. Sie grinste. „Sieht aus, als sei ich eine Sekunde zu spät."

Er zog den Reißverschluss wieder runter. „Ich habe noch ein bisschen Zeit."

„Ich müsste inzwischen wissen, dass wir bei Sex keinen Spaß verstehen. Du bist sexbesessen. Mach die Hose zu, Mister – ich habe eine Menge zu tun. Ich möchte hier noch saubermachen und packen. Ich bin mir sicher, du hast auch noch etwas zu erledigen."

Er neigte den Kopf. „Ich bin ein Kerl. Mein Saubermachen und Packen sind in fünfzehn Minuten erledigt."

„Das ist toll. Komm einfach nicht vor Mittag hierher. Ich brauche länger."

„Ja, Ma'am", erwiderte Troy und legte ihr den Arm um die Taille, um sie an sich heranzuziehen und zu küssen. „Danke für letzte Nacht." Dann ließ er sie los und verschwand durch die Tür.

Grace nahm sich eine Sekunde Zeit, um den Augenblick zu genießen. Es war so schön, einen echten Freund zu haben, der sie begehrte und sie es auch wissen ließ. Sie hätte sich nicht einmal in ihren kühnsten Träumen vorgestellt, dass ihr so etwas je passieren würde, schon gar nicht mit jemandem, der so wundervoll war wie Troy. So etwas passierte doch eigentlich nur in Romanen …

Sie schüttelte sich und machte sich an die Arbeit. Es würde nicht lange dauern – ihr Loft war nicht viel größer als ein Wohnmobil. Sie bezog ihr Bett neu und holte dann ihren Koffer heraus. Doch bevor sie ihre Sachen einpackte, ging sie schnell noch einmal durch die kleine Wohnung, staubsaugte, staubte ihre Holzmöbel ab, wischte den Tisch, die Arbeitsflächen, Mikrowelle, Kühlschrank aus und ließ den Reiniger im Bad stehen, um damit auch noch Waschbecken und Spiegel zu säubern. Sie checkte das Essen im Kühlschrank und warf weg, was weggeworfen werden konnte. Dann packte sie ihren aufgeladenen Laptop in eine Laptoptasche und fing an, Kleidungsstücke einzupacken.

Sie legte zusammengefaltete Unterwäsche in den Koffer, ein Paar schöne Hosen, Jeans, dazu passende Tops und einen Blazer, nichts allzu Schickes. Danach Schuhe. Sie blickte auf ihre Uhr, stolz, dass sie gut in der Zeit war. Das Bad würde sie nach dem Duschen putzen und so rechtzeitig fertig sein, dass ihr immer noch ein wenig Zeit blieb. Nachdem sie sich abgeschrubbt, rasiert, abgetrocknet und eingecremt hatte, wickelte sie sich in ein Handtuch und griff unter das Waschbecken, um ihr Make-up hervorzuholen. Sie wollte ihre Make-up-Tasche, den Föhn, die Bürste, den Kamm und die Bodylotion auf dem Waschbeckenrand stehenlassen, damit sie gleich alles in den Koffer packen konnte und …

Da war sie. Ihre Tamponschachtel. Die sie schon lange nicht mehr in der Hand gehabt hatte. Grace wusste gar nicht, wie lange nicht. Und gleich daneben, in einer kleinen Plastiktüte, lag der Schwangerschaftstest, den Peyton ihr mitgegeben hatte. Für alle Fälle …

„Oh lieber Himmel“, sagte Grace laut. Sie ließ sich auf den Toilettendeckel sinken.

Was war passiert?

Okay, Peyton hatte ihr diesen Test für den Fall, dass Grace’ Periode ausbleiben würde, empfohlen. Aber statt ihrer Periode hatte Grace eine unheimliche Nachricht bekommen, die von ihrem Stalker zu sein schien. Die Welt hatte auf einmal komplett auf dem Kopf gestanden. Grace hatte sich von ihrer Angst gefangen nehmen lassen, sich Notfallpläne und Schutzmaßnahmen ausgedacht, mit einer Elektroschockpistole auf ihren Freund geschossen. Grace war von furchterregenden Erinnerungen an die Zeit, als sie als vierzehnjähriges Mädchen entführt und in einer Besenkammer gefangengehalten worden war, erfüllt gewesen. Denny und Becca waren für ein Wochenende zu Besuch gekommen, und Grace war für sie auf dem Eis gelaufen. Ihre Mutter war überraschend aufgetaucht und …

Irgendwie, während Grace von einer Krise in die nächste geschlittert war, hatte sie den Test komplett vergessen. Sie versuchte die Wochen zu zählen, seit sie keine Periode mehr gehabt hatte, konnte die genaue Anzahl aber nicht ermitteln.

Das Beste, das ihr passieren konnte, war ein negatives Testergebnis. Sie packte den Test aus, überflog die Anleitung und machte sich bereit.

Aber nichts passierte.

„Komm schon, komm schon, komm schon", flehte sie.

Sie saß und saß, bis es ihr endlich gelang, das Teststäbchen zu benetzen. Dann musste sie alles ein paar Minuten ruhen lassen. Sie starrte einfach nur auf das kleine Fenster.

Ganz allmählich, nach anderthalb Minuten, erschien ein rosafarbener Schatten auf der Ja-Seite. Doch Grace starrte ohne zu blinzeln darauf, weil er ganz bestimmt wieder verschwinden würde.

Aber nein. Es waren zwei kleine Streifen. Ein roter Punkt und das Wort *ja* tauchten auf.

Grace fühlte sich plötzlich ganz schwach und so, als müsste sie sich übergeben. *Schwanger*, dachte sie. Mist.

18. Kapitel

Als Troy mit seiner gepackten Tasche in Grace' kleine Wohnung zurückkehrte, sah er ihren Koffer schon am Fuß der Treppe zum Loft stehen. Grace selbst war im Laden, wo sie die letzten Einzelheiten mit Iris und Ginger durchging.

„Falls Peyton kommen sollte, um den Stand der Dinge für ihre Hochzeit herauszufinden, sagt ihr, dass wir im Plan liegen und sie sich keine Gedanken machen soll. Ich glaube, sie hat vor, mit ihrer Schwester nach Portland zu fahren. Scott wird mit den Kindern hinterherfahren. Obwohl ich nicht da sein werde, sagt ihr, dass wir gut in der Zeit liegen, dass ihre Blumen bestellt wurden und sie sich entspannen kann. Ich weiß nicht, ob sie meine private Handynummer hat, aber ihr dürft sie ihr gern geben, falls sie sich noch mal bei mir rückversichern möchte."

„Peyton gehört nicht zu der nervösen Sorte", sagte Iris. „Und ich hätte auch nicht gedacht, dass du so bist, aber du wirkst wie aufgezogen. Geht es dir ein bisschen an die Nerven, mit deinem Freund zu deiner Mutter zu fahren?"

Sie schüttelte den Kopf. „Meine Mutter hat Troy schon kennengelernt. Das ist es also nicht. Ich war seit Jahren nicht mehr in San Francisco. Tatsächlich war ich die letzten vier Wettkampfjahre auch nur selten dort. Ich war dort, wo mein Coach und meine Konkurrentinnen waren, und das war überall, nur nicht dort. Ich habe oft in L. A. oder Chicago trainiert und war nur ab und zu in San Francisco, wo zufällig meine

Mutter wohnte. Es gibt keinen Grund für mich, nervös zu sein."

„Wegen dem Laden brauchst du nicht nervös zu sein. Selbst wenn wir es in den nächsten Tagen so richtig vermasseln, ist der Laden immer noch hier, wenn du zurückkommst", beruhigte Iris sie. „Und ich verspreche dir, ich kann dafür sorgen, dass der Laden dann noch steht."

„Du ahnst nicht, wie sehr ich das zu schätzen weiß", sagte Grace. „Ich werde es irgendwie wieder bei dir gutmachen."

„Fahr einfach. Versuch es ein wenig zu genießen, obwohl es eine schwere Bürde ist, mit der du da zu tun hast."

„Wir werden das schon schaffen", sagte Troy. „Ich bin ganz neugierig darauf, Grace da zu erleben, wo sie aufgewachsen ist. Komm, Gracie, entspann dich. Iris wird sich gut um alles kümmern. Lass uns fahren – unsere Flüge gehen in weniger als zwei Stunden, und wir müssen noch zum Flughafen."

Grace umarmte Iris und Ginger und ließ sich von ihm wegführen. Troy hob ihren Koffer hoch. „Sonst noch was?"

„Das ist alles."

„Ich hoffe, wir haben ein bisschen Zeit, uns die Stadt anzusehen", sagte er. „Aber wenn du das nicht schaffst, verstehe ich das natürlich." Er hievte den Koffer in den Kofferraum des Jeeps. „Mir gefällt San Francisco", sagte er, als er ins Auto einstieg. Er fuhr aus der kleinen Gasse und griff nach ihrer Hand. „Bist du wirklich nervös?"

„Oh, vielleicht ein bisschen überfordert von allem, um das ich mich kümmern muss. Aber wenn wir erst mal angekommen sind, geht es mir bestimmt besser."

„Es ist alles gut", sagte Troy. „Zahlt sich aus, Freunde wie Iris zu haben. Nicht nur, weil sie auf den Blumenladen aufpasst, sie vertritt mich am Montag und Dienstag auch noch in der Schule. So sehr ich die Kinder auch mag, ich freue mich auf den Sommer." Und dann lenkte er das Gespräch auf die Dinge, die er hoffte, im Sommer zu unternehmen. Ihm war zwar bewusst, dass sie in diesem Sommer vielleicht viel zu tun haben würde, aber er hoffte dennoch, dass noch Zeit für ein paar kleine Campingtrips an einen seiner Lieblingsflüsse in Idaho bleiben würde. Er erzählte ein bisschen von all den Flüssen, an denen er schon gewesen war in der Fünfstaatenregion. Obwohl Grace häufig nickte, merkte er, dass sie ihm kaum zuhörte. Trotzdem dachte er, dass er ihr einen Gefallen tat, wenn er ihr Geschichten erzählte, die ihre Gedanken von den vier Tagen bei ihrer Mutter ablenkten.

Als sie beim Regionalflughafen eintrafen, sah er sich um. „Ich bin noch nie von hier aus geflogen. Der Parkplatz ist ja ganz leer."

Grace sah ihn mit großen Augen an, während er die Koffer aus dem Kofferraum holte. Dann nahm sie ihm ihren Rollkoffer ab und zog ihn hinter sich her.

„Welche Airline ist das hier?", fragte er sie.

„Oh, Troy", sagte sie und ging voraus. „Bitte entschuldige. Ich habe dich nicht darauf vorbereitet."

Troy überholte sie und hielt ihr die Tür auf. Sie betraten einen kleinen Empfangsbereich, wo auf der einen Seite Menschen hinter Schaltern arbeiteten und sich auf der anderen Büros und Erfrischungsgetränkeautomaten befanden. Ein Schild wies den Weg zum Restaurant, und eine Doppeltür führte direkt zur Startbahn hinaus. In diesem Bereich warteten bereits Winnie, Virginia und Mikhail.

Mikhail stand auf und begrüßte sie. „Gut, ihr seid da. Wir können los."

Er stützte Winnies linken Arm, während Virginia sie rechts unterhakte. Die beiden führten sie vorsichtig zur Tür hinaus, auf die Rollbahn. Sie passierten etwas, das wie ein Metalldetektor aussah, aber keine Ähnlichkeit mit den üblichen Sicherheitszonen auf anderen Flughäfen hatte.

„Wo gehen wir hin?", fragte Troy.

„Air Winnie", erwiderte Grace und deutete auf einen kleinen Jet, der direkt vor ihnen stand. Es gab eine Treppe, und ein uniformierter Mann wartete am Fuß dieser Treppe mit einem Treppenlift für Winnie. Das Flugzeug war ein Privatjet, ein kleiner Zehnsitzer.

„Verdammt", murmelte Troy.

Er konnte es nicht fassen, dass sie tatsächlich in einem Privatjet flogen. Wie für die meisten Menschen waren Flugpreise eine Herausforderung für ihn. Und wenn er über reiche Menschen nachgedacht hatte, hatte er immer geglaubt, dass sie ganz anders waren als er, und keine normalen Menschen.

„Reist du immer so?", fragte er Grace.

„Nein, nicht sehr oft. Wir haben ab und zu einmal einen Jet gechartert. Ich glaube, meine Mutter macht das jetzt öfter, weil ihr Zustand es erfordert. Die Tage, an denen sie noch reisen kann, sind gezählt."

Der Jet war mittelgroß und geräumig. Er bot Sitzplätze für zehn Personen, eine große Küche, ein großes Bad, Tische und ausreichend Stauraum. Die Kabine war wunderschön, mit großen, breiten Sitzen gestaltet. Grace erkannte an Troys funkelnden Augen, dass ihm das gefiel.

„Das ist ganz schön sexy", flüsterte er ihr zu.

Hmm. Er ist nicht abgeschreckt, dachte sie. Das war schon mal ein gutes Zeichen.

Sie hätte Troy gern vom Ergebnis ihres Schwangerschaftstests erzählt, traute sich dann aber doch nicht. Nicht jetzt, so kurz vor den vier Tagen, die sie mit ihrer Mutter verbringen würden. Sobald dieser Besuch hinter ihnen lag, sobald Grace wieder Zeit für ihn allein hatte, Zeit, die nicht durch die Bedürfnisse ihrer Mutter bestimmt wurde, würde sie ihm davon erzählen. Sie wollte auf keinen Fall, dass Winnie es herausfand, bevor Grace sich ihrer Beziehung zu Troy ganz sicher sein konnte. Grace musste wissen, wie er mit dieser Situation umgehen wollte. Was, wenn er das Baby nicht haben wollte? Was, wenn er *sie* nicht mehr haben wollte? Was, wenn alles zerbrach, weil sie ihren gemeinsamen Plan vermasselt hatte?

Der Kapitän kam in die Kabine und stellte sich Winnie vor. Die anderen begrüßte er ebenfalls kurz. „Wir sind so weit. Wie sieht es bei Ihnen aus?"

„Wir sind bereit", sagte Winnie.

„Unsere Flugzeit wird etwas über eine Stunde betragen", erklärte er ihr. „Falls Sie etwas brauchen, drücken Sie bitte den Rufknopf."

„Danke", sagte sie.

Sobald sie in der Luft waren, begannen Winnie und Virginia zu arbeiten. Virginia nahm ihren Laptop heraus und notierte die vielen Einzelheiten, die Winnie ihr sagte. Alex, Winnies Fahrer, hatte sie am Flughafen abgesetzt und fuhr den Wagen nach San Francisco zurück. Deshalb war ein Fahrdienst beauftragt worden, sie nach der Landung abzuholen. Das Abendessen wurde im großen Haus vorbereitet, und die Gästezimmer waren ebenfalls hergerichtet. Es gab Menschen, die Winnie anrufen wollte, Reparaturen, die sie erledigt haben wollte, Rechnungen, die bezahlt werden mussten.

Unterdessen holte Mikhail ein Kartenspiel heraus und fing an, Solitär zu spielen. Es dauerte nicht lange, bis Winnie aufhörte zu diktieren und einnickte.

„Ist alles in Ordnung?“, wollte Troy von Grace wissen.

„Klar. Ich habe nur gemischte Gefühle, weil ich wieder in mein früheres Zuhause komme. Ein Teil von mir möchte da noch einmal hin, aber …“ Sie schüttelte den Kopf. „Der andere Teil hat Angst, dass ich es nicht schaffe, da wieder wegzukommen.“

„Weil du es dort so schön findest?“

„Nein, weil ich dort irgendwie festhänge.“

„Sei nicht unvernünftig, Grace. Du kannst tun und lassen, was du willst.“

„Das war immer schon sehr schwer“, sagte sie. „Zu tun, was ich will, anstatt zu tun, was Mutter wollte.“

„Ja, aber inzwischen hast du ein wenig mehr Erfahrung darin.“

Zwei Stunden später bog ein schwarzer Cadillac SUV durch die Eisentore in das vornehme Stadtviertel Nob Hill ein, das sich überwiegend aus sehr großen alten Häusern zusammensetzte, die alle in einer wundervoll gepflegten Landschaft auf perfekt gepflegten Rasengrundstücken standen. Ihr Chauffeur fuhr eine kreisförmig angelegte Auffahrt entlang, auf den Vordereingang eines sehr vornehmen Herrenhauses zu. Er hielt an, stieg aus und eilte um den Wagen herum, um Winnie beim Aussteigen behilflich zu sein. Er wurde schnell von Virginia, die Winnie auf einer Seite unterhakte, und Mikhail, der sie auf der anderen Seite stützte, ersetzt, während Troy ihm beim Tragen des Gepäcks half.

„Wenn Sie mir helfen, alles ins Haus zu tragen, schaffe ich es im Haus allein“, sagte Troy.

„Sehr gern, Sir."

Als Troy durch die große Doppeltür trat, befand er sich noch nicht im Haus, sondern in einem eindrucksvollen Innenhof mit verschiedenen Sitzgruppen aus edlen Gartenmöbeln. Ein Sofa und zwei üppig gepolsterte Sessel standen vor einer wunderschönen Feuerstelle. Es gab zwei Essecken mit Tischen und Stühlen, an Mauern entlangrankende Weinreben, Blumenbeete und kleine Bäumchen, die den Innenhof umrahmten. Außerdem üppig bepflanzte stehende und hängende Blumentöpfe und dekorative Statuen.

Er stellte ein paar Koffer in den Innenhof. Grace brachte seinen und ihren Koffer ebenfalls hinein, und der Fahrer assistierte ihnen mit den restlichen Gepäckstücken, von denen die meisten Winnie gehörten. Sie reiste schön und luxuriös, aber nie mit leichtem Gepäck. „Das reicht so", sagte Troy. „Von hier aus kann ich das Gepäck selbst tragen."

„Danke, Sir."

Dann ging Troy mit Grace durch die nächste Tür ins Haus, blieb in dem großen Eingangsbereich stehen und betrachtete beeindruckt den Marmormosaikboden, das breite geschwungene Treppenhaus und das riesige hochherrschaftliche Wohnzimmer, das der Treppe gegenüber lag.

Winnie war bereits vier Stufen auf der Treppe vorangegangen. Sie klammerte sich auf der einen Seite ans Geländer und wurde auf der anderen Seite von Virginia gestützt. Mikhail ging dicht hinter ihnen. Als Winnie stolperte, fing Mikhail sie auf. Troy schnappte nach Luft und flüsterte erschrocken: „Lieber Himmel." Er ließ die Koffer, wo sie waren, und eilte zu ihnen.

„Winnie, hier", sagte er und schob Virginia beiseite. „Machen wir es lieber so, das ist sicherer." Er hob sie hoch, um sie zu tragen, und bat Virginia, ihm den Weg zu weisen.

„Lass die Koffer stehen, Grace. Ich kümmere mich gleich darum."

Doch sie kam gleich hinterher und trug ihren eigenen Koffer die Treppe hoch. Es erfüllte sie mit Stolz, wie Troy sich der Verantwortung stellte und Winnie auf seinen Armen ins Schlafzimmer trug. Er fragte Winnie, wo er sie herunterlassen sollte, und sie deutete auf einen Sessel neben der Veranda. Er beugte sich sogar hinunter, um den Fußschemel für sie zurechtzurücken.

„Danke, lieber Junge", sagte Winnie.

Er sah sich kurz in dem Zimmer um und sah das große Himmelbett. „Winnie, Sie werden nicht in der Lage sein, allein ins Bett zu gehen oder aufzustehen."

„Machen Sie sich keine Sorgen. Ich bin im angrenzenden Zimmer", sagte Virginia. „Ich schaffe es, ihr zu helfen."

„Da habe ich auch gewohnt, als mein Mann krank war", erklärte Winnie. „Grace?", rief sie und schaute an Troy vorbei auf Grace, die im Türrahmen stand. „Grace, ich bin so müde. Kann sein, dass ich das Abendessen verpasse. Ich hoffe, du nimmst mir das nicht übel."

„Natürlich nicht. Ich verstaue meinen Koffer und komme dann, um dir beim Auskleiden zu helfen und dich ins Bett zu bringen."

„Virginia kann mir helfen …"

„Lass mich das machen, Mama. Ich bin gleich zurück. Troy, ich zeige dir, wo wir wohnen."

„Ich bringe Ihr Gepäck nach oben, Winnie", sagte er. „In ein paar Minuten."

Grace führte Troy durch einen Korridor in ein Zimmer, das ihres gewesen war, als sie noch in diesem Haus gewohnt hatte. Sie war ein wenig überrascht, dass alles ganz unverändert war.

Es sah noch genauso aus wie am Tag, als sie das Haus verlassen hatte, um ihr eigenes Leben zu leben. Aus Neugier öffnete sie den begehbaren Kleiderschrank, und es war noch alles da. Sogar ihr Kamm und ihre Bürste lagen noch auf dem Schminktisch im angrenzenden Badezimmer. Grace hatte nicht erwartet, dass Winnie dieses Zimmer in ein Nähzimmer oder Ähnliches verwandelt hatte, aber das hier glich beinahe einem Schrein. Es gab auch eine Vitrine für ihre vielen Trophäen, Medaillen und Auszeichnungen.

„Meinst du, du fühlst dich hier mit mir wohl?", fragte sie Troy.

„Meinst du, deine Mutter stört es nicht?", fragte er. „Wenn wir in einem Bett schlafen?"

„Das hoffe ich, denn ich möchte es so. Im Ernst? Ich glaube, sie weiß, dass ich kein Kind mehr bin. Sie ist nicht prüde."

„Wenn du dir sicher bist ..."

Grace ließ ihren Koffer an der Schranktür stehen. „Ich bin mir sicher. Ich helfe ihr jetzt, sich ins Bett zu legen. Danke für das Angebot, ihr das Gepäck nach oben zu bringen. Wenn du willst, sieh dich ein bisschen um."

„Da gehe ich vielleicht verloren, Grace. Ich habe so ein Haus wie dieses hier noch nie in meinem Leben gesehen. Jedenfalls nicht, seit ich Hearst Castle besichtigt habe."

„Ach komm, so groß wie Hearst Castle ist es hier nicht. Ich glaube, es sind keine tausend Quadratmeter."

„Stimmt. Sind ja nur vier Häuser in einem. Ich sollte, für den Fall, dass ich gerettet werden muss, eine Pfeife mitnehmen."

„Zieh mich bloß nicht deswegen auf, okay? Ich weiß, dass das Haus groß ist."

„Ich verstehe jetzt aber, warum einen etwas so Großes

überfordern kann", sagte er und sah sich in ihrem Schlafzimmer um. „Es ist wirklich lustig, dass du in Thunder Point in einem winzigen Loft wohnst."

„Und es gefällt mir", erwiderte sie. Dann stellte sie sich auf die Zehenspitzen und küsste ihn auf die Wange. „Danke, dass du Winnie die Treppen hochgetragen hast. Das war sehr galant."

„Ich sah sie schon mit einer gebrochenen Hüfte am Fuße der Treppe liegen. Jetzt hole ich ihr Gepäck."

„Wenn der Fahrer da ist, kümmert er sich normalerweise um solche Dinge. Aber er braucht sicher noch ein paar Stunden, bis er hier ist."

„Jetzt hast du mich. Vielleicht ist es ganz praktisch, dass ich da bin."

Grace und Troy aßen in der Küche zu Abend. Ein Caterer lieferte das Essen und servierte ihnen Gumbo, Linguini, Brot und Tomaten mit Büffelmozzarella. Virginia brachte Winnie ein Tablett ans Bett. Mikhail leistete ihr dort Gesellschaft und ließ Grace und Troy allein.

Grace und Troy aßen schweigend, während der Caterer die Behälter schloss und sie auf der Arbeitsfläche in der großen Küche abstellte, damit man sie später, wenn das Essen abgekühlt war, in den Kühlschrank stellen konnte. Als er ging, legte Grace die Gabel ab.

„Dieses Haus ist nichts mehr für meine Mutter", sagte sie. „Ich gebe zu, dass ich ein wenig eigennützig war, als ich ihr sagte, dass ich ein Haus in der Nähe von Thunder Point für sie suchen will – ich wollte meinen Laden nicht im Stich lassen, und auch dich nicht oder meine Freunde ... Ich wusste, dass dieses Haus zu groß ist, die Möbel und Treppen zu schwer für jemanden mit einer Behinderung, aber bis jetzt war mir nicht wirklich bewusst, wie recht ich damit habe. Das hier ist nicht mehr der geeignete Ort für sie.“ Sie schüttelte den Kopf. „Falls sie nicht hinfällt, wenn sie versucht ins Bett zu gehen oder aufzustehen …“

„Du kannst sie nicht ohne Pflegekraft hier zurücklassen“, sagte Troy.

„Das werde ich auch nicht tun. Virginia kennt alles und jeden. Sie ist so etwas wie eine persönliche Concierge. Das gehört zu ihrem Job, zu wissen, wo man sucht und wen man anruft.“

„Erklär mir mal, was ich für dich tun kann, während ich hier bin“, bat er sie.

„Keine Ahnung. Ich verbringe den morgigen Tag mit Virginia und meiner Mutter. Wir müssen Pläne machen. Ich sollte Ray Anne anrufen, um herauszufinden, ob es Fortschritte gibt. Es ist dringender, als mir bewusst war.“

„Gracie, das hier wird alles dir gehören“, sagte er. „Was wirst du damit machen?“

„Das muss ich mir noch überlegen. Danach fahre ich nach Hause, wo ich ein Leben habe, das nicht überlebensgroß ist.“

„Ehrlich, ich weiß nicht, wie du das hier alles zurücklassen kannst.“

„Möchtest du es haben, Troy? Das ganze Haus, die ganze Arbeit, Unterhalt und Instandhaltung? Den ganzen Platz? Die ganze Verantwortung? Die ganzen *Leute*?“

„Ich glaube nicht“, sagte er. „Aber Gracie, das ist alles verdammt einschüchternd.“

„In welcher Hinsicht?“, fragte sie ihn.

Er schwieg einen Augenblick lang, bevor er sagte: „Wenn du dies hier alles besitzt, was könnte dir dann noch fehlen?

Was könnte ich dir je bieten, das du nicht schon zehnfach hast?"

„Musst du das wirklich fragen?"

Grace musste sich plötzlich um etwas kümmern, das sie nie richtig gekannt hatte. Noch nie hatte sie sich um ein Haus oder Personal Gedanken machen müssen – das war etwas, wofür Frauen wie Winnie geboren und erzogen worden waren. Doch Winnie hatte nicht mehr die Kraft dazu.

Egal, wie sehr sie sich um alles kümmern wollte, es war nicht mehr länger möglich. Virginia hatte Winnies Neurologen angerufen, den Mann, der ihr vor vier Jahren die Diagnose gestellt hatte. Dr. Halstead kam am nächsten Tag spät nachmittags zu ihnen ins Haus. Grace wusste, dass er normalerweise keine Hausbesuche machte, aber er hatte Winnie schon gekannt, bevor sie seine medizinische Expertise benötigt hatte – sie hatten im Laufe der Jahre häufiger gemeinsam im Vorstand verschiedener Wohltätigkeitsorganisationen gesessen. Er bestätigte, dass Winnie schon länger als gemeinhin üblich mit der Krankheit lebte und dass ein Pflegeteam gefunden werden musste, das ihre Lebensqualität bewahren würde. Als man ihn nach Winnies Prognose fragte, war seine Antwort, dass sie nur noch wenige Monate oder höchstens ein Jahr hatte. Nun ging es darum, es ihr so angenehm wie möglich zu machen und von ihrer großartigen geistigen Verfassung zu profitieren, die sie vermutlich als Letztes verlieren würde.

„Ich lebe oben an der Küste in einer ruhigen, kleinen Stadt", erklärte ihm Grace. „Ich lasse gerade jemanden nach einem Haus für meine Mutter suchen, damit ich für sie da sein und sie jeden Tag sehen kann. Ich möchte nicht, dass sie in ein Krankenhaus kommt."

„Das wäre das Beste. Die meisten im Endstadium befindlichen ALS-Patienten brauchen eine Menge Pflege."

Die erste geschäftliche Amtshandlung für Grace bestand darin, ein kleineres Bett in Winnies Schlafzimmer bringen zu lassen. Virginia stellte den Kontakt zu einem Pflegeservice her. Da Winnie nicht über die Versicherung lief und Einverständnis einholen musste, arrangierte sie es so, dass sie ein paar erfahrene Krankenschwesternhilfen bezahlen würde, die sofort bei ihr anfangen konnten und die Grace und Virginia von der Verantwortung für Winnies persönliche Pflege entbanden.

Und Mikhail.

„Du bist ja immer noch da", stellte Grace fest. „Wann hast du vor, wieder zu deiner Mannschaft zurückzukehren?"

„Ich glaube, sehr viel später. Meine Schützlinge sind in guten Händen. Wenn sie einen anderen Trainer haben wollen, dann soll es so sein."

„Ich bringe Winnie so schnell wie möglich nach Thunder Point."

„Thunder Point", erwiderte er achselzuckend. „Gar nicht so schlecht."

„Hast du vor, bei ihr zu bleiben?"

„Ich habe im Augenblick nichts Wichtiges zu tun."

Er war die perfekte Abwechslung für Winnie. Er war noch nicht bereit, in den Ruhestand zu gehen, aber er war mit seinen sechsundsechzig Jahren auch kein junger Mann mehr. „Ich hatte keine Ahnung, dass dir Mutter so viel bedeutet", sagte Grace. „Die ganzen Jahre hast du mich trainiert. Du hast immer zwischen Mutter und mir vermittelt. Du bist derjenige, der dafür gesorgt hat, dass ich in ihrem Sinne hart arbeite. Ich wusste nicht, dass du sie liebst."

„Lieben? Nicht die Liebe, die du kennst, *Pupsik Püppchen*.

Wir verstehen uns. Es könnte genauso gut mein Leben zu Ende gehen. Auf der anderen Seite soll es wenigstens einen Menschen geben, der mich nicht hasst. Ich bin auch irgendwann einmal dran. Gar nicht so lange nach ihr.“

Doch Mikhail war noch lange nicht dran – er war stark und bei guter Gesundheit, und das hier war ein Opfer, das er brachte. Er war immer noch als Trainer aktiv, und sein Geschäft lief blendend. Grace wusste, dass man ihn vermissen würde. Genauso wie sie wusste, dass er noch ein paar Wochen bleiben und später zu seiner Mannschaft zurückkehren würde, die im Augenblick von Trainer-Assistenten trainiert wurde. Mikhail würde dann nahtlos da anknüpfen, wo er gewesen war.

„Ich bin froh, dass du eine Zeit lang bleibst“, sagte sie. „Sieh zu, dass du jetzt nicht im Weg herumstehst. Vielleicht bringst du Troy das Pokern bei oder so.“

Es gab Gretchen, die Haushälterin, die an Wochentagen von acht bis fünf ins Haus kam. Sie war fünfundfünfzig und deutscher Abstammung – die Frau, die Mamie ersetzt hatte. Sie war nicht so warmherzig und mütterlich wie Mamie, aber das hatte vielleicht mehr damit zu tun, dass Grace und sie sich nicht wirklich gut kannten. Die Frau schien einen wunderbaren Draht zu Virginia zu haben, die nur wenige Jahre jünger war.

Gretchen machte nicht so viel Hausarbeit und kochte auch nur ein bisschen. Sie war die Managerin des großen Hauses – sie stellte einen Putzservice ein, den sie auch kontrollierte. Sie bestellte Lebensmittel, die ins Haus geliefert wurden, und rief in Restaurants an, damit man Winnies Essen, ihren Bedürfnissen entsprechend, zubereitete. Virginia und Grace besprachen in der Küche mit ihr, was weiter passieren sollte. Gretchen wollte, auch nach Winnies Umzug, sehr gern noch im Haus bleiben. Schließlich bedeutete das für sie eine großartige Bezahlung für weitaus weniger Arbeit.

Die Treffen mit den beiden Anwälten ihrer Mutter erschöpften Grace emotional wesentlich mehr, aber das lag nicht daran, dass es harte Arbeit gewesen wäre. Genau wie Grace vermutet hatte, war Winnie vorbereitet. Sie hatte schon seit Jahren gewusst, was auf sie zukommen würde. Alles im Haus war bereits katalogisiert, fotografiert und geschätzt worden, inklusive ihres Schmucks. Was Winnies Bankkonten und das Netto-Vermögen betraf, war ebenfalls alles geregelt und geprüft worden – schließlich handelte es sich um ein altes Vermögen. Es war nicht so, dass diese Aufgabe neu für Winnie gewesen wäre.

Grace traf sich auch kurz mit einem Immobilienmakler, obwohl sie sich noch nicht festlegen wollte, was sie mit dem Grundstück machen wollte. Aber sie wusste genau, was passieren würde. Es würde sich unter der Hand herumsprechen, und wenn die Zeit gekommen war, Haus und Grundstück zu verkaufen, würde man eine Auktion veranstalten. Das Haus war eine erstklassige Immobilie.

Es war alles so riesig. Nichts hatte Grace auf das tatsächliche Ausmaß ihrer unmittelbar bevorstehenden Erbschaft vorbereitet, weder die vielen Flüge erster Klasse, noch dass sie vom Chauffeur zum Eislauftraining gefahren worden war, noch der Besitz eines eigenen Geschäfts.

Erst als Grace anfing die ganze Last dessen, was da auf sie zukommen würde, zu begreifen, spürte sie, unter welchem Stress Winnie stand. Es war ein Lebenswerk. Die Arbeit eines ganzen Lebens. „Bitte, mach dir keine Gedanken“, sagte sie zu ihrer Mutter. „Ich werde den Besitz weder missbrauchen noch ihn mir stehlen lassen, und ich werde ihn auch nicht ignorieren. Das verspreche ich dir."

„Aber was wirst du damit machen?", fragte Winnie.

„Dasselbe, das du damit gemacht hast, Mama. Ich werde sehr gut darauf aufpassen."

„Und das Haus und alle Besitztümer?", fragte sie.

„Ich möchte, dass du deinen Frieden findest. Man wird sich um alles kümmern und aufpassen. Und später, wenn du es nicht mehr brauchst, gehe ich noch einmal alles durch, erhebe Anspruch auf die Dinge, die für uns beide einen sentimentalen Wert haben, und dann ... dann wird das Immobiliengeschäft von der Firma, die du vorgeschlagen hast, abgewickelt werden. Wenn es deinem Seelenfrieden dient, kann ich mich noch einmal mit ihnen treffen, bevor ich nach Hause fliege."

„Grace, musst du denn unbedingt nach Hause fliegen?"

„Ich muss ein Haus für uns bezugsfertig machen", erklärte sie. Sie wollte genügend Platz haben, damit sie im Notfall einmal bei ihrer Mutter übernachten konnte, aber sie hatte nicht vor, mit ihr in einem Haus zu wohnen.

„Du wirst Geld brauchen. Virginia hat ein paar Bankkarten für dein Girokonto, die du noch unterschreiben musst. Und wenn du ein Haus gefunden hast, möchte ich meinen Schlafzimmerteppich, den Aubusson, haben. Und die antike Frisierkommode. Und das Porzellan. Nicht das teure, das Audun Fleur. Und da ist das Silberbesteck, das einmal meiner Mutter gehörte – falls du es nicht benutzen möchtest, verstehe ich das natürlich, aber falls eines Tages einmal eine Enkelin da ist ..."

Grace tätschelte ihr die Hand. „Mag sein, dass ich die Schätze meiner Groß- und Urgroßmutter nicht benutze, aber ich verspreche, sie für den Fall ... dass eines Tages eine Enkelin da ist, aufzubewahren."

„Wäre es nicht wunderbar, wenn du Töchter hättest?", fragte sie. „Du würdest mit ihnen so viel besser umgehen, als ich mit dir umgegangen bin."

„Ich hoffe, ich werde einmal Töchter haben, und ich hoffe, ich kann sie genauso lieben, wie du mich geliebt hast", sagte Grace, obwohl sie jahrelang mit der Art der Zuneigung ihrer Mutter gehadert hatte.

„Wir haben es bis an die Spitze geschafft, Izzy", sagte sie.

„Ja, Mutter. Danke für alles, was du für mich getan hast."

„Nein, Izzy. Danke, dass du es für mich getan hast."

Grace hätte nie gedacht, dass sie das einmal hören würde! „Wir waren ein gutes Team, wenn es ums Siegen ging", sagte sie, aber sie hatte sich geschworen, dass sie ihren eigenen Kindern auf keinen Fall ihre eigenen Wünsche aufhalsen würde.

Sie fühlte sich erschöpft. Troy und sie begegneten sich im Laufe eines Tages immer mal wieder zwischendurch. Er sah sich im Haus und in der Gegend um, ging ein paarmal hinunter an den Hafen und beschäftigte sich irgendwie. Er freundete sich mit einem Handwerker an, störte Gretchen in der Küche, verlor sich in der Bibliothek und verbrachte einige Zeit an seinem Laptop. Grace aß mit Troy in der Küche zu Abend, fiel später mit ihm ins Bett, und manchmal weinte sie auch. Sie war dabei, ihre Mutter zu verlieren, die sie immer geliebt hatte, und der sie so verzweifelt versucht hatte zu gefallen, und die sie nie richtig kennengelernt hatte.

Schließlich kam der Dienstag, und es wurde Zeit, nach Thunder Point zurückzukehren. Grace war erleichtert und konnte es kaum erwarten, in ihr eigenes Zuhause zurückzukehren. Virginia sollte bei Winnie bleiben und ihr helfen, nach Thunder Point zu kommen, wenn es so weit war. Mikhail hatte ebenfalls vor, nach Thunder Point zu kommen. Dann konnte Virginia nach San Francisco zurückkehren. Die Haushälterin würde das Haus in Ordnung halten und, falls nötig, die nötigen Reparaturen veranlassen, bis das Haus ganz geschlossen wurde. Für Grace wurden die Konten von der Bank freigeschaltet, damit sie auch von Thunder Point aus den Überblick behalten konnte. Bei Fragen konnte sie die Vermögensverwaltung oder die Anwälte anrufen. In der Gegend, wo das Haus stand, gab es einen privaten Sicherheitsdienst; alles im Haus Befindliche war aufgelistet worden. Virginia war ganz für Winnie da und würde sich fortlaufend um das Gesundheits- und Pflegepersonal kümmern.

Das Flugzeug, das Virginia für Grace und Troy gebucht hatte, war ein kleiner Learjet, der sie in null Komma nichts nach Thunder Point zurückbrachte. Grace wollte Troy so bald wie möglich von dem Baby erzählen. Bemerkenswert, wie das positive Testergebnis in ihrem Kopf inzwischen zu einem Baby geworden war, in das sie sich gerade verliebte …

Doch nach den Aufregungen der letzten vier Tage war sie dermaßen müde, dass sie im Flugzeug einschlief. Auf dem Nachhauseweg vom Flughafen aßen sie schnell gemeinsam etwas zu Abend, und dann half ihr Troy, das Gepäck in ihre kleine Wohnung zu bringen.

„Ich muss nach Hause, Süße“, sagte er. „Ich muss mich noch auf morgen vorbereiten. Ist das in Ordnung?“

„Klar, alles in Ordnung“, sagte sie. „Danke, dass du mich begleitet hast. Danke für alles, was du getan hast.“

„Ich habe doch gar nicht viel gemacht. Du hast alles geregelt. Wir sehen uns morgen nach der Arbeit wieder.“

19. Kapitel

Troy konnte kaum noch zählen, wie oft Grace zu ihm gesagt hatte: „Du verstehst das nicht", wenn sie ihm von ihrer Kindheit, ihrem Leben als Eiskunstläuferin oder ihren Eltern erzählt hatte. Genauso wenig erinnerte er sich, wie oft er darauf erwidert hatte: „Natürlich verstehe ich das, Grace". Jetzt erst wurde ihm so richtig bewusst, dass das nicht wirklich der Fall gewesen war. Grace kam aus einer Welt, die ihm so vollständig fremd war, dass er sich fragte, ob er sie jemals verstehen würde.

Noch nie war Troy mit Menschen zusammengetroffen, die über eine Art von Geld verfügten, mit der man einen Jet chartern oder in einem Herrenhaus mit Personal, das sich um alles kümmerte, leben konnte. Natürlich brauchte man Personal – kein Mensch war in der Lage, sich allein um so etwas Großes zu kümmern. Er war solchem Reichtum nie näher gekommen, als Bekanntschaft mit jemandem zu machen, dessen Cousin Profi-Footballspieler war, der sich ein Haus für drei Millionen Dollar und ein schnelles Auto gekauft hatte. Troy konnte sich nicht einmal mehr erinnern, um welche Automarke es sich gehandelt hatte, denn er hatte diesen Wagen natürlich nie persönlich zu Gesicht bekommen. Troy las auch keine Klatschmagazine über reiche Menschen. Er las über Rafting, Klettern, Tauchen. Er sparte, um die Raten für seinen Jeep abzubezahlen. Grace könnte so etwas vermutlich einfach von ihrem Taschengeld bezahlen.

Bekam Grace ein Taschengeld?

Er ließ sie in ihrer Wohnung zurück und fuhr in sein Apartment nach Hause, wo es sehr ruhig war. Und auch sehr einsam. Er hatte, seit er angefangen hatte, mit Grace zu schlafen, nur selten eine Nacht allein zu Hause verbracht, und es gefiel ihm auch nicht besonders. Troy hatte noch nie mit einer Frau zusammengewohnt, und das wollte er, zumindest offiziell, immer noch auf keinen Fall. Er und Grace hatten beide ihre eigenen Wohnungen. Er schaute aber mindestens dreimal täglich bei ihr vorbei und war bei ihr, wenn sie beide frei hatten. Und er blieb öfter die Nacht über bei ihr, als er zu sich nach Hause fuhr.

Doch gerade jetzt brauchte er ein wenig Raum und Zeit für sich selbst. Er musste nachdenken. Er hatte eigentlich gedacht, dass er Grace in- und auswendig kannte, doch nach den vier Tagen in San Francisco fragte er sich, ob er sie überhaupt kannte. Das Ausmaß ihres Vermögens hatte ihn mehr als nur ein wenig eingeschüchtert – er fühlte sich wie ein Totalversager. Intellektuell, so wusste er, war das zwar nicht der Fall, aber irgendwo tief in seinem Inneren spürte er, dass das Gefühl, nicht gut genug für sie zu sein, sich in ihm einzunisten drohte.

Am nächsten Tag, während seiner Freistunde, suchte er Iris auf, die für ihn eine gute Freundin und Vertraute war. Sie war Beratungslehrerin, und er brauchte einen Rat. Ein bisschen hoffte er, dass sie mit einem ihrer Schüler beschäftigt war, denn er war sich nicht sicher, wie er das, was ihm im Kopf herumging, in Worte fassen sollte.

„Hast du einen Augenblick Zeit?“, fragte er, in ihrem Türrahmen stehend.

„Klar“, erwiderte sie lächelnd. „Möchtest du dich setzen?“

„Danke", sagte er und setzte sich auf einen Stuhl vor ihren Schreibtisch. Aber dann sagte er nichts.

„Troy, hast du Probleme mit einem Schüler?"

Er schüttelte den Kopf. „Hör zu, ich weiß nicht, wie ich das jetzt sagen oder erklären soll, ohne wie ein Idiot zu klingen …"

„Spuck es einfach aus. Das mit der Idiotie können wir nachher durchgehen."

„Können wir das hier vertraulich behandeln?", fragte er.

„Selbstverständlich!"

„Es geht um Grace. Das mit uns ist ziemlich eng geworden."

Iris lächelte. „Ihr scheint großartig miteinander auszukommen."

„Du weißt, dass wir uns nicht ähnlich sind, stimmt's?"

Sie machte ein zweifelndes Gesicht. „Das wirkt aber so. Ihr lacht über dieselben Sachen, ihr seid unzertrennlich, sie ist eine Sportlerin, und du bist auch so ein sportlicher Typ. Du hast endlich eine gefunden, die dir gewachsen ist."

„Aber wir kommen aus total verschiedenen Welten. *Total.* Wusstest du, dass Grace …" Er kämpfte mit sich. „… dass sie wohlhabend ist."

Iris lehnte sich zurück. „Ich habe es gehört. Ich meine, sie hat es mir erzählt. Das war erst kürzlich, als sie mir von ihrer Jugend im Eiskunstlaufzirkus erzählte. Sie sagte, sie hätte Privatlehrer gehabt und sei zu Wettkämpfen rund um den Erdball gereist, und ich hatte sie gefragt, wie teuer so was wie Eislauf-Trainer-Stunden seien. Solche Stunden können für Kinder schon fast neunzig Dollar kosten, aber wenn man sich für die Weltmeisterschaft trainieren lässt? Das kann jeden Betrag kosten, abhängig vom Coach, vielleicht sogar vierhundert am Tag! Plus weitere Ausgaben. Also habe ich sie gefragt …"

„Ihre Mutter ist richtig reich“, sagte er. „*Altes* Geld. Offensichtlich gibt es da Unterschiede“, ergänzte er.

„Sie hat es nicht mit Dot-Coms verdient“, sagte Iris grinsend. „Ich nehme an, da ist genug Geld, um es von selbst wachsen zu lassen. Nicht nur Grace ist da hineingeboren worden, sondern auch schon ihre Mutter und die Großmutter.“

„Es könnten Milliarden sein“, sagte Troy.

„Milliarden? Ach komm!“

„Ich weiß es nicht. Woher soll ich das wissen? Aber ich sag dir, was ich weiß, nachdem ich ein paar Tage bei ihr zu Hause gewesen bin. Das Haus ist größer als vier normale Häuser zusammengenommen, und man braucht eine vollständige Mannschaft, um es so zu unterhalten, dass eine Person darin leben kann. Es gibt einen Vollzeit-Chauffeur, obwohl er nicht oft fahren muss. Ich glaube, ihre Mutter hat vielleicht auch noch andere Häuser – sie ist gern in Cabo, in New York, in London. Es gibt Kunst und Schmuck, und ihre Mutter kann sich einen Privatjet chartern, wann immer sie will. Ich meine, sie ist stinkreich. Das ist mein Ernst.“

„Wow. Unglaublich. Hört sich an wie die Gettys. Du solltest mal nachsehen, ob sie auf der Forbesliste stehen.“

„Ich fürchte es“, sagte Troy.

„Warum?“, fragte sie lachend. „Sie ist immer noch deine Freundin.“

„Iris, wir waren mehr als Freunde. Und ich kann mich nicht mit dieser Art von Geld identifizieren.“

„Auch gut“, sagte sie lachend. „Es gehört dir ja auch nicht. Es ist ihr Geld.“

„Iris, würdest du bitte aufhören zu lachen. Ich fühle mich sonst wie der arme Verwandte, der die Hand nach Almosen ausstreckt.“

„Du hast deine *Hand* ausgestreckt?"

„Natürlich nicht! Aber ich fühle mich so. Kennst du jemanden, der so reich ist?"

„Ich bin mir nicht sicher", sagte sie. „Peyton kommt auch aus einer ziemlich reichen Familie."

„Ja?", fragte er schockiert.

„Hmm. Ihren Eltern gehört eine der größten Farmen Oregons. Sie bauen Birnen für Harry & David an, Kartoffeln für Supermärkte, sie haben unglaublich viele Schafe für Wolle, und jetzt verkaufen ihr Vater und die Brüder auch noch Weihnachtsbäume. Scott sagt, es sei eine riesige Familie, die fast alle in dem Geschäft arbeiten. Aber ihr Vater hat Löcher in den Jeans und fährt einen alten Pick-up ohne Stoßstangen. Er hat vermutlich nicht mal zwanzig Dollar in der Tasche, aber sein Netto-Vermögen ist beträchtlich."

„Das wusste ich nicht", sagte Troy. „Wohnen sie in einem großen Haus?"

„Ja, aber mit nur einem Bad. Acht Kinder und ein Bad. Versuch dir das mal vorzustellen."

„Okay, wir reden hier über etwas ganz anderes. Grace hat Geld bis zum Abwinken. Ich glaube, wenn sie heute anfangen würde, es auszugeben, würde ihr ganzes Leben nicht ausreichen. Unglücklicherweise für ihre Mutter ist das Grace' nahe Zukunft."

Iris lehnte sich auf dem Stuhl zurück und kaute auf ihrem Stift.

„Troy, was ist denn daran ein Problem?"

Er zuckte mit den Schultern und schaute zu Boden.

„Spuck es aus, bevor ich anfange zu raten."

„Ich fühle mich nicht gut genug."

„Lächerlich", schimpfte sie. „Eure individuellen Einkünfte

haben überhaupt nichts mit eurem Wert zu tun. Schließlich verdient Grace ihr eigenes Geld, oder? Sie ist reich geboren – das ist einfach nur Glück. Du solltest anfangen Lotto zu spielen, vielleicht hast du auch Glück."

„Sag mir, wie man so etwas überwindet", bat er. „Mein Hirn sagt mir, dass es sinnlos ist, sich so zu fühlen, und ich weiß nicht, weshalb ich das Gefühl nicht abschütteln kann. Ich bin ein kluger Mensch. Ich diskriminiere niemanden. Was zum Teufel ist das bloß?"

„Ich glaube, es ist das Testosteron", sagte sie. „Ehrlich!", schob sie hinterher und schüttelte den Kopf.

„Wo hast du das denn jetzt her?"

„Was du sagst, klingt wie eine Variante von Wer-hat-den-Längsten. Männer haben ständig dieses Wettbewerbsding laufen. Dieses Bedürfnis nach Macht. Es wird schwer für dich, wenn du glaubst, dass du nicht die Zügel in der Hand hast, vor allem, wenn es um die Zügel für deine Frau geht. Etwas an Grace' Familienvermögen sorgt dafür, dass du dich verletzlich und seltsam fühlst. Aber das Mädel wohnt in einem winzigen kleinen Loft! Sie fährt mit einem Lieferwagen für Blumen herum!"

„Ich war noch nie so", sagte er. „Ich war Frauen gegenüber noch nie beherrschend. Wenn du meine Mutter oder meine Schwester kennen würdest, wüsstest du, warum."

„Worum geht es denn dann?", fragte sie ihn.

„Ich weiß es nicht. Es ist einfach … ich frage mich, was ich ihr je bieten könnte, wenn sie schon alles hat. Was kann ich für sie tun, wenn sie bloß das Telefon nehmen und jemanden anstellen könnte, der es für sie tut?"

Iris starrte ihn verwundert an. Sie lehnte sich über den Tisch, und ihre Stimme klang auf eine entwaffnende Weise sanft. „Troy, ich möchte, dass du über folgende Fragen nachdenkst – was könntest du ihr geben, was könntest du für sie tun? Wenn du auf die Antworten kommst, hast du das Problem gelöst. Ich bin nicht in der Lage, sie für dich zu beantworten. Aber darf ich dir einen kleinen Hinweis geben?"

„Bitte."

„Die wichtigen Dinge, die mir Seth schenkt, kommen nie aus seinem Portemonnaie."

Grace schlief in der Nacht ohne Troy nicht so gut wie sonst, wenn er bei ihr war. Doch nach allem, was er in der letzten Woche für sie getan hatte, hätte sie sich auf keinen Fall beklagt. Sie stand früh auf, nicht weil sie es gewollt hätte, sondern weil sie keine Lust hatte, immer wieder dagegen anzukämpfen, noch mal einzuschlafen. Das Aussehen, mit dem sie für diese unruhige Nacht belohnt wurde, war nicht gerade berauschend. Die letzte Woche, inklusive der vier Tage in San Francisco, hatte ihr dunkle Augenringe beschert.

Grace benutzte ein wenig Abdeckcreme und hoffte, dass sie tagsüber nicht zu müde sein würde. Dann ging sie in den Laden hinunter und stellte fest, dass es dort so sauber war wie in einem Operationssaal. Die Blumen waren gut versorgt und gekühlt worden, ihr Schreibtisch aufgeräumt, und der Laden glänzte blitzblank. Selbst der verkratzte, fleckige Arbeitstisch war geschrubbt worden und, wenn sie sich nicht völlig täuschte, war der Boden nicht nur gründlich geputzt, sondern auch gebohnert worden. Sie selbst machte das normalerweise nicht öfter als einmal die Woche, weil im Werkraum so viel gearbeitet wurde. Ihn makellos sauber zu halten, war eine schier unendliche Aufgabe.

Ginger fing erst um neun mit der Arbeit an. Dennoch erschien sie bereits um acht mit ihrem eigenen Ladenschlüssel. Sie war offensichtlich angenehm überrascht, Grace zu sehen, und lächelte fröhlich. „Willkommen zu Hause! Wie war die Reise?“

„Produktiv“, erwiderte Grace. „Und sehr ermüdend. Ich möchte unbedingt mit Ray Anne sprechen. Ist sie schon wach?“

„Sie ist wach und schon unterwegs. Ich soll Ihnen sagen, dass sie nachher hierherkommt, um mit Ihnen zu reden. Vermutlich schon vormittags.“

„Hervorragend“, sagte Grace. „Hier sieht es großartig aus, Ginger. Es sieht aus, als hätten Sie die ganze Nacht geschrubbt.“

„Nein, überhaupt nicht. Es war nicht viel los. Ich habe mich lediglich an einem Blumengesteck versucht, das mir aber nicht so gut gelungen ist. Dann habe ich damit aufgehört. Ich wollte keine Blumen beim Üben verschwenden.“

„Na, wir kriegen morgen eine neue Lieferung, und da die meisten Blumen davon für die Hochzeit sind, bestelle ich noch welche für Montag. Später am Tag dürfen Sie gern noch üben. Mit Blumen, die ohnehin nicht mehr lange halten würden und die wir wegwerfen müssten, weil sie kurz vorm Verblühen sind.“

„Es ist doch sicher schwierig für Sie, wenn Sie Blumen wegwerfen müssen“, sagte Ginger.

„Schlimmer finde ich, wenn mich ein Kunde anruft, um mir zu sagen, dass seine Tischdeko nur zwei Tage gehalten hat! Frisch ist schöner. Das können Sie sich merken.“

„Kann ich Ihnen einen Kaffee machen?“, fragte Ginger und ging in den Werkraum.

Grace überlegte kurz und log dann: „Ich hatte schon Kaffee, danke. Aber kochen Sie sich ruhig selbst einen Kaffee. Wenn wir Zeit haben, zeige ich Ihnen, wie man meine Design-Programme nutzt."

Während sie in San Francisco gewesen war, hatte Grace Wein und Kaffee vermieden, obwohl genug von beidem zur Verfügung gestanden hätte. Sie hatte sich von Troy zwar Wein einschenken lassen, aber das Glas fast ganz voll stehen lassen. Sie hatte nur ein Schlückchen getrunken und sich dann beklagt, dass sie zu müde sei, um es zu genießen, und einmal hatte sie es in einen Blumentopf gegossen, als er gerade nicht hingesehen hatte. Sie hatte den Kaffee in den Ausguss gegossen. Niemand schien Notiz davon zu nehmen. Sie war sich nicht sicher, ob Troy sie nach dem Grund gefragt hätte, wenn er es gemerkt hätte. Doch da sie noch nicht so weit gewesen war, es ihm zu erzählen, hatte sie es noch für sich behalten.

Heute Abend. Heute Abend musste sie es hinter sich bringen. Sie hatte Angst. Natürlich. Sie hoffte, er würde nicht vorschlagen, dass sie Schluss machten, um sich mehr Zeit zu geben, denn seit dem Tag, als sie auf diesen Plastikstick gepieselt hatte, hatte sie ein wunderschönes Baby im Kopf. Für sie gab es keine Alternative mehr, als das Kind zu bekommen, es im Arm zu halten und zu lieben.

Ray Anne kam am späten Vormittag in den Laden.

„Ich bin so froh, dass Sie da sind", sagte Grace. „Ich fürchte, ich muss jetzt alles tun, um schnell ein Haus für meine Mutter zu finden. Ich wusste, dass das alte Haus in der Bay Area nichts mehr für sie ist – dort ist alles schwierig, Bett, Treppe, Bad. Wir mussten ihren Arzt praktisch einfliegen lassen, und sie ist in ihrem Schlafzimmer ziemlich gefangen, ohne frische Luft oder …"

Ray Anne lächelte. „Wir haben die Lösung. Alles, was Sie brauchen, alles, wonach sie suchen."

„Wirklich? Wie haben Sie es gefunden?"

„Ich würde mir diese Leistung gern selbst an die Brust heften, aber Cooper würde mich irgendwann verraten. Er hat drei Musterhäuser, die in drei Monaten oder weniger bezogen werden können. Und er hat mir die Verträge gegeben."

Grace ließ den Kopf hängen. „Ray Anne, wir haben keine drei Monate."

„Kein Problem. Die Außenseiten sind bei allen dreien fast fertig. Nur eins von ihnen braucht nur noch ein bisschen ... Och, hören Sie, kommen Sie einfach mit, kommen Sie und sehen Sie es sich selbst an. Ginger kann hierbleiben, oder?"

„Klar kann sie das", erwiderte Grace. „Der Laden sieht besser aus als vor meiner Abreise."

Grace sprang in Ray Annes Auto, und sie fuhren am Strand entlang über die obere Straße, die sich hinter den Häusern bis zu Coopers Bar entlangschlängelte. Treppenstufen führten von der Bar und den Häusern zum Strand hinunter. Die Stützen saßen sicher auf dem Hang. Ray Anne parkte in der Auffahrt des Hauses, das Coopers Strandbar am nächsten stand. Direkt neben dem Haus von Spencer und Devon Lawson. Noch standen überall eine Menge Lkws, Baumaschinen und -material herum.

Grace war enttäuscht. „Die Häuser sehen bei Weitem noch nicht fertig aus", sagte sie. „Und, Ray Anne, es ist dreistöckig! Treppen!"

„Oh, sie sind noch nicht völlig fertig, aber Cooper hofft sie zu verkaufen, bevor der Innenausbau fertig ist, damit die neuen Eigentümer sich Boden, Farben, Armaturen und dekorative Elemente wie Tapeten selbst aussuchen können. Kommen Sie herein, dann sehen Sie es." Sie zeigte Grace den Weg und hielt ihr die Tür auf.

Sie betraten gemeinsam einen geräumigen Eingangsbereich, der sich zu einem großen Wohnzimmer und Esszimmer hin öffnete. Sehr groß. „Zwanzig mal zwanzig", bestätigte Ray Anne. Hinter dem großen Raum war eine entsprechend geräumige Küche mit jeder Menge Platz für Geschirr, sofern die Schränke erst einmal eingebaut wären. Eine Frühstückstheke trennte die Küche vom Esszimmer, und es gab eine Arbeitsinsel mit einer kleinen Spüle. Geradeaus führte eine dreifache Schiebetür auf eine große Terrasse. In die Wand war ein Kamin eingebaut, der Sims war aber noch nicht fertig. Arbeitsplatten oder weitere Einbauten gab es ebenfalls noch nicht; die Böden waren aus Sperrholz und immer noch mit Bauschutt übersät. Auf der rechten Seite der Küche befanden sich Treppen, die nach unten und oben führten. Die Treppengeländer waren noch im Rohzustand und warteten auf ihre finale, dekorative Fertigstellung. Aus der Küche führte eine Tür zur Garage.

„Hier entlang", bat Ray Anne. Sie ging nach links durch den breiten Korridor. Das Hauptschlafzimmer war direkt zur Meeresseite hin angelegt und an ein großes Bad angeschlossen. Auch aus dem Schlafzimmer führten Balkontüren direkt auf die Terrasse. Gegenüber lag ein zweites Schlafzimmer. Und am Ende des Korridors befand sich ein weiteres großzügiges Badezimmer für die anderen Bewohner dieses Stockwerks. „Jetzt lauschen Sie mal", sagte Ray Anne. „Was hören Sie?"

„Hämmer und Sägen", erwiderte Grace noch einmal enttäuscht.

„Aber nicht so laut. Auch dafür habe ich eine Lösung. Überlegen Sie mal. Wir können die Böden, die Einbauten und die Armaturen für das Bad ziemlich schnell einbauen lassen.

Arbeitsflächen würden ebenfalls vorgezogen. Sie hätten die Wahl, wenn es um die Einbauschränke in der Küche geht – sobald Sie sich für eine Holzsorte entscheiden würden. Die Schränke werden woanders vorproduziert und innerhalb eines Tages eingebaut. Die Malerarbeiten auf diesem Stockwerk wären in zwei Tagen fertig."

„Ray Anne, hier ist noch nichts fertig. Es ist laut! Meiner Mutter geht es nicht gut!"

„Ihre Mutter wird demnächst an den Rollstuhl gefesselt sein, aber sie fühlt sich nicht krank und hat keine Schmerzen. Hatten Sie das nicht gesagt? Und auf diesem Grundstück gäbe es auch keinen Lärm mehr, sobald wir dieses Stockwerk fertig hätten. Und was die Nachbarhäuser betrifft – sobald die Außenarbeiten fertig sind, finden die lauten Arbeiten im Inneren der Häuser statt. Mit guten Kopfhörern lässt sich das Problem leicht lösen. Kommen Sie hier entlang." Ray Anne klackerte auf ihren hohen Absätzen bis zum großen Wohnzimmer durch den Korridor. Sie stand mitten im Raum. „Unten sind die Fliesen schon gelegt und Türen und Fenster auch bereits eingebaut. Die Wände von zwei Schlafzimmern, Spielzimmer und dem großen Badezimmer sind noch nicht ganz fertig, aber es ist schon alles winddicht abgeschlossen. Die Schlafzimmer haben alle Meerblick. Die Garagenwände sind noch nicht ganz hochgezogen, aber die Garage ist bereits völlig funktionsfähig. Nun nutzen Sie Ihre Vorstellungskraft …" Und damit schloss Ray Anne die Augen, als ob sie träumte.

„Ich versuche es", erwiderte Grace. „Ich muss meine Mutter so schnell wie möglich aus dem Haus in San Francisco rausholen, bevor sie in dem Schlafzimmer dort noch total verrückt wird. Bevor sie sich die Hüfte bricht, wenn sie die drei Stufen zum Bad hochgeht oder in der Badewanne ausrutscht …"

„Grace, wenn wir uns auf dieses Stockwerk konzentrieren und das untere und obere erst zum Schluss machen, können wir sie hier in spätestens einem Monat einziehen lassen. Aber ich wette, das kriegen wir schneller, viel schneller hin, wenn Sie nicht lange brauchen, um sich für die dekorativen Elemente zu entscheiden. Ich empfehle Holzfußböden, Jalousien für alle Fenster und Türen auf Meeresseite – die untergehende Sonne kann brutal sein. Ich könnte sofort alles in Auftrag geben und mich auf ein paar Gefälligkeiten berufen – in ganz Coos County gibt es eine Menge Leute, die mir noch etwas schulden. Und sobald die Arbeiter angefangen haben, weiß ich, wie ich sie bei Laune halte. Das würde Ihnen ein fertiges Stockwerk bescheren, mit Zugang zu Bad, Küche, zwei Schlafzimmern, großem Wohnzimmer und Terrasse. Mit den beiden anderen Stockwerken könnten wir warten, bis …" Sie schluckte und räusperte sich. „Bis es besser passt. Devon und Spencer sind auch eingezogen, als nur dieses eine Stockwerk fertig war. Spencer arbeitete, um Geld zu sparen, den ganzen Sommer an der Fertigstellung des Untergeschosses und des Lofts."

Grace fing an, das Ganze vor ihrem geistigen Auge zu sehen. Sie war einmal, als sie einen Muttertagsstrauß für Sarah geliefert hatte, in Coopers Haus gewesen. Es war geräumig und wundervoll. Die Terrasse mit dem Kamin war zum Sterben schön. Sie deutete auf die Terrasse. „Sonnendach und Außenkamin?"

„Alles, was Sie wollen. Das Sonnendach und ein paar gemütliche Terrassenmöbel sind einfach, der Kamin etwas komplizierter, aber in den nächsten sechs Monaten braucht man den nicht. Der Sommer steht vor der Tür."

Jedes Mal, wenn sie sechs Monate hörte, füllten sich ihre Augen mit Tränen, aber in letzter Zeit war sie sehr gefühlsduselig. Ihre Mutter konnte in sechs Monaten bereits gestorben sein. Andererseits war es auch möglich, dass sie noch ein weiteres Jahr lebte. Vielleicht lebte sie noch lange genug, um ihr Enkelkind zu erleben.

„Sie sind nahe an der Stadt. Sie sind in der Nähe von Dr. Grant und Peyton, falls Sie medizinische Betreuung für Ihre Mutter brauchen."

„Ja", erwiderte Grace. Es gab noch ein zweites Schlafzimmer für Pflegepersonal, das ganztags bei ihrer Mutter bleiben würde. „Waschmaschine und Trockner?", fragte sie.

„Im Korridor", sagte Ray Anne und deutete auf zwei Nischen. „Waschmaschine und Trockner auf der einen und Wäscheschrank auf der anderen Seite. Kein Haushaltsraum, fürchte ich. Unten gibt es Platz für so etwas, falls ein Haushaltsraum mit Waschbecken wichtig wäre, aber da sind dann viele Stufen im Spiel."

Grace ging den Korridor zurück. Das Hauptschlafzimmer hatte zwei begehbare Kleiderschränke, die in sich sehr geräumig waren. Das Bad war sehr groß. „Könnten wir hier eine Wand aus Glasbausteinen für die Dusche bauen? Keine Schiebetüren aus Glas?"

„Ich glaube schon", sagte Ray Anne. „Nicht nur behindertengerecht, sondern ein sehr modernes Design!"

Grace sah sie an. „Okay, wie viel?"

„Sie können sich glücklich schätzen", sagte Ray Anne. „Es ist direkt am Meer, obwohl es sechs Meter oberhalb des Strands liegt. Eins Komma zwei."

Dabei handelte es sich nicht um Tausende, das wusste Grace.

„Cooper sagte, dass er es, weil Sie es sind, auch ein Jahr lang vermieten würde, aber die Miete wäre auch eher hoch."

„Wie um alles in der Welt kann sich Spencer so etwas von seinem Gehalt als Trainer erlauben?"

„Ich bin mir sicher, dass er einen guten Preis bekommen hat. Er und Cooper teilen sich einen Sohn, und es war allen wichtig, dass Austin in der Nähe von beiden wohnt. Sie sagten, Geld spiele keine Rolle. Ich weiß, es ist viel, aber für das, was Sie wollen …"

„Ich weiß. Ich möchte, dass meine Mutter es in einem schönen Umfeld bequem hat. Und in meiner Nähe. Der Laden liegt in fußläufiger Entfernung. Aber ich brauche es so schnell wie möglich fertig – wie kompliziert ist das?"

„Nun, es müssen nur die Böden gelegt und die Wände gestrichen werden, keine Einbauschränke oder Arbeitsflächen, das könnte also schnell gehen. Aber Sie werden noch etwas Ausstattung dazurechnen müssen. Einfache Armaturen sind leicht einzubauen, wenn sie keine sechs Wochen brauchen, um sich zu entscheiden, was Sie haben wollen. Sogar ich weiß, wie man solche Armaturen einbaut."

„Ist der Kamin fertig?"

„Bis auf die keramischen Holzimitate. Aber es wird Ihnen nicht kalt im …"

„Ich überlege, was noch alles gemacht werden muss, bis es fertig ist."

„Nehmen Sie sich etwas Zeit, um in Ruhe darüber nachzudenken, Grace. Aber denken Sie nicht zu lange darüber nach, wenn Sie schnell anfangen wollen. Sie werden, wenn alles gut geht, den Vertragsabschluss nicht eher als in dreißig Tagen hinkriegen. Da es sich hier um Coopers Eigentum handelt, ist er unter den gegebenen Umständen sogar bereit, die Innenarbeiten anfangen zu lassen, bevor Sie den Vertrag abgeschlossen haben. Er hat nicht nach einem Vertrag gefragt, aber das mache ich. Ich möchte, dass er abgesichert ist, falls Sie Ihre Meinung doch noch ändern, oder …" Sie blinzelte und verzog das Gesicht. „Oder falls etwas Unvorhergesehenes passiert und Sie das Haus nicht mehr brauchen."

„Falls sie stirbt, bevor sie hierherkommt? Nun, das wird nicht geschehen – sie ist den Umständen entsprechend ziemlich gut in Form. Aber wir müssen den nächsten Schritt machen, bevor es schlimmer wird. Wo muss ich hin, um das Material aussuchen zu können?"

„Sie nehmen das Haus?"

„Lassen Sie es uns so machen. Reichen zwanzig Prozent Bargeld als Anzahlung, um Cooper zu überzeugen, es mit mir zu wagen?"

„Das glaube ich schon", sagte Ray Anne lächelnd. „Noch besser, es wird ihn überzeugen, dass es die richtige Entscheidung war, mir den Auftrag zu geben." Sie lachte fröhlich. „Ich kann das alles für Sie auf den Weg bringen, Kindchen. Sie werden nicht glauben, wie gut ich in so etwas bin. Falls Ginger auf den Laden aufpassen darf, fahre ich mit Ihnen noch zu ein paar Geschäften. Sie sollten sich zuerst Arbeitsflächen, Einbauten und Bodenbelag aussuchen. Ich kann Ihnen Kataloge für Armaturen, Jalousien, Fensterläden und Sonnendächer, Holzimitate aus Keramik und Wandfarben mitgeben. Bei der offenen Bauweise hier, möchten Sie ihre Einbauschränke vielleicht an Böden und Treppengeländer anpassen."

Sie streckte die Hand aus. „Handschlag drauf, und ich gehe rüber in Coopers Bar und unterschreibe die Papiere."

Grace musste Ginger anrufen und nachfragen, ob sie sich schon sicher genug fühlte, den Laden noch einen Tag zu managen. Und Gott sei Dank fühlte sich Ginger wohl damit. Anschließend verbrachte Grace vier Stunden mit Ray Anne. Zuerst unterzeichnete sie die Verträge für das Haus, und dann fuhren sie nach Bandon und North Bend, um ein paar Dekorationen auszusuchen. Sie grübelte nicht lange herum, bevor sie sich entschied, und Ray Anne billigte begeistert jede einzelne ihrer Entscheidungen.

Sie waren ungefähr seit zwei Stunden mit dem Projekt beschäftigt, als Grace sich plötzlich schwach und schwindelig fühlte. Ihr war ein bisschen übel. „Oh, Mist, ich habe vergessen, etwas zu essen", sagte sie zu ihrer Maklerin.

„Ich habe einen Energie-Drink in der Tasche", bot Ray Anne ihr an.

„Ach, das hält Sie so auf Trab", witzelte Grace schwächlich. Es hatte Zeiten gegeben, da hatte sie von solchen Drinks gelebt! Aber sie war sich nicht sicher, ob das bei einer Schwangerschaft wirklich das Richtige war. „Halten Sie lieber kurz beim nächsten Lebensmittelmarkt oder Feinkostladen an. Ich brauche bloß ein halbes Sandwich oder so etwas, und dann geht es mir wieder gut."

Doch der Vorfall erinnerte sie daran, dass sie auch noch andere wichtige Dinge zu erledigen hatte. Um kurz nach drei war sie wieder im Laden und schrieb Troy schließlich eine SMS. *Sehen wir uns heute Abend?*

Er beantwortete ihre SMS damit, dass er ab vier bis wann auch immer bei Coopers arbeitete und dass er, wenn sie das wollte, danach bei ihr vorbeikommen konnte.

Wenn ich das will?

Seit wann fragte er denn? Normalerweise konnte sie ihn kaum fernhalten.

Bitte, antwortete sie. *Ich muss wirklich über ein paar wichtige Dinge mit dir reden.*

Ab da fragte sie sich bis halb zehn abends, was sie ihm eigentlich sagen würde. Wie sie es ihm sagen würde. Als Troy schließlich kam und seinen eigenen Schlüssel benutzte, um hereinzukommen, sprang sie auf und rannte zu ihm, um die Arme um ihn zu schlingen. Vierundzwanzig Stunden von ihm getrennt zu sein, war viel zu viel. Jedes Mal.

Aber Troy erwiderte ihre Umarmung nicht halb so stürmisch. Seine Hände ruhten auf ihren Hüften. Eigentlich war dies normalerweise der Moment, an dem Troy sich fragte, wie schnell er sie ins Bett kriegen würde. *Oder Arbeitstheke, Tisch, Wand, Boden?* Aber jetzt war da eine Distanz, die sie nicht verstand.

„Warum bist du so anders als sonst?", fragte sie ihn.

„Wie anders?"

„Ich weiß nicht", sagte sie. „Etwas ist anders. Du klammerst dich nicht an mich. Du versuchst nicht, mir die Kleider vom Leib zu reißen. Es ist so, als ob du nicht mal hier sein willst!"

„Nein, nein. Ich möchte hier sein. Gracie, wir müssen über ein paar Dinge sprechen."

„Ja", sagte sie und zog ihn in ihre kleine Wohnung. „Ja, wir müssen reden. Du zuerst. Was beschäftigt dich?"

Sie setzten sich zusammen auf die Couch. Er hielt ihre Hände und sah ihr in die Augen – alles Gesten bevorstehender schlechter Nachrichten. „Grace, ich bin nicht stolz auf das hier, okay? Ich will ehrlich zu dir sein. Das Geld. *Dein* Geld. Es ist zehnmal mehr, als ich mir vorgestellt habe. Hundertmal mehr. Das hat mich irgendwie völlig umgehauen. Eingeschüchtert. Mich zweifeln lassen."

„Zweifeln?"

„An uns, Gracie. Ich habe das Gefühl, dass wir nicht so viel gemeinsam haben, wie ich dachte. Das beunruhigt mich ein bisschen. Ich frage mich ... was machen wir, wenn wir herausfinden, dass wir nicht zusammenpassen? Wenn wir einfach zu unterschiedlich sind?"

Sie war fassungslos. „Machst du gerade Schluss mit mir?", fragte sie.

„Nein. *Nein.* Natürlich nicht. Ich bin nur ein bisschen ... ein bisschen beunruhigt unseretwegen. Ich brauche Zeit, um herauszufinden, wie es mit uns weitergehen soll. Ich besitze nichts, Grace. Du bist so reich wie die Gettys. Ich möchte nicht von deinem Geld leben. Und du könntest nicht von meinem Geld leben. Wir müssen herausfinden, wie das alles gehen soll."

„Oh, um Himmels willen", sagte sie. „Sehe ich aus, als wäre ich reich?", fragte sie mit einer weit ausholenden Geste, auf ihr kleines Loft deutend. „Ich habe eine Idee – wie wäre es, wenn ich ein bisschen was verdiene, du etwas verdienst und keiner von uns *vom* anderen lebt?"

„Und dieses Vermögen, auf dem du sitzt?"

„Ich mache genau das, was ich meiner Mutter versprochen habe – ich passe darauf auf. Troy, ich werde nicht in einem großen Herrenhaus aus Backsteinen mit Personal wohnen. Ich brauche zwar eines Tages etwas mehr Platz als jetzt, aber ... Ich habe meiner Mutter heute ein Haus gekauft. Am Strand. Eines von Coopers neuen Häusern. Etwas, das perfekt zu ihr passt – die warme Sonne auf der Terrasse, das Rauschen des Meeres. Ich glaube, das könnte sie trösten, jedenfalls mehr als das große Haus in der Stadt. Und ich ..."

„Siehst du! Siehst du! Das war einfach so leicht. Du bist einfach losgegangen und hast ihr ein Haus gekauft, das, keine Ahnung, eine Million Dollar oder so gekostet haben muss ..."

„Eins Komma zwei“, sagte sie und reckte das Kinn ein wenig höher.

„Lieber Himmel …“ Er stützte sich mit dem Ellbogen auf dem Knie ab und legte den Kopf in die Hände.“

„Es ist in der Nähe des Ladens, in der Nähe des Arztes, in der Nähe von Kindern, die Spaß haben, oder bellenden Hunden, die am Strand Vögel jagen, nette Nachbarn …“

„Hast du eine Ahnung, wie schräg das alles ist? Dass du einfach eben mal etwas mehr als eine Million Dollar ausgeben kannst, und …?“

„So viel zu *Du brauchst keine Angst zu haben, mir alles zu sagen, Grace, und du musst dir keine Sorgen wegen meiner Reaktion machen, Grace.* Ich bin, wer ich bin!“, rief sie. „Tut mir leid, dass ich für dich nicht pleite und wegen meiner Studiengebühren bis über die Halskrause verschuldet bin, aber ich bin, wer ich bin, und ich bin kein schlechter Mensch.“

„Ich wollte damit auch nicht sagen, dass du …“

„Und ich bin schwanger!“

Plötzlich hörte die Welt auf, sich zu drehen. Grace erkannte, dass Troy aufgehört hatte zu atmen und sie stattdessen nur ansah. Schließlich sagte er: „Boah.“ Und das war alles. Nachdem ein paar Minuten vergangen waren, fragte er: „Wie schwanger?“

„Keine Ahnung. Nicht sehr.“

„Ich dachte, du wolltest zu Peyton gehen, damit sie dich untersucht. Ich dachte, du würdest …“

„Aufpassen?“, fragte sie schneidend. „Ich war bei Peyton. Sie hat mir gesagt, dass ich ein paar Tage abwarten müsste, bis ich meine Periode kriege. Und dass ich erst danach anfangen könne, die Pille zu nehmen. Ich sollte dann noch mal mit ihr reden.“

„Und das hast du nicht getan?“

„In der Zwischenzeit sind ein paar Dinge passiert! Ich hatte diesen Brief bekommen, habe versucht, meinen Freund mit einer Elektroschockpistole zu erschießen, deine Freunde sind übers Wochenende zu Besuch gekommen, meine Mutter tauchte plötzlich mit ALS auf ... ich habe es einfach vergessen. Es ist mir völlig entgangen. Als mir bewusst wurde, dass meine Periode ausgeblieben war, habe ich einen Test gemacht und auf das Stäbchen gepieselt. Ich wollte es dir sofort sagen, aber wir waren schon auf dem Weg zum Flughafen, und alles war auch so schon kompliziert genug. Das ist jetzt die erste Gelegenheit zu reden.“

„Oh Gott“, sagte er.

„Du hast auch nicht mehr daran gedacht! Du hast mich nie danach gefragt!“

„Grace, ich übernehme die Verantwortung, und du hast recht, ich habe auch nicht mehr darüber nachgedacht. Aber lass uns jetzt nicht in Panik geraten. Es ist noch früh. Wir müssen heute Abend keine Entscheidung treffen. Wir müssen das erst mal verarbeiten.“

„Ich muss keine Entscheidung treffen, Troy. Ich habe ein Baby in meinem Bauch. Es ist zwar erst ein kleiner Zellhaufen, aber es ist da, und ich werde es nicht wegmachen, nur weil es gerade nicht passt.“

„Okay, gut. Stimmt. Aber wir müssen heute Abend keine Entscheidung treffen, die sich nicht mehr rückgängig machen lässt. Wir haben Zeit, in Ruhe darüber nachzudenken.“

„In Ordnung. Du denkst darüber nach. Wenn du weißt, was du willst, weißt du ja, wo du mich findest.“

„Du willst, dass ich *gehe*?“

„Ja“, erwiderte sie. „Du hast eine Menge Fragen, auf die du Antworten finden musst. Ob wir füreinander bestimmt sind, ob wir genug Gemeinsamkeiten haben, ob es für dich ein Problem ist, dass ich aus einer Familie mit Geld stamme, und was du wegen des Babys machen willst. Ich habe keine Themen. Ich habe nichts, das ich *verarbeiten* muss."

„Okay, jetzt wirst du sauer", sagte er. „Sei fair, Grace – was könnte ich dir je geben, wo du doch schon alles hast? Wenn du nur auf etwas zeigen musst, und schon gehört es dir?"

Stimmt, wollte sie sagen. *Genauso wie ich die Goldmedaillen gekauft habe.* Ihre Hand glitt über ihren flachen Bauch. „Ich möchte, dass du gehst", sagte sie ruhig. „Ich möchte, dass du alles in Ruhe verarbeitest. Wenn du weißt, was du für mich empfindest, für uns, für dieses kleine Pflänzchen, sag mir Bescheid. Du kannst besser allein nachdenken. Außerdem lege ich mich nicht nackt mit jemandem ins Bett, der sich seiner Sache nicht sicher ist. Das ist zu viel verlangt."

„Gracie, ich liebe dich", sagte er.

„Großartig. Danke. Klingt nicht so, als ob das für mich im Augenblick einen großen Unterschied machen würde. Also lass uns mal eine Pause einlegen, während du überlegst, ob das hier nicht alles zu kompliziert für dich ist. Ich muss auf mich selbst aufpassen, und auf mein kleines Pflänzchen, meine Mutter, meinen Laden. Ich habe nicht genug Energie, um mich jetzt auch noch um dich zu kümmern."

„Bist du sicher, dass du das wirklich willst?"

„Da bin ich mir sicher", erwiderte sie.

20. Kapitel

Am frühen Donnerstagmorgen stand Peyton mit Scott in der Tür. Sie küssten sich leidenschaftlich, während ihre Schwester Adele im Auto auf sie wartete. Irgendwann drückte Adele ungeduldig auf die Hupe. Peyton lachte. „Wir sehen uns morgen Abend“, versprach sie. „Und du bringst mir meinen Flitterwochenkoffer mit.“

„Und du hast dein Hochzeitskleid und holst meinen Frack ab.“

„Und du bringst die Kinder zu den Großmüttern.“

„Sie wollen auf der Farm bleiben, was die Gefühle der Großmütter ganz bestimmt verletzt.“

„Sprich auf der Fahrt nach Norden noch einmal mit ihnen darüber, okay? Sie haben noch reichlich Zeit auf der Farm, aber sie müssen alle Großeltern besuchen, und zwar abwechselnd, und sie müssen fair bleiben. Sie wissen, wie man teilt und fair bleibt.“

„Ich spreche mit ihnen“, meinte er. „Aber ich möchte auch auf der Farm bleiben. Mit dir.“

„Ab Samstagabend werden wir für immer zusammen sein, und ich muss nicht mehr im Nähzimmer deiner Mutter schlafen“, sagte sie.

„Das werde ich nie verstehen“, sagte Scott. „Sie näht überhaupt nicht. Jedenfalls nicht wirklich.“

„Ich liebe dich, Scott. Ich werde dich heiraten.“

„Unglaublich! Bist du dir auch ganz sicher?“

„Ich bin mir sicher. Und du?“

„Ich war mir schon an dem Tag sicher, an dem du in meine Praxis spaziert bist. Ich habe dir nur deshalb nicht sofort den Hof gemacht, weil ich dich fälschlicherweise für eine Lesbe hielt. Überall auf der Welt werden lesbischen Frauen die Herzen gebrochen, und ich habe dich gekriegt.“

Sie lachte. „Du hast mich gekriegt. Stimmt. Meine Brüste werden schon langsam ein wenig wund.“

Er grinste. „Sie werden groß.“

Adele hupte noch einmal.

„Glaubst du, ich sollte mich jetzt lieber auf den Weg machen?“, fragte sie.

„Ruf mich an, sobald du angekommen bist. Ich fahre morgen zu meiner Mutter. Ich werde ihr beim Junggesellenessen helfen, falls sie Hilfe braucht.“

„Grace bringt die Tischgestecke mit.“

Noch ein schneller Kuss, und dann saß Peyton bei ihrer Schwester im Auto. Adeles kleines Mädchen saß im Kindersitz auf dem Rücksitz. „Bist du dir absolut sicher, dass du nicht noch mal zurückgehen und noch schnell ein bisschen Sex mit ihm haben willst, bevor wir fahren?“, fragte Adele.

„Ich hatte allen Sex, den ich ertragen kann.“

„Ah. So spricht eine Ehefrau!“

„Und eine Mutter?“, fragte Peyton.

„Oh mein Gott. Du bist schwanger?“

„Nur ein bisschen“, sagte sie. „Ich wolle es niemandem sagen, aber bei dir ist es etwas anderes.“

„Das ist toll! Ich zähle die Tage! Unsere Kinder sind dann altersmäßig ziemlich nahe beieinander. Krieg bitte ein Mädchen, ja?“

„Ich schau mal, was ich machen kann. Erzähle es aber niemandem, in Ordnung? Ich möchte mich jetzt auf die Hochzeit konzentrieren."

„Sobald du ein Glas Wein ablehnst, wissen sowieso alle Bescheid."

„Als ob ich so viel Wein trinken würde", sagte Peyton. „Dir ist es gestern Abend auch nicht aufgefallen."

„Da hast du doch Wein getrunken, oder?"

„Nein, das war ein grüner Zitronentee in einem Weinglas." Sie grinste. „Auf die Art kann ich mich ganz gut durchmogeln."

„Oh, das wird so lustig! Danke, dass du diesen Arsch Ted losgeworden bist und den anbetungswürdigen Scott gefunden hast. Ich liebe ihn. Was ist eigentlich aus Ted geworden?"

„Das letzte Mal, als ich mit seiner Tochter gesprochen habe, erzählte sie mir, dass sie jetzt eine sehr nette Haushälterin haben und Ted Großvater spielt. Offensichtlich kann er mit ihrem Kleinen besser umgehen als mit seinen eigenen Kindern. Er hat sich verändert, so wie es sich anhört."

„Bereust du es nicht?"

„Machst du Witze?", fragte sie. „Scott ist mein Traummann."

Die Fahrt zur Farm in der Nähe von Portland dauerte vier Stunden von Thunder Point aus. Adele wohnte in San Francisco und war vor zwei Tagen angekommen. Ihr Mann Lucas war ein großartiger Koch und würde Freitagmorgen mit dem Catering-Lieferwagen voller vorbereiteter Gerichte nach Portland fahren – er besaß ein Restaurant und lieferte den Großteil des Essens für die Feier, aber nicht alles. Peytons Mutter, Schwestern, Tanten, Großmutter und Cousinen ließen es sich nicht nehmen, ihre speziellen baskischen Gerichte beizusteuern. Lucas würde am Sonntag hinter Adele nach Kalifornien zurückfahren.

Peyton und ihre jüngste Schwester waren beste Freundinnen. Wie in vielen anderen Großfamilien auch, hatten sich bei den Lacoumettes die Geschwister paarweise zusammengefunden. Peyton war immer für Adele da und umgekehrt. Sie unterhielten sich den ganzen Weg zur Farm miteinander – über ihre Männer, ihre Berufe, die Hochzeit, ihre Geschwister, die Eltern.

Als sie eintrafen, war alles wie erwartet. Überall standen Vans, Wohnmobile, Anhänger und Geländewagen mit Zeltdächern. Die Küche war voller Frauen, die sich miteinander unterhielten, lachten, hin und wieder auch stritten. Adele ging vor Peyton ins Haus. Sie trug ihr Baby Rose, das nach der Urgroßmutter und mindestens drei Frauen aus Lucas' Familie benannt war, auf dem Arm. Peyton folgte ihr mit dem Hochzeitskleid, das sie in einem Kleidersack versteckt hatte, damit Scott es nicht sah.

„Wir sind da!", sagte Adele. „Peyton ist schwanger."

Peyton schnappte nach Luft, aber die Frauen kamen schon schreiend angerannt, umarmten sie und lachten und schrien gleichzeitig und durcheinander.

„Gut gemacht, Adele", sagte Peyton, als der erste Lärm ein wenig abebbte.

„Das bricht das Eis. Sie hätten es sowieso innerhalb der nächsten vierundzwanzig Stunden herausgefunden. Du bist nicht gerade eine jungfräuliche Braut. Und außerdem sind das baskische Frauen. Da gibt es immer ein paar schwangere Bräute pro Jahr. Wir sind so voller Leidenschaft!", ergänzte sie mit schwerem baskischem Akzent.

„Jetzt werde ich Scott anrufen, damit er es den Großmüttern sagen kann. Ich erzähle dir nie wieder ein Geheimnis."

„Doch, wirst du", sagte Adele grinsend. „Ich bin sehr verantwortungsbewusst. Meistens."

Grace und Ginger waren Freitagmorgen schon um sieben mit den Blumen auf dem Weg nach Portland. Grace war froh, die Stadt hinter sich zu lassen.

Troy hatte ihr einmal in den vergangenen vierundzwanzig Stunden eine SMS geschickt – *Geht es dir gut?* Sie hatte ihm zurückgesimst: *Ja.* War sie wütend? Ehrlich gesagt, war ihr die Situation so verdammt vertraut. Ihre Mutter besaß Pelze und Schmuck. Machte ihr das etwa das Leben leicht? Nein, aber das Vermögen der Familie wirkte sich auch nicht tragisch, böse und verflucht auf ihr Leben aus. Nein. Es machte sie nur einzigartig. *Wir sind alle unterschiedlich und haben unsere eigenen Herausforderungen und Freuden.*

Was Troy ihr geben konnte, obwohl sie alles hatte? Er könnte der Vater für ihr Baby sein. *Mein Fehler,* sinnierte sie. *Ich dachte, er könnte mich bedingungslos und unabhängig von allem anderen lieben.*

Sie ließ sich ihre Gefühle nicht anmerken. Darin war sie Expertin. Das machte sie schon seit Jahren so. Sie hatte bereits als Mädchen damit angefangen. Egal, wie sehr sie sich fürchtete, und mochte ihr auch das Herz brechen, sie schaffte es, für die Kampfrichter zu lächeln, als ob ihr die Welt zu Füßen läge. Sie wusste, wie man damitfertig wurde. Oder wie man überspielte.

Grace nutzte die Zeit, um sich Gingers Geschichte anzuhören. Als sie ihr den Job in ihrem Blumenladen gegeben hatte, hatte sie keine Ahnung gehabt, was Ginger durchgemacht hatte mit dem selbstsüchtigen Ehemann, nach dem Tod des Babys. „Ich glaube, der Job im Blumenladen hat mich gerettet", hatte sie Grace erzählt. „Es ist ein ganz neues Kapitel für mich. Ich war so lange nicht mehr glücklich, aber ich freue mich jeden Tag darauf, zur Arbeit zu gehen. Ich hoffe, Sie können mich noch eine Zeit lang gebrauchen."

„Wollen wir uns nicht duzen?“, bot Grace ihr an. Ginger nickte erfreut.

„Außerdem beliebst du wohl zu scherzen“, sagte Grace. „Du machst deine Arbeit ganz toll. Und meine Mutter wird in einem Monat hierherziehen. Das weißt du ja alles. Ich möchte in der Lage sein, sie zu sehen, wenn sie mich braucht oder möchte, dass ich sie besuche. Es ist so schön zu wissen, dass sich dann jemand um die Blumen kümmern kann. Ich kann in Zukunft vielleicht erst mal nur halbtags arbeiten, aber ich bin bei dir im Laden und helfe Justin beim Ausliefern. Ich bin gut in Form. Ich kann meiner Mutter Zeit widmen. Wenn man es genau nimmt, gehört das zu den Dingen, die man weder kaufen noch ausleihen kann.“

„Und stehst du deiner Mutter sehr nah?“, fragte Ginger.

„Ja und nein. Meine Mutter war immer sehr stolz auf mich. Mein Vater starb, als ich noch sehr jung war. Deshalb waren wir nur zu zweit. Keine Geschwister. Aber sie war auch sehr herrisch und fordernd und manchmal zu schnell verärgert. Aber jetzt geht ihr Leben langsam zu Ende, und sie möchte es bequem haben und in meiner Nähe sein. Das ist unsere Chance, uns im Guten voneinander zu verabschieden.“

„Eine zweite Chance. Wir sollten so etwas niemals für selbstverständlich halten.“

„Dein Mann“, sagte Grace. „Du hast gesagt, du hättest es vorher wissen müssen. Warum hast du ihn geheiratet, obwohl du es hättest besser wissen müssen?“

„Oh, das ist eine lange Geschichte. Um ehrlich zu sein, habe ich einfach den falschen Mann geliebt. Ich wollte ihn zu sehr und habe mich mit vielem abgefunden, nur um ihn zu halten. Und am Ende war er es nicht wert. Hör mal, es war übrigens sehr nett von Peyton, uns zu ihrer Hochzeit einzuladen, aber meinst du, sie wäre beleidigt, wenn ich nicht hingehen würde?

Ich bin zwar komplett über meinen Ex weg, aber eine Hochzeit macht mich vielleicht doch traurig. Ich könnte ein bisschen beim Empfang bleiben, nur um die Hochzeitsparty und die ganzen Blumen zu sehen, aber ich möchte lieber nicht bei der Hochzeitszeremonie dabei sein. Meinst du, das würde Peytons Gefühle verletzen?"

„Überhaupt nicht. Ich werde hingehen – sie ist eine meiner Freundinnen. Normalerweise liefern wir am Hochzeitstag schon sehr früh die Blumen an, schmücken und dekorieren die Kirche und sorgen dafür, dass die Braut und ihre Hochzeitsparty ebenfalls mit allem ausgestattet sind. Wir bringen die Tischgestecke und die restliche Deko entweder zum Cateringpersonal oder, falls die Tische schon fertig sind, stellen wir sie dorthin und fahren dann gleich nach Hause. Schon das kostet eine Menge Zeit. Wenn wir unsere Arbeit erledigt haben und so weit sind, alles aufräumen zu können, kann ich dich absetzen, wo immer du willst."

„Und du willst, dass ich am Sonntagmorgen den Lieferwagen nach Thunder Point zurückfahre?", fragte Ginger.

„Ich fahre vielleicht auch im Lieferwagen zurück. Ich weiß noch nicht, ob Troy es zur Hochzeit schafft. Er hat noch ein paar Dinge zu erledigen. Ich bin mir zwar sicher, dass er gern kommen würde, aber es ist noch fraglich, ob er es wirklich schafft. Ich kann bei meinen Freunden, Mamie und Ross, bleiben. Ich weiß erst am Samstagabend mit Gewissheit, ob Troy kommt. Ist das in Ordnung?"

„Klar. Wie du willst."

Am Freitagnachmittag lehnte Troy mit vor der Brust verschränkten Armen in Iris Bürotür. Sie hob den Kopf und zog die Brauen hoch. „Was jetzt?", fragte sie.

„Werden Männer schon so blöd geboren, oder kommt das erst mit der Zeit?", fragte er.

„Traurigerweise glaube ich, dass du schon so geboren wurdest."

„Das hatte ich befürchtet. Glaubst du, ich kann das mit Grace wiedergutmachen?"

„Ich weiß es nicht, Troy. Wie gründlich hast du es denn vermasselt?"

„Ich habe ihr alle meine Zweifel und Gefühle sorgfältig erklärt", sagte er. „Ich habe mich sehr gut artikuliert. Ich habe alles aufgezählt, was mir durch den Kopf schoss, und vorgetragen, dass mir noch Zeit bleibe, um alles *zu verarbeiten.* Ich war sehr eloquent! Sie bat mich zu gehen und zu verarbeiten. Sie hat mich vor die Tür gesetzt. Dabei dachte ich, ich sei extrem sensibel und einfühlsam gewesen."

„Dachtest du?", sagte Iris.

„Wie sich herausstellte, ist Grace ein bisschen schwanger. Ich bin aber nicht in Panik geraten. Ich nicht. Ich sagte ihr, dass wir noch nicht sofort eine Entscheidung treffen müssten, wie wir weiter vorgehen wollen. Doch ich habe den Eindruck, dass das nicht die beste aller Antworten war."

Iris verdrehte die Augen. „Wow. Was bist du doch für ein Idiot. Sei froh, dass sie nicht noch mal mit der Elektroschockpistole auf dich geschossen hat."

„Ich glaube, das habe ich inzwischen auch verstanden. Ich wette, du weißt genau, was ich stattdessen hätte sagen sollen. Warum sagst du es mir nicht einfach, und ich sage dir, ob du recht hast."

„Nee, ich denke nicht daran, Troy", erwiderte Iris. „Ich glaube, du solltest das selbst herausfinden. Ich möchte dich nicht mit meinen Worten verwirren. Du flüsterst Grace nun schon seit Monaten etwas ins Ohr. Du weißt, was sie glücklich macht und was nicht. Jetzt reiß dich zusammen, denke mal ein bisschen wie ein Held anstatt wie ein entlaufener Sträfling, der versucht, dem Gesetz zu entkommen. Man wird dich in kein Gefängnis sperren, weißt du. Und wenn du schlau bist und Glück hast, dann habt ihr ein gemeinsames Leben vor euch."

„Stimmt", sagte er. „Guter Tipp. Ich sag dir, wie es ausgegangen ist."

„Mach das, Troy."

Er ging, und Iris schaute wieder auf ihre Unterlagen. Sie lächelte. Peyton hatte ihr gestanden, dass sie ein wenig schwanger sei, als Iris ihr gestanden hatte, dass sie ein bisschen schwanger sei. Und jetzt auch noch Grace. „Ich glaube, wir wissen, was wir alle in der ersten Aprilwoche gemacht haben", sagte sie leise.

Grace freute sich auf Peytons und Scotts Hochzeitsempfang im Garten. Doch dann fühlte sie sich am Freitagabend, nachdem sie die Tische im Restaurant, wo der Junggesellenabend stattfand, dekoriert hatten, eher nach einem ruhigen Abend mit Mamie und Ross. Obwohl sie beinahe jede Woche mit den beiden sprach, hatte sie die Neuigkeiten über den Gesundheitszustand ihrer Mutter noch zurückgehalten, um es ihnen persönlich zu sagen. Mamie und Ross hatten jahrelang für Winnie gearbeitet. Sie fühlten sich Grace näher als Winnie, aber sie versprachen sofort, dass sie Winnie besuchen würden, sobald sie in Thunder Point wohnte.

„Ich bin so froh, dass ihr euch wieder versöhnt habt", sagte Mamie. „Um euer beider willen."

„Das sind wir auch, Mamie. Die traurige Wahrheit ist, dass ich nicht weiß, ob wir eine Beziehung zueinander hätten, wenn Winnie nicht krank geworden wäre. Aber ich tue mein Bestes, um dafür zu sorgen, dass man sich gut um sie kümmert. Winnie macht es mir überraschend leicht, und ich glaube, das hat viel mit Mikhail zu tun. Er kam sofort und hat es überhaupt nicht eilig damit, wieder abzureisen."

„Wie deine Mutter hat auch er nur wenige Menschen, mit denen er sich verbunden fühlt. Sie standen sich viele Jahre lang richtig nah. Deine Mutter hat immer auf Mikhail gehört."

Am Samstag lieh sich Ginger das Auto ihrer Mutter und fuhr zu Mamies Laden, wo sie gemeinsam mit Grace an den Blumengestecken für die Hochzeit arbeiteten. Bis zur Mittagszeit waren sie mit den Altargestecken und Sträußen für die Kirche fertig. Den Rest lieferten sie zur Farm der Lacoumettes. Dann kehrte Grace zu Mamie zurück, um sich für die Hochzeit um vier Uhr umzuziehen. Sie trug ein pfirsichfarbenes Kleid und beige Sandaletten, die sie liebte. Außerdem trug sie ihr Haar offen, weil das Troy so gut gefiel.

Doch sie hatte immer noch nichts von ihm gehört.

Ursprünglich war es ihr Plan gewesen, sich bei der Hochzeit zu treffen. Danach hatten sie die Nacht in einem Hotel an der Küste verbringen wollen, und Ginger sollte am Sonntag mit dem Lieferwagen nach Thunder Point zurückfahren. Grace und Troy würden mit Troys Jeep zurückfahren. Doch Grace hatte so eine düstere Vorahnung. Vielleicht hatte Troy im Zuge seines Verarbeitungsprozesses beschlossen, dass es ein Fehler gewesen war, sich mit jemandem wie ihr einzulassen. Grace kam aus einer anderen Welt, einer Welt, die es ihm nicht leicht machte, sie sich auch nur vorzustellen.

Es hätte schlimmer kommen können, dachte sie. Er hätte versuchen können, sie nur des Geldes wegen zu heiraten.

Sie fühlte sich so ganz und gar ohne Hoffnung. Was konnte sie machen? Nichts. Es lag nun an ihm.

Ihr Eintreffen bei der Kirche lenkte sie ein wenig von ihren düsteren Gedanken ab. Sie lachte leise in sich hinein, als sie den Parkplatz sah. Er war voller Geländewagen, Wohnmobile, SUVs – den ganzen großen Fahrzeugen, in denen ein Teil der Verwandtschaft nach der Hochzeit und dem Empfang übernachten würden. Die Familie sah wirklich aus wie ein wilder Haufen Zirkusleute … Ganz vorne parkte Peytons Wagen. Sie wusste, dass Peyton mit ihrer Schwester zur Farm gefahren war, und dass Scott in ihrem eleganten Lexus herkommen würde. Es standen nur sehr wenige neuere Automodelle auf dem Parkplatz. Die Farmer und Fischer und Weinbauern gehörten zum schwer arbeitenden Teil der Landbevölkerung, obwohl Grace gehört hatte, dass es sich um eine sehr erfolgreiche Familie handelte. Das hätte man jedoch beim bloßen Anblick dieser Menschen niemals geahnt. Sie ließen ihren Erfolg einfach nicht heraushängen.

Leider war weit und breit kein Jeep zu sehen. Grace' Herz wurde schwer. Sie stellte ihr Telefon leise, aber, ganz Daueroptimistin, setzte sie sich in der überfüllten Kirche auf einen Platz ziemlich weit hinten, direkt am Gang. Falls Troy noch kam, würde er sie sofort finden.

Die Kirche war sehr schön. Grace hoffte, dass jemand den Blumenschmuck erwähnen würde, die Sträußchen an den Kirchenbänken im Mittelgang, die Sträuße der Brautjungfern, den Brautstrauß – sie war so stolz auf alles. Peyton hatte so einen guten Geschmack, und sie sah atemberaubend aus, als sie in ihrem schulterfreien Kleid schließlich durch den Mittelgang schritt und alle sich zu ihr umdrehten. Grace betrachtete auch Scott. Selbst aus großer Entfernung konnte sie den Glanz in seinen Augen erkennen. Er vergötterte Peyton. Er betete sie an. Und genau so sollte es auch sein für eine Frau an ihrem Hochzeitstag.

Die Zeremonie dauerte nicht lange. Es war ein ökumenischer Gottesdienst, der von einem katholischen Priester und einem evangelischen Pfarrer gehalten wurde. Grace lachte leise in sich hinein, als ihr auffiel, dass ein paar von der baskischen Verwandtschaft miteinander tuschelten. Sie erinnerte sich, dass Peyton erwähnt hatte, dass einige ihrer Verwandtschaft sicher ein wenig verstimmt sein würden, weil sie keine richtige Messe hatte, dass sie aber die Hochzeit deshalb nicht boykottieren würden. Die Familie war häufig und aus vollem Herzen unterschiedlicher Meinung, aber am Ende waren alle füreinander da.

Eine große Familie, dachte Grace. Vielleicht war das die Antwort auf alle Probleme. Eine riesige Familie wie die Lacoumettes. Sie waren so viele. Wie unterschiedliche Länder, die durch Pakte und Abkommen aneinander gefesselt waren. Oh, Himmel, dachte Grace. Ihr fiel es schon schwer, eine Familie mit nur zwei Mitgliedern zusammenzuhalten.

Peyton und Scott sprachen ihre Ehegelübde, die sie selbst getextet hatten. Sie wurden von beiden Priestern gesegnet und dann, nach weniger als einer halben Stunde, umarmten sie sich leidenschaftlich, und in der Kirche ertönten Jubelchöre. Das Brautpaar floh, gefolgt von Trauzeugen, Familie und Freunden durch den Mittelgang nach draußen, wo sich eine Gratulantenschlange bildete und jemand aus der Familie weiße Tauben fliegen ließ. Dem erstaunten Gesichtsausdruck Peytons nach zu urteilen, hatte sie nicht damit gerechnet.

Kein Jeep. Kein Troy. Grace würde nicht weinen.

Während in der Kirche noch ein paar Fotos gemacht wurden, kehrte der größte Teil der Karawane schon zur Farm zurück. Es war keine kurze Fahrt. Die Farm lag beinahe eine Stunde von dieser verschnörkelten, historischen Kirche entfernt. Grace war froh, dass Ginger beschlossen hatte, zum Empfang zu kommen.

Bis fünf wurden im Empfangszelt Wein und Tapas gereicht. Die Blumen sahen, genau wie die vielen Obstblüten überall, wunderschön aus. Die Band spielte, und Grace bemerkte, dass einige der baskischen Männer sich ihre traditionelle Tracht angezogen hatten – sie hatten Anzug und Frack gegen weiße Hosen und Hemden, rote Westen und Mützen ausgetauscht. Sie bereiteten sich aufs Feiern vor.

Bis sechs waren auch Braut und Bräutigam angekommen und wurden mit weiteren Jubelrufen empfangen. Die Musik nahm Fahrt auf, und der Champagner floss in Strömen. Die Gläser wurden gefüllt, und der Lärm klang fröhlich und wundervoll. Die Caterer lieferten Platten für die Hochzeitsparty. Die restlichen Gäste, hauptsächlich die baskische Bevölkerung der nordwestlichen Pazifikküste, fiel wie Heuschrecken über das Buffet her. Doch das Essen schien nie auszugehen, genauso wenig wie der Wein. Es wurde selbst während des Essens getanzt, und diese Tänze waren ganz besonders. Paco Lacoumette eroberte den Tanzboden. Dann gesellten sich nacheinander seine Brüder, seine Söhne, Neffen und selbst sein etwas ungelenker Schwiegersohn dazu. Schließlich zeigten sie allen, was dieser Clan auf die Beine stellen konnte. Es war so lustig wie ein Flashmob. Die Jubelrufe waren derartig laut, dass sie dazu geeignet gewesen wären, das Zelt zusammenstürzen zu lassen.

Grace saß mit ein paar Leuten aus Thunder Point zusammen: mit Spencer, Devon und deren Kindern, Cooper und Sarah und der kleinen Summer. Man fragte sie, ob Troy noch kommen würde, und Grace antwortete, dass sie es hoffte, sich aber nicht sicher sei. „Er hatte heute noch etwas vor."

„Na ja, die Arbeit ist es nicht. Rawley hält die Stellung im Fort. Das könnte ich übrigens auch", sagte Cooper, wobei er sich auf die tanzenden Männer bezog.

„Noch ein paar Gläser Wein, und du machst das, da bin ich mir sicher", pflichtete ihm Sarah bei.

„Warum stamme ich nicht aus so einer Großfamilie?", fragte Spencer. „Die Familie hier versteht es zu feiern."

„So wie es hier aussieht, wissen sie auch, wie man arbeitet", ergänzte Cooper.

Grace nahm ihren Teller, als ob sie sich noch etwas holen wollte, aber sie stellte ihn auf dem Geschirrtisch ab und verließ das Zelt. Die Sonne ging gerade unter, die Party war in vollem Gange, und Grace wanderte in Richtung Obstgärten. Sie wollte sie sich einmal genau ansehen, bevor es dunkel wurde. Das Haus und der Garten standen zwischen dem großen Partyzelt und Reihen blühender Birnbäume. Neidvoll schaute Grace sich Mrs. Lacoumettes Garten an und ging in die Hocke – Gemüse, Blumen, Kräuter. Alles kam gerade heraus – die Gemüse zeigten zwar noch nicht ihre Form, aber Grace sehnte sich auch nach so etwas. Das würde sie als Nächstes machen – ein Haus mit Garten kaufen und ihrem Kind beibringen, wie man sich um Pflanzen kümmerte.

„Grace?", rief jemand.

Als sie hochschaute, sah sie Troy vor sich stehen. Er sah aus, als hätte er in seinem Anzug übernachtet – die Krawatte saß schief, und seine Wange war dreckbeschmiert. Sein Rucksack lag auf dem Pfad hinter ihm. „Ich dachte mir, dass du es bist."

Sie stand auf. „Troy. Du bist doch noch gekommen? Warum warst du noch nicht bei der Trauung in der Kirche?“

Er deutete über seine Schulter, wo ein Lkw seinen Jeep von der Party wegschleppte und Troy ohne Auto zurückließ. „Das Auto ist liegen geblieben. Der Fahrer des Abschleppwagens hat mich hier abgesetzt. Nach all den Anrufen, die ich machen musste, um mich abschleppen zu lassen, hat mein Akku den Geist aufgegeben.“

„Was ist passiert? Du hast Öl auf deiner …“

„Was passiert ist?“, fragte er und zog ein Taschentuch aus der Hosentasche. „Ich war zu spät dran, damit ging es schon mal los. Dann ist das Scheißding einfach stehen geblieben. Getriebe. Ich konnte nirgendwohin. Ich wette eine Million Dollar, dass der Scheißkerl, der mir den Jeep verkauft hat, ein generalüberholtes Getriebe eingebaut hat. Ich muss gleich morgen, bevor wir nach Hause fahren, in die Werkstatt, um zu sehen, was Sache ist. Ich muss ihn vielleicht nach Hause schleppen lassen, damit Eric von der Tankstelle sich ihn mal ansieht. Tut mir wirklich leid.“

„Ich dachte nicht, dass du überhaupt noch kommst“, erwiderte Grace. „Ich habe nichts von dir gehört. Du warst ziemlich schweigsam in letzter Zeit.“

„Wusstest du, dass Männer, wenn sie lieben, unter einer Art Gehirnschwund leiden, der sie dumme Sachen machen lässt? Sogar, wenn sie es eigentlich besser wüssten.“

„Das wusste ich nicht.“

„Ich bin der lebende Beweis“, sagte er, nahm sie an die Hand und schlenderte mit ihr durch den Obstgarten. „Gracie, kannst du mir verzeihen?“

„Dass du Zweifel hattest?“, fragte sie.

„Dass ich dich nicht sofort einfach geschnappt und geküsst

und darum gebettelt habe, dass du mich heiratest, als du mir gesagt hast, dass ein Baby unterwegs ist."

„Oh. Das. Na ja, ja, ich glaube schon. Möchtest du denn heiraten? Denn du musst nicht. Ich werde das Baby bekommen, egal, was du dazu sagst oder was du tust."

„Grace, ich möchte dich heiraten, auch wenn kein Baby unterwegs wäre! Ich liebe dich. Ich kann nicht schlafen, wenn du nicht neben mir liegst. Und ich bin vielleicht nicht reich, aber ich besitze auch einige wichtige Dinge. Es gibt Millionen Dinge, die nur ich und kein anderer dir geben kann. Es scheint so, als könnte ich dir ohne große Anstrengung Kinder schenken."

Das entlockte ihr ein Lächeln. „Du hast dich sogar angestrengt, dass nichts passiert", sagte sie.

„Habe ich schon erwähnt, dass ich gut mit Kindern umgehen kann?", fragte er sie.

„Ich bin nicht nur ein Hobbylehrer. Ich liebe meine Arbeit. Kinder begeistern mich. Ich würde gern ein paar eigene Kinder haben."

„Ein paar?", fragte sie.

„Ich verstehe, dass ich höchstens fünfzig Prozent Mitspracherecht habe, aber ich glaube, wir werden gute Eltern sein. Tatsächlich glaube ich, dass wir eine Menge Gemeinsamkeiten haben."

„Vor ein paar Tagen hattest du Angst, es könnten nicht genug sein."

„Ja. Ich war blockiert von Dingen, die eigentlich nichts mit uns zu tun haben. Wir haben Spaß miteinander. Ehrlich, ich hatte noch nie in meinem Leben so viel Spaß mit einem Mädchen wie mit dir. Wir müssen nicht mal groß was unternehmen, um so viel zu lachen. Wer hätte gedacht, dass ein Picknick im Jeep dich dermaßen begeistern würde? Das ist auch gut, weil es so aussieht, als ob das das Einzige ist, wozu dieser Jeep taugt. Ich habe die Hälfte meiner freien Tage in diesem kleinen Schlafzimmer, in dem du wohnst, verbracht. Und trotzdem ist es mir da nie zu voll – das will etwas heißen. Jeder Tag, an dem ich nicht an deiner Seite aufwache, fängt damit an, dass ich mich frage, wann ich dich wiedersehe."

„Du hattest schon eine Menge Freundinnen, Troy. Was ist an unserer Beziehung anders?"

Er blieb stehen und drehte sie zu sich. „Du, Gracie. Ich bin mit genug Frauen zusammengewesen, aber es war mir mit noch keiner Frau so ernst. Ich wusste immer, dass ich mich festlegen will, wenn die richtige Frau in mein Leben tritt. Ein paarmal habe ich mich sogar gefragt: *Ist sie diejenige? Ist sie die Richtige?* Bei dir habe ich mich das nie gefragt. Ich wusste es einfach. Ich wusste es von Anfang an. Aber wir mussten uns erst kennenlernen. Du musstest lernen, mir zu vertrauen."

„Ja, und als ich es tat ..."

„Gehirnschwund", erklärte er. „Zum Glück nicht dauerhaft."

„Und, wenn du das wieder kriegst?"

„Probiere es aus", schlug er vor. Und dann zog er sie an sich heran und küsste sie wie verrückt. Ein Kuss, der nicht enden zu wollen schien. Er ließ die Hände über ihren Rücken gleiten, und sie legte ihm die Arme um den Nacken. Sie standen so eng umschlungen, dass nur ein Erdbeben sie noch hätte auseinanderbringen können. „Und dann auch das hier", flüsterte er dicht an ihrem Mund. „Die Art wie wir zusammenpassen. Die Art wie du eine Minute, nachdem du gekommen bist, noch nicht wieder atmen kannst. Die Art wie ich nach einem Mal einfach nicht genug habe, und nach dem zweiten Mal fast nicht mehr kann. Wir sind füreinander geschaffen. Das ist die Wahrheit. Manchmal kann ich dich in meinen Träumen schmecken."

„Und was, wenn ich sechs Kinder haben will?", fragte sie sehr leise.

„Bringst du sie auf die Welt."

„Du bist der einzige Man, mit dem ich je zusammen war. Außer dem Ritter, dem Navy SEAL und dem Vampir."

„Du wirst diese Jungs nicht mehr brauchen, Gracie. Ich werde dich auf Trab halten." Er küsste sie erneut. „Ich habe dir einen Ring gekauft. Er ist schlicht. Und auch nicht groß."

„Du hast mir einen Ring gekauft?"

„Du darfst ihn aber nicht eher haben, bis du mir versprochen hast, mich zu heiraten und mit mir alt zu werden."

„Ich weiß nicht ... ich muss noch ein bisschen überlegen ..."

„Ich kann dir jede Menge Händchenhalten, Picknicks und Gelächter versprechen. Ich kann dir Kinder schenken und Loyalität und Liebe. Ich kann in guten und in schlechten Zeiten zu dir halten und dir zur Seite stehen. Und ich werde nie wieder an dir zweifeln, das schwöre ich. Ich vertraue dir, und du kannst mir immer vertrauen. Ich werde ein guter Ehemann sein und unseren Kindern ein starker Vater. Mach es, Grace. Vergib mir, vertraue mir, heirate mich. Ich kann ohne dich nicht leben."

„Okay. Aber nur, weil ich dich trotz deiner Schwächen so sehr liebe."

Er seufzte erleichtert und zog eine kleine Ringschachtel aus seiner Tasche. Ohne auch nur einen Millimeter Platz zwischen ihnen zu lassen, schob er ihr den Ring über den Ringfinger. Es war ein schöner Solitär. Ganz bestimmt nicht zu klein für ihre zierliche Hand. Sie dachte, dass es das mit Abstand allerschönste Schmuckstück war, das sie je gesehen hatte. Aber es hätte auch eine Zigarrenbanderole sein können, und sie wäre von Liebe zu ihm erfüllt gewesen. „Sei mein Leben, sei meine Liebe, sei meine Frau."

„Ja", sagte sie.

– ENDE –

Deutsche Erstveröffentlichung

Robyn Carr

Zeit der Liebe in Thunder Point

Hank Cooper ist ein Abenteurer, den es nie lange an einem Ort hält. Auch in dem idyllischen Thunder Point ist er bloß auf Durchreise. Sobald er sich um das Erbe eines Freundes gekümmert hat, will er weiterziehen. Doch Hank erwartet eine Überraschung in Gestalt der attraktiven Pilotin Sarah. Seit Langem hat er sich nicht mehr so zu einer Frau hingezogen gefühlt. Ohne es zu wollen, steht er am Scheideweg: Kehrt er in sein altes Leben zurück – oder lässt er es zu, dass sein Herz ein Zuhause findet?

ISBN: 978-3-95649-286-0
9,99 € (D)

Deutsche Erstveröffentlichung

Robyn Carr

Herzenszauber in Thunder Point

In einem Akt der Verzweiflung verlässt Devon McAllister mit ihrer kleinen Tochter ihr Zuhause, in dem sie sich nicht mehr sicher fühlt. Sie will nur eins: ihrer traumatischen Vergangenheit entfliehen und irgendwo untertauchen. Unerwartet landet sie in dem Küstenstädtchen Thunder Point, wo sie mit offenen Armen aufgenommen wird. Vor allem der attraktive Spencer unterstützt sie tatkräftig – und berührt ihr Herz. Doch wird es ihr gelingen, ihre schmerzvollen Erfahrungen hinter sich zu lassen?

ISBN: 978-3-95649-615-8
9,99 € (D)

Deutsche Erstveröffentlichung

Robyn Carr

Sehnsuchtstage in Thunder Point

Nachdem FBI-Agentin Laine Carrington bei einem Undercover-Einsatz angeschossen wurde, nimmt sie sich eine Auszeit und kommt nach Thunder Point. Sie braucht die Sicherheit, die nur eine Kleinstadt bieten kann, und viel Ruhe, um zu entscheiden, wie es mit ihrem Leben weitergehen soll. Und vielleicht, ganz vielleicht kann sie in Thunder Point das finden, was sie in ihrem Leben sehnlichst vermisst: echte Freundschaft und möglicherweise sogar die Liebe.

ISBN: 978-3-95649-631-8

9,99 € (D)